연북정·1

연꽃정

엮은이 김시태
발행일 1판 1쇄 2006년 12월 6일
발행인 김윤태
발행처 도서출판 善
디자인 디자인광
등록번호 15-201
등록날짜 1995년 3월 27일

주소 서울시 종로구 돈의동 114-1 초동교회 206호
전화 02.762.3335
팩스 02.762.3371
ISBN 89-86509-83-0 03810
　　　89-86509-82-2 (전2권)

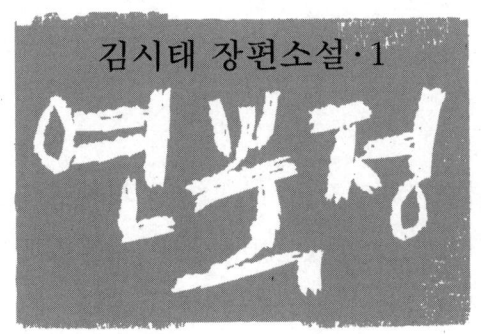

산

작가의 말

고향을 찾아서

　이 소설은 내 영혼의 길찾기에 속한다. 그 세계가 어디에 있는지, 어느 쪽으로 어떻게 가야 할 것인지 모르지만 나는 무작정 떠나고 있을 뿐이다.
　조천은 아버지의 고향이다. 어렸을 때 가끔 들른 적이 있지만 내가 아는 것이라고는 이 마을의 중심부를 이루는 비석거리와 그 아랫쪽 바닷가에 우뚝 서 있는 연북정(戀北亭), 그리고 만세동산에 대한 약간의 일화 정도다. 이런 모든 것들은 어느덧 빛이 바랜 사물처럼 그저 멀고 아득하기만 하다. 그러나 나는 여태껏 조천이라는 끈을 놓지 못하고 있다. 여전히 조천 사람이고, 조천에서 늘 시작하고 있다. 거기 무엇이 있어서 나를 부르는 것일까.
　이 글을 쓰면서 뜻밖에도 많은 얼굴들과 만나게 되었다. 그 중에는 젊은 교사와 중학생들도 있고, 40대의 독립지사들도 있다. 까맣게 잊고 있었던 옛 기억을 더듬고 있노라면 나는 걷잡을 수 없는 슬픔에 몸을 떨며 한참동안 책상에 엎드려 있어야 했다. 의문이 꼬리를 물고 엄습해 왔다. 어쩌다 그들이 우리들 곁에서 영영 떠나 버렸는지, 그리고 제삿날이 오면 왜 우리들 코흘리개들만 쓸쓸히 자리를 지켜야 했는지…. 세상이 입을 꾹 다물어 버렸기 때문에 우리는 아무것도 모른 채 지난 반세기 동안 벙어리처럼 깊은 침묵 속에 매몰되어 버렸다.
　연북정과 만세동산은 조천의 자존심과 같은 것이다. 그 속에는 우리

시대 처참했던 역사의 자취가 묻어 있다. 최근에 다시 찾아가 보았더니 예전엔 전혀 생각할 수 없었던 새로운 변화가 나타나고 있었다. 잡초만 우거졌던 만세동산에는 어느덧 기념비가 서 있었고, 얼마 전까지만 해도 차마 입에 담을 수 없었던 옛 사람들의 이름이 또렷이 새겨져 있었다. 이건 정말 놀라운 일이었다. 나는 몇 번씩이나 그 이름들을 읽고 또 확인했다. 해방 정국의 혼미 속에서 한때는 '빨갱이'로 몰려 이 사회로부터 추방당한 좌파 지식인들이 뒤늦게나마 일제하 항일투쟁의 공로를 인정받아 세상에 다시 알려지게 된 것이다.

  내가 이 소설에서 제시하고 싶은 것은 4·3 그 자체가 아니고 어린시절 내 기억 속에 각인되어 있는 연북정과 만세동산, 그리고 그때 그 사람들의 꿈과 열정이다. 세월이 많이 흘렀지만 지금도 그들의 정신적 분위기가 어떤 모호한 형태로나마 나의 한 구석에 뜨겁게 남아 있다. 그렇다. 그들은 곧 나 자신이다. 나는 그때나 지금이나 그들과 함께 있고, 그들을 통해 나의 존재를 확인할 수 있기 때문이다.

  20세기 한국 사회의 근대화 과정을 더듬어보면 어느 날 갑자기 이루아진 것이 아니고 역사의 깊은 흐름에 닿아 있음을 알 수 있다. 지금은 그 빛이 더러 퇴색했다고 하더라도 우리 사회에 뿌리를 내리기 시작한 레지스탕스 문화는 두고두고 값진 결실로 남아 있게 될 것이다.

2006년 6월
김시태

차례 | 작가의 말 · 4

제1장 · 9

제2장 · 119

제3장 · 261

제
1
장

1

 겨우내 소나기만 퍼붓더니 마침내 눈이 내렸다. 바람이 자고, 흰눈이 마당 가득히 차올랐다. 현준은 인제 막 돌이 지난 어린 조카를 안고 난간에 서서 눈 구경을 하고 있었다. 어린것은 배가 고픈지 한참 있다가 또 끄윽끅 느껴 울었다. 뭐 좀 먹일 게 없나 하고 이리저리 살피고 있는데 형수가 큼직한 보따리를 들고 돌아왔다.
 "삼촌, 많이 기다렸죠?" 그녀는 난간에 앉자마자 짐을 풀고 군용잠바 한 벌을 꺼내면서 말했다. "유나 맘마 주고 올께요. 입어 보세요."
 형수가 아기를 받아 안고 밖거리로 달려갔다. 현준은 이토록 신경을 써 주는 그녀가 고마웠다. 형의 학비를 대느라 고생한다고 입버릇처럼 늘 말하지만 그는 한번도 그런 생각을 해 본 적이 없다. 형을 위한 일이 곧 자기의 일이기도 했다.
 잠시 후, 형수가 아기를 안고 돌아왔다.
 "맘에 드실지 모르겠어요. 지금 것이 검정이니까, 갈색으로 골랐는데."
 "좋아요, 아주! 치수도 딱 맞고."

"다행이네요. 삼촌, 빨리 서울 가실 준비해요."

"네?"

"여긴 곧 문을 닫을 거라는데, 서울 가서 3학년으로 편입하는 게 좋겠어요. 공부도 기회를 놓치면 안 되잖아요?"

"제가 무슨 공부를…?"

"아녜요. 가셔야 해요. 형님도 언제까지 그 집에 있겠어요? 방 한 칸 얻고 자취를 해도 되고요. 삼촌 가시면 형님도 의지가 되어서 좋을 거예요. 오늘 밤, 어머님께 말씀드릴께요."

"안 됩니다, 그건! 형님이 사법고시 합격할 때까진 전 꼼짝도 안 할 겁니다."

"삼촌, 걱정 마세요. 교장 선생님 말씀이신데, 이번 4월 학기부턴 정식 발령을 받게 된대요."

"그래요? 형수님, 축하합니다. 이거, 우리 어머니 콧대 너무 높아서 큰일 나겠는데."

"어머님도 계시고, 하르바님도 계시니까, 우리 이젠 다 잘 할 수 있을 거예요. 삼촌 그동안 고생 많이 했어요. 이번에 꼭 가요, 네?"

"형수님 말씀은 고맙지만, 조금만 더 기다려요. 형님이 곧 합격할 겁니다. 그 때 가도 늦지 않으니까, 제 말 아시겠지요?"

"아녜요. 이번에 꼭 가야 해요."

"형수님, 제 말대로 하시라니까요. 아셨지요?"

"이번에 가는 게 좋은데…. 삼촌, 그리고," 그녀는 무슨 말을 하려다 말고 시동생을 바라보았다. "저어, 지 선생 말예요. 참 좋은 분이예요."

"네. 좋은 사람입니다."

"지 선생도 좋아하는 것 같고, 그렇죠?"

"전, 또 무슨 말씀이라고! 우린 그런 관계 아닙니다."

"그럼?"

"우린 그냥 친구지요. 만나면 즐겁고, 재미있는."

"들었어요, 그 얘기?"

"무슨 얘기를…?"

"아, 중신이 들어왔대요. 지 선생, 그래서 할아버지한테 야단맞고, 아주 어려웠었나 본데."

"그래요?"

"들으니까, 지 선생은 쳐다보지도 않는대요. 그 사람, 함덕에 송용구라고, 농중 다닌다든가요?"

"네. 있어요. 송용구, 그런 사람!"

"아는 분이군요?"

"아닙니다. 어디서 몇 번 봤을 뿐인데."

"지 선생은 고개도 돌리지 않는대요. 그게 누구 때문이겠어요?"

"형수님, 우린 맞지 않아요. 누구보다 형수님이 잘 아실 텐데."

"왜요?"

"글쎄, 금붕어하고 미꾸라지, 우린 꼭 그런 격이거든요."

"왜, 그런 생각을 하죠?"

"사실이 그런 걸요. 하하하."

"삼촌, 이건 농담할 일이 아닌데."

"농담이 아니고, 우린 정말 그렇다니까."

"지 선생 놓치면 후회할 걸요. 무슨 말인지 아셨죠?"

"네. 형수님."

그는 짐짓 웃어넘기며 집을 나섰다. 눈이 그새 하얗게 길을 덮고 있었다. 이런 날 인숙이가 있으면 오죽 좋으랴 싶었다. 해안선을 따라 끝없이 멀리 멀리 걷고 싶었다. 눈 오는 날의 싱그런 바다와 흰 물보라, 갈매기 떼, 그녀가 얼마나 좋아할까 싶었다. 그는 눈을 밟고 걸으며 줄곧 그녀를 생각하고 있었다. 금붕어와 미꾸라지. 얼떨결에 말해 놓고 보니 그리 틀린 말도 아니다. 그 두 놈이 어항에서 노는 꼴이 눈에 선히 보이는 것 같았다. 그래. 금붕어는 화려한 꼬리를 흔들며 물 위로만 떠오르는데, 그게 뭐야? 바닥을 훑고 다니는….

현준은 이런 복잡한 상념에서 벗어나기 위해 흰눈 속을 계속 걸어갔다.

2

지인숙은 신작로에서 그리 멀지 않은 긴 골목 안에 살고 있었다. 비석거리를 거쳐서 곧장 나가면 불과 15분밖에 걸리지 않는 가까운 거리이지만 현준은 짐짓 마을 밖으로 돌아서 가는 농로를 택했다. 마차가 한 대 지나갈 수 있을 정도의 좁다란 길이었다. 밭일을 나갈 때면 버릇처럼 그 쪽을 바라다보곤 했는데, 어쩌다 운이 좋을 땐 보리밭 너머로 그녀의 모습이 보이기도 했다. 그런 날은 가슴 가득해 오는 뿌듯함을 느꼈다.

길에서 나와 보리밭으로 들어섰다. 하얗게 덮인 눈 위로 웃자란 보리가 파릇파릇 솟아올라 있었다. 보리를 밟지 않기 위해 밭담을 끼고 조심스럽게 건너갔다. 밭을 두 개나 건너야 했다. 몇 그루의 소나무에 가려서 그 집은 지붕의 일부와 햇빛에 반짝이는 유리창이 그림처럼 아름답게 보였다. 세 칸짜리 빈약한 초가집이긴 했으나 얼핏 보면 부유한 호사가의 별장과도 같이 아늑한 분위기를 자아냈다. 특히, 그 유리창과 하얀 커튼이 투명한 화사함을 더해 주었다.

인숙은 아까부터 창가에 서서 현준의 일거일동을 지켜보고 있었다. 지금 그의 모습은 어딘가 먼 곳에서 되돌아오는 듯한 느낌이었다. 어쩌면 까맣게 잊혀져 간 옛 일들을 이제 다시 한 청년의 그림자를 통해 새삼스럽게 기억한다는 것이 두렵기도 했다. 이런 낯선 감정, 때로는 모든 걸 다 놓아 버린 것 같은 이런 알 수 없는 감미로움은 무엇 때문일까.

"어서 와!" 창을 열고 서서 그녀가 큰 소리로 외쳤다. "어쩐 일이야, 오늘?"

"걷고 싶어서." 그는 손을 흔들어 보였다.

"호호! 눈이 오니까, 걷고 싶단 말이지?"

"어머닌?"

"교회 가셨어. 그렇잖아도, 니 말 했었는데."

"내 말?"

"옛날 그 개구쟁이, 좀 달라졌냐구."

"하하. 야단 많이 치셨겠구나. 우리 나가지."

"어딜?"

"돌코지."

"돌코지? 좋아. 들어와서 기다려."

그녀는 서재로 안내하고 나서 급히 뛰어갔다. 그는 혼자 창가에 서서 집 구경을 했다. 고팡을 헐어서 방으로 꾸몄는데, 외벽이 온통 유리창으로 틔어 있어 바깥 풍경이 멀리까지 한눈에 들어왔다. 방은 텅 비어 있었고, 벽장 같은 건 아예 만들지도 않았다. 조그만 책상 하나와 의자 둘, 그리고 벽에 걸린 소석 선생 초상화 사진이 전부였다. 단조로운 이런 실내 분위기가 오히려 시원한 느낌을 주었다. 옛날 그 거창한 기와집보다 이 세 칸 초옥이 훨씬 더 마음에 와 닿았다.

"무슨 생각, 그렇게?"

"아, 옛날 생각이 나서. 이 집 잘 고쳤는데! 벽을 헐고 유리문을 달아 놓으니까 아주 시원해 보여. 보리밭과 저 언덕, 숲, 모두 이 집 정원 같아."

"괜찮지? 우리 아버지 작품이야. 오늘처럼 눈이 많이 오는 날은 몇 시간이고 창가에 서 있어. 아까, 니가 오는 거 보고 있으니까 참 신기한 생각이 들었어. 어디서 많이 본 것 같기도 하고, 처음 보는 얼굴 같기도 하고."

"처음 보는 얼굴?"

"가끔, 그런 생각이 들 때도 있어."

그들은 앞마당을 거쳐 집들이 빽빽이 들어선 원래의 골목길로 나섰다. 얼마쯤 걷고 있을 때, 그녀의 어머니 서울댁이 까만 손가방을 들고 이쪽으로 걸어오고 있었다.

그는 걸음을 멈추고 서서 꾸벅 인사를 드렸다.

"오오, 현준이구나."

"저를 알아보시겠어요?"

"알다 말다. 가내 다 무고하시고?"

"네. 벌써 와서 뵙는다는 게 늦어졌습니다."

"엄마, 우리 눈구경 가요." 인숙이 말했다. "아까 그 생선, 다 졸여 놨어요. 밥도 다 됐구,"

"오냐. 너무 늦지 말고."

서울댁은 상냥하게 한 번 웃어 보이더니 돌아서서 쓸쓸히 걸어갔다. 흰눈 위에 유난히 반짝이는 그 검은 손가방 때문일까. 머리끝이 희끗희끗한 초로의 그 여인이 그의 눈에는 어쩐지 서글프면서도 독특한 그 무엇으로 다가왔다. 그 손가방 안에는 바이블과 찬송가가 들어 있을 텐데, 기도하며 남몰래 십자가를 찾아 나서는 코뮤니스트의 아내―그것은 말할 것도 없이 한 시대의 슬픈 초상화를 담고 있었다.

"우리 엄마 많이 늙었지?"

"조금. 앞머리가 희셨는데."

"난 늘 질투를 느껴. 늙어도 변하지 않는 어떤 단단함 같은 거."

사람들은 흔히 서울댁이라 불렀다. 서울 출신이란 뜻도 있겠지만 그 단아한 표정이나 옷맵시가 더욱 그런 느낌을 자아냈다. 그들은 마을을 가로질러 바닷가로 나서자 해안선을 따라 동쪽으로 곧장 걸어갔다. 새코지만 지나면 인가가 없는 한적한 곳이다. 파도가 큼직큼직한 검은 바위를 넘어 싱그럽게 부서져 내렸다.

"저것 봐, 저 파도와 갈매기들!" 인숙이 걸음을 멈추고 서서 소리쳤다. "이게 내 진짜 바다야. 서울선 얼마나 보고 싶었는지 몰라. 난, 이 돌코지를 생각할 때마다 〈폭풍의 언덕〉을 연상하곤 했어. 히스크리프와 카세린, 얼마나 아름다운 얘기야?"

그녀는 보고 듣는 것이 모두 새롭고 신기하기만 했다. 어느새 어린시절의 한 부분이 되어 마음껏 달음질치고 싶은 충동으로 몸을 떨었다. 길게 뻗은 해안선과 검은 바위, 높이 솟아올랐다가 우르르 무너져 내리는 흰 물보라, 길섶에 가늘게 떠는 억새꽃의 흐느낌과 언덕 위 푸른 소나무, 갈매기 떼, 보리밭 사이사이로 낮고 엉성하게 두른 돌담들, 그녀의 눈엔 어느 것이나 다 추억처럼 아름답고 투명했다. 20분쯤 걸었을까. 그들은 작고 나지막한 언덕으로 올랐다. 바람이 세차게 몰아쳤다. 현준이 두 손으로 옷깃을 세우며 그녀를 바라보았다. 그녀의 긴 머리칼이 목에 두른 흰 머플러와 함께 파도처럼 힘차게 나부끼고 있었다.

"바람이 제법 센데?"

"그래서, 돌코진가 봐!" 인숙은 얼굴이 빨개지고, 눈이 번뜩였다. 무엇에 홀린 사람처럼 신이 나서 계속 외쳤다. "난, 이런 날이 좋아! 파도가 일고 바람이 씽씽 몰아치는 이런 으스스한 날! 아, 난 인제야 고향에 돌아왔다는 느낌이 들어."

그녀의 한 구석엔 어린시절 그 말괄량이 소녀가 아직도 그대로 살고 있었다. 현준은 한없는 호기심과 기쁨을 느끼면서 그녀의 음성에 귀를 기울이고 있었다.

"최고야, 최고! 이 바닷가가!" 인숙이 신들린 사람처럼 몽롱한 언어로 쉬지 않고 말했다. "바다에도 영혼이 있나 봐. 난, 그 소리를 들을 수 있어. 그건 아주 깊고 은밀한 소리야. 내가 잠들 때나 눈 떠 있을 때나, 어딘가 저 먼 곳에서 들려오는 영혼의 소리! 정말 이 바다는 살아 있어. 영혼이 있고, 말을 해. 그 이야기는 듣고 또 들어도 끝이 없어." 그녀는 뛰어내릴 듯 언덕 위에 서서 두 팔을 높이 들고 큰 소리로 말했다. "준아! 듣고 있어? 저 바다의 웅얼거림, 이건 아무 데서나 들을 수 있는 게 아니야. 친구들하고 인천도 가 보고 변산반도도 가 봤지만, 거긴 내 바다가 없었어. 겨울철, 바람이 불어오는 곳, 이 어마어마한 물보라들, 이게 내 바다의 뿌리야!"

그들은 언덕 밑 잔디밭으로 나가기 위해 바위와 바위 사이로 뛰어 내려갔다. 먼저 도착한 현준이 돌아서서 그녀를 맞았다. 바위 위에 웅크리고 앉아 조심스럽게 다리를 내려놓고 있던 그녀는 그가 내민 두 손을 잡고 나서 키득키득 웃으며 그의 눈을 뚫어지게 내려다보았다. 이윽고, 그녀가 뛰어 내리자 가슴과 가슴이 마주 닿았다. 그는 두 팔로 힘주어 그녀를 꼬옥 끌어안았다. 주위는 고요했다. 거침없이 부서지는 파도 소리만이 하얀 물보라를 안고 머리 위로 떨어져 내렸다.

"저 아랫쪽이잖아?"

"그래. 저기야."

"여길 다시 찾을 수 있다니! 난, 아무래도 꿈을 꾸고 있는 것만 같아."

두 사람은 절벽이 있는 곳으로 나아갔다. 인숙은 그의 손을 풀어서 자기 허리께로 가져갔다. 그의 심장은 쿵쿵 고동치고 있었다. 잔디밭에서 벗어나 물가로 나가자 굵직굵직한 바위들이 떼를 이루고 몰려 있었다. 그들은 몇 개의 바위를 껑충껑충 건너뛰었다. 그러나 그들은 절벽 입구에서 멈추어 섰다. 절벽이래야 20미터도 안 되는 작은 낭떠러지에 불과하지만 그 밑엔 5, 6명이 들락거릴 만한 조그만 궤가 하나 있었다. 그들은 자주 이 궤에 와서 숨어 지냈었다. 오늘과 같이 밀물이 가득 쏟아져 들어온 날은 거기 절벽 밑에 놓인 몇 개 바위 위로 파도가 휩쓸고 지나갔다. 그러면 그들은 잠시 기다리고 서 있다가 파도가 부서져 내리는 틈을 이용해서 재빠르게 건너가곤 했었다.

"아, 저거 아냐? 저 궤!" 인숙은 무슨 값진 보물이라도 발견한 듯 큰 소리로 외쳤다.

"맞았어, 저 궤! 조심하라니까."

현준이 한 쪽 팔로 그녀를 꼭 붙들었다. 파도가 이윽고 바위에 부딪쳐 높이 솟아올랐다가 흰 포말을 날리며 절벽 앞면에 부서져 내렸다. 그는 그녀의 손을 이끌고 물에 젖은 바위를 재빨리 건너뛰었다. 궤는 예전과 마찬가지로 검은 아가리를 벌리고 바다의 한 모서리를 깨물고 있었다. 그들은 다시 파도가 밀어닥치기 전에 얼른 궤 안으로 뛰어 들어갔다. 지금 와서 보니까, 그 내부는 생각했던 것보다 퍽 좁았다. 겨우 몇 명이 둘러앉아 시간을 보낼 만한 조그만 바위 틈새에 지나지 않았다. 태풍이 몰아치던 그날 밤, 어떻게 이런 곳에서 겁도 없이 하룻밤을 버틸 수 있었는지, 지금 생각해보면 도무지 이해가 가지 않는 일이었다.

그들은 허리를 굽혀 궤 안쪽으로 더듬어 들어갔다. 바닥엔 여전히 방석만한 바위덩이가 놓여 있었다. 둘은 몸을 바싹 붙여서 바위 위에 가까스로 옹크려 앉았다. 파도가 궤 앞에서 부서져 나갈 때마다 물방울이 튀어 그녀의 오바 위로 날아 왔다. 현준은 그녀의 오바를 벗겨 물을 떨고 한 쪽 구석으로 개어 놓았다. 그리고, 그녀의 볼과 귀와 목덜미에 키스했다. 파도소리도 잠시 멎은 듯, 그녀의 가슴 속에서 고동치는 소리가 그의 가슴에 그대로 전해져 왔다.

"생각 나?" 인숙이 그를 떼어 놓으며 말했다. "그날 밤, 우리 엉엉 울었지? 이렇게 꼭 붙들고 앉아서."

"그래, 참 끔찍한 밤이었어."

"난, 정말, 죽는 줄만 알았다니까! 이봐, 너 지금도 기억하고 있지? 그 바람소리하며 파도소리! 어이쿠, 머리 푼 귀신들이 떼를 지어 달려드는 것만 같았는데."

깔깔대는 그녀의 웃음소리가 문득 과거의 먼 시간 속으로 그를 떠밀어

넣고 있었다. 얼굴이 작고 깜찍하게 생긴 여자 아이, 그 애는 늘 까맣게 그을려 있었다. 어떤 땐 똑 사내 아이 같기도 했다. 짧게 자른 머리가 땀에 젖어 들쑥날쑥이었다. 걷기보다는 뛰기를 좋아했고, 여자 아이들이 하는 고무줄놀이보다는 남자 아이들과 어울려 재기차기나 파도타기를 좋아했다. 흙 묻은 손으로 얼굴을 문지르다가 무안해서 히히히히 큰 소리로 웃곤 했다. 한시도 가만히 있지 못하는 장난꾸러기 여자 아이!

현준은 그 때만 생각하면 웃음이 절로 났다. 소학교 5학년 여름이었다. 파도타기로 종일 힘을 뺀 그들은 이 궤에서 정신없이 잠이 들어 버렸다. 한참 후 눈을 떠보니까 파도가 출입구를 완전히 막아버렸다. 그날 그들은 젖은 몸을 부둥켜안고 오돌오돌 떨면서 밤을 샜다. 숨이 꽉 막혔다. 폭풍우가 금세라도 절벽과 바위덩이를 휩쓸고 달아날 것만 같았다. 정말 무시무시한 밤이었다. 그 길고긴 시간을, 어떻게 이런 데서 버틸 수 있었는지, 지금 생각해봐도 아찔한 일이었다. 날이 밝고 바람이 가라앉은 뒤에야 겨우 겨우 이 궤에서 벗어날 수 있었는데, 집에선 온통 소동이 나 있었다. 미역을 감다가 파도에 휩쓸려 간 것으로 알고 있었다. 그 후, 그녀는 여러 날 열병을 앓았고, 학교도 못 나갔다. 이 소문이 온 마을에 퍼지자 그들은 하루아침에 아이들의 영웅이 되어 있었다.

"우린 참 유별난 아이들이었지?"

"오죽해야, 우리 엄마가 날 붙들고 사정했을라구!"

"하하하!"

"사람은 변하지 않나 봐. 지금 너 웃음소리 들으니까 그 때 그 개구쟁이가 그대로 니 안에 살고 있는 것 같애."

"그럼, 넌?"

"호호. 난 원래 그런 애였으니까."

"알긴 아는군."

"이 깍쟁이가!"

어린애들처럼 떠들다 보니 하루해가 기울고 있었다. 그들은 마침내 마을을 향해 언덕길을 걸어 내려갔다. 언덕 밑에서 부서지는 파도소리가 그들 두 사람 사이에서 조용히 물구나무를 서고 있었다. 현준이 갑자기 걸음을 멈추고 서서 그녀를 앞으로 돌려 세웠다.

"작별 인사 잊었어?"

현준은 그녀를 힘껏 끌어안았다. 그녀의 입술이 불처럼 뜨거웠다. 그는 연거푸 키스했다. 두 번, 세 번….

"우리처럼 키스 많이 하는 사람도 없을 거야."

인숙이 씩 웃으며 속삭였다. 그는 걸으면서 그녀의 손을 잡고 주머니 속에 넣었다. 그리고, 그녀의 손가락 사이로 자기의 다섯 개 손가락을 하나씩 끼워 넣었다. 그녀의 손가락은 길고 가늘고 보드라웠다. 그는 문득 형수의 말이 떠올랐다. 후회할 거라고. 그렇지만 결혼이 대순가. 이렇게 친구처럼 지내면 되는 거지. 세상 사람들이 뭐라고 하든 그런 건 개의치 않으리라 다짐했다.

마을로 가는 낮고 평평한 바닷가로 나서자 인숙이 멀리 아래쪽 물가로 눈을 팔기 시작했다. 이윽고, 그녀는 현준의 옷소매를 잡아끌며 말했다.

"저것 봐, 저거! 저 물오리들 말야! 물 속에 있을 땐 얼마나 자유롭고 힘이 있었어? 뭍에 오르자마자 비틀거리고 있잖아? 가련한 우리 어머니들을 보는 것 같애!" 그녀는 꿈에 잠긴 듯 계속 혼자서 중얼거렸다. "난, 말이야. 이 땅의 근로 여성을 위해 내 생애를 바칠 거야. 넌, 어느 편을 택하겠어? 고통을 함께 한다는 것, 그것은 가장 아름답고 순수한 거야."

그녀가 가리키는 곳엔 방금 물에서 기어오른 오리 떼가 기우뚱기우뚱 좌우로 몸을 비틀며 집을 찾아가고 있었다. 현준은 묵묵히 해안선을 따라 마을 안으로 계속 걸어갔다. 어느새 날이 저물고 밤바다의 불빛이 하나 둘 떠오르고 있었다. 그래. 니 말이 옳아. 그게 바로 운명이라면…. 그는 문득 갈증이 일어 담배를 꺼내 물었다. 희미한 어둠 속으로 사라져간 오리 떼가 더욱 분명한 실체로 그의 눈앞에 다가서는 것 같았다.

그들은 비석거리에서 헤어졌다. 현준은 그녀가 시야에서 멀리 사라질 때까지 그 자리에 서서 하염없이 바라보았다. 그러나 조금도 외롭지 않았다. 그보다는 으쓱으쓱하는 행복감을 느꼈다. 사람들이 더없이 친절하게 보이며 밤은 아름답고 세상은 그저 즐겁기만 했다.

3

인숙이 집에 돌아와 보니 어머니 혼자 방에서 성서를 읽고 있었다. 어머니는 요사이 건강이 좋지 않았다. 얼굴에는 전에 보지 못한 잔주름이 더러 끼었고 혈색도 몹시 창백해 보였다. 그러나 자신의 건강에 대해선 한 마디도 하지 않는다. 이건 어머니의 오랜 습성과 같은 것이다. 아니, 그보다는 자기의 고통을 안으로 감추고 타인에게 드러내 보이지 않는 걸 여성의 훌륭한 덕목이라고 여기고 있었다. 인숙은 이러한 어머니의 고전적 사고에 대해 불만을 품고 있었지만 그렇다고 해서 어머니의 심기를 건드려 불편을 드리고 싶지는 않았다.

"늦었구나!"

서울댁은 근심스러운 눈으로 딸을 바라보았다.

"바닷가에 나가 바람 좀 쐬고 왔어요."

"현준이하고?"

"네."

서울댁은 다시 딸을 마주 보았다. 인숙은 무심결에 고개를 돌렸다. 오늘 따라 어머니의 눈길이 어쩐지 예사롭지 않았다.

"조심해야지, 사람들 입에 오르지 않겠니?"

"왜요? 우린 소꿉친구들인데요. 연애를 한다고, 사람들이 괜히 떠들어 댈지 모르지만, 그게 무슨 큰 문제가 되겠어요?"

"그래도 그렇지, 세상 사람의 입에 오르는 일을 해서는 안 된다. 넌 더구나 여자가 아니냐?"

"사람들은 말이 많아요. 그건 사실이예요. 그런데 세상 사람들이 어떤 소문을 낼 수 있을까요. 현준이하고 산보를 하고 있더라고, 그래서 우리 둘이 연애를 한다구요?"

"그러니 그런 쓸데없는 오해는 받지 않는 게 현명하지 않겠니?"

"오해가 아니예요. 전, 어쩌면 결혼할지 몰라요. 아니, 그렇게 되고 말 거예요. 지금은 말씀을 드릴 계제가 못 되지만, 언젠간 세상이 조용해지고 아버지도 돌아오시면 그때 다시 생각해 보고 싶어요."

"그럼, 현준이하고?"

"네."

"그러면, 한 마디만 더 묻겠다. 너희들 두 사람은 그렇게 약속한 거냐?"

"아녜요. 우린 한 번도 결혼에 대해서 말해 본 적이 없어요. 지금 막

엄마의 말을 듣고 보니까 제 생각이 아주 분명해졌어요."

"결혼이란 그렇게 간단한 문제가 아니란다. 나를 보아라. 이 엄마가 얼마나 어려움을 많이 겪어 왔는지, 너도 잘 알고 있지 않니? 난 내가 좋아하는 남자 하나만 믿고 여기까지 따라온 거다. 사람들은 날 두고 서울댁이라 부르지만, 그 말 속엔 얼마나 많은 고통과 슬픔이 담겨 있는 줄 아니?"

"엄만, 그럼, 아빠하고 만난 걸 후회하세요?"

"뭐, 그렇다고 후회라고까지 말할 건 없지만, 아무튼 내 운명이 갑자기 달라져 버린 것만은 분명한 사실이구나."

"왜, 제가 현준이하고 결혼하면 안 되죠? 집안 문젠가요? 아니면, 현준이 개인 문젠가요?"

"사람이야 착하고 성실하지. 어릴 땐 몹시 개구쟁이여서 속을 썩힌 일도 많았지만 지금 생각해 보면 그만큼 정이 들었는지 모르겠다. 하지만, 현실적으로 어렵지 않겠니?"

"현실적으로 어렵다니, 그게 무슨 뜻이죠? 좀더 구체적으로 말씀해 보세요. 가난한 해녀의 아들이니까, 나가서 공부도 못 했으니까, 그래서 안 된다는 건가요?"

"생각해 봐라. 할아버지가 아신다면 무슨 말씀을 하시겠니?"

"엄마, 전 엄마만은 이해해 주실 줄 알았어요. 아빠도 그렇구요. 이젠 세상이 달라졌지 않아요? 그런데, 엄마까지도 할아버지와 같은 낡은 생각을 하신다니, 정말 답답해요. 결혼은 제가 하는 것이 아녜요?"

"현실이 그렇단 말이다. 애야, 이 문제는 아빠가 오신 다음에 의논해도 되지 않니?"

"아빠는 동의하실 거예요. 전 믿어요."

"나도 그렇게 믿고 싶다. 하지만, 아빠가 나오실 때까진 사람들 입에 오르지 말고 조용히 지내도록 해라. 할아버지가 걱정이구나."

"물론, 할아버진 반대하실 거예요. 하지만, 뭔가를 이룩하려면 우린 그만한 대가를 치러야 해요. 그리고, 우리부터 변해야 해요. 아빠도 그래서 유치장에 가 계시는 게 아니겠어요?"

"글쎄, 두고 보아라. 할아버지가 어떻게 나오실지. 송용구라는 그 청년도 잘 생각해 보아라. 할아버지 말씀으론 집안도 건실하고, 사람들 품성도 좋은 모양이던데."

"싫어요. 엄마, 현준이 한 번 만나 보시지 않겠어요?" 그녀는 머뭇머뭇하며 말을 꺼냈다.

"글쎄, 그 개구쟁이가 얼마나 달라졌는지 궁금하구나." 서울댁은 어딘가 냉랭한 목소리로 대답했다.

"참, 착한 사람이예요. 엄마, 정말이예요. 공부도 못 했고, 집안도 가난하지만, 제가 지금 찾고 있는 바로 그런 사람일 거예요. 아빠가 늘 말씀하시는 새 세상의 눈으로 보면 말예요. 순진하고, 정직하고, 교만하지도 않은 건강한 농꾼이예요." 인숙은 마치 상대방을 설득하겠다는 듯이 더욱 적극적인 자세로 임했다.

서울댁은 갑자기 얼굴이 빨개졌다. 그녀는 자기의 감정을 감추기 위해 딸에게서 눈을 떼고 다른 데로 고개를 돌렸다.

"애야, 내가 꼭 반대하는 건 아니란다. 그리고, 현준이가, 아마 네 말대로 훌륭한 농부일지도 모르겠다. 하지만, …."

"엄만 그렇다고 찬성하지도 않으신단 말씀이죠?"

"그럼, 넌 내가 선뜻 찬성할 줄 알고 있었니?" 서울댁은 냉정하게 딱 잘라서 말했다.

"엄마가 아빠의 길을 충분히 이해하신다면, 아니 엄마 자신의 삶에 대해서 만족스럽게 여기고 계신다면, 이 문제는 아주 자연스럽게 받아들일 수 있었을 거예요. 그렇지 않으세요?"

"생각해 보자꾸나."

"엄마, 고마워요. 아빠가 오시면 잘 말씀해 주시구요."

"알았다. 하지만 이 문제는 그렇게 간단한 게 아니다. 누구보다 본인이 잘 생각해봐야겠구나."

"실은, 오랫동안 생각했어요. 한 번 만나 보시는 거죠?"

"글쎄, 만나 본다고 하잖았니?"

"그럼, 이번 공연 갔다 오면 집에 오라고 할께요."

"네 생각대로 하렴."

4

바람 한 점 없는 고즈넉한 저녁이었다. 현준은 눈길을 걸어 광곶으로 향했다. 흰눈 속에서 듣는 파도소리가 더없이 맑고 싱그러웠다. 기쁨으로 충만해서 그는 솜처럼 푹신푹신한 길을 힘차게 밟고 나아갔다. 세상을 다 얻은 기분이었다. 사람들이 말하는 결혼 같은 건 별로 문제 삼고 싶지 않았다. 그녀가 제 곁에 있어 주기만 한다면 무엇이든 못할 일이 없을 듯했다. 그러면 됐지 더 무엇을 바라겠는가. 결혼을 하든 친구로 남아 있든 그런 건 한낱 형식적인 조건에 지나지 않았다.
 아지트에 불이 켜 있는 것을 보고 현준은 급히 방문을 열고 들어갔다.
 "이 친구, 어디 갔었나?"
 "바람 좀 쐬어 인숙이하고."
 "잘 한다. 이 신문을 보게! 이젠 막 밀어붙일 작정인가 본데."
 지유철이 혼자 웃목에 드러눠 있다가 일어나 앉았다. 현준은 그가 손가락으로 가리키는 기사부터 읽어 보았다. 신아일보 1면에 실린 이 기사는 다분히 정치적인 계산이 깔려 있었다. '총선지지 범국민 궐기대회'라는 큰 제목 곁에는 '유엔조선위원단 초청'이라는 부제가 달려 있었다.
 "이건 사기극이야! 단독 선거를 지지하는 사람이 어디 있다고!" 현준이 기사를 읽는 동안 유철은 기다리다 못해 큰 소리로 외쳤다.
 "언론을 장악하게 됐으니, 이제는 마음 놓고 여론몰이로 나서겠다는 모양인데."
 "생각해 보게. 조선위원단 각국 대표를 그 자리에 초청해서 단독선거 지지 범국민 의지를 전달한다니 이게 어디 말이나 돼? 이런 발상 자체가 글러먹은 거야." 유철이 말했다.
 "그렇지. 우리 스스로 민족 주체성을 포기한다는 말밖엔 안 돼." 현준이 받았다.
 "미친놈들! 권력에 눈이 어두워서 나라를 팔아먹겠다는 거야. 이 놈들을 이대로 뒀다간 앞으로 또 무슨 짓을 저지를지 몰라. 이쪽 기사를 봐! 김구 선생을 완전히 빨갱이로 몰아붙이고 있어. 쏘련의 지령을 받았다는 거야. 미쏘 양군이 철퇴한 후 평화로운 분위기 속에서 남북한이 다함께 참여하는 총선거를 치르고 민족 자주 통일 정부를 수립한다는 것이 어째서 빨갱이가 된다는 말인지… 도대체 이런 새빨간 거짓말을, 그자들은 신문이라는 언론 매체를 이용해서 마음대로 떠들고 있어. 세상에, 이런 중상모략이 어딨느냔 말야."

 유철은 벌떡 일어나 창문을 열어 젖혔다. 차가운 바람이 달려들어 한꺼번에 방안 공기를 바꾸어 놓았다. 현준도 가까스로 담배에 불을 붙이고 나서 그 쪽으로 갔다. 어둠에 묻힌 바다가 흰 거품을 내뿜으며 달려들고 있었다. 아까 낮에 지인숙이, 바다에도 혼이 있고 한과 슬픔이 서려 있다고 한 말이 떠올랐다.

 "마음대로 떠들라지. 그 따위 중상모략에 넘어갈 멍텅구리는 없을 테니까." 현준은 유철을 의식해서 짐짓 이렇게 완곡하게 말했다.

 "그렇지도 않아. 신문에서 매일 떠들어대니까 김구 선생이 정말 빨갱이냐고 의심하는 사람들도 있어. 이게 문제라구. 이대로 있다간 무슨 일이 벌어질지 몰라." 유철이 몹시 흥분해서 큰 소리로 외쳤다. "자네, 정민이형 얘기 들었나?"

 "무슨?"

 "지난 번 1·22 사태는 말이야. 그 형님 책임이 커. 그 형님이 조직부 세포로 있다가 붙들리는 바람에 그렇게 됐다는 거야."

 "그래? 아무리 고문이 심해도 그렇지, 건 너무 했잖아?"

 "그러니까 하는 얘기지. 그날 밤 신촌 조 선생댁에서 도당 회의가 있다는 정보를 입수하자, 경찰이 그 집을 포위하고 간부들을 몽땅 데려갔다는 거야."

 "기가 막힐 일이군. 정 회장이 그래도 용케 빠져 나왔지?"

 "아, 그래. 아침에 성내 나갔다가 들었는데, 경찰 세포의 말로는 2, 3

명 더 탈출했을 거래. 아마 이덕구 선생도 그 때 무사히 빠져나온 모양이지. 이 얘긴 당분간 우리 조원들에게도 불문에 붙이는 게 좋겠어."

"알았어. 나 먼저 갈게." 현준이 일어났다.

"영진이가 곧 올 텐데. 무슨 일 있어?"

"아니야. 그냥 좀 걷고 싶어서."

해가 지면서 눈이 다시 쏟아져 내렸다.

현준은 바다를 끼고 포구 쪽으로 곧장 걸어갔다. 소년동무 익수가 눈 속을 헤치며 맞은편에서 오고 있었다. 그 광경을 보는 순간 그는 뜻밖에도 동백곶의 설경을 떠올리게 되었다. 동백곶! 그는 입 속으로 몇 번이나 되뇌어 보았다.

"형님, 이거!"

익수가 허리띠 밑으로 손을 넣더니 조그만 쪽지 한 장을 꺼내서 그에게 건네주었다. 현준은 바람을 피하기 위해 쭈그리고 앉아선 라이터를 켜고 그 쪽지를 읽어 보았다. 2월 7일 오전 10시까지 제주읍 북쪽 바닷가의 탑바리동네로 나오라는 학습 통보였다. 친절하게도 약도까지 자세히 그려놓고 있었다.

"수고했다. 지금 가서 지 선생 찾아봐. 소학교에서 연극 연습 하고 있을 텐데, 내일 한 시쯤 여기서 보자구."

"네."

익수가 곧 돌아서서 뛰어 갔다. 다람쥐처럼 쪼르르 흰눈 속으로 달아나는 소년을 지켜보고 있다가 현준은 다시 걸음을 옮기기 시작했다. 동백곶! 이렇게 눈이 펑펑 쏟아지는 날은 어디든 멀리 떠나고 싶었다. 그리고, 단 하루라도 눈 속에 함뿍 묻혀보고 싶었다. 인숙이만 같이 가 준다면 정말 멋진 산행이 되리라. 그는 이 몇 달 동안 그녀와 함께 했던 시간들을 돌이켜보며 계속 눈 속을 걸어 나갔다. 흐흠, 흠! 그녀를 생각하고 있으면 절로 웃음이 나왔다.

5

지난 가을, 조 이삭이 노랗게 익어갈 무렵이었다. 그녀는 어느 날 갑자기 바람처럼 예고도 없이 찾아왔다. 그녀를 데리고 교실로 들어온 지인철 선생의 말을 빌면 서울 S고녀에 다니다가 이 시골 학교로 전학을 오게 되었다는 것이다. 그것도, 두 학년이나 낮추어서. 학생들 앞에 서서 첫 인사를 하던 그녀의 모습을 나는 지금도 잊을 수 없다. 난 그때 얼마나 놀랐던지 고개를 빳빳이 세우고 지켜보았다.

"이 학교는 아주 훌륭합니다. 서울에 가도 이런 훌륭한 학교는 찾아볼 수 없을 거예요."

그 당당함. 학생들이 의아한 눈빛을 보내자, 그녀는 곧 자신있게 말했다.

"이 학교 선생님들은 모두 일본 유학을 하신 분들이지 않아요?"

수업 시간이 끝나고, 옛 친구들이 하나둘 그녀의 주위로 몰려들었다. 그녀는 앞가슴의 넓고 흰 에리에 까만 줄무늬를 친 멋진 교복을 입고 있었다. 어떤 여학생은 가서 그 교복을 만져보곤 했다. 나는 어리둥절한 기분으로 먼발치에 서 있었는데 그녀가 먼저 알아보고 내 앞으로 걸어왔다. "현준이 아냐?" 난 돌연 얼굴이 빨갛게 달아올라 그녀를 똑바로 바라볼 수가 없었다. "보고 싶었어." 그녀가 이렇게 말하면서 대뜸 악수를 청했을 때, 내가 어떻게 그녀의 손을 잡을 수 있었는지 지금도 기억이 잘 나지 않는다.

우린 그렇게 만났고, 그렇게 다시 친구가 되었다. 세월이 많이 흘렀지만 그녀는 하나도 변하지 않았다. 가식 없이 웃고 손짓하며 때로는 엉뚱하게 떼를 쓰는, 얼굴이 까만 여자 아이. 나는 가끔씩 소학교때 그 여자 아이를 발견하곤 한다.

"이모님 안녕하셔? 한번 찾아뵙고 싶은데, 괜찮지?"

하루는 그녀가 내게로 다가와서 물었다. 우린 그 날 방과 후에 토끼굴을 찾게 되었고, 그 날부터 그곳은 우리들의 은밀한 장소가 되었다. '토끼'는 어렸을 때 내가 붙인 그녀의 별명이기도 했다. 난 지금도 그녀를 보고 있으면 눈이 깊고 예쁜 토끼, 언제나 물기가 어려 있는 그 싱그런 눈매를 떠올리곤 한다. 때론 아주 씩씩하고 활달하지만 신비롭게도 그녀의 한 구석엔 그런 선한 모습이 담겨 있었다. 그녀는 다시 내 토끼가 되었고, 그 언덕바지 좁은 풀밭은 토끼굴로 부르게 되었다.

마차를 몰고 읍내로 나가는 날이면 그녀는 스스럼없이 따라 나섰다. 시장에 가서 흥정도 같이 하고, 돈이 좀 생길 땐 영화 구경도 같이 했다. 서점에 들러 책을 고르고, 다방이라는 데도 처음 들어가 보았다. 부끄러움보다 용기가 앞섰던 시절, 사람들이 어떻게 보든 그런 건 전혀 문제가 되지 않았다. 우린 열심히 일하고, 열심히 독서를 했다. 대학생들이 본다는 통신강의록은 한 호도 빠짐없이 다 주문해서 읽었다. 우린 자주 연북정에서 토론을 했고, 미래에 대한 꿈을 키우게 되었다. 비로소 세상을 보게 된 이 마을 젊은이들에겐 소중한 발견이었고 희망이었다. 중학원과 연북정, 그리고 내게 있어선 그 토끼굴이 그녀를 떠나서는 생각할 수 없는 소중한 공간이 되었다.

"형이 있었잖아?"

"서울 갔어. 작년, 3·1발포사건 때."

"그 때, 희생이 컸다고 들었는데."

"컸지. 도지사가 잡혀가서 빨갱이로 몰리고, 총무국장이 이튿날 아침 변시체로 발견됐어. 그것도, 시궁창에 처박혀 있는 걸 말야."

"어떻게, 그런 일이!"

"발포 사건이 일어나자, 범도민 파업투쟁이 전개됐어. 도청, 군청, 읍사무소, 면사무소 할 것 없이 공무원들이 일제히 참여하고, 학교와 종교 단체, 심지어 군정청 직원들까지 모두 합류했지. 그런데, 경찰에선 힘으로 탄압한 거야. 일부 제주출신 경찰관들이 파업에 동조했다가 그 때 많이 파직당했어."

"이유가 뭔데?"

"도지사도 데려다 빨갱이로 족치는 판국인데, 무슨 이유가 따로 있겠어? 선생님도 고생 많이 하셨지. 내가 듣기론 인민위원회 부위원장을 맡고 계셨다던데."

"우리 오야?" 그녀는 씽긋 웃으며 말했다. "우리 집에선 그런 거 별로 놀라지도 않아. 평생 그렇게 살았으니까, 이골이 났나 봐. 우리 엄만 그저 그러려니 하고 받아들이고 있는 거야."

"해방 직전에 대구 형무소를 탈출했다면서?"

"흠, 그래! 그 얘기, 참 재밌었는데."

"우리도 잠깐 들었어. 옷가지나 수건 같은 걸 갈갈이 찢어서 밧줄을 꼬았다고?"

"그 밧줄, 몇 년 걸렸대. 호호! 우리 오야 되게 끈질기지?" 그녀는 엄지손가락을 높이 치켜올리며 말했다.

"토끼, 난 말이야. 세상이 조용해지면 어디 저 산 속에 가서 살고 싶어."

"산 속에?"

"응. 산 속에 가서 혼자 살 거야."

"너 혼자?"

"그래. 내가 할 수 있는 일이란 게 고작해야 땅 파고, 우마 돌보는 거야. 난 그래서 내가 할 수 있는 일부터 시작할 거야. 꾀꼬리오름 지나면 넓은 초원이 있는데, 난 거길 가면 늘 그런 생각이 들거든. 아, 이 땅이 내 평화, 내 뼈를 묻을 곳이구나 하는…."

"너, 참, 멋있는데! 꾀꼬리오름 지나서?"

"거기, 수백만 평이 넘는 넓은 초원이 있지. 400고지쯤 돼. 어쩌다 저 산악지대에 그런 게 다 생겼는지 모르겠어. 소를 몰고 다니면서 봐 두었는데, 여기저기 맑은 물도 있어. 난, 그래서, 어느 나지막한 산기슭에다 집을 짓고, 샘도 파고, 그렇게 살까 봐."

"언제부터 그런 멋진 꿈을…?"

"낭만적으로 생각하지 마. 너처럼 도시에서 자란 여성은 꿈도 꾸지 못할 일이니까. 너, 말 탈 줄 알아?"

"아니."

"목마장에 말해서, 망아지 두 마리 보내라고 했어. 조랑말은 많지만 군마는 흔치 않거든. 이 달 말쯤 보내올 텐데, 인제 다섯 달 된 녀석들이래. 말은 세 살이면 성년이야. 앞으로 1년만 잘 키워도 신나게 달릴 수 있을 거야."

"너, 정말 대단하구나."

"이번 공연 끝나면 같이 가. 조랑말부터 타는 걸 배워줄께."

"그래. 같이 가. 초원도 가 보고."

"정말 아름다운 곳이야. 지금쯤, 억새꽃이 하얗게 피어 있을 거야."

토끼굴에 있으면 우린 시간 가는 줄 모르고 끝없는 이야기를 키웠다. 소학교 때 빨가벗고 헤엄치던 그 바다와 물빛, 갈매기 떼, 몇 번이나 죽을 고비를 넘겨야 했던 악동들의 참담한 기억, 그런 모든 것들이 우리 둘 사이를 하나로 단단하게 묶어 주고 있었다. 내가 없을 때도 그녀는 그 언덕바지 손바닥만한 풀밭에 책을 들고 와서 몇 시간씩 머물다 가곤 했는데, 그것은 아름다운 추억과 꿈이 있기 때문일 것이다.

6

"후여- 후여어-."

어머니가 아까부터 마당에 서서 까마귀를 쫓고 있었다. 밖거리 지붕 위로 날아와 앉은 까마귀 한 마리가 깃에 묻은 눈을 떨어내려는 듯 날개를 파닥거리며 자리를 옮겨 앉았다. 까마귀는 눈 속에 깊이 묻혀서 머리와 꽁지밖에 보이지 않았다. 현준은 검게 물들인 군용 잠바를 두둑이 걸치고 마당으로 갔다. 이 잠바는 동문시장에 숯 팔러 갔을 때 인숙이가 골라 준 것이다. 그동안 낡고 빛이 바랬지만 그는 이걸 즐겨 입고 있었다.

"숯막 가크메 갈치꼴랭이 싸줍서."

"영 눈 오는디?"

"걱정 맙서. 잤당 올 거난."
　골목 밖에선 아이들이 제 세상을 만난 듯 깔깔대며 눈싸움을 하고 있었다. 현준은 휘파람을 불며 흰눈 위로 걸어갔다. 연북정 앞을 지나 광콧으로 나가자 인숙이 먼저 와서 기다리고 있었다. 이 날도 그녀는 갈색 오바에 흰 머플러를 하고 있었는데, 그 긴 머플러가 바람을 타고 나부낄 때면 한 줄기 파도와 같이 싱그러운 느낌을 주었다.
"바다는 역시 겨울 바다야."
　그녀는 철부지 애들처럼 신이 나서 외쳤다.
"그래. 니가 좋아하는 겨울바다!"
"소다수를 펑펑 쏟아 부은 것 같지 않아?"
　바다를 끼고 원당봉을 바라보며 서쪽으로 곧장 걸어갔다. 인숙은 한껏 고무되어 있었다. 청남색 물빛이 금세 폭발할 것같이 깊고 푸르렀다. 이렇게 눈이 많이 온 날은 더욱 그랬다. 하얗게 눈에 덮인 길과 보리밭과 푸른 바다, 해안선을 따라 끝없이 펼쳐진 검은 바위들, 어느 것 하나 추억이 깃들지 않은 것은 없었다.
"아름다운 세상이야."
"그렇지?"
"사람들은 그래서 희망을 갖고 사는가 봐."
"뭐, 지금, 희망이라고 했어?"
"응. 희망!" 그녀는 늘 그랬듯이 자신 있게 말했다.
　현준은 걸음을 멈추고 멀리 수평선을 바라보았다. 희망. 세상에서 제일 멋있는 낱말 하나를 고르라면 당연히 희망일 거라고 생각했다. 그는 그것을 누구보다 그녀를 통해 확인하는 것 같아 기뻤다.

"같이 가."

"동백곶?"

"정말 아름다울 거야."

"글쎄, 내일은 엄마가 면회 가실지 모르겠는데."

그들은 갔던 길을 다시 되돌아오기 시작했다. 어느새 눈이 그치고, 투명한 햇살이 따사하게 길 위로 비추고 있었다. 현준은 흰눈을 한 움큼 집어서 두 손으로 꽁꽁 다졌다. 눈은 희다 못해 더욱 푸르고 싱그러웠다. 내일이면 다 녹아 버릴지 모르지만 오늘 하루를 소중하게 간직하고 싶었다.

"가게 되면 지서 앞 신작로로 나와."

그는 집으로 가서 떠날 채비를 했다. 플래시, 게쉐터, 장갑, 수건, 칫솔, 비누, 나대, 주머니칼, 생각나는 것은 다 챙겼다. 어머니가 싸놓은 말린갈치 꼬랑지도 배낭 속에 꾹꾹 눌러서 집어넣었다. 산간의 겨울 날씨는 믿을 게 못 되어서 단단히 준비를 하고 나서야겠지만, 그보다도 그는 오랜만에 하루쯤 산에서 실컷 눈을 즐기고 싶었던 것이다.

"그딘, 눈 하영 와실 건디."

신촌집은 궂은 날씨에 굳이 산간으로 나서는 작은아들이 염려되었다.

"걱정 말랜 허난."

그는 마차를 챙기자 서둘러 집을 나섰다. 눈이 많이 온 날은 오히려 포근하다. 따스한 햇살을 받으며 힘차게 말을 몰았다. 신작로로 나서자 인숙이 멀리 흰눈 위에 동그마니 서 있는 것이 눈에 띄었다. 그러면 그렇지! 그는 그 순간 어떤 확신이라도 얻은 듯 머리를 치켜들고 채찍을 높이 들었다.

"어서 타!"

이런 날 동백곶을 찾는다는 건 생각만 해도 황홀한 일이다. 눈 속에 핀 꽃도 아름답지만, 한 길이 넘는 눈더미를 헤치며 숲 속으로 파고들어 가면 거기 새로운 세계가 기다리고 있다. 거기선 모든 게 신비롭고, 빛나며, 환희에 차 있다. 그는 한 손으로 채찍을 들고, 또 한 손으로는 여자의 손을 꼬옥 붙들고 있었다.

"겨울엔 처음 가보는 거지?"

"그래. 눈이 많이 쌓였을 텐데."

"그럼! 아주 환상적이지! 눈 속에 묻혀 있으면 말야," 현준은 라이터를 꺼내 담배에 불을 붙인 다음, 푸우푸우 연기를 내뿜으며 큰 소리로 외쳤다. "평소엔 전혀 느낄 수 없는 새로운 사실들을 발견하게 돼. 그러고, 자신을 돌이켜보게 돼. 우린 참 어리석고 나약한 존재라는 것, 왜 그렇게 살아야 했나, 아니 그런 생각 자체가 부질없는 것처럼 보이지." 그는 계속 기쁨에 넘쳐서 말했다. "거기선 말야. 꽃도 새도 구름도, 다람쥐 한 마리까지도, 모두 영혼이 있고 숨 쉬며 그 자체로 존재하는 거야. 내가 가진 모든 것들을 눈 속에 묻어 버리고, 난 다시 시작하고 싶은 충동을 느끼게 된다니까."

"그렇게 좋아?"

"난 행복해. 이런 날, 니가 있으니까. 니가 같이 있어 주기만 한다면, 난 어디든 갈 수 있을 거야. 저 산속, 깊은 곳까지."

마차는 밤골과 양대못을 거쳐 차낭골로 향하고 있었다. 조금만 더 가면 중산간도로로 나설 수 있게 되었다. 산모퉁이로 돌아 나가자, 바퀴가 미끄러질 때마다 말이 제자리걸음을 하면서 안간힘을 다했다.

"와아 와!"

현준은 마차에서 내려 조심스럽게 말을 이끌었다. 짐승도 사람과 똑같다. 한 식구가 되면 시키지 않아도 제가 알아서 다 한다. 말은 안심이 된 듯 숨을 가다듬고서 슬기롭게 걸어 올라갔다. 거기서 동쪽으로 두어 참만 더 나가면 잿골이었다. 가까스로 언덕길을 넘어 평지로 나서자 그는 다시 마차에 올라앉아 눈 구경을 했다. 눈은 높은 지대로 오를수록 더욱 많이 쌓여 있었다. 푸른 보리밭이 점점 눈 속에 묻히더니 이제는 완전히 덮여 버렸다.

"아, 저기, 저 집 봐! 동백꽃이 탐스럽게 폈어. 눈 속에서 보니까 더 강렬한 것 같아."

"이제부턴 진짜 별천지가 시작될 거야."

"흐흠! 이 마을, 엽서에서 본 그림 같은데."

"엽서에서 본 그림?"

"응."

"우리가 지금 그 그림 속에 와 있어. 조금만 기다려."

현준은 말을 끌고 가서 친구에게 맡기고, 배낭을 짊어졌다. 지금부턴 숲 속으로 걸어가야 했다. 숯막까지는 한 시간의 거리, 아직 해가 많이 남아 있어서 별 걱정은 없었다.

"이 사람, 눈이 한 길은 묻었을 텐데. 조심하게."

정욱이 골목 밖까지 따라 나와서 손을 흔들었다. 현준은 그녀가 기다리고 있는 곳으로 급히 달려갔다. 눈 속에 발이 푹푹 빠질 때마다 그는 딴 세상에 온 것 같은 새로운 기쁨으로 충만해 있었다.

"춥지?"

"난 괜찮아."

"옷을 단단히 입어야 할 걸. 숲이 무성해서 해가 들지 않거든."

그들은 보리밭 서너 개를 건너서 곧장 숲으로 갔다. 숲은 온통 눈에 덮여 있었으므로 길을 찾을 생각은 아예 처음부터 하지 않았다. 낯익은 곳이라 방향만 보고 가면 되었다. 그러나 그는 곧 후회하기 시작했다. 눈이 깊어 빨리 걸을 수도 없었지만 숲은 온통 은백색으로 덮여서 방향을 가늠하기가 어려웠다.

"이것 봐, 이거! 참 탐스럽지?"

인숙은 나무에 쌓인 눈을 털며 꽃구경을 하느라 정신이 없었다. 숲 속으로 들어설수록 동백꽃이 흐드러지게 피어 있었다. 흰눈 속에서 보는 그 꽃송이가 선혈보다도 더 붉고 강열했다. 그녀는 조금 걷다 말고 또 꽃구경을 했다. 이러다 시간을 놓치는 날이면 큰일이었다. 현준이 돌아다보며 계속 재촉했다.

"자, 가지."

그들은 걷고 또 걸었다. 눈이 점점 높이 자라서 무릎까지 차올랐다. 현준은 조바심이 났다. 숲 속에서는 해가 빨리 질 텐데 이대로 가다간 어둡기 전에 숯막까지 닿을 수 있을지 의문이었다. 그가 계속 서둘자, 인숙은 마침내 울상이 되어 버렸다.

"눈이 이렇게 무거운 줄 몰랐어."

그녀는 비틀거리며 나무에 기대어 섰다.

"힘들지?"

"정말 못 걷겠어."

"걱정 마. 여기 어디쯤일 테니까."

그들은 잠시 쉬기로 했다. 현준은 막막한 기분으로 거기 서서 다시 한 번 주위를 살펴보았다. 한 시간이면 충분할 줄 알았는데 숯막은 어디 숨었는지 보이지 않았다. 아니, 눈 속에 깊이 파묻혀서 영영 사라져 버린 것 같았다. 그는 은근히 불안을 느끼면서 언덕으로 올랐다. 뜻밖에도, 그 숯막은 언덕 아래 숨어 있었다. 무성한 숲과 바위와 초가지붕이 한 덩이 흰 눈더미로 변해 있었다.

"야호!"

그는 돌아가 인숙의 손을 잡고 계곡을 따라 미끄러지듯 굴러 내려갔다.

7

노인은 젊은이들을 지켜보고 있었다. 그들은 나뭇가지를 붙들기도 하고 덤불에 걸려 넘어지면 떼굴떼굴 딩굴면서 흰눈을 헤치고 왔다. 군데군데 옷이 찢기고, 모자는 젖어서 머리에 찰싹 붙어 있었다. 젊은 총각은 눈에 익어 쉬이 알아볼 수 있었으나 같이 온 비바리는 누군지 감이 잡히지 않았다.

"삼춘, 접니다."

현준은 이런 깊은 산중에서 사람을 만났다는 사실이 너무 기뻐 반갑게 인사했다.

"허어, 이 사름덜, 큰 일 낼 사름덜이로고! 어여 들어가, 어여!"

"예, 삼춘!"

두 젊은이가 집 안으로 들어가는 걸 보고 나서야 노인은 불이 있는 숯막으로 갔다. 몹시 한기가 들었을 텐데 마실 물이라도 좀 뜨겁게 뎁혀다 주기 위해서였다.

현준은 옷에 묻은 눈을 떨며 방으로 달려 들어갔다. 일본군이 쓰던 국방색 담요 한 장이 아랫목에 깔려 있어서 그는 그 밑으로 발을 쑥 디밀고 앉았다. 얼마나 뜨거운지 궁둥이가 데일 정도였다.

"뭘 하고 있어? 빨리 와!"

그는 이렇게 외치면서 고개를 돌려 입구 쪽으로 바라보았다. 인숙이 입고 있는 바지가 살이 드러날 만큼 험상궂게 여러 군데로 찢겨 있었다. 무안할까 봐 그는 얼른 뛰어가 손을 잡고 데려다가 담요로 몸을 싸고 앉도록 했다.

"이 방, 따숩지?"

"난 몰라."

그녀는 울상이 되어 찢긴 옷을 만지작거렸다.

"무슨 수가 있을 거야." 벽에 걸린 갈중이바지를 집어들면서 그가 말했다. "어때, 이걸로 갈아입으면?"

"남자꺼지 않아?"

"그럼, 어때?"

"싫어. 바늘이나 있는지 알아 봐."

그녀는 난감한 표정으로 다리를 고추 세우고 앉아선 무릎 위에 얹은 두 손에다 턱을 괴고 있었다. 가엾은 마음이 들어 그는 그녀의 어깨를 두 팔로 감싸 안았다.

조금 후, 노인이 김이 모락모락 나는 주전자와 군고구마를 갖고 왔다.

"이거라도 먹엄서. 추운디."

노인은 솔박에 담아 온 군고구마를 그들 앞으로 밀어 놓았다.

"고맙수다, 삼춘! 이 갈중이바지 좀 입어도 되쿠꽈?" 현준이 노인에게 물었다.

"경 해여. 그런디, 이 사름도 조천인가?"

"예, 맞수다. 중동 소석 선생님네…."

"아이구, 이거, 어떵 해연 여까지. 그 고생을 허면서."

노인은 깜짝 놀라 인숙을 바라보았다.

"고맙습니다. 아저씨!"

인숙이 앉은 채로 고개 숙여 인사했다.

"혼저덜 먹어. 영 치운 날, 이거 무신 고생덜이라."

노인은 철없는 어린 딸을 대하듯 다정한 눈으로 인숙을 바라보았다.

"참, 별미네요. 호호." 인숙은 까맣게 그을린 고구마 껍질을 열심히 벗기면서 말했다. "아, 뜨거. 아저씨도 좀 드세요. 이거요. 네? 잘 익었어요." 그녀는 노인에게 고구마 한 조각을 건네면서 계속 신이 나서 말했다. "나 여기서 지낼 수 없어요? 올 겨울만."

"허허. 이 사름, 닷새만 있어 보지. 산신령이 노허실 텐디."

노인은 다시 밖으로 나갔다. 불을 보러 숯막에 가는 모양이었다.

"빨리 갈아입고 나와."

현준이 벽에 걸린 갈중이바지를 집어서 던져 주었다. 그녀는 한 손으로 받아 들고 말없이 들여다봤다.

그는 갑자기 바쁜 사람이 되었다. 제일 먼저 불을 지폈다. 참나무 장작이 딱딱 소리를 내며 불이 붙고, 이내 불길이 소리를 내며 타오르기 시작했다. 쌀을 씻고, 밥을 앉혔다. 배낭에서 소주도 두 병 갖다 놓았다.

석쇠에다 말린 갈치꼴랭이도 몇 점 올려놓았다. 발그스름 구워 놓으면 술안주론 아주 일품이었다. 이 날 밤은 오랜만에 눈을 즐기고 싶었다. 이렇게 눈이 오는 날 숲 속에 오면 그는 그저 어린애처럼 단순해지고 싶은 충동을 느꼈다. 허리를 펴고 서서 집 둘레를 둘러보았다. 그리 넓진 않지만 나지막한 언덕과 실개천을 끼고 있어 자못 아늑한 분위기를 자아냈다. 이곳 정글에서는 드물게 하늘이 트인 곳이었다.

숲 속에서는 해가 빨리 졌다. 끼륵 끼르륵. 찌찌찌찌. 새들은 아직 남아 있는 햇살을 아쉬워하는 듯 여기저기서 지저귀고 있었다. 함박눈이 다시 내리고, 세상은 눈 속에 묻혀 보이지 않게 되었다.

"숙아! 빨리 나와!"

그는 방을 향해 큰 소리로 외쳤다.

8

해가 지고 어둠이 깃들면서 숲은 꽁꽁 얼어붙었다. 현준은 언덕 밑 아름드리 동백나무 밑에 천막을 치고 불을 지폈다. 차곡차곡 장작을 쌓고 그 위에다 널빤지를 올려놓으니 제법 훌륭한 저녁 식탁이 되었다.

"무슨 고기죠? 참 고소한데요." 인숙이 말했다.

"어, 이거, 산신령님이 주신 건디." 노인은 만족한 듯이 긴 대나무젓가락으로 고기를 집어 석쇠 위에 얹어 놓으며 말했다. "괜찮을 거라. 이슬만 먹고 사는 거난."

"토끼 고긴가요?"

"아아니."

"꿩 고기?"

"아아니."

"으음! 그럼,… 늑대?"

"허허, 이 사름, 여기 무신 늑대가 있다고!"

"그럼, 또… 모르겠는데요. 말씀해 주세요."

그녀는 더 생각이 나지 않아 고개를 주억거리며 노인에게 술잔을 넘겼다.

"이거, 와이료 쓰는 거라?" 노인은 기꺼이 잔을 받으며 말했다. "이치룩 눈이 하영 올 때민 노루가 먹을 걸 찾앙 내려오거든. 올 겨울도 덫을 서너 개 쳐 놨더니 심심찮을 만큼은 걸리고 있어."

이따금 동백꽃이 고요한 정적을 깨고 툭툭 떨어졌다. 인숙은 팔을 높이 들고 나뭇가지 사이로 새어 들어오는 눈을 받았다. 이 황홀한 슬픔. 그녀는 자신도 알 수 없는 어떤 막연한 감정에 이끌려 몸을 떨었다. 아름다운 것은 모두 슬픈 것이고, 그래서 사람들은 슬픔을 사랑하게 되었는지도 모른다고 생각했다.

그새 잠시 멎었던 눈이 다시 펑펑 쏟아지기 시작했다. 곧 사람의 키만큼 솟아오를 기세였다. 이제 그들은 완전히 흰눈 속에 갇혀 버렸다. 눈의 무게에 못 이겨 천막의 한 끝이 점점 한쪽으로 기울고 있었다.

"술 더 헐 거라?"

"됐수다."

"부족허민 말해여. 저기 많이 이시니깐."

노인이 다시 숯막으로 불을 보러 갔다. 현준은 나뭇가지를 올려놓기도 하고 긴 막대기로 쿡쿡 쑤셔 모닥불을 일으켜 세우곤 했다. 재 속에 묻어 둔 고구마가 익어 구수한 냄새를 풍기고 있었다. 그는 고구마를 끄집어내 소쿠리에 담았다. 눈 나리는 겨울밤은 사람이 살지 않는 이런 깊은 산속만큼 좋은 곳이 없었다. 아름답고 밝고 깨끗한 세계였다. 두 사람은 이토록 아름다운 밤을 영원히 가슴 속에 새겨 두려는 듯 눈 속을 헤치며 집 주위로 한 바퀴 빙 돌아보고 나서 방으로 들어갔다.

　노인은 쉬지 않고 계속 숯불을 보러 갔다. 인숙이 잠든 틈을 이용해서 현준은 옷을 꿰매기 시작했다. 자기의 바지도 몇 군데 찢겨 나갔지만 그렇게 심한 편은 아니었으나 인숙이 바지는 도무지 입고 나갈 형편이 못 되었다. 산 생활을 해본 적이 없으니 이만하면 여간 힘들지 않았으리라. 그는 잠시 손을 놓고 그녀의 잠든 모습을 들여다봤다. 갸름한 얼굴에 오똑한 코, 작고 단정한 입술, 쌍꺼풀이 진 크고 시원한 눈이 마치 한 마리 예쁜 산토끼를 보는 듯했다.

　이 방은 장판이 후끈후끈 달아올랐으나 외풍이 좀 있는 편이었다. 그는 모포를 들어올려 그녀의 턱밑까지 깊게 덮어 주었다. 그녀가 입고 있는 갈색 갈중이바지가 갑자기 서러운 빛깔로 다가왔다. 다시 바느질을 계속했다. 바느질이라기보다는 대충대충 속살이 드러나지 않도록 얽어맸다. 이만하면 임시로 걸쳐 다닐 정도는 되는 것 같았다. 그는 그녀를 깨울까 봐 조심스레 문을 열고 밖으로 나갔다. 그새 눈이 그치고, 밝은 달빛이 은백색의 황홀한 세계를 내비치고 있었다. 이토록 아름다운 풍경을 혼자서 보기가 아까웠다. 하지만 기온이 뚝 떨어져서 오래 버틸 수 없었다. 숨을 들여마실 때마다 찬 공기가 날카롭게 폐로 흘러 들어오며 코끝이 찡하고 울렸다. 곧 방으로 들어가 그녀의 곁에 나란히 누웠다.

옆을 보니까, 그녀도 눈을 뜨고 있었다. 달빛이 환히 창으로 비쳐 그들이 누워 있는 곳까지 창살 그림자가 드리워 있었다.
"깨어 있었구나, 너도?"
"나 방금 잠이 깨서 무슨 생각 하고 있었는지 알아?"
"무슨 생각?"
"교실에서 널 처음 봤을 때, 얼마나 흥분했는지 몰라. 너, 그때 기억나?"
"나도 좀 얼떨떨했어."
"나 실은 서울 간 뒤에도 너 생각 많이 했어. 우리 이젠 떨어지지 않기로 해. 그렇게 말해 줄 수 있지?"
"그래. 우리 다신 헤어지지 않는 거야."
"그래, 이렇게! 언제나!"
그녀는 그의 가슴에 얼굴을 묻었다. 그는 두 팔로 그녀를 힘껏 끌어안았다.
"아아, 난 이젠 그때처럼 흥분하지 않을 거야. 나 정말 행복해."
"정말?"
"응. 정말! 나 너무 행복해서 잠이 안 올 것 같아."
"그래도, 자 두어야 해. 내일 또 내려가려면."
"좋아! 우리 똑같은 시간에 잠드는 거야."
"그래. 똑같은 시간에."
그녀는 피곤했던지 곧 잠이 들어 쌔근쌔근 숨소리가 들려왔다. 그러나 그는 여러 가지 생각으로 잠을 이룰 수 없었다. 창틈으로 새어든 달빛에 반사되어 그녀의 얼굴이 하얗게 떠올라왔다. 그는 그녀의 가녀린 숨소리를 들으며 하염없이 바라보고 있었다. 그러는 동안 그도 어느새 잠이 들

연복정 45

고 말았다.

9

 바람 한 점 없이 고요한 아침이었다. 맑게 갠 하늘이 숲 사이로 파랗게 틔어 오고 있었다. 겨울철, 눈에 덮인 산속에서는 새소리가 얼마나 투명한지 그 숨결과 무늬까지도 생생하게 느낄 수 있었다. 현준은 아쉬운 마음으로 멀리 들판을 보며 서 있다가 배낭을 짊어졌다.
 "게난, 이제 나갈 거라?"
 "예."
 "아, 참, 나 정신 보아."
 노인은 숯막으로 급히 뛰어가더니 설파 세 개를 갖고 왔다. 두 사람에게 하나씩 나눠 준 다음, 자기도 매었다. 인숙이가 매고 있는 것은 이제 막 손이 간 자국이 있는 걸로 보아 노인이 어젯밤 숯불을 보며 새로 만든 게 분명했다.
 "설패도 어시 잘덜 와서."
 노인이 앞장서서 길을 안내했다. 길은 눈 속에 깊이 묻혀 있어도 길이었다. 현준은 노인의 뒤를 따르면서 생각해 보았다. 이렇게 쉽게 빠져나갈 수 있는 것을, 어제는 어리석게도 무작정 나섰다가 헤맨 것이다. 가끔씩 걸음을 멈추고 서서 기다리고 있으면 그녀가 동백꽃을 한 아름 가슴에 안고선 허겁지겁 눈을 헤치며 뛰어 왔다. 눈 속에서 보면 꽃은 더 붉고 강렬했다.

"안 춰?"

"난, 되레 땀이 나는 걸."

그녀는 가쁜 숨을 몰아쉬며 잎사귀를 땄다.

"이리 줘."

현준이 배낭에서 주머니칼을 꺼내 나뭇가지를 다듬고 가지런히 정돈해 주었다. 인숙은 눈을 헤집고 걸으면서도 계속 꽃을 안고 있었다. 군데군데 찢겨서 실밥이 허옇게 드러난 바지와 피로도 다 잊은 듯했다. 마을에 도착하자 그들은 말과 마차를 찾고 노인이 있는 곳으로 갔다. 노인은 어느새 숯가마니를 집앞에 쌓아 놓고 있었다. 험한 날씨에 대비하려고 숯막에서 마을로 옮겨 두었던 것이다.

"고맙수다, 삼춘!" 현준이 숯가마니를 마차 위에 차곡차곡 쌓으면서 말했다.

"조심히덜 가!" 노인은 현준에게서 눈을 떼고, 인숙을 보며 말했다. "아, 그리고, 선생님한테도 안부 전해 주시고."

"안녕히 계세요."

인숙이 깍듯이 허리 굽혀 인사했다. 노인은 소석 선생이 유치장에 가 있다는 사실을 모르고 있었다. 현준은 채찍을 들고 말을 몰기 시작했다. 마차는 마을에서 벗어나자 언덕 밑으로 천천히 굴러 내려갔다. 세상은 온통 하얗게 변해 있었고, 멀리 청남색 바다가 흰눈 위로 더욱 푸르고 찬란하게 빛났다.

"아, 정말 아름다운 곳이야! 목마장도 아름답겠지?" 인숙이 일어나 두 팔을 뻗고 멀리 들판을 바라보며 외쳤다.

"그럼!"

"가보고 싶어."

"공연 끝나면 같이 가. 볼 만할 거야. 어머닌 면회 가셨어?"

"오늘 가셔. 무근성 고모네집 간다고 나왔는데, 난 우리 엄마 잘 알아. 면회 가는 날은 아무데도 안 들리거든. 자신이 너무 초라해지나 봐."

"기도하고 계시겠지."

"그럴지도 몰라. 우리 엄만 하느님이 전부니까."

"넌, 왜 예배당 안 가?"

"갈 거야. 언젠간."

"언젠간?"

"응, 언젠간!"

"하하. 하느님은 정말 계시겠지? 그저께 우석 선생님 찾아갔었는데…."

"그래? 요즘 통 못 뵈었어. 좀 어떠시든?"

"얼마 못 사실 거야. 내가 왜 그 분을 찾게 되는지, 그런 생각을 하게 될 때가 있어." 그는 배낭에서 술과 육포를 꺼냈다. "이거 어때? 산에 다닐 땐 갖고 다니기 편하니까 많이들 이용하고 있어."

그는 육포 한 조각을 찢어서 그녀에게 건넸다.

"으음, 이거 쫄깃쫄깃한데."

"아까, 말 찾으러 갔을 때 그 친구가 줬어. 박정욱이라고, 학교에서 본 적 있지?"

"응. 몇 번."

"좋은 녀석이야. 교양을 주러 나오면 주로 그 집에서 신세를 졌어."

말은 그냥 놔두어도 제가 갈 길을 알아서 가고 있었다. 그는 병째로 높이 들고 단숨에 쭉 마시고 나선 그녀에게 넘겼다.

"싫어. 그거나 좀."

그는 남은 육포를 찢어서 그녀에게 주고, 자기도 한 조각 입에 물었다.

"이건 어린 송아지 고기야. 씹어 보면 알 수 있어." 그는 고개를 들어 눈 덮인 들판을 바라보며 말했다. "이 일대 민주부락엔 도피자들이 많이 와 있어. 이덕구 선생도 여기 어디 숨어 있을 걸."

"하루 이틀도 아닌데, 이런 데서 어떻게들 지내고 있지?"

"말이 아니야. 춥고 배고프고."

"속히 무슨 대책을 세워야겠구나."

"무슨 대책?"

"그럼, 보고만 있을 거야? 청년회에서 나서서 누구보다 그런 사람부터 도와줘야지."

"뭐, 지금 청년회라고 했어? 1·22 검거 사태 이후론 도당뿐 아니라 청년회까지도 완전히 기능을 상실하고 있는데."

"알아보고, 우선 보급 루트를 정하도록 해. 우리 부녀회에서도 협조할 테니까."

해변으로 내려갈수록 길은 눈이 녹아 질퍽거렸다. 마차가 지나갈 때면 뻘이 튈까 싶어 사람들이 길옆으로 비켜섰다. 와아— 와—. 그는 조심스럽게 말을 몰았다. 마지막 눈이 될지 모르지만, 해변과 달리 산촌에선 오래 버티는 힘이 있으니까 다음에도 몇 번 더 숯을 가지러 오고 싶었다.

마차는 상두거리를 지나 조천으로 들어서고 있었다. 그녀는 꽃다발에 묻은 물을 툭툭 털고 나서 가슴에 품어 안았다

"성내 갈 거야?"

"응. 내친 김에. 이런 날 시세가 좋거든." 그는 갑자기 기분이 좋아져서 조금은 들뜬 목소리로 말했다. "마구간을 지을려면 세멘도 두어 포 사고, 재목도 좀 구해야겠어."

"망아진 언제 오는데?"

"곧 올 거야. 이 달 안으로. 아주 종자가 좋은 놈들인데, 한 놈은 흰둥이래."

"그럼, 난 흰둥이?"

"그렇지, 흰둥이! 흰둥이가 어울릴 거야."

"나, 허리 아픈데 탈 수 있을지 몰라."

"무슨 소리야? 승마만큼 좋은 운동이 어디 있다고."

"추운데 잘 갔다 와."

"아, 잠깐! 작별 인사?"

"너, 미쳤어? 여기가 어딘데?"

"하하! 근본 떨어진단 말이지?"

그녀가 면사무소 앞 신작로에서 내리자 그는 휘파람을 불며 혼자서 말을 몰고 읍내 동문시장으로 향했다.

10

인숙은 서둘러 지서 앞 가게로 갔다.

"느 지끔 어디서 오는 것고?"

가게를 보는 고모할머니가 놀란 눈으로 그녀를 쳐다보았다.

"왜요?"

"그 옷 보라, 그 옷! 남소나이도 것보담사 낫주. 이거 무신 바느질허는 것광."

"아, 이거요? 흐흥, 나 배고파. 저 건빵 하나."

"게난 밥도 굶언 댕겸서?"

고모할머니가 건빵 한 봉지를 집어 그녀에게 건넸다. 갑자기 시장기를 느낀 그녀는 그걸 뜯어 한 개씩 집어먹으며 집을 찾아 나섰다. 사람들의 눈을 피해 집 뒤쪽으로 들어가려면 신작로에서 농로를 따라 조금 걷다가 보리밭 두 개를 건너야 했다. 그새 눈이 녹아 농로는 질퍽했지만 자갈을 골라 밟으며 용케 빠져 나갔는데, 보리밭을 건너기란 여간 난감한 일이 아니었다. 그녀는 구석지 담을 끼고 조심스레 걸음을 옮기다가 몇 번 진창에 발을 담그고 난 뒤부턴 아예 바짓가랑이를 걷어 올리고 첨벙첨벙 용감하게 달려갔다.

다행히, 어머니는 집에 없었다. 그녀는 어머니가 돌아오기 전에 속히 옷부터 갈아입어야 했다. 그 바지를 그냥 갖다 버리기에는 너무 아까운 생각이 들었다. 입을 순 없을지라도 그의 정성이 담긴 것이라 잘 접어서 책상 밑에 깊숙이 감추어 놓았다.

흙투성이가 된 운동화를 빨고, 몸을 씻었다. 아주 먼 세계에서 돌아온 느낌이었다. 눈에 덮인 숲과 동백꽃, 길을 잃고 헤매던 일, 무엇보다 노루고기 안주와 밤풍경이 아름다운 영화의 한 장면처럼 뇌리에서 떠나지 않았다. 현준과 둘이서 허리께까지 차오른 눈을 헤치며 숯막 주위를 돌던 때가 그 중에서도 가장 강렬한 인상으로 남아 있었다. 언젠가 그가 말했던 그 평화의 땅도 하루 속히 가보고 싶었다. 그녀는 가슴 가득해 오는 환희에 몸을 떨며 정지로 달려갔다. 그게 언제인진 모르지만 반드시 그 날은 올 것이고, 그 땐 그 넓은 초원과 우마와 비둘기 같은 집을 짓고 살고 싶었다.

일찍 저녁상을 보아 놓고 소학교로 갔다. 연극 연습은 예정대로 진행되고 있었다. 교실 앞 화단에 몰래 서서 지켜보고 있으려니까 단원들이 그저 고맙고 대견스럽기만 했다. 이젠 제법 대사를 소화해서 자연스럽게 척척 외우고 있었다. 마을 청년들이 일제 경찰을 몰아내고 농민을 구하는 장면인데, 긴장과 서스펜스를 자아내야 하는 이 대목이 아주 생동감있게 재현되고 있었다. 그녀는 기쁜 마음으로 박수를 치며 유리창 문을 거칠게 열어 젖혔다. 깜짝 놀란 단원들이 우르르 몰려와서 손을 내밀자 그녀는 창문을 넘어 교실로 뛰어 들어갔다.

"잘 했어. 정말 잘 했어."

"우리 선생님 만세!"

단원들은 신이 나서 큰 소리로 합창했다. 그중엔 소학교를 갓 졸업한 철부지 소년도 있었고, 결혼해서 아기까지 둔 젊은 주부들도 있었다. 그녀보다 몇 살씩 더 많은 사람들이 있었지만 그들은 한결같이 선생님이라고 불렀다. 아무리 주의를 시켜도 그렇게 입버릇이 되어 있었다.

"며칠 안 남았는데, 우리 마지막까지 힘 내요."

"네. 선생님."

인숙은 다시 연습으로 들어갔다. 동백꽃의 1박 2일이 생각할수록 꿈만 같았다.

11

이튿날, 현준은 학습에 참석하기 위해 아침 일찍 집을 나섰다. 탑바리는 제주읍 북쪽 해안의 한적한 동네였다. 이 바닷가 동네는 안개가 짙게 깔리고, 파도가 여기저기서 방파제를 넘어 길 위로 무너지고 있었다. 그는 물보라를 피해 주춤주춤 안개 속으로 걸어 들어갔다. 눈이 녹아 질퍽질퍽한 데다 파도까지 몰아쳐 길은 엉망진창이었다. 바지를 말아 올리고, 약도에서 가리켜 준 대로 방파제를 따라 서쪽으로 곧장 나아가다가 멀구슬나무 한 그루가 집 앞에 서 있는 곳을 찾아냈다. 그는 급히 대문을 밀고 들어갔다. 안팎거리 두 채로 되어 있었는데, 바다를 등지고 있는 밖거리 한 쪽에는 한낮인데도 불이 켜 있었다. 그는 그 쪽으로 다가갔다. 누군가 한 사람이 희뿌연 창호지문을 조금 열고 서선 밖을 내다보고 있었다.

"조천서 왔습니다."

"어서 오십시요."

그 사나이가 삼방으로 나와서 안내했다. 현준은 바지 가랑이를 풀어 내리고 흙탕물을 떨며 방안으로 서둘러 들어서다가 지인숙이 동지들과 앉아 있는 것을 보고 깜짝 놀랐다. 얼마나 놀랐는지 자기의 눈을 의심할 정도였다. 그동안 부녀회에만 관계하고 있는 줄 알았는데 어느새 청년동맹 지도부까지 이렇게 깊숙이 들어와 있었다. 자리를 잡고 앉은 뒤에도 그는 눈을 떼지 않고 줄곧 바라보았다. 그녀는 그의 손이 닿을 수 없는 어떤 먼 세계에 있는 것처럼 보였다.

잠시 인사를 나누고 나서 그들은 곧 토의로 들어갔다. 케이 캡틴의 줄

임말, 조책)를 빼면 거기 모인 4명의 참석자들은 모두 조천면 출신이었다.

"오늘부터 단선 반대 총파업에 들어갑니다만," 케이가 먼저 입을 열었다. "우리 제주도는 어떻게 해야 좋을지 모르겠군요. 아시다시피 도당이 저 모양인데, 그렇다고 우리가 팔짱 끼고 서서 구경만 할 순 없지 않습니까? 오늘 이 학습은 그래서 긴급 소집된 것입니다."

"일이 이렇게 된 이상, 우리 청년동맹이 당을 대신해서 독자적으로 나갈 수밖에." 송용구가 다분히 신경질적인 어투로 말했다. 몹시 눈이 나쁜 듯 두툼한 안경을 쓴 이 청년은 여러 차례 회합 같은 데서 본 적이 있기 때문에 현준에겐 꽤 낯이 익은 편이었다.

"그렇지요. 우리가 나설 수밖에 없지요. 그런데, 문제가 그렇게 간단하지 않습니다." 케이가 말했다. "우리 청년동맹도 도당 못지않게, 아니 그 이상으로 큰 손실을 보았습니다. 지난 2주 동안 검거된 인원만 해도 400명이 넘는데, 그중 절반 이상이 우리 청년동맹 회원들입니다. 이런 상황에서 우리가 얼마나 효과적으로 일을 도모할 수 있을진 모르지만, 동지들! 이런 땔수록 힘을 냅시다." 케이는 미리 만들어 온 유인물을 나누어 주면서 말을 이어 나갔다. "그동안 각 지역별 현황을 점검해 왔습니다. 오늘은 조천면 차렌데, 여기 경찰서에 수감된 회원들을 토대로 작성하다 보니까 미흡한 점이 많을 줄로 압니다만 두 분이 현지에서 직접 보고 들은 대로 보완해 주십시오. 육지로 빠져 나가거나 산간에 가서 숨어 있는 사람들, 아직 경찰서로 이송되지는 않았으나 현재 지서에 붙들려 있는 사람들도 모두 체크해 주기 바랍니다."

현준은 홍윤식과 나란히 앉아서 한 장 한 장 걷어 넘기며 검토하기 시작했다. 청년동맹이 입은 상처는 생각했던 것보다 훨씬 더 컸다. 유인물에 따르면, 지금까지 그가 파악하고 있는 명단 외에도 많은 회원이 이곳 제주경찰서에 붙들려 와 있었다.

"군정청에선 이미 다 각본을 짜놓고 밀어붙일 작정인가 본데."

묵묵히 명단을 보고 있던 현준이 고개를 들어 케이를 건너다봤다.

"그렇습니다. 신문에서 보니까, 내일 서울운동장에서 궐기대회를 갖는다고 했더군요. 이게 다 그자들의 음모와 계략에서 나온 게 아니고 무엇이겠습니까? 이번 2·7 구국투쟁은 바로 그러한 반민족적 음모를 분쇄하는 데 목적이 있습니다." 케이는 현준에게서 눈을 떼고 곁에 앉은 인숙을 돌아다보며 말했다. "지 동무, 우리 제주도가 제일 문제군요. 도당 간부들 중엔 모처럼 검거를 피해 활동하는 분들이 있다고 들었는데 무슨 얘기 못 들었습니까?"

"아직 난…."

"기다려 봅시다. 궁직통이라고, 우리 청년운동이 오히려 활력을 얻는 계기가 될 수 있을지."

"나도 그렇게 바라고 있어요."

인숙은 언제나 밝고 명랑했다. 그녀의 경쾌한 음성이 침울한 분위기를 한층 가볍게 덜어 주는 것 같았다. 현준은 잠시 손을 놓고 호기심어린 눈으로 그녀의 표정을 살펴보았다. 그녀는 아무렇지 않다는 듯 담담하게 앉아 있었다. 그 담담함이 그에겐 아주 낯설게 보였다.

"부녀회에서도 물론 참가하는 거죠?" 케이가 다시 인숙에게 물었다.

"그래서 나왔어요. 그동안 보니까, 남성보다 여성이 필요할 때가 많았어요. 삐라를 살포하거나 포스터를 붙일 때도 그랬고, 유인물을 옮길 때도 그랬어요. 여자들을 잘 활용해 보세요. 여자 우습게 봤다간 큰코다칠 거예요." 그녀는 간간이 농담을 섞기도 하면서 흥미진진하게 말했다. "지금 여기 김현준 동무가 나와 있습니다만, 삐라는 비바리들이 구덕 속에 담고 다니는 게 안전해요. 선전, 연락 같은 것도 그렇고, 다방면으로 생각해 볼 수 있지요. 조천에선 이미 좋은 성과를 거두어 왔습니다. 자세한 내용은 김 동무에게 여쭈어보도록 하지요."

호기심을 느낀 동지들이 인숙을 쳐다보며 묻고, 대답을 기다렸다. 그녀는 신이 나서 손을 내저으며 힘있게 말했다.

"네, 우리 부녀회에서는 간부들이 직접 마을을 돌며 학습도 시키고, 실제로 시범을 보여주고 있어요. 다쳤을 때 응급치료라든가 통신문 전달, 삐라 뿌리기 요령까지… 그래요. 투쟁도 뭘 좀 알아야 하니까요. 대단히 반응이 좋은데, 이번 시위부터 잘 활용해 보세요. 그럼, 난 이만 가봐야겠군요." 인숙은 일어나 동지들과 인사를 나누고 나서 현준에게 말했다. "김 동무, 나 잠깐!"

현준은 잠시 멈칫하다가 그녀의 뒤를 따라나섰다. 두 사람은 조금 걷다가 어느 초가집 담벽에 기대어 섰다.

"놀랐지? 내가 불쑥 나타나서."

"흥! 알긴 아는구나."

"오해하지 마. 앞으로도 우린 이런 경험을 많이 하게 될 거야. 이런 얘긴 나중에 하기로 하고," 인숙은 그의 어깨에 매달리면서, "이것 봐! 바람이 씽씽 몰아치는 억센 바다, 이렇게 서 있으면 난 외롭다든가 슬프다든가 하는 감정이 오히려 편안하게 느껴질 때가 있어."

이런 땐 똑 천진난만한 어린애 같았다. 현준은 웃으며 두 팔로 안아 주었다.

"춰?"

"난 괜찮아. 조금만 더 있다 가."

인숙은 현준의 가슴에 얼굴을 묻고 있었다. 현준이 목을 길게 뽑고 사방을 둘러보았다. 바람이 점점 기세를 올리고 있었다. 파도가 가끔씩 방파제와 길을 건너 집 앞까지 달려들고 있었다.

"그만 가야겠어. 기다리고들 있을 텐데."

그는 이윽고 그녀를 떼어놓고 안개 속으로 걸어갔다.

"원정통 그 다방, 알지? 기다릴께." 인숙이 그의 등 뒤에 대고 소리쳤다.

현준은 바삐 걸음을 옮기며 앞으로 나아갔다. 이런 때 같이 있어 주지 못 하는 것이 아쉬웠다. 잠시 후에 돌아다보았지만 그녀의 얼굴은 안개에 묻혀 알아볼 수 없게 되었다. 그는 다시 걷기 시작했다.

12

시골 학생의 자취방. 도배라는 건 생각해 본 적이 없는 어수선한 공간이다. 벽과 천정엔 신문지가 다닥다닥 붙어 있고, 낙서가 어지럽다.

펜은 칼보다 강하다… 너 자신을 알라… 눈물에 젖은 빵을 먹어 보지 못한 자는 인생을 알지 못한다…

인생을, 세계를 걱정하는 문구들이다. 현준은 토의 중에도 고개를 들어 찾아 읽어보았다.

뿌옇게 그을음이 낀 석유등잔이 머리 위에서 흐릿하게 비치고 있다. 낮에도 불을 켜지 않으면 책을 볼 수 없는 어두컴컴한 방, 능금상자에다

보자기를 씌운 듯한 조그만 책상과 라디오, 괘종시계, 중학교 학생의 자취방치곤 제법 깔끔하게 정돈되어 있는 셈이었다.

케이가 구속자 명단을 들고 낱낱이 점검해 나갔다. 냉골 사건에 이르자 그의 표정이 갑자기 일그러졌다.

"그럼, 그 청년들은 지금…?"

"다 튀었지요. 어떤 친구들은 기회를 보아 경비대에 입대한다더군요. 바보 같은 놈들! 그 때, 총을 돌려주는 게 아닌데."

"잘 했지요. 그런 일로 저들에게 빌미를 주는 건 좋지 않습니다."

"무슨 얘깁니까? 그놈들이 맨날 달려들어서 보복하고 있는데! 케이 동무, 우린 언제까지 이런 식으로 당하고만 있어야 하지요?"

홍윤식은 성난 살쾡이처럼 눈에 불을 켜고 케이를 노려보았다. 벽시계가 1시를 쳤다. 케이는 10분간의 휴식 시간을 알리고 나서 송용구와 나란히 건넌방으로 갔다. 둘 다 이 집에서 살고 있었다. 홍 동무의 말을 빌면 냉골 주민들의 고통이 이만저만이 아니었다. 농산물 창고를 습격해서 청년들을 풀어준 것까지는 좋았으나 그 이후론 경찰의 보복 대상이 되고 말았다. 그동안 땅굴을 파고 두더지처럼 숨어 지낸다는 홍 동무가 끝내 분이 풀리지 않은 듯 큰 소리로 계속 말을 걸어왔다. 소장파가 나설 때라느니, 군사부를 당 조직에서 따로 떼어내 강화해야 한다느니, 비교적 많은 정보를 갖고 있었다. 이런 말을 듣고 있으면 현준은 세상이 곧 뒤집힐 것 같은 아슬아슬한 기분이 들었다. 군사부를 독립시킨다고, 물론 그 심정은 이해할 수 있지만 그 다음엔 어떻게 하겠다는 것인가?

현준은 난간에 걸터앉아서 담배를 피우고 있었다. 안개가 뽀얗게 끼어 사람의 눈을 무력하게 만들어 버렸으나 그 속엔 뭔가 깊고 고요하면서도 거대한 어떤 힘이 도사리고 있었다. 그는 신비로운 예감에 이끌려 조용히 학습에 임하고 있었다.

"김 동무, 나하고 얘기 좀 합시다." 케이가 와서 말했다.

"네."

현준은 곧 일어났다.

두 사람은 건넌방으로 갔다.

"지 동무한테 얘기 많이 들었습니다. 정성곤 회장님도 잘 있지요?"

"네."

"매일 가 본다면서 이렇게 늦어지고 있습니다. 다리에 총상을 입었다고 들었는데, 상처는 좀 어떤가요?"

"걱정입니다만, 차츰 좋아지겠지요. 그래도, 뼈를 다치진 않아서 다행입니다."

"속히 의사에게 보여야겠군요." 케이는 현준을 유심히 살피면서, 그래, 이 사람이라면 안심하고 일을 도모할 수가 있겠지, 하고 속으로 생각해 보았다. 드디어 믿을 만한 동지를 찾았다는 흐뭇한 마음이 들어 그는 또 조심스레 이렇게 물었다. "김 동무, 조천은 우리 투쟁의 전진 기지라고 해도 과언이 아니겠지요. 의식과 조직 어느 면에서 보나 완벽한 토대를 갖추었다고 보는데."

"글쎄요."

"무슨 뜻인가요?"

"흔히들 그렇게 말하지요. 하지만, 저는 가끔씩 회의를 느낍니다. 민주부락에 가 보셨지요?"

"네, 몇 번. 교양을 주러."

"한 마디로, 도피자 소굴이라고 할까요. 저는 그 사람들을 만날 때마다 그런 생각을 하게 됩니다. 내가 지금 무슨 짓을 하고 있는 것인가, 하고."

"그래요?"

"그 사람들은 하루 한두 끼로 연명하며 이 동굴 저 동굴로 쫓겨 다니고 있습니다. 우린 정작 그들에게 무엇을 주었습니까? 케이 동무! 교양도 좋고 사상도 좋습니다만," 현준은 끓어오르는 분노를 삭이려는 듯 고개를 떨군 채 잠시 말을 끊고 있다가 주머니에서 담배를 꺼내 상대방에게 권한 다음, 자기도 한 가치 피워 물었다. 그리고, 담배 연기를 쉬지 않고 푸푸 내뿜으며 말했다. "지금 그들에게 필요한 것은 희망입니다. 희망을 심어 주어야 합니다. 어떤 고통도 위해도 극복할 수 있는, 그런 의미에서 근원적인 희망 말입니다."

"그렇습니다. 김 동무, 정말 잘 지적해 주었습니다. 지금 무엇보다 필요한 것은 희망입니다. 희망을 갖는 것, 그것은 비록 그 사람들뿐만 아니라 우리 모두에게…."

그 때, 홍윤식이 허겁지겁 달려와서 알렸다.

"케이 동무, 지금 뉴스 나오는데."

"아, 그래요? 갑시다!"

그들은 서둘러 회의장으로 뛰어갔다. 송용구가 책상 위의 라디오를 아예 방바닥에 내려놓고는 열심히 귀를 기울이고 있었다. 현준도 그 곁으로 가서 자리를 잡고 앉았다. 뉴스는 무려 20분 이상 계속되었다. 사태의 심각성을 느낄 수 있었다. 아나운서의 말을 빌면, 전국노동자평의회 사무실이 급습을 받고 많은 사람이 붙들려갔다. 경찰과 대치상황에서 부상자도 속출했다. 케이는 펜을 들고 메모를 하며 듣고 있었다. 무거운 분위기에 눌려 누구 하나 입을 열려고 하지 않았다. 현준은 홍윤식과 나란히 앉아 명단을 검토하면서도 계속 뉴스에 신경이 갔다. 저쪽의 궐기대회를 하루 앞두고 시작된 이 파업투쟁이 불안한 정국에 새로운 돌파구를 열고 있는 것만은 분명했다.

"전평 산하 각 단위산업노동조합을 시발로 전국적인 총파업에 들어갔군요. 오늘 이 파업투쟁은 전 조선인의 여망이 무엇인가를 국내외에 알리는 계기가 될 것입니다." 케이는 손에 든 메모지를 보며 말했다. "쏘련이 조선위원단의 북한 방문을 거부하자 미국에선 이걸 빌미로 남한 단독선거를 강행하겠다는 것인데, 이것은 말할 것도 없이 한반도의 분단을 고착시키고 남조선을 식민지·군사기지화하려는 미국의 책략에 지나지 않습니다. 이 총파업은 일단 그러한 미국측의 책략과 음모에 쇄기를 박아놓은 셈입니다."

"군정 당국이 그대로 있지 않을 텐데, 이제부터가 문제군." 송용구가 버릇처럼 그 검붉은 뿔테안경을 고쳐 쓰면서 침울한 표정으로 말했다.

"그렇지. 이제부턴 노골적으로 탄압이 가해지겠지. 우리 제주도도 예외는 아닐 거야."

"그렇잖아도, 이번 검거로 양코배기들이 쾌재를 부르고 있는데."

"그러니까, 우리도 하루 속히 군사부를 독립시키고, 저들과 떳떳하게 맞설 수 있는 토대를 갖추어야 하지 않습니까?" 이 기회를 놓칠 수 없다는 듯 홍윤식이 두 사람의 대화에 끼어들어 자신의 강경론을 강조하고 나섰다.

"이 부분에 대해서는 그저께 간부회의에서 장시간 토의된 바 있습니다만, 아직은 그럴만한 조건과 사회적 분위기를 갖추었다고 보기 어렵습니다. 좀더 기다려 봐야겠지요. 그보다는, 조직을 어떻게 재정비하느냐는 것이 현재 우리들에게 주어진 가장 시급한 과제입니다. 보니까, 이번 검거선풍으로 지도자를 잃고 와해 직전에 놓인 지역들이 많이 있는데 이런 경우 필요하다면 비상대책 기구를 구성하고 한시적으로 운영하는 것도 좋을 듯합니다." 케이가 말했다.

"어떻게 된 겁니까? 벌써 두 시 반이 지났는데, 아무 지시 없었습니까?" 현준은 기다리다 못해 케이에게 물었다.

"네? 무슨 지시를?" 케이가 반문했다.

"이렇게 토의만 계속할 것이 아니라, 우리도 빨리 구국전선으로 나가야지요."

"아, 네, 중요한 지적입니다. 현재로선 아무 지시가 없었습니다만, 기다려 보죠. 곧 있지 않겠습니까? 그런데, 동지들," 케이의 목소리는 단호했다. "오늘은 경찰에서도 바짝 긴장해 있을 겁니다. 우리 조직원들 한 사람 한 사람이 얼마나 소중한 존재인가 하는 것은, 멀리 갈 것 없이, 1·22사태 하나만 보아도 잘 알 수 있습니다. 세포 한 명이 붙들리는 바람에 당 조직이 한꺼번에 붕괴되는 그런 엄청난 결과를 가져 왔습니다. 다시는 그런 우를 범하지 않도록 우리 모두 각별히 주의를 기울여야 하겠습니다. 또, 설사 불행이 닥친다 하더라도 조직을 위해 개인을 희생할 줄 아는 아름다운 사람이 되어야 하겠습니다. 그럼, 오늘 이 모임은 이것으로 마치기로 하고, 건투를 빕니다. 안녕히 가십시오."

케이는 두 사람에게 나누어 준 유인물을 도로 거두고 난 다음 폐회를 선언하고, 송용구와 함께 먼저 나갔다.

13

 현준은 잠시 라디오 앞에 서 있다가 홍윤식과 밖을 나섰다. 집 앞 방파제를 따라 동쪽으로 곧장 걸어갔다. 그새 안개가 걷히고, 바다는 다시 소생하고 있었다. 희고 포슬포슬한 뭉게구름이 수평선 너머로 솟아오르고 있었으며, 대기는 한결 상쾌한 느낌을 자아냈다. 현준은 길고긴 동굴 속에서 이제 막 벗어난 기분이었다. 원정통 큰길로 나서자 두 사람은 헤어졌다. 윤식은 버스를 타기 위해 관덕정 마당으로 향했고, 현준은 반대편 방향으로 걸어갔다. 지인숙이 말한 그 다방은 거기서 그리 멀지 않았다. 그녀를 만나면 무슨 정보를 얻을 수 있을 것도 같았다.
 2층으로 오르는 나무 층계가 유난히 삐걱거렸다. 문을 밀고 들어서자 창을 향해 앉아 있는 그녀의 뒷모습이 한 눈에 들어왔다. 케이와 송용구도 어느 사이 그곳에 와 있었다. 현준은 그들이 있는 곳으로 걸어가 목례를 보냈다.
 "어서 와!"
 인숙이 기다리고 있었다는 듯 몹시 반가운 얼굴을 하고 그를 맞았다. 자기가 앉아 있던 자리를 내어주면서 안쪽에 있는 빈 의자를 끌어당겼다. 현준은 그녀가 하는 대로 했다. 레지가 오자, 커피를 시키고 나서 주위를 둘러보았다. 어쩐지 잘못 들어온 느낌이었다. 사람들이 여기 저기 테이블에 모여앉아 떠들고 있었는데, 그 몰골들이 얼마나 뻔뻔스럽고 해괴망측하게 보였는지 칵, 침이라도 뱉어 주고 싶었다. 고등룸펜의 세상. 8·15와 급격한 인구증가가 가져온 새로운 풍경이었다. 일본서 공부깨나 했다는 자들이 이렇게 시간을 죽이고 있는 것이다. 그는 누구보다도 동지들의 대화가 비위에 거슬렸다. 하릴없는 사람처럼 한가하게 앉아서 담소를 즐기고 있었지만 그들의 그 즐거운 듯한 대화가 그에겐 오히려 부담이 되었다. 그들 역시 가면을 쓰고 사는 한낱 시정배에 지나지 않았다. 조금 전까지만 해도 그토록 진지했던 학습장의 열기는 어디서도 찾아볼 수 없었다.

레지가 찻잔을 갖다 놓자 현준은 한 모금 마시다 말고 일어났다.

"저는 이만…."

"아, 왜요? 벌써 갈려고?"

송용구가 그대로 의자에 앉은 채 고개를 들어 올려다봤다.

현준은 허리를 조금 굽혀 보이며 바삐 출구로 걸어갔다. 인숙이 허겁지겁 따라나섰다.

"왜 그래? 무슨 일 있어?"

"…"

그가 성난 얼굴로 그녀를 쏘아보았다. 그녀가 다시 물었다.

"왜, 무슨 일인데?"

"오늘 같은 날, 이게 뭐야? 난, 빨리 조천으로 갈 거야."

"같이 가. 나도 곧 갈 거니까."

"아냐. 나 먼저 가."

"그럼, 이따 만나. 연북정에서 9시."

그는 듣는 둥 마는 둥 삐걱거리는 층계를 뛰어 내려갔다. 다리를 건너 동문시장 앞으로 나가자 경찰 2명이 어깨에 총을 멘 채 길가에 서 있었다. 예상했던 대로 경비를 철저히 하는 모양이었다.

시장 앞 복잡한 거리를 피해 뒤쪽으로 나가는 조그만 골목길을 택했다. 여긴 비교적 한적한 편이었다. 현준은 주위를 살피며 조그만 구멍가게로 갔다. 가게와 방 사이 문턱에 걸터앉아 뜨개질을 하던 여인이 여느 때와 마찬가지로 그를 힐끗 쳐다보더니 손에 든 털실과 긴 대나무 바늘들을 옆으로 밀쳐놓고 일어났다. 먼지가 허옇게 쌓인 낡은 진열장에서 편지봉투 몇 장을 꺼내 그에게 건네주었다. 그는 그 중에서 노란 봉투 한 개를 뽑아 내의 속에 깊숙이 집어넣었다. 늘 있는 일인데도 두 사람 사이엔 미묘한 긴장감이 감돌았다.

그는 다시 큰 길로 나섰다. 마침 버스가 도착하고, 사람들이 우르르 몰려들어 북새통을 이루고 있었다. 뛰어가 간신히 차에 오른 그는 출입문에 몸을 기대고 서 있다가 조금씩 안으로 비집고 들어갔다. 갑자기 불안한 마음이 들어 바지주머니 밑으로 손을 넣어 보았다. 내의 속에 깊숙이 감추고 온 그 얇은 쪽지가 집게손가락 끝에 와 닿았다. 그 때, 누군가가 어깨를 툭 치면서 알은 체했다. 메가네였다. 순간, 벌레를 씹는 것 같은 끔찍한 느낌이 들었으나 짐짓 태연한 표정으로 억지웃음을 지어 보였다. 그럴수록 바싹 다가서서 말을 거는 메가네가 견딜 수 없이 미웠다.

"경준인 안직 안 내려온 모양이지?"

"요즘은, 통 편지도 없군요."

현준은 일부러 거짓말을 했다. 가능하면 빌미를 주지 않기 위해서였다. 메가네가 계속 물고 늘어졌다. 메가네의 관심은 주로 형에게 가 있었다. 형은 워낙 수재니까 시험에 붙을 거라고, 고등문관 시험이란 게 운이 따라야 한다고도 했다.

녀석은 이것저것 들추어가며 꼬치꼬치 캐물었다. 오래 된 직업의식이 발동한 모양인지 너스레를 떨면서 현준의 가슴을 조여 왔다. 현준은 가만히 들으면서 속으로 끓어오르는 분노를 삭혔다. 마치 고문을 받는 것과 같았다. 버러지만도 못한 놈! 해방이 됐다지만 이놈은 전혀 달라진 게 없어. 이게 무슨 해방이야! 이런 천박한 인간이 형을 잘 아는 것처럼 가장하고 있는 게 싫었다. 그런데, 참으로 이상하다는 느낌이 들었다. 박재수에 대해선 한 마디도 묻지 않았기 때문이었다. 아무리 생각해봐도 이해가 가지 않는 부분이었다. 한밤중에 테러를 당하고 병원에 실려 간 자가 이제 다시 조천으로 돌아오게 됐으면 말은 안 해도 얼마나 속으론 이를 갈고 있을까 싶기도 했다. 그렇다면 누구 짓인지 여직 모르고 있단 말인가? 그는 슬쩍 메가네의 옆얼굴을 훔쳐보았다. 이전과 다를 게 없었다. 광대뼈 밑에 반창고를 쬐그맣게 오려 붙이고 지팡이를 짚긴 했으나 전혀 환자처럼 보이지는 않았다. 놈이 그동안 도립병원에 입원하고 있었다는 건 괜히 뜬소문이었나 싶었다. 이 자는 분명 재수의 짓임을 알고 있을 테고, 또 재수가 자기의 단짝 친구라는 것도 다 잘 알고 있을 텐데, 그 사건에 대해서만은 입을 꽉 다물고 있었다. 아무래도 그게 수상했다.

  차는 화북과 삼양을 거쳐 진드르로 나서고 있었다. 황량한 겨울 들판에 듬성듬성 꽂힌 억새가 마른 풀 위로 나부끼고 있었다. 현준은 썰렁한 기분으로 멀리 원당봉 기슭을 바라보았다. 일본군이 파놓은 토치카가 여기저기 흉물스럽게 아가리를 벌리고 있는 것이 거넣게 눈에 띄었다. 그 때, 차체가 크게 흔들리더니 덜커덩 서 버렸다. 이 때다 싶어, 그는 사람들의 틈을 비집고 출구로 빠져나갔다. 고장난 차를 고치는 시간이면 아무 트럭이나 닥치는 대로 붙잡고 갈 작정이었다. 더구나, 메가네의 손아귀에서 벗어날 수 있어서 홀가분했다.

  밖은 꽤 쌀쌀했다. 바닷바람이 넓은 들판을 건너 세차게 불어닥쳤다.

"어, 같이 가!"

홍윤식이었다.

"자네도 타고 있었군."

"그 자식, 거, 뭘 하는 놈인데?"

"끄나풀."

"고등계 출신이란 말이지?"

"요즘은 옷 벗고, 앞잡이 노릇을 하고 있지."

"이렇게 된 거군. 알만 해."

윤식이 손가락으로 목 자르는 시늉을 했다.

"하하하!" 현준이 소리내어 웃었다.

트럭 한 대가 천천히 속도를 줄이고 다가왔다. 그들은 익숙한 솜씨로 뛰어올랐다. 차는 언덕바지를 넘어서자 다시 달리기 시작했다.

"아직 지시가 없다니!"

"엉?"

"지-시-가 없-다니 말야." 바람이 세어 들리지 않았으므로 현준은 더욱 큰 소리로 또박또박 발음했다.

"누가 그어 놓은 삼팔선인데? 지시가 없으면 우리끼리 할 거야. 내일 궐기대회 그대로 진행될까?"

"그 놈들 더 발악적으로 나올 걸! 김구 선생까지 빨갱이로 모는 판국인데."

차는 어느새 소학교를 지나 면사무소 앞으로 나가고 있었다. 현준은 차가 가파른 고갯길을 기어오르는 틈을 타 펄쩍 뛰어 내렸다. 가까스로 몸의 균형을 잡고 나서 돌아다보니 윤식이 모자를 벗어 흔들며 떠나고

연북정 67

있었다.

현준은 포구로 내려가는 마을 안 큰길로 들어섰다. 연북정의 높다란 추녀가 멀리서도 또렷이 보였다. 죄인의 몸으로 여기까지 와서 임금님께 네 번 절을 하고 적소로 끌려가야 했던 유배객들의 심정이 어떤 것이었을까 하고 생각해 보았다. 비석거리 지나 포구 쪽으로 조금 나가다가 그는 좁고 긴 골목길로 꺾여 들어갔다. 지난 22일 경찰의 포위망을 뚫고 탈출한 정성곤 회장이 이곳에 숨어 있었다.

"앞으론 딴 사람을 시킬 테니까, 자넨 여기 일에만 주력하도록 하게." 정 회장은 현준이 건네준 통신문을 받아 읽으며 말했다. "오늘은 경찰이 눈을 부라리고 있을 테지. 우린 그래서 시위 일정을 하루 늦추기로 했네."

"네?"

"왜, 무슨 일 있었나?"

"아닙니다. 저는 그런 줄도 모르고…."

현준은 깜짝 놀라 정 회장을 올려다봤다. 공연히 간부들을 탓한 자신이 부끄럽게 생각되었다.

"물막은 섬에선 머리를 쓸 수밖에 없지 않아? 그건 그렇고, 무슨 얘기 들을 했나?"

"이번 모임은 주로 조직의 점검에 있었습니다. 적극적인 투쟁을 말하는 동지들도 있었지만 아직 어떤 결정도 내리지 못한 상태인가 봅니다."

"무장 봉기라도 하자는 건가?"

"그런 셈입니다."

"그래?" 정 회장은 갑자기 심각한 표정을 지으며 말했다. "레닌도 말했듯이, 객관적 조건을 충분히 고려해 봐야지. 자칫하면 희생만 치르고,

계급적 죄악을 범하는 꼴이 될 테니까. 이 문제는 앞으로 많은 검토와 토의를 거쳐야만 할 거야. 그리고, 이번 시위는 말이야. 조심해야겠어. 저쪽서도 단단히 벼르고 있을 테니."

"명심하겠습니다. 그럼, 저는."

"아, 잠깐! 내일 여길 뜰까 하는데, 자네가 도와줘야겠어."

"아직 다리도 낫지 않으셨는데."

"걱정 마. 마차를 이용할 생각이야. 자넨, 지서 앞 상황을 살피다가 적당한 시간과 길목을 알려주면 돼."

현준은 급히 아지트를 찾아 나섰다. 이 날 밤 안으로 유인물을 제작하고, 조천면 관내 각 고을로 내보내야 했다. 그리고, 조천리는 자기네들 손으로 직접 포스터를 붙이고 삐라를 뿌려야 했다. 용근, 유철, 지우, 영진, 익수. 그는 속으로 동지들의 이름을 외우며 걸음을 재촉했다.

정 회장은 통신문을 들여다보며 계속 생각에 잠겨 있었다. 당 지도부가 무너지긴 했지만 하부 조직만은 이전과 똑같이 움직이고 있었다. 누구보다, 측후소에 숨어서 종일 무전기와 씨름하는 세포들의 모습이 먼저 떠올랐다. 그들이 외부로부터 통신을 받으면 선전부 요원들은 깨알 같은 글씨로 베껴 써서 몇 군데 연락처로 뿌린다. 그러면, 그 쪽지가 각 면당 아지트로 전달된다. 지금 이 시간에도 맨발로 뛰거나 트럭 꽁무니에 매달려 이 고을 저 고을로 달음질치고 있을 야원들의 그림자가 눈에 선히 보이는 듯했다. 그는 일어나 창가로 가려다가 도로 주저앉았다. 부상당한 다리의 통증이 또 시작되었다. 붕대를 풀고 상처의 부위를 만져보았다. 이대로 두면 탱탱 부은 다리가 곧 곪아 터질 것만 같았다. 하루 속히 밤골로 나가 당 간부들도 만나고, 읍내 의사와 연락해서 치료를 받고 싶었다. 그는 다시 통신문을 들적거리고 있다가 조심스럽게 다리를 끌며 창가로 갔다. 방금 뛰어나간 청년 동지의 감격과 흥분, 그것은 지난 날 오사카의 공장 지대 그 어둡고 칙칙한 골방에서 젊음을 불태우던 시간들을 돌이켜보게 해 주었다. 그래도 조국에서 일을 한다는 것이 그에겐 큰 기쁨이고 보람이었다.

14

아지트는 이미 작업에 들어가 있었다.

"용근인?" 현준이 등사기 앞에 다가서서 롤라를 밀고 있는 김지우 쪽으로 몸을 굽히며 말했다.

"마투(전기·전화선 절단 등, 마비 투쟁의 줄임말) 나갔어."

지우는 현준을 거들떠보지도 않고 바삐 손을 놀리고 있었다. 그 곁에 바싹 붙어 앉아 한 장 한 장 종이를 걷어내고 있는 소년동무 익수의 빡빡 깎은 머리통이 불빛을 받아 유난히 하얗게 빛났다. 현준은 어린 소년의 어깨를 도닥거려 주었다. 모든 준비가 척척 진행되고 있었다. 그는 지유철과 자리를 바꾸고 앉아서 가리방을 긁기 시작했다. 형언할 수 없는 어떤 뜨거운 열기가 그의 내부에 감돌고 있었다. 이번 학습은 돌아와서 다시 생각해 볼수록 뜻있는 일이었다. 바닷가의 그 초가집과 짙은 안개, 길 위로 부서지는 성난 파도, 케이와 동지들, 열띤 토론의 장면들이 영화의 한 대목처럼 선명하게 떠올라왔다.

유철이 라디오의 볼륨을 조금 더 높게 올렸다. 이 날은 계속해서 시국에 관한 보도를 내보내고 있었다. 서울과 부산, 대구, 인천, 광주, 전주, 대전, 목포,… 전국 거의 모든 지역이 투쟁전선에 합류하고 있었다. 일을 서둘다 보니 벌써 9시 10분이 지났다. 현준은 가리방을 유철에게 넘기고, 급히 연북정으로 뛰어갔다.

지인숙이 혼자 어둠 속에 서 있었다.

"많이 기다렸지?"

"아니야. 나도 방금…." 그녀는 줄곧 바다 쪽을 지켜보며 말했다. "왜 그랬어, 너? 몹시 화가 난 모양이던데?"

"미안해. 내가 오해를 했어. 정 회장 말이, 일부러 시위를 하루 늦추었다더군."

"넌 그래서 탈이야. 모처럼 자리를 만들어 놨더니."

"이번에 처음 만난 사람인데, 케이 동무한테 내가 큰 실례를 범하고 말았어. 니가 잘 말해줘. 근데, 넌 지금 뭘 찾고 있는 거야?"

"아, 저기, 밀항선이 와 있나 봐. 지금 막 조막배 한 척이 사람들을 싣고 나갔어."

인숙은 안개 속에 묻힌 바다를 계속 내려다보고 있었다. 현준도 그녀의 곁으로 가서 섰다.

"이게 바로 우리 현실이야. 해방 되고 3년, 아니 3년도 다 채우지 못했는데, 모두들 도망치고 있는 거야."

"이럴 수가 있어? 어떻게 찾은 조국인데?"

"그래도, 저 사람들은 찾아갈 곳이 있으니 다행이야. 밀항도 돈이 있고 빽이 있어야 하는 거지. 느이집 양반들처럼." 현준은 갑자기 심사가 나서 한 마디 툭 던졌다.

"너, 지금 무슨 소리를 하고 싶은 거야?"

"왜, 내가 틀린 말 했나? 느이집 양반들, 병 주고 약 주는 격인데."

"병 주고 약 준다니? 그건 또 무슨 소리야?"

"내 말 잘 들어. 혁명을 외칠 땐 언제고, 달아날 땐 언제냔 말이야. 세상이 험악해지니까 부랴부랴 일본으로 뛰고 있는데, 이렇게 되면 힘없고 가난한 우리 서민들은 누굴 믿고 살라는 거지?"

인숙은 생각할수록 억울하고 분했다. 당장 달려가서 도피자들의 정체를 확인하고 싶었다. 그들이 바로 자기 집안사람들이라니 더욱 화가 났다. 그러나 그러한 분노의 감정도 얼마 못 가서 맥없이 무너져 버렸다. 차가운 담벽에 턱을 괴고 서서 어둠 속을 응시하고 있던 그녀는 가슴 속에 끓어오르는 격정이 오히려 슬픔으로 바뀌어 차갑게 고여 오는 것을 깨달았다. 순간, 유치장에 들어가 있는 아버지의 외롭고 핼쑥한 얼굴이 보였다.

"가자."

인숙이 어둡고 긴 층계를 단숨에 뛰어 내려갔다. 현준은 묵묵히 그녀의 뒤를 따라 나섰다. 포구를 거쳐 인가가 빼곡히 들어서 있는 비석거리에 이르자 그가 먼저 입을 열었다.

"잘 가."

"잘 가."

그녀의 목소리가 무겁게 가라앉아 있었다. 현준은 그녀가 보이지 않을 때까지 우두커니 서서 지켜보고 있다가 발길을 돌렸다. 아지트에 도착한 뒤에도 그는 우울한 마음을 떨칠 수 없었다. 애꿎이 그녀만 닦달하다 온 셈이 되었다. 속히 그 밀항선을 잊고 제자리로 돌아가기 위해 동지들을 바라보았다. 역시 이 방안에는 새로운 분위기와 열정이 감돌고 있었다. 그는 유철을 도와 포스터를 그리기 시작했다. 그러나 좀체로 일이 손에 잡히지는 않았다. 어둠 속으로 사라져 간 그녀의 모습과 함께 눈물에 젖은 그 음성이 자꾸만 들려오는 것 같았다.

마투에 나갔던 지용근이 밤늦게 혼자 돌아왔다.

"어, 코뿔소!"

"영진이는?"

"발을 뺐나 봐. 집에 데려다 주고 오는 길인데, 이상한 일이지 않아? 진드르 쪽에서 갑자기 총소리가 났어."

그러자, 동지들이 모두 손을 놓고 돌아다봤다.

"정보가 샌 거야. 맨날 똑같은 식으로 나가니까, 저 놈들도 눈치를 챈 거지." 유철이 말했다.

"좋아. 이 문제는 훗날 검토하기로 하지. 오늘은 한 시간만 더 작업하고, 눈을 좀 붙이는 게 어때?"

"그래. 이거면 충분할 거야. 부녀회원들은 아침 5시 반 연북정 밑에서 만나기로 했어."

"잘 했어. 우리 구덕부대 비바리들, 이번에도 멋지게 잘 해낼 거야." 조장인 용근이 아주 자랑스럽게 말했다.

모두들 제 자리로 돌아갔다. 등사기에 계속 매달려 있는 사람, 포스터를 그리는 사람, 각 고을로 보낼 유인물을 한 묶음씩 나누어 포장하는 사람, 그동안 저조했던 청년운동이 다시 활기를 되찾게 되었다. 서울에선 어느 빌딩과 사무실이 경찰의 습격을 받고, 누구누구가 잡혀가고, 또 어디선 선박 시위가 있었고, 열차 운행이 한때 중단되었고,… 라디오에서 들은 잡다한 정보를 주고받으며 그들은 졸음에 겨운 시간을 그렇게 버티고 있었다.

15

 현준이 눈을 떴을 땐 한낮이었다. 모두들 나가고, 지유철 혼자 창가에 서서 바다를 보고 있었다.
 "이 사람, 깨우지 않고?"
 그는 후닥닥 일어나 옷을 챙겨 입기 시작했다.
 "자네도 별 수 없군 그래. 완전히 뻗었던데."
 "계속 잠을 설쳤어. 자, 빨리 나가지."
 둘은 서둘러 비석거리로 나섰다. 사람들이 구름처럼 몰려들어 네거리와 그 주변을 가득 메우고 있었다.
 "먼저 가 있을께."
 "그래. 나도 곧 따라갈 테니까."
 유철은 중학원으로 건너가고, 현준은 거기 길목에 있는 만세집으로 들어갔다. 가게는 발 디딜 틈도 없이 사람으로 붐비고 있었다. 대체 이 열기는 어디서 오는 것일까. 현준은 어떤 거대한 정신의 힘과 같은 것을 느끼며 사람들 사이로 비집고 들어갔다. 이만하면 이 날 시위는 성황리에 치를 수 있게 되었다. 중학원생 외에도 마을 청년들이 거의 빠짐없이 나와 있었다. 가게에서 나가 그는 중학원으로 발길을 돌렸다.
 학교 앞과 좁은 교정에도 사람들이 가득 모여 진을 치고 있었는데, 신흥, 함덕, 신촌, 밤골, 차낭골, 양대못, 동아름, 서아름, 새미, 하늘, 잿골 등 조천면 관내 여러 고을에서 골고루 참가하고 있었다. 여자들도 많이 나와 있었다. 낯익은 얼굴들을 하나씩 찾아보고 있으려니까 어디선가 삐익삐 호루라기 소리가 울리고, 갑자기 굵고 우렁찬 목소리가 들려 왔다. 그 목소리의 주인공은 말할 것도 없이 기율부장 배덕교였다. 사람들이 열을 짓느라 분주하게 움직이기 시작했다. 시계를 보았다. 출발 시간이 아직 15분가량 남아 있었다. 잠시 서서 그 광경을 지켜보고 있다가 2학년 A반 교실로 들어갔다.

스토브를 중심으로 몰려든 젊은이들이 냉골 사건을 이야기하고 있었다. 이런 얘기는 너무나 자주 듣고 있어서 그는 그저 똑같은 일이 벌어지고 있다는 걸 확인하는 데 불과했다.

사람들은 언제나 그랬다. 제 고장의 이름이 입에 오르기만 하면 갑자기 눈이 글썽해지고 목이 메어 버리는 거다. 냉골에서 온 청년들은 이 날도 똑같은 말을 되풀이하고 있었다. 아버지와 형, 누이, 어머니, 심지어는 일가붙이들까지 모두 죽게 되었다고. 또, 그들이 겪는 일들도 비슷했다. 집에서 생각 없이 앉아 있다가도 불시에 총소리가 들리고 이 골목 저 골목에서 달음박질치는 게 보이면 누구나 죄가 있건 없건 덩달아 달아나기에 바쁘다. 붙들리는 날이면 무조건 지서로 끌려가 매를 맞거나 재판을 받게 된다. 다행히 도망치는 덴 성공할지라도 결국 떠돌이 신세가 되어 산간벽지를 헤맨다. 때로는, 가족들이 지서에 불려가 고통받게 되니까 어쩔 수 없이 자수를 하고 만다. 무슨 죄를 진 것일까. 안타까운 것은, 그들 중 대부분이 자신의 죄를 모르고 있다는 점이다. 아니, 그런 건 생각해 보려고도 하지 않는다. 쫓기면 달아나고, 달아났으니까 죄인이 되는 것이다.

현준은 조천면 관내 여러 마을을 찾아다니며 선전 활동을 해 왔고, 최근에는 주로 사상 교육의 지도원으로 뛰었었다. 하지만 늘 옮겨 다녀야 했으므로 그런 일들이 실제로 어떻게 일어나는지 직접 경험해 본 적이 없었다. 어떤 마을에 몰래 스며들어 갔다 하면 그날 밤 안으로 반드시 그곳을 벗어나야 했다. 낮엔 숨어서 일하고, 밤이 오면 슬그머니 떠나 버리는 것이다. 임무를 수행하고 나면 곧 자취를 감추어야 한다. 훗날 그 곳을 지나다가 뜻밖에도 사람들이 잡혀 갔다는 사실을 알게 되지만 이야기는 모두 그렇게 단순하게 지나가 버렸다. 운동원들이 그림자처럼 슬그머니 사라지고 나면 거기 머물러 있는 사람들만 봉변을 당하기 일 쑤다. 그렇다, 그는 생각했다. 이건 참으로 중요한 문제다. 이 싸움이 끝난 뒤엔 반드시 짚고 넘어가야 한다. 인민은 분명 우리편에 서 있는데, 우리와 운명을 같이하고 있는데…. 우린 실제로 뭘 가져다 준 것일까. 고통, 죽음, 좌절, 분노, 실의, 사람들은 그럼에도 불구하고 인민이란 말을 버릇처럼 내뱉고 있다. 인민을 위해서! 인민의 이름으로! 나 역시 그래 온 것이다. 나도 인민의 하나로 자처해 왔고, 또 인민의 품안으로 달려가고 있는 것이다. 현준은 냉골 청년들과 함께 흥분해서 떠들고 있는 주위의 얼굴들을 찬찬히 살펴보았다. 한 꺼풀만 벗겨 보면 그러한 폭발적 감정의 이면에는 더없는 불안의 그림자가 늪처럼 끈적끈적하게 깔려 있었다.

11시 20분. 비석거리에서 출발한 시위대의 외침이 점점 가까이 들려왔다. 중학원에 모인 학생들도 기다렸다는 듯 행진하기 시작했다. 왓샤 왓샤 왓샤 왓샤…. 시위대의 외침은 어느덧 마을의 중심을 비석거리에서 이곳 신작로로 옮겨다 놓았다.

  시위대는 면사무소 앞에서 지서에 이르기까지 동서로 길게 뻗어나갔다. 현준과 유철은 행렬을 따라 지서 쪽으로 걸어갔다. 왓샤 왓샤…. 교통정리를 맡은 기율부원들의 호르라기 소리가 가끔씩 소음 속에서 들려왔다. 마침 장날이어서 사람들이 거리에 많이 나와 있었다. 어떤 사람들은 장을 보러 가다가 무거운 짐을 진 채 길 양쪽에 서서 이 광경을 지켜보고 있었다. 둘은 인파를 헤치고 가다가 지서 조금 못 미쳐 그 건너편에 있는 조그만 구멍가게로 들어갔다.

  "장백산 굽이굽이…"

  지서 앞에 먼저 도착한 선발대가 대오를 정비하고 나서 인민가를 부르기 시작했다. 삽시간에 그 노래는 수백 미터 행진하고 있는 군중 속으로 굽이치며 흘러갔다.

  노래가 끝나자, 배덕교가 선두로 나아가 구호를 선창했다.

  1. 조선의 분할 침략 계획을 반대한다---반대한다

  1. 남조선 단독 정부 수립을 반대한다---반대한다

  1. 조선 통일 민주주의 정부 수립을 우리 조선인에게 맡겨라---우리 조선인에게….

  길 양쪽에 빽빽이 모여 선 사람들이 일제히 박수를 보냈다. 그네들의 아들과 딸, 오빠, 젊은 남편들을 응원하고 있었다. 배덕교가 이어서 즉흥 연설을 시작했다. 그의 말 한 마디 한 마디가 또박또박 사람들의 머리 위로 떨어졌다. 그 음성은 늠름한 체구답게 권위가 있어 보였다. 그렇지만 그를 잘 아는 동급생들이 보기엔 논리적 훈련이 부족한 그가 얼마나 연설을 끌고 갈 수 있을지 의문이었다.

"저 친구 애쓰고 있군. 가서 좀 거들어줘야겠어." 유철이 현준을 돌아보며 말했다.

"안 돼, 자넨!"

현준이 말렸다. 고집이 센 유철은 남의 말을 들을려고도 하지 않고 군중 속으로 뛰어 들었다. 큰 키에 바짝 말라 더없이 연약해 보이는 그의 모습은 거기 빽빽이 들어찬 인파에 가려서 더 이상 보이지 않게 되었다. 이것은 아주 뜻밖의 일이었다. 현준은 당황한 나머지 그 쪽으로 무작정 헤집고 들어갔다. 그가 찾아냈을 땐 이미 유철이 덕교와 나란히 서서 연설을 하고 있었다.

"우리는 36년 동안 왜놈의 종살이를 했습니다. 이제 또 누구의 종살이를 해야 됩니까? 이 나라는 주인이 없습니까? 누구의 나라입니까? 우리는 우리가 누구인가를 만천하에 알리고 싶습니다. 친애하는 동포 여러분! 모두 일어서 주십시오. 경건한 마음으로 애국가를 부르기로 하겠습니다."

점점 더 많은 사람이 거리로 쏟아져 나왔다. 어떤 사람은 목을 쭉 빼고 발뒤꿈치를 세우고선 인파 속으로 비집고 들어갔다.

"동해물과 백두산이 마르고 닳도록 하느님이 보우하사…"

유철은 노래가 끝나기를 기다리고 있다가 다시 연설을 계속했다.

"아침 이슬에 반짝이는 솔잎 하나도, 푸른 바다와 흰 모래밭도, 돌담에 덮인 이끼 더미도 모두 우리의 혼과 역사가 담겨 있는 것입니다. 누가 감히 하늘의 푸르름과 땅의 따스함을 총칼로 빼앗겠다는 것입니까? 누가 감히 저 바다의 깊고 푸른 뜻을 빼앗겠다는 것입니까? 저들은 우리를 노예로 부릴 수 있을진 몰라도 이 땅과 하늘과 바다에 깃든 우리 조상의 혼까지도 지배할 순 없습니다. 여러분! 우리는 이 사실을 점령군에게 분명히 밝혀 두어야 합니다. 이 땅에서 나오는 모든 새, 모든 짐승, 모든 곡식이 바로 우리의 숨결이요 정신임을….”

사람들의 함성이 거리를 메우며 진동했다. 현준은 그쪽으로 나아가기 위해 군중 사이로 틈을 비집고 들어갔다. 그리 크지 않은 몇 마디 말이 끊겼다 이어졌다 하면서 그의 귀에 들려 왔다.

“저 사름, 중동 지 선생네 아덜 아니라?”

“맞아. 똑 닮아신게.”

현준이 유철의 곁으로 바싹 가까이 다가섰다. 유철은 아랑곳없다는 듯 쉬임없이 열변을 토했다.

해는 더 높이 떠올라 늦겨울의 부스스한 하늘에 따스함을 더해 주었다. 푸른 하늘을 수놓듯 여기저기 떠 있는 흰 구름이 한결 느릿느릿 움직이고, 바람도 잠시 쉬고 있는 듯 포근했다. 모든 것이 활기에 넘쳐 유철의 음성은 더욱 크고 또렷하게 울려 퍼졌다. 현준은 기회를 엿보고 있다가 얼른 유철을 끌어내고는 인파 속을 헤쳐 아까 그 가게로 돌아갔다.

“왜 그래, 너?”

“이런 때, 그대로 있을 수가 있어야지.”

“그래도 그렇지, 혼자 결판을 내겠다는 거야?”

“…”

“우리가 할 일은 따로 있어. 오늘만 있는 거 아니잖아?”

“알았어.”

“곧 올 테니까 꼼짝 말고 여깄어. 내 말 알아들었지?”

“그래.”

현준은 불안한 마음으로 그 곳을 떠났다.

16

정성곤은 이웃 동네에 사는 어떤 중늙은이와 이런저런 세상 얘기를 하며 시간을 보냈다. 그러나 그의 머리 속은 다른 생각으로 복잡했다. 일부 소장파 청년들이 주장하고 있듯이 군사부를 조직하고 무장 봉기를 일으킨다면 과연 성공할 수 있을까. 첫째로, 미군정이 그대로 있지 않을 것이고, 둘째로, 제주도와 같은 닫힌 공간에서는 빨치산 투쟁이 오래 버티기 어려울 것이다. 그리고, 도당 간부들이 체포되어 당 기능이 마비된 이런 상황에서는 군사부의 조직과 운영 자체가 용이한 일이 아니다. 그렇기 때문에, 도당 회의에서도 일찍부터 논란이 많았던 게 아닌가. 아직 그럴만한 조건이 성숙되지 못한 것으로 판단한 노장파의 시기상조론은 일단 설득력을 지니고 있었다. 하루 속히 이덕구와 김달삼을 찾아 이 문제부터 신중히 검토해 보고 싶었다. 자칫하면 이 섬나라를 불바다로 만들어 버릴 이런 엄청난 일을 일부 소장파 청년들이….

그 때, 김현준이 도착했다.

"지금 나가시죠."

"아직 별 마찰은?"

"없습니다. 지서 앞에서 대치하고 있는데…."

"됐어. 이 옷 어때?"

"몰라보겠는데요."

정 회장은 낡은 갈옷에다 검은 고무신, 흰 무명수건까지 허리에 차고 있어서 아주 딴 사람처럼 보였다.

"허, 이거, 옛날 많이 해본 짓이야." 그는 일본서 노동운동을 하던 기억이 떠올라 잠시 생각에 잠겨 있다가 현준에게 물었다. "메가네가 왔다지?"

"네. 어저께, 같은 버스를 타고 왔습니다."

현준은 깜짝 놀라 그의 얼굴을 쳐다보았다.

"저어 알동네 허목수네 집에 든 모양인데, 무슨 흉계를 꾸미고 있는지 몰라."

"이번 시위를 알고 왔을까요?"

"그런 덴 워낙 감각이 뛰어난 놈이니까, 뭔가 냄새를 맡고 있는 거라봐야 하겠지. 아무튼, 조심하게나. 이번 시위는 욕심을 내지 않는 게 좋을 거야. 끈을 너무 늦추어도 안 되지만, 또 너무 팽팽히 잡아댕겨도 못쓰는 법일세. 우리 학생 조직은, 당 재건을 위한 마지막 보루라는 걸 잊지 말게."

정 회장은 종일 방에 갇혀 있으면서도 집밖에서 일어나는 일들을 속속들이 파악하고 있었다. 현준이 그를 부축하고 골목으로 걸어 나갔다. 그 사이에 중늙은이가 마차를 챙겨 기다리고 있었다. 그들은 마을 밖의 농로를 따라 남쪽으로 향했다. 잠깐 신작로를 거치기만 하면 그 다음부턴 무사히 빠질 수 있었다.

"가서 일 보세."

"저기 병두왓까지만 갔다 오겠습니다."

현준은 마음이 놓이지 않아 마차의 뒤를 따랐다. 어떤 복병이 숨어 있을지 모를 일이었다. 아니, 그보다도 그가 없는 빈 자리가 너무 크게 느껴졌다. 그동안 자신이 그에게 얼마나 기대고 있었는가를 새삼 깨닫게 되었다.

정 회장은 아픈 다리를 계속 만지작거리고 있었다. 마차가 흔들릴 때마다 고통스러운 듯 고개를 숙이고 끙끙, 앓는 소리를 냈다.

"안녕히 가십시오."

"또 봄세."

정 회장이 마차에 앉은 채로 몸을 조금 돌려 손을 흔들어 보였다. 현준은 마차가 동산을 넘어 시야에서 까맣게 사라져 갈 때까지 그 자리에 그대로 서서 그의 행운을 빌었다.

17

유철은 약속대로 고모할머니네 가게 앞에 서서 지서 쪽의 동태를 살피고 있었다. 대치 상황은 꽤 오래 지속되었다. 그러나 지서에선 아무 반응이 없었다. 정문 앞에 서 있던 보초마저 안으로 사라져 버렸다. 다만 망루의 높은 위치에 설치된 따발총의 총구가 가끔씩 방향을 바꾸면서 이리저리 움직이는가 하면, 소총을 든 경찰관이 보라는 듯 망루에 올라서서 뻣뻣한 자세로 이쪽을 내려다볼 뿐이었다. 그러면 그럴수록 시위대도 질세라 야유를 퍼부었다. 유철은 문득 공허한 생각이 들었다. 이게 뭐야, 이게…? 당장 쳐들어가서 무기를 빼앗고 저놈들을 끌어내야지! 도대체, 이 많은 사람이 저놈들 몇 때문에 묶여 있다니! 생각할수록 분통이 터질 것만 같았다.

그 때, 누군가가 외쳤다. "경찰이닷!"

곧 이어, 신작로의 서쪽 끝으로부터 크락숀이 격렬하게 울렸다. 트럭 한 대가 맹렬한 기세로 군중을 향해 돌진해 왔다. 사람들은 엉겁결에 길 양쪽으로 비켜서면서 얼굴을 찌푸렸다. 가까운 골목이나 남의 집 안으로 뛰어 들어가는 사람들도 있었다.

차는 지서 앞에서 섰다. 무장 경찰 30여 명이 우르르 차에서 뛰어 내렸다.

"해산! 해산!!"

경찰 기동대는 몇 줄로 늘어서서 곤봉을 휘두르기 시작했다. 지서 안에 갇혀 있던 순경들도 달려나와 그들과 합세했다. 상황이 완전히 바뀌고 말았다. 거리는 우왕좌왕 하는 사람들로 북새통을 이루었다. 기율부원들의 호루라기 소리도 이런 땐 소음에 묻혀서 아무 소용이 없게 되었다. 그런 가운데도 처마밑에 바싹 붙어 서서 동향을 살피는 사람, 겁에 질려 우는 아이들, 고함을 꽥꽥 지르는 여자들, 군중 속엔 별의별 사람이 다 있었다. 어떤 사람은 불안스레 머리를 위로 쳐들고 있었으며, 또 어떤 사람들은 여인들의 잔뜩 짓눌린 목소리가 울리자 화를 벌컥 내며 외면해 버렸다. 때론 크지 않은 욕설이 들려오기도 했다. 한껏 적의로 가득 찬 서로간의 충돌에서 나오는 삭막한 아우성이 수많은 군중을 휘감았다.

경찰은 계속 "해산!"을 외치며 앞으로 전진했다. 시위대의 일부가 삼삼오오 대오를 정비하고 구호를 외치면서 마을 안으로 뛰어 갔다. 그러나 일부 젊은이들은 끝까지 경찰과 맞서서 힘을 겨루기 시작했다. 지나가던 차량들이 모두 정지했으며, 사방에서 크락숀이 거칠게 울려 왔다. 어느 쪽도 물러날 기미는 보이지 않았다. 젊은이들이 들고 있는 깃발은 높이 솟구쳐 흔들리며 사람들의 머리 위에서 나부끼고 있었고, 경찰은 그 깃발을 사냥하려는 듯 곤봉과 총검을 들이밀며 계속 다가섰다.

마침내 몇 발의 총성이 울렸다. 사람들은 순식간에 흩어져 갔다. 거리는 곧 잠잠해졌고, 긴장감이 감돌았다. 깃발을 든 학생 두 명과 30여 명의 시위대만이 경찰에 포위된 채 마지막까지 버티었다. 유철은 거기서 20미터쯤 떨어진 어느 집 대문 앞에 서서 이 광경을 지켜보았다. 운명은 결정되어 있었다. 경찰이 포위망을 좁혀 들어가면 깃발을 중심으로 모인 열혈 청년들은 마침내 붙들려 경찰서로 실려 갈 것이다. 지금까지 경험으로 보아 결과는 불을 보듯 뻔한 일이었다. 유철은 참담한 심정으로 그 광경을 놓치지 않고 하나하나 살피고 있었다. 어딜 갔는지 현준이 끝내 보이지 않았다. 경찰이 버티고 있어서 다시 고모할머니네 가게로 돌아갈 수도 없는 상황이었다.

왓샤 왓샤…. 뿔뿔이 흩어졌던 학생들이 다시 조를 편성하고 구호를 외치면서 사방으로 달려갔다. 그 외침이 혹은 점점 멀어져 가기도 하고, 가까이 들려오기도 했다. 유철은 아지트로 돌아가 동지들을 기다리기로 하고, 그곳을 떠났다.

18

경찰 기동대가 큰 수확을 거둔 듯 경적을 울리며 의기양양하게 떠나고 있었다. 현준은 경찰 트럭이 뽀얗게 먼지 속으로 사라져 가는 것을 지켜보면서 지서 앞을 지나 그 할머니네 가게로 갔다. 거리는 텅 비어 있었다. 카빈 소총을 어깨에 멘 순경들 몇이 서둘러 지서 안으로 걸어 들어가고, 그중 한 명이 남아서 보초를 서고 있었다.

현준이 가게 문을 열고 들어서자,

"유철이 못 보아신가?" 가게 할머니가 황급히 안에서 걸어 나오며 그에게 물었다.

"예, 저는."

"이거, 원, 어떵 된 세상인디사…."

"인숙이도 못 봅데가?"

"가이만 저디 누웠구나만."

"아, 네에?"

현준은 방으로 들어갔다. 인숙이 이불을 벽 밑에 잔뜩 쌓아 놓고 비스듬히 기대 앉아 있었다.

"다쳤어?"

"조금."

그녀는 몸을 뒤채면서 끙끙 앓는 소리를 했다. 이마에 땀이 송송 배어 있고, 얼굴이 몹시 창백해 보였다.

"많이 다친 모양인데?"

"아냐. 좀 따끔했을 뿐인데… 허릴 삣나 봐." 그녀의 고통은 다른 데 있었다. "인제 막 소학교 마치고 우리 중학원에 입학한 코흘리갠가 본데, 그 앤 그렇게 얻어맞고 짓밟히면서도 깃발을 움켜쥐고 있었어. 끝까지 뺏기지 않으려고…."

"…"

"근데, 그 놈들 무자비하게 곤봉으로 내리치고 마구 짓밟아 버렸어. 그 깃발도, 사람도." 그녀가 이윽고 두 손으로 얼굴을 덮고 흑흑 느끼고 있다가 다시 떠듬떠듬 말했다. "걔 어떻게 됐을까. 그 앨 생각하고 있으면 난 정말… 가만히 뉘 있을 수가…."

"지난번 다친 데가 또 도진 거 아냐?"

"괜찮아, 난."

"데려다 줄께. 혼자 걷기 어려울 텐데."

"괜찮대두. 가서 일 봐. 근데, 유철이 왜 그랬지? 할아버지 아시면 큰일인데. 니가 꼭 붙잡지 않고?"

"여간 고집이 세야 말이지. 그럼, 여기서 더 쉬었다 갈 거야?"

"내 걱정 말고, 어서 가."

"조심해."

현준은 그 가게에서 나와 광콧으로 향했다.

왓샤 왓샤… 왓샤 왓샤…. 어디선가 시위대의 외침이 가냘프게 들려오고 있었다. 그는 잠시 서서 그 소리의 방향을 더듬고 있다가 다시 걸음을 옮겼다. 마을 안으로 들어설수록 그 소리는 점점 크고 가까이 다가왔다. 비석거리 조금 못 미쳐 세거리에서 서쪽으로 난 좁은 골목길을 이용해 바닷가로 빠져 나갔다. 사람이 별로 다니지 않는 한적한 길, 낮게 부서지는 파도소리가 오히려 그의 마음을 더욱 초조하게 했다. 고요한 바다에서는 인간의 머리로 측정할 수 없는 어떤 광대한 슬픔의 무게가 전해져 왔다. 시위대의 외침이 어느덧 멀리 사라져 가고 있었다. 이 싸움은 길고 인내심을 요하는 것이지만 때때로 찾아드는 공허감을 피할 수는 없었다.

 아지트로 가는 이 길은 꿈과 희망을 안겨 준 대신, 때로는 이토록 처절한 느낌을 자아내기도 했다. 문득, 탑바리에서 만난 청년 동지들이 떠올랐다. 쫓기는 사람처럼 그는 급히 걸음을 놓으며 생각해 보았다. 인생은 투쟁이며 모든 창조가 투쟁을 통해서만 가능한 것이라고 하지만 지금 그에겐 아무것도 가진 것이 없었다.
 모두들 아지트에 모여 토의를 하고 있었다. 아니, 토의라기보다는 좌절과 분노를 그렇게 내뱉고 있을 것이다. 누구보다 지유철의 상기된 표정에서 그것을 잘 읽을 수 있었다. 현준은 말없이 방 한 구석으로 가서 앉았다. 이런 때가 가장 짜증스럽고 견디기 힘든 시간이었다. 당하는 쪽은 언제나 이쪽이었고, 그렇다고 누구 하나 떳떳하게 나서서 억울함을 주장할 수도 없는 처지였다.
 "회의에 나가봐야 알겠지만 시위는 예정대로 계속할 거야. 수고들 해."
 지용근이 조원들을 둘러보고 나서 먼저 일어나 밖으로 나갔다.
 "이게 뭐야! 맨날 당하기만 하면서!" 유철이 벌떡 일어나 가리방을 챙기면서 말했다. "총을 가진 놈들만 제일인가. 이건, 뭐, 근본적으로 잘못된 거야."
 다시 작업에 들어가기 위해 모두들 부산스럽게 움직이기 시작했다. 현준은 포스터를 그리면서 생각해 보았다. 유철이 입버릇처럼 늘 말했듯이, 신은 공평하지 않았다. 어떤 사람들에겐 총과 권력을 주고, 어떤 사람들은 노예로 만들고 있었다. 이런 생각을 하고 있으면 왜 싸워야 하는 것인지, 산다는 것 자체가 무의미하게 여겨졌다. 부질없는 감상에서 벗어나기 위해서라도 그는 열심히 일을 하지 않으면 안 되었다.

"정 회장 떠났어." 현준이 귓속말로 유철에게 전했다.

"뭐, 정 회장?"

"응. 아까, 시위 도중에."

"어느 쪽으로?"

"모르지. 중산간으로 올랐으니까."

유철은 가리방을 긁다 말고 창가로 갔다. 현준도 곧 일어나 그의 곁으로 갔다. 포구를 벗어난 조막배들이 하나둘 먼 바다로 나서고 있었다. 오늘따라 물빛이 유난히 푸르고 투명해서 바다 밑에 깔린 바위와 모래와 해초들까지 환히 들여다볼 수 있었다. 현준은 담배를 피워 물고 계속 창밖으로 시선을 던지고 있었다. 두 사람은 묵묵히 서서 바다를 바라볼 뿐이었지만 가슴 한 구석에 고여 오는 어떤 쓸쓸함과 공허를 깨닫고 있었다. 이 운동의 지도자로서 정 회장이 그들에게 차지하는 비중이 그만큼 컸기 때문이었다.

19

밤늦게 삐라와 포스타를 제작하고 날이 샐 무렵에야 집에 돌아온 현준은 내내 잠에 곯아 떨어져 있다가 오후 늦게 만세집으로 갔다. 청년들이 긴 나무의자에 걸터앉아 이야기를 나누고 있었다. 그들은 술을 마시러 온 게 아니라 이야기를 찾아 온 것이다. 시작도 끝도 없는 이야기를, 매일 그렇게 지칠 줄 모르고 반복하고 있었다. 어느 것이나 다 비슷한 이야기, 다 아는 사실이지만 그런데도 그 이야기는 항상 새롭고 의미가 있었으며 사람들의 관심을 끄는 데 충분했다.

　현준은 창가로 가서 자리를 잡고 앉았다. 그는 그들의 이야기를 들으면서 눈으론 창밖의 풍경을 좇고 있었다. 섣달그믐이라, 사람들이 바쁜 걸음으로 지나다니고 있었다. 이웃 동네 아저씨 한 분이 새끼줄로 꿴 돼지고기 한 덩이를 들고 저쪽 골목 안으로 사라져 갔다. 추렴이 시작된 모양이었다. 건너편 구멍가게에서 두부 한 모를 받아 가지고 가는 소년, 생선 바구니나 떡구덕 같은 걸 허리에 끼고 가는 부녀자들, 이것은 분명이 마을에도 명절이 찾아왔다는 신호다. 인숙이 울며 말하던 '그 소년'을 생각하면 이렇게 편안하게 앉아 있다는 것이 어쩐지 큰 죄를 짓는 것만 같았다.

　"이 사람, 잔을 받았으면 돌려야지."

　곁에 앉은 이문선이 채근했다. 현준은 잔을 비우고 나서 깍듯이 권했다. 중학원에 같이 입학했지만 소학교 때 선배는 영원히 선배로 통했다.

　중학원 학생들과 교사들에 관한 이야기, 그중에서도 특히 이덕구 선생에 관한 이야기가 주요 관심사로 떠오르고 있었다. 이덕구 선생은 그 날 도당 간부회의에 참석하지 않았다고도 하고, 참석했는데 경찰 포위망을 뚫고 피신했다고도 했다. 얼마 전엔 중산간 마을에서 본 사람이 있다고도 했다. 그리고 보면 그 분은 아직 건재하며 어딘가 멀지 않은 곳에 은신하고 있는 게 분명했다.

　"국방군 가시민 연대장 햄실건디."

　"연대장이 무시거라? 옛날 소위만 달던 사름덜도 다 연대장 허는디."

　"그나저나, 이거 어떵 되는 거우꽈? 막 잡아들이니."

　"그러니까 허는 말이지."

이야기는 마침내 한탄과 자조로 빠져들고 말았다. 현준은 시계를 보았다. 6시 25분. 머지않아 해가 지고, 이 비석거리는 또 한번 함성과 열기로 끓어오를 것이다. 그는 그 가게에서 나가 아지트로 향했다. 저무는 한 해를 아쉬워하듯, 멀리 원당봉 너머 수평선 위엔 붉고 둥근 해가 아슬아슬하게 걸려 있었다.

부영진이 먼저 와서 기다리고 있었다.

"이 친구, 발목은 좀 어때?"

"침 맞고 오는 길이야. 이것 봐! 애월, 한림, 금악, 저지, 대정, 중문,… 시위가 전 지역으로 확산되고 있는데, 이게 뭘 뜻하는 거야? 당이 무너졌다고 걱정들 하고 있지만 꼭 그런 건 아닐 거야. 이 통신문들을 보고 있으니까 말이야, 우리가 곧 당이라는 느낌이 들었어."

"그래. 옳은 얘기야. 이젠 우리가 당을 대신해서 싸워야 해."

현준은 영진이 건네준 통신문을 한 장 한 장 더듬어봤다. 어떤 마을에선 경찰의 발포로 일부 주민이 부상을 입었는가 하면, 또 어떤 마을에선 주민들이 지서를 습격하고 순경 한 명을 납치했다고도 했다.

지유철도 곧 도착했다.

"용근이 만나고 오는 길이야. 조장 회의 갔는데, 이따 연북정으로 나올 거야."

"좋아! 가자!"

현준은 영진을 남겨둔 채 유철과 다시 비석거리로 나섰다. 희끗희끗 종이쪽지가 돌담 밑을 구르거나 담쟁이덩굴에 걸려 나부끼고 있었다. 한 장 집어 들고 살펴보았다. 어두워서 글자는 읽을 수 없었으나 그저께 밤 자신들이 제작한 삐라임을 알 수 있었다.

"어제 자네가 연설한 거, 할아버지 아시면 야단 날 텐데?"
"아직 모르고 있어."
겉으로 보면 이 날 하루는 평온했다. 지서에서는 두 명씩 짝을 이루어 쉬임없이 순찰을 돌았고, 젊은이들은 되도록 바깥출입을 삼갔다. 그러나 해가 진 뒤부턴 상황이 달라질 것이다. 검은 제복과 무기가 지배하는 낮 시간이 지나고 바야흐로 주민들의 자유로운 활동 무대가 열리는 것이다. 통금 시간 같은 건 아무도 개의치 않았다.
왓샤 왓샤…. 이른바 '왓샤부대'로 불리는 시위대가 마을 안을 돌고 있었다. 그들 각 그룹은 이쪽 끝에서 저쪽 끝까지 다양하게 메아리치고 있어서 마치 서로 응답하며 저마다 진로를 조정하고 있는 것같이 보였다.
"난, 지서 앞 신작로로 나가볼께." 유철이 먼저 입을 열었다.
"곧 올 거지?"
"응."
"인숙이가 안 보여. 많이 다친 모양인데."
"인숙이가?"
"허릴 뺐나 봐. 어저께 할머니네 가게에서 봤는데, 몹시 앓고 있었어."
"알았어. 만세집에서 기다려."
두 사람은 다시 만날 약속을 하고 헤어졌다.
현준은 비석거리로 갔다. 이미 도착한 시위대의 일부가 정자나무 아래서 제자리걸음을 하며 노래를 부르고 있었고, 나머지 그룹들도 멀리서 가까이서 여러 갈래로 왓샤 왓샤 다가오고 있었다. 그는 만세집으로 들어가 창가에 자리를 잡고, 순대 한 접시와 소주를 시켰다. 갑자기 피로와 허기가 몰려왔다. 인숙은 역시 나오지 않았다. 그 성깔로 봐서 어지간하면 빠지지 않을 텐데 몹시 앓는 모양이었다. 순대 한 조각을 집어서 입에 넣는데 구호를 외치는 소리가 밖에서 났다. 가게 앞에 모여 선 동네 아이들이 시야를 가리고 있었기 때문에 그는 몸을 조금 비틀어서 그 사이로 내다보았다. 한 사람이 선창하면 모두들 팔을 높이 치켜 올리며 큰 소리로 외쳤다. 지나가던 행인들도 잠시 거기 서서 구경을 하거나 같이 구호를 외쳤다. 조천 사람들의 기질과 저항의식을 한 눈으로 보여 주는 대목이었다.

구호 제창이 끝나자, 몇 사람씩 스크럼을 짜고 어깨를 흔들며 인민가를 부르기 시작했다. '원수와 더불어 싸워 죽은 우리의 슬픔을 슬퍼 말아라… 조선의 대중들아 들어 보아라….' 가게에 있는 사람들도 모두 일어서서 함께 불렀다. 그 때, 지유철이 돌아왔다. 현준은 그를 데리고 연북정으로 갔다. 어느새 땅거미가 짙게 깔리고 있었다. 그들은 어두운 돌층계를 천천히 걸어 올라갔다.

"인숙이 만났어?"

"아니야. 그럴 시간이 있어야지. 오늘은 할머니네 가게도 안 들렀다던데. 근데 말야, 2학년 B반에 고인규라고 있지?"

"함덕서 다니는 친구 말이지?"

"어, 그래. 어저께 붙들려 갔거든. 그 때 내가 이 눈으로 똑똑히 지켜보았는데 말이야, 그 친구 어머닌 그런 줄도 모르고 찾아다니고 있잖아?"

"지금?"

"응. 상점마다 들어가 수소문을 하고 있었어. 차마 무슨 말을 할 수가 있어야지. 하는 수 없이, 우리 그 가게 할마님을 시켜서 잘 말해 달라고 부탁하긴 했는데."

"딱한 일이야. 그런 사람들이 어디 한둘이라야지. 집집마다 야단이 났을 텐데."

"섣달그믐인데 안 들어오니까 오죽했겠어. 기다리다 못해 함덕서 달려왔다는데, 난 정말 아무 말도 할 수 없었어. 까딱하면 폭삭 그 자리에 주저앉을 것만 같아서."

"도대체 이 명절을 어떻게 지내야 될지 모르겠어."

잠시 후, 지용근이 왔다. 기침을 쿨럭거리며 허겁지겁 층계를 뛰어 올라온 그는 몹시 숨이 찬 듯 돌담을 짚고 서 있다가 마침내 입을 열었다.

"이번 시위는 이걸로 끝내기로 했지만 앞으로가 문제야. 저놈들이 어떻게 나올지, 상황을 보면서 연락할께."

"당분간 중산간 마을로 나가 있는 게 어때?" 유철이 말했다.

"좋아. 2, 3일만 더 지켜보고."

그들은 연북정 담벽에 기대어 서서 앞으로의 일들을 더듬고 있었다. 왓샤 왓샤…. 시위대의 외침이 멀리 떨어진 이곳 바닷가까지 어렴풋이 들려 왔다. 파도가 거칠게 밀려와 부서질 때마다 그 왓샤 소리는 끊겼다가 다시 이어지곤 했다. 말도 많고 탈도 많은 한 해였다. 이렇게 한 해가 지나가고 있었다. 그들은 멀리 사라져 가는, 그 끊길 듯 아련히 들려오는 가냘픈 함성에 귀 기울이며 어두운 층계를 밟고 내려갔다.

20

유철은 오랜만에 집에서 푹 잤다. 잠이 계속 쏟아졌다. 날이 밝은 뒤에야 할아버지의 마른기침 소리에 가까스로 일어났다. 언제 갖다 놨는지, 곱게 단장한 한복이 머리맡에 가지런히 놓여 있었다. 바지 다님을 매고 나서 저고리를 껴입는데 어머니의 자상한 마음씨가 이날따라 더욱 애틋하게 느껴졌다. 아예 두루마기까지 걸치고 나갈까 하다가 서둘러 그냥 밖으로 나섰다. 쳇방에서 구수한 음식 냄새가 풍겨 왔다. 유철은 어머니 곁에서 전을 부치고 있는 숙모님께 다가가 목례를 드렸다.

"인숙이가 안 보이는데요?"

"기집애, 허리를 뺐다드라. 어딜 그렇게 싸돌아 다니다가."

"그럼, 혼자 집에 있겠네요."

"곧 따라 오겠지. 좀이 쑤셔 혼자 있을 아이냐?"

"침을 맞쳐." 어머니가 한 마디 거들었다. "침은 광콧 장 영감이 제일 효력이 있지."

그 때, 할아버지 기침소리가 마당에서 쿵쿵 들려 왔다. 나가 보니 방서방이 빗자루를 들고 사랑채 앞을 쓸고 있었다. 어렸을 때만 해도 방서방은 행랑살이를 하고 있었는데 할아버지가 조그만 초가집을 하나 마련해서 내보냈었다. 그래도 방서방은 이 집안의 궂은일을 혼자 도맡고 있기라도 하듯이 틈틈이 찾아와서 도와주었다. 유철은 그런 방서방이 안쓰럽고 혐오스럽기까지 했다. 세상이 바뀌었는데도 옛 관습에 젖어 헤어나지 못하는 사람들, 그는 그런 사람들을 보고 있으면 까닭 없이 분노를 느꼈다.

"이리 주세요."

유철이 가서 말했으나 방서방은 들은 척도 않고 계속 비질을 했다. 할아버지가 난간에 서서 다시 기침을 두어 번 했으므로 유철은 얼른 걸어가 신발장에 들어 있는 할아버지의 구두를 꺼냈다. 구두는 깨끗이 닦여 있었다. 그는 그래도 솔을 집어 쓱쓱 닦는 시늉을 했다.

"이리 내." 노인은 괜히 신경이 곤두서서 앙칼진 목소리로 말했다.

이 말 속엔 뭐 그럴 것 없이 빨리 나가자는 뜻도 들어 있었다. 유철이 안으로 뛰어 들어가 두루마기를 걸치고 나와 보니 노인은 그새 대문 밖으로 나서고 있었다.

주손집은 그리 멀지 않았다. 이미 친척들이 꽤 많이 모여 있었고, 지금도 하나둘 찾아들고 있는 중이었다. 유철은 노인을 따라 안채로 들어갔다. 친척들이 모두 일어서서 깍듯이 노인을 맞았다. 할아버지의 자리는 차례를 지내는 큰방 건너편에다 언제나 정해져 있었는데, 유철은 웃어른들을 피해 뒷방 구석지로 가 앉았다. 그러나 이것도 큰 특권에 속했다. 항렬이 하나 낮은 용근이는 아직도 바깥채 신세를 면치 못했다.

현재 이 집을 돌보고 있는 사람은 엄격히 말해 주손의 대행자에 불과했다. 위로 형이 두 분 있었으나 한 분은 젊어서 요절했고, 또 한 분은 오래전 만주로 나간 후 소식이 끊겼다. 모두 후손이 없었으므로 대행자인 막내 아우의 아들이 양자로 입적될 수밖에 없었고, 그래서 사실상 주손의 역할을 떠맡게 된 것이다.

차례를 지내는 동안 주손은 모든 걸 할아버지와 상의하면서 처리했다. 유철이 보기엔 꼭 그럴 필요도 없는 일들까지 낱낱이 허락을 받았다. 인제는 갱을 올릴까요, 첨작을 할까요, 뭐 이런 것들이 혼자서 결정할 수 없는 대단한 일이기라도 한 듯이 주손은 매번 할아버지한테 가서 허리를 굽히며 말했다. 그러면 할아버지는 버릇처럼 고개를 끄덕였다. 유철은 어쩐지 이 자리가 불편했다. 나이로 보면 아버지 또래지만 주손은 항렬이 하나 아래라고 해서 젊은 유철에게도 굳이 아지방이라고 불렀다.

　차례가 파할 무렵, 용근은 사랑채에서 기다리던 많은 친척과 함께 묻어와서 조상님께 절을 올리고 자손으로서의 도리를 했다. 유철과 눈이 마주치자 그는 가까이 다가와서 귓속말로 속삭였다.

　"새끼 삼촌!"

　그들은 이렇게 새해 아침을 맞고 있었다.

21

　인숙은 감회가 깊었다. 소학교 6학년 때 서울로 갔다가 인제 다시 돌아와 할아버지 집에서 설을 맞게 된 것이다. 그녀는 옛날 자기가 살던 바깥채로 들어가 보았다. 이 집은 현재 아무도 쓰지 않기 때문에 일년 내내 문을 닫아 두었다가 오늘과 같이 사람이 많이 출입할 때만 잠깐 사용할 뿐이다. 실내는 깨끗이 도배되어 있었고, 가재도구도 단촐하지만 몇 개 가지런히 놓여 있었다. 그런데도 텅 비어 있는 것만 같고, 어쩐지 썰렁한 느낌이 가시지 않았다.

　어머니가 방마다 상을 두 개씩 붙여서 펴 놓고 행주로 문지르고 있었다.

　"엄마, 이리 줘."

　"아서라."

　"이리 달래두."

　"침이나 잘 맞아! 이것아! 오늘은 틀렸구나."

　"아냐, 엄마! 그 영감님이 난 특별히 오라고 했어."

"아이구, 이 웬수야!"

조금 후, 어머니는 앞치마에 손을 닦으며 안채로 나갔고, 육촌 올케가 식기를 넣은 대바구니를 들고 왔으므로 인숙은 수저통을 들고 다니며 한 사람 분씩 상 위에 수저를 놓았다.

이 날만은 이 집안에도 사람 냄새가 났다. 마당에서 뛰노는 아이들과 아낙네들의 분주한 음성이 한껏 명절 분위기를 돋구어 주었다. 그러나 그녀의 가슴 한 구석은 공허한 메아리처럼 어딘가 비어 있는 상태로 남아 있었다. 할아버지의 마른기침이 그것을 잘 말해 주었다. 그 마른기침은 무너져 가는 이 집안의 대들보를 혼자 붙들고 끙끙대는 고독한 노인의 신음처럼 들렸다. 해방 전해 옥사한 백부나 지금 유치장에 가 있는 아버지를 생각하고 있으면 할아버지의 마른기침 소리를 이해할 수 있을 것 같았다.

친척들이 때를 놓치지 않고 하나둘 몰려들기 시작했다. 그 중엔 처음 보는 얼굴들도 많았다. 9년이란 세월이 이렇게 많은 것을 바꾸어 놓았다. 제사와 명절 등 오랜 유풍은 그대로 남아 있어서 그들 사이에 보이지 않는 끈과 같이 단단히 서로를 동여매고 있었다. 증조부 4형제 중 셋째를 이어받고 있는 이 집에서는 해마다 차례를 12시에 지내게 돼 있어서 점심 식사는 으레 여기서 하게 되었다.

유철이가 차례상을 준비하는 동안 용근이는 그림자처럼 따라다니면서 거들었다. 4촌 형제가 없는 유철이한텐 용근이가 제일 가까운 피붙이기도 했다. 그래도, 이 집은 유철이가 있어서 가까스로 맥을 유지하는 셈이다. 두 아들을 공부시켰다가 모두 놓치고 말았으니 손자 하나만이라도 지키기 위해 유철이의 유학을 반대해 온 할아버지의 그 완고한 태도가 그녀에게는 오히려 뜨거운 아픔으로 다가왔다. 그녀는 할아버지의 마른 기침 소리를 들으면서 여러 해 앓고 계시는 할머니의 방으로 갔다. 할머니는 거동을 못 하지만 방에 누워서 일일이 바깥 동정을 살피고 있었다.

"일어나, 할머니!"

"오오냐."

인숙은 이불을 몇 채 갖다가 쌓고, 할머니를 기대어 앉게 했다.

"할머니, 괜찮아?"

"뭐라꼬?"

"불편하지 않으시냐고요?"

"어허, 이 년이!"

백모님이 오셔서 베개로 할머니의 등을 받쳐 드렸다. 그리고, 할머니의 이마에 내린 흰 머리칼도 손가락으로 쓸어 넘겼다.

"어머니!"

"으응."

"차례 올릴 거예요."

"다들 오셨냐?"

"예."

"상동 아지바님도?"

"예."

할머니 앞에선 백모님은 여전히 어린 며느리였다. 할머니를 대신해서 백모님이 집안 살림을 모두 도맡아 했고, 어머니는 그 밑에서 수발을 들었다. 어느새 머리끝이 희끗희끗한 두 여인은 남 보기에도 아름다울 만큼 정분이 두터웠는데, 그것은 그들이 서로 비슷한 운명과 슬픔을 나누어 갖고 있었기 때문이리라. 인숙은 이런 생각을 하고 있으면 어머니도, 백모도, 할아버지도, 또 유철이까지도 다 시대를 타고 나지 못한 슬픈 존재들같이 보였다.

  그녀는 벽에 걸린 초상화를 보면서 어린 시절 너무나 아름다웠던 한때를 떠올렸다. 백부님이 사각모를 쓰고 늠름한 모습으로 일본에서 돌아오시는 날은 그야말로 잔칫날이었다.

22

  명절은 그래도 명절이다. 까까옷 입은 아이들이 종종걸음을 치며 우울한 거리를 장식하고 있었다. 현준은 친척집 몇 군데를 거쳐 새코지로 갔다. 혼자 사는 이모가 안쓰러워서 설날 오후엔 으레 이 집에서 지내기로 했다.
  "새배 받읍서."
  "느 이젠 열아홉 될 것가?"
  "예."
  "금년은 장가도 가얄텐디."
  "이모님도, 원! 나가 무신 장가?"
  "것사 무신 말고? 옛날 같으민 발써 아기아방 돼실 건디. 요샌 가이 안 만남시냐?"
  "인숙이 말이우꽈?"
  "기여. 제천영감네 손지."

"이모님, 우린 친군디."

"다 큰 것들이 친군 무신 친구? 경헌디, 그 집 원체 당당허여 놓아서 우리겉은 사름 눈에 찰까 잉?"

"걱정 맙서. 우린 그냥 친구난."

현준은 뒷방으로 건너갔다. 가까이 언덕 아래 부서지는 파도소리가 스스스스 서걱이는 댓잎 사이로 아련히 들려왔다. 새삼 고요함을 찾은 느낌이었다. 벽장문을 열고 이 책 저 책 뒤지다가 한용운시집〈님의 침묵〉을 골랐다. 이 책들은 언제 수색을 당할지 모르니까 집에서 가져다 둔 것인데, 그 중엔 인숙이 놓고 간 것들도 더러 있다. 지금 그가 손에 들고 있는 이 시집도 그녀가 서울서 갖고 온 거라고 했다.

바닷가로 나가기 위해 뒤뜰로 나섰다. 지난 번 바람으로 돌담이 두 군데나 허물어져 있었다. 생각 같으면 후딱 고쳐 놓고 싶지만 오늘만은 피하기로 했다. 돌담을 넘으면 바로 바다. 언덕을 타고 내려가다가 좁고 평평한 풀밭에 드러누웠다. 이 언덕배기만 베고 눠 있으면 세상의 온갖 번거로움에서 피할 수 있어 좋았다.

"비밀입니까. 비밀이라니요. 나에게 무슨 비밀이 있겠습니까. 나는 당신에게 대하여 비밀을 지키려고 하였습니다마는…."

그녀가 퍽 좋아하는 시다. 이 시를 외우고 있으면 그는 알 수 없는 신비로움에 빠져들곤 했다.

얼핏 보면 말괄량이처럼 보이지만 그녀는 섬세한 면이 있다. 시 감상도 잘 했다. 아무튼, 그녀를 다시 만나게 된 것은 행운이었다. 그는 이제 비로소 세상에 대해 눈을 뜨게 되었고, 무한한 꿈을 키우게 된 것이다. 지난 5개월은 참으로 분주한 나날이었지만 그만큼 그에겐 소중한 시간들이기도 했다.

 이튿날 오후, 현준이 뜨락으로 나가 담장을 손질하고 있는데 인숙이가 한복으로 곱게 차려입고 왔다.
 "난, 또 어디서 항아가 내려왔다고."
 "뭐, 항아?"
 "항아는 달 속에만 사는 줄 알았는데 말야."
 "흐흠! 너, 그 콩깍지 언제 벗겨지지?"
 인숙은 잠시 서 있다가 집 안으로 들어갔다. 현준이 얼른 일을 마무리하고 가보니 그녀는 절뚝거리면서 정지에서 이모와 상을 보고 있었다.
 "침은 맞았어?"
 "유철이하고 지금 막 갔다 오는 길이야."
 "그 친구 어딨는데?"
 "곧 온댔어. 너, 정말, 큰일이구나. 그러다 유철이 없으면 어떡할려는 거지?"
 "뭐, 유철이가 서울 유학이라도 간대?"
 "그게 아니구, 니들 하는 꼴이 그렇다는 얘기지."
 "나, 참, 별 걱정을 다 하시는군."
 인숙이 상을 들고 툇마루로 나갔다. 하늘이 맑게 개이고 따스한 햇볕이 내려쪼여 봄날처럼 포근한 느낌을 주었다.
 "난 이 툇마루가 좋아. 사그락거리는 댓잎소리도 좋지만, 저 아래 멀리서처럼 들리는 파도소리가 마을로부터 뚝 떨어져 있는 듯한 느낌을 줘."
 그녀는 애수에 젖은 눈으로 현준을 바라보았다. 옛날 그 개구쟁이 소년이 지금도 그의 한 구석에 그대로 남아 있었다.

"잔 받어. 우리 항아!"

"좋았어. 나, 서울 가서 편지 몇 번 했었는데."

"몇 번이라니? 딱 세 번이야."

"그래. 세 번. 근데, 너 왜 답장 안 했어?"

"내가?"

"그럼?"

"난 그 때 열심히 답장했는데 니가 소식을 끊었지."

"아, 그랬구나. 맞았어. 우리가 이사를 많이 다녔거든. 서울, 대구, 또 서울, 수원, 인천, 한땐 절에 가서 숨어 지내기도 했어. 형사들이 찾아다니니까."

그녀는 거침없이 말을 하다가도 가끔씩 고개를 숙이거나 눈시울을 적시곤 했다. 그런 그녀를 보고 있으면 그는 어느새 그리움과 같은 어떤 알 수 없는 감정에 휩쓸려서 몸을 떨어야 했다. 사실, 그녀가 떠난 뒤로 한번도 잊은 적이 없었다.

그들은 어린 시절 이 집에서 소꿉장난하던 이야기, 저 아래 바닷가에 나가 멱 감던 이야기, 달밤에 몰래 배를 훔치고 포구 밖으로 달아나거나 공동묘지를 찾아가 숨바꼭질하던 이야기, 이런저런 얘기로 시간 가는 줄 모르고 과거의 기억들을 더듬고 있었다. 2홉들이 술병은 그새 바닥이 나 버렸다. 그가 술을 사러 가게에 나갈까 하는데 유철이 왔다.

"이럴 줄 알았다니까. 자, 이거." 그는 보자기를 풀고 술과 안주를 상 위에 늘어놓으며 말했다. "그림이 참 좋은데. 인숙이 너 취했구나."

"이것 봐! 동상, 인숙이가 뭐꼬?"

"예, 누님!"

"그러면 그렇지. 이 잔 받으라우."

"제길, 그거 며칠 컨닝해 갖고는! 한 달만 일찍 났으면 날 아주 볶아먹을 뻔 했어."

"그러니까 너도 인정하는구나. 단 하루가 빨라도 누님은 누님이라는 거."

둘은 또 즐거운 신경전을 벌이고 있었다. 언제 보아도 이 사촌 오누이는 이렇게 사이가 좋았다. 거기다, 현준까지 끼워놓으면 아주 잘 맞는 패를 이루었다.

"자네, 그거 기억하지? 빤스 사건?"

"뭐, 빤스 사건?"

"그래. 요 아래서 멱 감다가, 얘가 빤스 내놓으라고 발을 동동 구르던…."

"아, 그래, 그랬었지. 유철이 니가 빤스 벗어주니까 입고 갔잖아?"

"그래. 바로 그거야. 얼마나 얌첸데. 지 빤스 잃어버리니까 남의 빤스 입고 간 사람이…." 유철은 하도 우스워서 말을 더 잇지 못했다.

"그 날, 나도 엄마한테 얼마나 야단맞은 줄 알어? 집에 가서 보니까, 남자 빤스지 않아?" 그녀는 지금 생각해도 우스운 일이었다. 손가락으로 현준을 쿡쿡 찌르면서 말했다. "니가 그랬지, 이 장난꾸러기가! 이것 봐, 요 눈, 꾀가 쪼르르 흐르고 있잖아?"

"하하하. 지금도 나를 의심하는 거야?" 현준도 웃었다.

"바로 그거야. 현준이, 요 비바리 주의하라구. 사람 잡는다니까." 유철도 짐짓 웃으며 맞장을 놓았다.

"그럼, 그 빤스가 어디 갔던 거야?"

"그걸 누가 알아? 파도에게 물어봐야지."

"하하하."

"호호호."

아름다운 추억은 인간을 새롭게 해 주는 청량음료와 같았다. 이모가 부쳐 준 빙떡을 먹으면서 그들은 밤이 깊도록 이야기꽃을 피웠다.

23

자정이 지나 그들 남매가 돌아가자 현준은 흥얼흥얼 콧노래를 부르며 곧 자리에 들었다. 즐거운 밤이었다. 이렇게 즐거운 시간은 혼자 있기가 아까웠다. 기쁨이 충만해서 아주 기분 좋게 잠 속으로 빠지고 있었는데 이모가 달려와서 흔들어 깨웠다. 그는 눈을 비비며 가까스로 일어나 앉았다. 이모가 하도 독촉하는 바람에 나가보니 그새 밖에서는 소동이 벌어지고 있었다. 겁에 질린 개들이 사방에서 울부짖고, 삐익삑삑 호루라기 소리가 날카롭게 들려 왔다. 그는 얼른 방에 들어가 옷을 갈아입고 근처 동산으로 올랐다.

술이 확 깨고, 정신이 번쩍 들었다. 그는 온 신경을 끌어모아 어둠 속을 응시하기 시작했다. 도처에서 플래시가 터지고, 정적을 깨는 듯한 요란한 엔진소리가 밤의 한가운데서 엄습해 왔다. 아마도 비석거리쯤 되어 보였다. 경찰이 트럭을 갖다 대고 이 집 저 집 수색 작전을 펴고 있는 게 분명했다.

소동은 한 시간 가까이 끌었다. 그는 추위에 떨며 잠바의 깃을 세워 올렸다. 처음 겪는 일이 아니지만 오늘 이 급습은 대단히 규모 있고 치밀한 계획 아래 자행되고 있었다. 마침내 자동차 한 대가 덜거덕거리며 마을의 한복판으로부터 저 너머의 신작로 쪽으로 사라져 갔다. 그 소리로 보아 묵중한 군용 트럭임을 알 수 있었다. 컹컹. 개 짖는 소리가 이따금 간헐적으로 들리고, 세상은 다시 고요함을 되찾고 있었다.

그는 어두운 길을 더듬어 집으로 돌아갔다. 잠시 후, 이모가 앞방에서 건너와선 걱정스러운 눈으로 그를 바라보았다.

"안 주무셨수꽈?"

"이거, 세상 어떵 되어 가는 것고? 그 사름덜 또 왔구나." 이모는 혀를 끌끌 차면서 우울한 얼굴로 말했다.

"이모님, 조금만 기다립서. 제풀에 주저앉을거난."

"무신 소리냐? 일정 땔 생각해 보민 알 일이지. 경 호락호락 물러날 작자덜이 아니다. 해방이 됐다고 다덜 좋아허더니만, 이게 무신 꼴이냐? 하루 걸렁, 영 달려들엉 사름을 잡아가는 벱이 어디 있느냐? 조심허거라. 나사 배운 것도 없고, 뭘 알겠느냐만, 이런 난세는 조심이 제일이다. 저어, 알동네 김치국이네 아덜은, 얼매나 독헌 매를 맞았는지 오늘 내일 헌단다."

이모는 잠이 안 오는지 자기 방으로 건너간 뒤에도 크응 쿵 마른기침을 했다.

24

이 날은 모두 아지트에 모였다. 발목을 다친 부영진도 빠지지 않고 나와서 자리를 지키고 있었다.

"족집게같이 잘도 찍어갔어. 밀고자가 있는 거 아냐?"

"그럴 테지. 이젠 이 조천도 믿을 수 없어. 저쪽에서 계속 파고드니까."

"그래도 우리 조는 용케 빠졌지?"

"늘 뒤에 숨어 있으니까 표가 나지 않는 거야. 자네, 좀 부지런히 침을 맞아. 그래갖곤 어디 피신도 못 하겠어."

용근이 짜증스런 얼굴을 하고 영진을 건너다봤다. 그 때, 지우가 김이 모락모락 나는 삶은 고구마를 한 소쿠리 담아 왔다. 마침 시장한 터라 다들 다가앉아서 열심히 뜨거운 껍질을 벗겨 먹었다.

현준은 유철과 뒤뜰로 나섰다. 잠을 못 잔 탓인지 지 동무의 표정이 초췌해 보였다.

"어떻게 됐어?"

"인숙이 데려다주고 나오는데 차가 들이닥친 거야. 하는 수 없이 걔네 집으로 다시 돌아갔지."

"잘 했어. 난 그런 줄도 모르고 걱정했네."

"단단히 벼르고 있었나 봐."

"그런가 보지. 동산에 올라가서 보니까 대단하더군. 어두워서 분간할 순 없었지만, 이 집 저 집 꼼꼼히 누비는 모양이었어."

"아마도 50명은 더 끌려간 것 같아. 상동과 중동 두 군데다 차를 대기시키고 있었다니까. 이대로 가다간 사람 씨도 안 남겠는데."

"난, 아무래도 메가네가 걸려. 그게 또 무슨 흉계를 꾸미고 있는지 모르겠어."

"메가네가 또 왔어?"

"응."

"그 새끼, 죽지 않고 멀쩡한 모양이지?"

"죽긴 왜 죽어? 피둥피둥 살만 쪘든데."

"이 사람들, 만만디군! 이따 만세집에서 만나." 지용근이 와서 두 사람의 대화에 끼어들었다. "일이 참 어렵게 됐어. 난 지금 조장 회의에 가서 알아보겠지만, 우리 청년회가 완전히 박살이 난 것 같아."

지용근이 익수를 데리고 급히 떠났다. 현준과 유철도 곧 만세집으로 갔다. 이 가게는 온갖 정보가 수집되고 교환되는 안테나 장치와 같은 곳이다. 여기 있으면 마을 안에서 일어나는 크고 작은 일들을 한눈으로 엿볼 수 있었다. 사람들은 그래서 이곳을 즐겨 찾았다. 이 날도 예외는 아니었다. 청년들이 너도나도 울분을 토하고 있었는데, 어젯밤에 누구누구가 끌려가고 누가 어떻게 도망을 쳤는지 많은 얘기가 오가고 있었다. 이런 얘기들은 종종 겪는 일이라 별로 새로울 게 없었다. 그러나 좀더 귀 기울여보면 이번 급습이 이전하고는 뭔가 다르다는 느낌을 주었다. 우선 그 규모가 마을 전체에 미치고 있었다. 그리고, 단순한 행동 대원들뿐만 아니라 지도적 위치에 있는 간부들을 용케 찾아내고 있었다. 그렇다면 이전과는 달리 경찰이 체계적인 정보를 가지고 수색 작업을 펴고 있는 것이 분명했다. 현준은 청년들의 이야기에 귀를 기울이면서 한편으론 창밖을 주시하고 있었다. 때가 때니만치 조장 회의가 길어질 수는 있겠지만 지용근이 생각보다 너무 늦고 있었다. 그만큼 사태가 긴박하게 돌아가고 있는 것 같았다. 익수가 건너편 가게 앞에 서 있는 것을 발견하고, 그는 무슨 일인가 하고 그 쪽으로 건너갔다.

"조금 이땅 연북정에….” 소년은 엄지손가락을 살짝 치켜올리며 말했다. 엄지손가락은 조장을 가리키는 암호였다.

"알았다. 알동네 허목수네 집에 가 봐. 메가네가 와 있다는데, 어떤 사람들이 찾아다니는지.”

"네.”

소년이 고개를 끄덕이며 곧 떠났다. 현준은 다시 만세집으로 돌아갔다. 똑같은 얘기, 똑같은 내용들, 사람들은 그래도 지칠 줄 모르고 떠들고 있었다. 그들은 그렇게 해서 불안을 해소하고 있었다. 몇 시간이고 똑같은 얘기를 듣고 있으면 지겨울 때가 많았다. 그는 유철을 데리고 연북정으로 나섰다. 어느덧 땅거미가 지고, 바닷바람이 세차게 몰아치고 있었다. 갑자기 층계 위에서 기침소리가 들려오자, 그들은 급히 뛰어 올라갔다. 지용근이 힘들여 기침을 하며 담장에 기대어 서 있었다.

"어떻게 된 거야? 우린 저 아래서 기다리고 있었는데.”

유철이 그의 곁으로 다가섰다. 용근은 저무는 바다에 눈을 팔고 있을 뿐 좀체 입을 열려고 하지 않았다. 고요한 정적 속에서 파도소리가 더욱 거세게 들려왔다. 포구를 끼고 바닷가 높은 곳에 우뚝 서 있는 이 정자는 언제 보아도 바람이 차고 매서웠다.

"조책 모임에서 오는 길인데,” 용근이 마침내 현준에게 돌아서며 말했다. "나 지금 떠나. 자네가 대신 수고해 줘야겠어. 나 하나만 빠지면 우리 조원이 누구누군지 아무도 모르게 돼 있어.”

"이렇게, 갑자기?” 현준이 물었다.

"갑자기가 아냐. 지금 내가 가지 않으면 무슨 일이 벌어질지 몰라. 중동 김택만과 하동에 사는 변원배를 조심해. 김택만이 제일 문젠데, 조직책을 맡은 그 친구가 꺾이는 날이면 여간 시끄럽지 않을 거야. 그 친구, 뚝심이 있지만 얼마나 고문을 버틸 수 있을지…. 같이 뛰던 패들도 곧 여길 뜰 거야."

용근은 발밑에 놓인 조그만 룩샥을 집어들었다.

"어느 쪽으로 나갈 건데?" 유철이 룩샥을 붙들며 다급하게 물었다.

"잿골 가서 생각해 봐야겠어. 걱정 마. 난 가지만, 그렇다고 비겁하게 살 생각은 없어. 중산간 일대 민주부락을 둘러보면서 새 일을 잡을 거야. 일이 좀 잡히면 연락할게."

달이 없는 어두운 밤은 파도소리가 더욱 거칠게 부서졌다. 기침을 참는 용근의 숨소리가 가냘프게 쌕쌕 들렸다. 용근이 서둘러 룩샥을 메고 층계를 내려갔다. 그의 모습은 어둠에 가려서 이내 보이지 않게 되었다. 현준은 이것이 마지막이 아닌가 하는 두려움을 느꼈다. 짜식, 어쩔려는 거야! 몸도 성치 않은데! 그는 속으로 외치고 있었다.

유철은 용근이 떠난 뒤에도 한참동안 담장을 끼고 왔다 갔다 서성이고 있었다. 그는 그렇게 분노를 삭이고 있었다.

"며칠 전엔 각혈을 했는데."

"…"

"독한 놈, 꼭 죽으러 가는 놈 같아!"

"…"

유철이 가끔씩 혼잣말처럼 툭툭 내뱉었다. 현준은 그저 묵묵히 서 있었다. 그가 할 수 있는 일이란 이 세상에 아무것도 없는 것 같았다.

두 사람은 포구 앞에서 헤어졌다. 유철은 중동으로 오르고, 현준은 연북정 동측 바닷가 동네의 자기 집 앞을 지나 새코지로 갔다. 해가 지자 바닷바람이 더욱 세차게 달려들었다. 현준은 주머니에 두 손을 찌른 채 쫓기는 사람처럼 계속 걸음을 재촉하고 있었다. 지금 이 시간, 혼자 쓸쓸히 산길을 찾아 나서는 지용근의 쓸쓸한 모습이 자꾸만 어둠 속에서 떠올랐다. 쿨럭쿨럭 기침 소리가 들리는 것 같고, 그 가쁜 숨소리가 귓가에 맴돌았다.

불을 켜지 않은 집은 무덤과 같이 삭막했다. 뒤뜰로 돌아 들어가서 툇마루에 힘없이 주저앉았다. 하늘이 어두워 구름 한 점 찾아볼 수 없는 캄캄한 밤. 스스스스 바람에 흐느끼는 댓잎소리도, 언덕 아래 부서지는 파도소리도 오늘은 그저 황량하기만 했다. 이토록 자신의 무력함을 통감해 본 적은 일찍이 없었다. 라이터를 켜서 겨우 겨우 담배에 불을 붙이는데 찬바람이 코끝을 찡하고 울리며 스쳐갔다. 그는 고슴도치처럼 몸을 웅크리고 앉아서 계속 담배에 불을 붙였다. 한 가치, 또 한 가치, 이런 땐 몇 가치고 피울 수 있을 때까지 다 피우고 나선 다시 돌아보지 않기로 한다. 이것은 그의 오랜 습관이기도 했다. 그러나 이 날만은 달랐다. 지울 수 없는 생채기처럼 그의 가슴 속 깊은 곳엔 쿨럭쿨럭 밭은기침을 하며 먼 길을 떠나는 한 사나이의 슬픈 얼굴이 박혀 있었다.

익수가 허겁지겁 달려왔다. 그는 발자국 소리만 들어도 소년을 알아볼 수 있었다. 소년을 까맣게 잊고 있었던 그는 무슨 큰 죄를 지은 것만 같아서 벌떡 일어났다. 소년의 손이 얼음장과 같이 차가웠다.

"지금까지 거기서?"

"네, 형님! 알아냈습니다. 중동 사는 양정기가, 지금 그 집으로 들어갔습니다." 소년은 허억헉 가쁜 숨을 내쉬며 더듬거렸다. "담구멍으로 보니까, 유성기 틀어놓고 삼방에서 춤을 추고 있었습니다. 메가네영 서청 두 명이."

"춤을?"

"네. 조금 있으니까, 메가네가 그 사람 양정기 붙잡고 서서 이렇게 해라, 저렇게 해라, 배워주고 있었습니다. 형님, 지금 가 보면…."

"됐다. 이젠 알았으니까."

"서청 두 명은 아주 잘 춥니다."

"춥겠다. 들어가자. 저녁 안 했지?"

"아닙니다. 난, 집이 갈 건디. 용근이 형님한테 전합니까?"

"아, 그냥 둬. 지 동문… 오늘 어딜 갔다."

"네?"

소년은 의아한 얼굴로 현준을 바라보았다.

"당분간 못 볼 거다. 무슨 좀 일이 있어서 멀리 갔으니까."

말없이 앉아 있던 소년은 조용히 일어나 밖으로 나갔다. 도처에서 이런 소년들이 활동하고 있지만 익수만큼 영특한 애는 드물다. 한 마디만 해도 눈치가 빨라 곧잘 알아듣고, 어른보다 더 기민하게 움직일 때가 많이 있다. 오늘만 해도 그랬다. 추운 날씨에, 밤늦도록 기다리고 있다가 기어이 비밀을 잡아낸 것이다. 그는 소년이 어둠 속으로 사라져 가는 발자국 소리를 듣고 있다가 라이터를 꺼내 담배에 불을 붙였다. 메가네, 그 놈을 생각하면 이가 갈렸다. 지난해 밀수사건으로 세상이 발칵 뒤집히고 경찰 간부들이 여러 명 쫓겨났지만, 녀석은 그런 와중에도 유성기를 빼돌린 것이다. 생각 같으면 당장 달려가서 멱살을 잡고 싶은 심정이었다. 어쩌다가 그런 파렴치한 인간이 조천 땅에 태어났는지 부끄러운 일이었다.

25

 이튿날 저녁, 현준은 유철과 함께 만세집을 찾았다. 양정기! 그 녀석이 요즘 뻔질나게 나다니더니 차마 그런 짓을 하고 다닐 줄은 몰랐다. 이젠 그 정체를 알았으니 속속들이 살펴볼 필요가 있었다. 그러나 유철에겐 비밀로 했다. 성질이 급한 유철이 알면 또 무슨 문제를 일으킬지 모를 일이었다.
 이 날은 많이들 나와 있었다. 설 지나 며칠 되자 조금씩 출출할 때도 되었다.
 "어허, 이 사람, 이리 오게. 어째서 코뿔소가 안 보이나 했지."
 이문선이 굳이 제 곁에 앉히면서 잔을 넘겼다. 이 선배는 이미 취기가 돌고 있었다.
 얼마 후에 양정기도 왔다. 녀석을 보는 순간 현준은 술이 확 깨는 듯한 섬뜩함을 느꼈지만 겉으론 전혀 내색을 해 보이지 않았다. 그는 오히려 다정한 말투로 거짓 친절을 베풀며 계속 술을 권했다. 녀석도 오늘은 웬일인지 주는 대로 덥석덥석 받아 마셨다.
 언제나 그랬듯 화제는 마침내 시국얘기로 돌아갔다. 그러자 한 청년이 말했다. 조천뿐 아니라 여러 마을에서 급습을 당했는데 이러다간 사람씨도 안 남겠다고. 또, 한 청년은 양놈들이 맨날 사상의 자유를 강조하면서 왜 시위도 못 하게 구느냐고 울분을 토했다.
　양정기는 히죽이죽 웃으며 혼자 신이 나서 떠들어댔다.
　"자네 요즘 신수가 좋은데." 현준이 술을 권하면서 말했다.
　"무사마씸?" 양정기가 반색을 하며 잔을 받았다.
　"아주 멋쟁이가 다 됐어. 그 잠바, 얼마짜린가? 사람이 갑자기 달라져 보이는데."
　"아, 이거 말이우꽈? 사름은 옷이 날개옌 허건테, 나도 좀 투자를 해 보아십주. 형님, 경 안 허우꽈? 시대에 맞추앙 살아사 허니깐."
　"시대에 맞추앙?"
　"언제까지 우리가 촌구석에만 박형 살랜 허는 법은 없지 안 허우꽈. 이젠 영어도 배우고, 서양춤도 배우고, 확 열앙 살아사쿠다."
　"그래?"
　현준은 가만히 녀석의 얼굴을 쳐다보았다. 예상했던 대로다. 어쩌다 이렇게 딴 사람이 됐는진 모르지만 그 말하는 뽄새부터가 영 글러먹었다. 그래도 이 놈을 관찰하기 위해선 꾹 참고 들어줄 수밖엔 없었다.
　"무시거? 서양춤도 배우곡?" 이문선이 드디어 끼어들었다. "이 사람 참 많이 발전했구만. 겐디, 자네, 경허당 양갈보덜이 채어가민 어떵허젠?"
　"거, 뭐, 양갈보는 사름 아닌가 마씸. 게도, 그 여편네덜 쌀라쌀라 말이라도 통허난 벌어먹엄실 텐디." 양정기는 더욱 기고만장해서 큰소리로 떠들어댔다.
　현준은 유철이 걱정되어서 슬그머니 건너다봤다. 이미 얼굴이 굳어 있었다. 양정기는 곁에 앉은 사람의 표정도 읽을 겨를이 없이 계속 신이 나서 떠들고 있었다. 이쯤에서 나갈까 하다가도 현준은 좀더 기다려 보기로 했다.

"너, 취했어? 왜놈들 가고 양놈들이 들어오더니, 너 이젠 양놈들 뒤나 닦아 줄려는 거야?" 유철이 꽥 소리질렀다.

"나, 참, 농담도 못 합니까?" 양정기는 갑작스런 공격에 밀려 한 발작 물러섰다.

"농담도 할 말이 따로 있지." 유철은 흥분해서 여전히 떨리는 목소리로 말했다.

"형님 고고하신 줄은 우리가 다 압니다만, 겐디 지금…."

"뭐야?"

유철이 벌떡 일어났다.

양정기도 일어섰다.

"아아, 이 사람들, 고정해!"

이문선이 나서서 싸움을 말리려고 했다.

"아니, 이거 뭐, 사람을 어떻게 보고…."

양정기가 곧 덤벼들 듯이 노려보며 유철에게 맞섰다. 현준은 참다못해 양정기의 얼굴에다 술잔을 집어던졌다. 곧 일어나 멱살을 잡아 흔들자, 그제서야 기가 죽었는지 양정기는 아무소리 못 하고 비틀거렸다.

"이 새끼가! 뭣이 어쩌구 어째? 시대에 맞추어서 살아야 한다고? 너, 그 소리 어디서 들었어?"

현준이 멱살을 잡은 채로 녀석을 술상 위에다 메다꽂자 사람들이 몰려들었다. 가게주인도 달려와서 현준의 팔을 붙들었다. 그러나 누구도 적극적으로 나서진 않았다. 코뿔소란 별명이 말해 주듯이 한번 성이 나면 무섭다는 걸 알고 있기 때문에 모두들 겁을 집어먹은 것이다.

"이 사람아, 날 보아서…."

그래도 나이 든 가게주인이 현준에게 끝까지 매달렸다. 현준이 마침내 손을 놓자, 양정기는 비틀비틀 밖으로 나가더니 곧 돌아와 출입구에 서서 욕을 하고 갔다.

"자, 다덜 앉아!"

이문선이 좌장답게 자리를 정돈했다. 그들은 다시 앉아서 남은 술을 마저 마시고 헤어졌다.

유철이 몹시 취해 있었다. 누가 또 해꼬지를 하지나 않을까 싶어 현준은 그를 집까지 데려다주고 나서 새코지로 향했다. 직책상 절대로 이래선 안 된다고 다짐하면서도 이 날은 그만 폭발해 버렸다. 양정기, 그 녀석의 낯짝을 처음 대했을 때부터 이미 기분이 상해 버린 것이다.

26

이 날 현준은 머정을 단념하고 우석 선생을 찾아 갔다. 노인은 탈진한 사람처럼 얼굴이 노오랗게 찌들어서 아랫목에 누워 있었고, 사모님 혼자 바느질을 하며 그 곁을 지키고 있었다. 아편 중독으로 몰락한 이 늙은 독립지사는 어떻게 해석해야 좋을까. 현준은 그를 대하고 있으면 만주로 시베리아로 떠돌다가 늘그막에야 만신창이가 되어 고향으로 돌아온 수많은 애국지사의 현주소를 보는 것 같았다.

"이 사람, 손님이 오셨는데."

사모님은 그제서야 생각이 난 듯 얼른 나가서 차를 끓여 왔다. 서로 주고받는 눈짓과 말씨만 보아도 두 사람의 정분이 얼마나 깊은가를 직감할 수 있었다. 20년 이상 헤어져 있었다는데 생의 마지막 단계에 와서 못다 한 연을 다하려는 것인가 싶었다.

현준은 주머니에 넣고 온 약봉지를 노인의 머리맡에 놓았다.

"어딜 좀 다녀와야 할 것 같습니다."

"어딜?"

노인은 의아한 눈으로 청년을 바라보았다.

"오래 걸리진 않을 겁니다. 제가 없더라도 후배들이 알아서 약을 구해 올 겁니다."

처음엔 이런 심부름이 좀 망설여졌지만 이젠 아무렇지도 않게 생각되었다. 곧 죽을 사람에게 고통을 좀 덜어 준다고 뭐 나쁘랴 싶었다. 사모님도 굳이 반대하지는 않는 눈치였다.

"그렇게 다급한 상황인가?"

"그런 건 아닙니다. 선생님! 너무 걱정 마십시오. 간도에 두고 온 친구가 있다고 하셨지요?"

"으음, 그렇지."

"아직 아무 연락도 없습니까?"

"연락은 무슨! 생사도 모르고 있는 걸!" 노인은 후우-, 하고 한숨을 쉬고 나서 꿈을 꾸듯이 게슴츠레한 눈을 떴다. "세상이 어느새 많이 변해 버렸네. 좌다, 우다, 이게 무슨 수작들인가? 이럴려고, 우리가, 목숨을 걸고 싸웠던 겐가, 원! 말도 안 되는 소리들! 삼팔선이니 남북이니 허는 것부터 빨리 허물어야 헐 텐디."

"그 분은 고향이 이북이신가요?"

"그러이. 함경북도 경성이라 했네. 우리가, 그 때, 감옥에만 가 있지 않았어도…."

노인은 못내 아쉬운 듯 말끝을 흐렸다.

"선생님!"

"…"

"한 가지만 더 여쭈어보고 싶은데요. 만일 그 때 만나셨다면 선생님도 이북에 남으셨을까요?"

"어째서?"

"선생님도 코뮤니즘 운동에 가담하신 걸로 알고 있는데요."

"허, 그건 자네가 몰라서 하는 말일세. 일제하의 감옥은 코뮤니스트 양성소와 같은 거였지. 사회·정치적 조건이 그렇게 만들었는진 모르지만, 하여간, 당시의 젊은이들은 말야, 누굴 막론하고 감옥에 들어가기만 하면 저절로 코뮤니스트가 된 게야. 그것만이 삶을 포기하지 않고 살아갈 수 있는 유일한 길이었으니까, 지금하곤 전혀 사정이 달랐지. 좌?우 논쟁이 초기에 잠깐 있었다고는 하나, 그런 건 하릴없는 논객들에게나 맡길 일이었고, 실제적인 투쟁의 발판은 코뮤니즘이 제공했던 거라고 봐야 할 게야."

"그러시다면, 선생님 말씀대로, 지금 와서 새삼스럽게 좌다 우다 하고 싸우는 것 자체가 웃기는 일이군요."

"물론이지. 우리가 바라는 건 조국 광복 뿐이었달까, 목표는 오직 하나였지. 그러니 그게 무슨 문제가 되겠는가? 좌니 우니 허는 것 자체가 양놈들의 비위를 맞추는 것밖엔 안 될 걸세. 미국놈이고 소련놈이고 도시 믿을 게 못 돼! 우리가 하루 속히 정신을 차려야 허지."

노인은 언제나 그랬듯이 이데올로기 문제에 있어선 시종일관 초연한 태도를 보였다. 현준에게는 이 부분이 늘 궁금했다. 좌니 우니 하는 것 자체가 양놈들의 비위를 맞추는 것밖에 안 된다면, 그렇다면…? 그는 그 말을 이해할 수 있을 것 같으면서도 심정적으론 그렇게 되지 않았다. 누군가가 지금 자기네들을 빨갱이로 몰고 있다면, 그것이 또 엄연한 현실이라고 한다면, 그는 진짜 빨갱이가 되어서라도 무엇이 진실인가를 밝힐 수밖엔 없을 것이기 때문이었다.

노인은 몹시 쇠진한 듯 이야기를 하다 말고 스르르 눈을 감았다. 잠든 노인을 바라보면서 현준은 순간 지용근을 떠올렸다. 무엇이 사람들을 이렇게 어둠 속으로 떠밀어 넣고 있는 것일까. 끝이 보이지 않는, 멀고 먼 어둠, 혁명이니 투쟁이니 하는 것이 이런 때 보면 한낱 아름다운 장식품이 아닐까 하는 의문이 들기도 했다.

그는 노인이 깰까 봐 슬그머니 방에서 나가 연북정으로 향했다. 비가 오려나. 낮게 내려앉은 잿빛 하늘이 납덩이처럼 무겁기만 했다. 숨이 막힐 것 같았다. 돌층계를 오르다 말고 잠시 거기 서서 포구쪽으로 내려다봤다. 고깃배들이 하나둘 나가고 있었으나 할아버지의 모습은 찾아볼 수 없었다. 다시 층계를 오르는데 어디선가 기침소리가 들려왔다. 쿨럭쿨럭 쿨럭쿨럭. 그 기침소리는 이틀 동안 계속 그를 따라다니고 있었다. 오늘 우석 선생을 찾은 것도 어쩌면 그 기침소리 때문인지 모를 일이었다.

제2장

27

"새코지 갔다 오는 길이야?"

"응."

지인숙이 몹시 우울한 얼굴을 하고 있었다.

"그 친구 뭘 하고 있든?" 현준이 조심스럽게 그녀의 표정을 살피면서 말했다.

"그냥 누워 있었어."

"걱정 마. 곧 집에 들어갈 거야."

"니가 잘 말해 줘. 집안 망칠 놈이라고, 할아버지께서 호통치고 내쫓긴 했지만 벌써 며칠째 식음을 전폐하고 계셔. 칠십 노인이 저러는 거 보고 있으면 정말 딱해 죽겠어."

"유철이도 많이 생각하고 있어. 말은 않지만 무척 힘든 눈치야. 엊저녁엔 그래서 한 잔 했지."

"내가 뭐 피붙이라고 해서 그런 게 아니고, 인간적으로 안타까운 생각이 들어."

"이해가 가. 일찍 두 아들을 공부시켰다가 다 잃게 되었으니 손주 하나 남아 있는 거라도 지키겠다는 거 아냐?"

"그런 셈이지. 우리 할아버지도 불쌍한 분이야. 세상 사람이 다 손가락질해도 난, 우리 할아버질 나무랄 수 없어. 걘 언제 집으로 돌아간대?"

"너무 따돌진 말어. 그 친구도 지금 말이 아니야."

"투쟁도 좋지만 앞뒤 사정을 살피면서 해야지, 이게 뭐야? 그깐 연설 때문에 뭐 이렇게까지 일을 벌일 필욘 없었지 않아? 그리고, 너도 문제야. 같이 있으면서 그거 하나 막질 못했어?"

인숙은 담벽에 기댄 채 두 손으로 턱을 괴고 서서 멀리 수평선을 바라보았다. 열두 살에 나가서 8년 동안 떠돌아다닌 타관살이도 결코 평탄한 것이 아니었지만 고향에 돌아와서 보낸 이 몇 개월이야말로 더없이 참담한 시간들이었다. 경찰서에 면회 갔다가 아버지 얼굴도 못 보고 돌아오는 어머니의 창백한 표정이나 할아버지의 그 마른기침이 바로 그런 사정을 잘 말해 주고 있었다.

"망아지 아직 못 봤지?"

"봤어. 어제 박 선생님 뵈러 갔다가."

"그놈들 참 귀엽지 않아?"

"귀여워. 그 깜찍한 흰둥이가 내꺼란 말이지?"

"그래, 이 깍쟁아!"

"호호! 참 잘 생겼어. 다리가 길고 아주 꼿꼿해." 인숙이 그의 어깨에 얼굴을 묻으며 말했다.

"왜놈들이 군마로 쓰던 건데 승마용으론 아주 그만일 거야. 올 한 해만 지내면 조금씩 훈련을 시켜야겠어."

"똑 쌍둥이 같애."

"그렇지? 색깔만 다른 거야. 며칠 상관으로 누렁이가 먼저 태어났대." 현준이 의기양양한 얼굴로 인숙을 돌아다보며 말했다. "오늘은 연극 연습 안 가?"

"가야지. 인젠 영자가 많이 도와 줘. 나, 걔 없으면 꼼짝달싹 못할 거야."

"요즘도 부녀회 일이 많아?"

"내일 또 회합이 있어. 아침 일찍 성내 가야 해."

"우석 선생님 약이 거즘 떨어지고 있을 텐데."

"그거 어디서 구입하는 거지?"

"조일약방에 가서 조용히 내 이름을 대면 내어줄 거야."

"너, 빽 좋구나. 거, 마약이지 않아?"

"나도 처음엔 망설였는데, 하도 보기에 딱하서…."

"잘 했어. 우리 작은할아버지 살면 얼마나 산다고! 근데, 나 왜 이러지? 요즘은 보고 듣는 게 다 서글프고 가엽게만 생각돼. 우리 작은할아버지도 그렇지, 중국 가서 공부하고 독립운동 하다가 종내는 아편쟁이가 되어서 돌아오셨어. 그래도 말년에 두 노인네가 만나서 정답게 사는 거 보면 눈물나도록 기쁘고 아름답게 보여."

"훌륭하신 분이야. 난, 선생님을 뵙고 있으면 우리들 정신의 고향 같은 것을 깨닫게 돼."

"가자. 영자가 기다리고 있을 텐데."

인숙은 이 날도 갈색 오바에 흰 머플러를 두르고 있었다. 연북정 정자에서 나가 돌층계를 밟고 내려가자 그 긴 머플러가 파도처럼 싱그럽게 나부끼기 시작했다. 현준이 돌연 장난기가 발동해서 "어, 작별?" 하고 말을 꺼내자마자 그녀는 알았다는 듯 깔깔 웃으며 단숨에 뛰어 내려갔다. 말만한 비바리가 이런 땐 똑 어린애 같았다. 그는 하도 우스워서 그 자리에 서 있었다. 멀리로 지켜보고 있으려니까 그녀가 손을 흔들며 포구 밖으로 사라져 갔다.

현준은 새코지로 넘어가 지유철을 찾아볼까 하다가 우선 집부터 들렀다. 어젯밤 늦게 술을 마신 탓으로 속이 별로 좋지 않았다. 정지로 가서 벌컥벌컥 냉수를 떠먹는데 어머니가 왔다.

"느 지끔 어디서 오는 것고? 게난, 그 아이 요새도 만남시냐?"

"어머니도, 원!"

"나 눈 속이젠 마랑 잘 고라봐."

"우린 친군디…."

"느, 어떵 허젠 경 햄시니? 올르지 못헐 낭은 쳐다보지도 말랜 해신디, 옛날말 한나도 틀린 거 엇다. 느가 암만해도 이 어멍 말을 안 듣고, 무신 큰 낭패를 보젠 허는 생이여."

"어머닌 모르민 고만 이십서. 우린 그냥 친구옌 허난."

"무시거, 친구? 친구 헐 사름이 경 어선 지집바이가?"

신촌집은 날카롭게 아들을 쏘아보았다. 그렇게도 말을 했건만 이 녀석이 여직 그 비바리를 만나고 있다는 소문이 자자했다. 지 분수를 알아야지, 이러다가 앞으로 무슨 일을 당하게 될지 마음이 놓이질 않았다.

"가이, 게난 무사 이디 오민 저 몽생이만 보암시니?"

"아, 예에? 저디 흰 몽생이는 가이 꺼우다."

"이 미친놈아! 허당허당 못허난 이젠 가이 몽생이까지…?"

"어머니, 제발 고정헙서. 나가 무신 어린아이우꽈? 다 알앙 헐 꺼난."

현준은 더 이상 어머니의 신경을 건드리고 싶지 않아서 슬그머니 집을 빠져 나갔다. 이 날은 조원들을 한 명도 보지 못 했다. 그는 어쩐지 궁금한 생각이 들어 광콧아지트로 발길을 돌렸다.

바다를 등지고 한라산을 향해 남향으로 앉아 있는 이 집은 사실상 마을이 끝나는 맨 끝자락에 있었다. 아지트로 쓰고 있는 김지우의 방은 더군다나 뒷방이어서 창문을 열면 곧장 바다다. 종일 뒤 있어도 파도소리밖에 들리지 않는다. 오늘 따라 모두들 나갔는지 이 집은 텅 비어 있었다. 그는 도둑고양이마냥 발소리를 죽이고 조용히 안으로 들어갔다.

"어딨었어?"

아무도 없는 줄 알았더니 부영진이 웃목 안쪽에 혼자 누워 있다가 벌떡 일어났다.

"어, 깜짝이야."

현준은 웃으며 그 쪽으로 다가갔다. 장판이 뜨끈뜨끈해서 치운 날씨엔 아주 안성맞춤이었다.

"변원배가 왔단 말이야."

"뭐, 변원배?"

"경찰학교 간다면 다 알아본 거 아냐?"

"..."

현준은 할 말을 잃고 서 있었다. 걱정은 하고 있었지만 이렇게 쉽사리 손을 들고 말 줄은 몰랐다. 부영진의 말대로 경찰학교 간다면 그 놈은 이미 전향한 것이나 다름없었다.

"누가 그래, 경찰학교 간다고?"

"소문이 쫙 퍼졌는데, 넌 어디 있다가 인제 왔어? 익수 말이, 집에서도 모른다던데?"

"김택만은, 그럼?"

"시간 문제 아냐? 한 쪽이 다 털어 놨으니 어떻게 혼자 버틸 수 있겠어?"

현준은 온몸에서 힘이 쭉 빠지는 것을 느꼈다. 바보처럼 퀭한 눈으로 영진을 바라보고 있다가 그는 이윽고 비틀거리며 창가로 가서 문을 활짝 열어 젖혔다. 갑자기 밀어닥친 세찬 바람과 함께, 보이지 않는 파도가 흰 거품을 내뿜으며 어둠 속에서 무섭게 달려들고 있었다. 그는 곧 숨이 차오르고, 가슴이 꽉 조여 왔다. 영진의 말마따나, 김택만도 시간문제다. 그렇게 되면 이 조천은 엄청난 대가를 치러야 할 것이다. 생각만 해도 끔찍한 일이었다. 그는 담배를 물고 어둠 속의 바다를 계속 응시하고 있었다. 분명한 것은, 이런 땔수록 정신을 바짝 차리고 조원들의 안전을 기하는 것이 가장 시급한 과제였다.

"지우는?"

"너 찾아 갔잖아? 우린 어떻게 되는 거지?"

영진은 불안한 듯 등잔의 심지를 올렸다 내렸다 하며 만지작거리다가 바닥에 벌렁 드러눠 버렸다.

"걱정 마. 용근이만 지키면 되니까." 현준은 그를 안심시키기 위해서 짐짓 이렇게 말했다.

"용근인 왜?" 영진이 다시 일어나 고개를 들고 현준을 보며 반문했다.

"용근이만 잘 지키면 우린 별 문제없어. 조장들은 자기 조밖에, 딴 조 조원들은 모르게 돼 있거든."

"확실해?"

"물론이지. 용근이가 걱정이야. 몸도 성치 않은데 어디서 뭘 하고 지내는지 속히 찾아봐야겠어."

김지우가 먼저 돌아오고, 익수도 곧 따라 들어왔다. 모두들 상기된 얼굴이었다.

"변원배, 그 새끼, 그럴 줄 몰랐는데." 지우가 몹시 흥분해서 말했다. "경찰학교 간다고, 짐 싸고 나갔대."

"이젠 아주 조천을 뜨겠다는 거야?" 영진이 반색을 하며 물었다.

"지가, 그럼, 이 바닥에서 붙어나겠어? 삼십육계 쳐야지."

"짜식! 그런 놈은…. 그냥…." 영진이 분을 참지 못해서 버럭 소리질렀다.

"그렇지도 않아. 오히려 우리한테 덤벼들겠지. 지금까지 전향자들을 보면 다 그랬어. 그러니까, 앞으론 더욱 조심해야 될 거야. 하루 속히 올라가서 용근이부터 찾아봐야겠어. 유철인 지금 새코지 있는데…." 현준이 말했다.

"아, 아까 가서 전했습니다." 익수가 현준의 곁으로 다가앉으며 말했다.

현준은 가엾은 생각이 들어 소년의 손을 꼬옥 잡아 주었다. 인제 겨우 열두 살밖에 안 된 어린것이 뭘 안다고 이렇게 열심인지 모를 일이었다.

"무슨 일 있을 땐 즉각 잿골로 가서 박정욱을 만나. 그 친구가 알아서 잘 해 줄 거야."

현준은 동지들을 둘러보며 밖으로 나섰다. 각오했던 일이지만 너무 일찍 터지고 말았다. 하루 속히 조원들을 민주부락으로 올려 보내고, 자신은 할아버지와 머정을 다니면서 그때그때 동향을 살피기로 했다.

28

이 날은 용왕제 준비로 아침부터 온 식구가 바쁘게 움직였다. 현준은 유나를 안고 집 주위를 둘러보고 있었다. 일은 해도 해도 끝이 없는 법, 이런 농촌에선 더욱 그랬다. 며칠동안 바삐 챙기느라 했지만 앞으로도 할 일이 태산 같았다. 짓다 만 마구간도 마저 마쳐야 하고, 장작도 더 패서 내다팔아야 한다. 통시도 다시 손을 보고, 돼지 불알도 쳐야 한다. 족제비가 요즘 극성이어서 집집마다 야단들인데 닭장도 잘 살펴 틈새가 있으면 막아 놓아야 한다. 지난 번 바람에 날아간 헛간 지붕도 단단히 밧줄로 묶어놔야겠다. 이런 일들은 남자인 그의 몫으로 남아 있었다. 언제 또 무슨 일로 집을 비우게 될지 모르니까 더욱 조바심이 났다.

고구마 눌을 걷어 보니 더운 김과 함께 썩은 냄새가 코를 쑤셨다. 가슴에 안고 있는 어린 조카도 뭘 안다고 꿈찔, 하고 놀란 시늉을 했다. 올봄에 씨고구마로 쓰려면 이것도 상하지 않게 잘 간수해 둬야 했다. 현준은 얼른 눌을 덮고 마당으로 나왔다. 어머니가 울안의 동지나물을 캐다가 소금에 절이고 있었다. 서울에 간 형이 동지나물 무침을 워낙 좋아했기 때문에 그동안 먹지 않고 더러 남겨 둔 것이다. 겨울이 어느덧 다 가고 있으니 이번 방학은 거기서 지내겠거니 판단을 한 모양이었다. 그래도 미련이 남았던지 몇 뿌리는 캐지 않고 두었다. 그는 그러한 어머니의 속마음을 환히 들여다볼 수 있었다.

챗방에선 빙을 부치고 있었다. 가보지 않아도 냄새로 곧 알 수 있었는데, 그건 아주 독특한 냄새였다. 담백하면서도 고소한 그 냄새는 이 집에 제사나 명절과 같은 무슨 특별한 날이 왔다는 신호이기도 했다. 현준은 그 냄새를 맡으며 문득 옛날 형수를 생각했다. 처음 시집 왔을 때 그녀는 아무것도 할 줄 몰랐다. 툭하면 밥을 태웠고, 검질불을 때다가 연기에 목이 메어 눈물만 찔찔 짜기가 일쑤였다. 공부를 많이 한 여자가 어쩌다가 이런 가난한 시골로 오게 됐는지, 정말 안타까운 생각이 들 정도였다. 그래도 그녀가 제일 솜씨를 보여준 것이 저 부침이었다. 어머니는 늘 그 일을 며느리에게 맡겼다. 그에겐 그러한 어머니의 마음씀이 그저 놀랍기만 했다. 성깔이 매섭기로 유명한 어머니가 며느리 앞에선 그렇게 관대할 수 없었다. 평생 큰아들 하나만 믿고 산다더니 정말 그런가 싶었다. 소학교 선생님이 된 후론 어머니의 편애가 더욱 심했다.

정월 초이렛날이 되면 어머니는 어김없이 바닷가로 나가 제를 지냈다. 한 해의 풍성한 수확을 용왕님께 비는 것이다. 어부나 해녀가 사는 어촌 가정에서는 누구나 다 하는 의식이다. 그런데, 어머니에게는 그 이상의 큰 의미가 있었다. 용왕님이야말로 외지에 나가 있는 큰아들이 무사히 집에 돌아오게 해 주고, 또 그 큰아들의 소망을 이루게 해 줄 수 있는 어머니의 유일한 신이었기 때문이다. 어머니의 사랑이 각별한 만큼 형수의 희생도 컸다. 그녀는 어머니가 시키는 일이라면 무조건 따랐다. 바닷가에 나가 돗자리를 깔고 음식을 올리는 것까지는 좋으나, 어머니와 함께 나란히 꿇어앉아 열 번이고 스무 번이고 꾸벅꾸벅 절을 하고 주문을 외었다. 독실한 크리스천인 그녀로선 여간 난감한 일이 아니었을 것이다. 그러나 그녀는 한번도 내색을 하지 않고 잘 참아냈다. 아니, 마땅히 그래야 할 것으로 여기고 있었는지 모른다. 그러면, 어머니는 "얘야, 우리사 용왕님밖에 믿을 디가 어디 이시냐?" 하고, 아주 자랑스럽게 말하곤 했다.

현준은 아기를 안고 마당을 왔다 갔다 하면서 시간을 보냈다. 헛간 옆에 산더미처럼 높이 쌓인 장작더미가 아까부터 마음에 걸렸다. 저걸 빨리 손보고 처분해야 될 텐데 앞으로 그럴 만한 시간이 자기한테 남아 있을지 모를 일이었다. 이런 생각을 하면 머리가 복잡해졌다. 만일 일이 잘못 돼서 들통이 나고 경찰에 쫓기게 되면 저 장작은 누가 패고, 우마는 누가 보나. 아무려면 그런 일이야 없겠지만, 만에 하나, 그런 일이 생긴다면 어떡허지? 그는 저으기 불안하지 않을 수 없었다. 세상 사람이 다 겪는 일인데 자기만 유독 안전하리라는 보장이 없었다. 그는 매일 조금씩 손을 보다가 둔 마구간에 가서 이곳저곳 살펴보았다. 돌을 쌓고 서까래를 몇 개 얹어 놓는 아주 간단한 작업이긴 하지만 그래도 집 한 채를 짓는다는 게 그리 쉬운 일은 아니었다. 그보담도 제일 신경이 쓰이는 것은 어머니였다. 송아지를 갖다 기르는 건 좋지만 망아지는 해서 뭘 하겠느냐고, 어머니는 처음부터 반대하고 있었는데 앞으로 어떻게 이해를 구해야 할지 난감했다. 할아버지가 곁에서 거들어주고 있기는 하지만 어머니의 고집이 여간 센 편이 아니었다.

한낮이 되어서야 용왕제 준비가 다 끝난 모양이었다. 어머니가 제물 담고 갈 빈 구덕을 갖고 다시 안으로 들어가는 걸 보고는 현준은 얼른 챗방으로 달려가서 아기를 두고 나왔다. 일손을 놓고 힐끗 쏘아보는 어머니의 눈매가 매섭게 빛났다.

29

신촌집은 어쩐지 불안한 생각이 들었다. 요즘 좀 마음을 잡았나 싶었더니 또 저렇게 급히 뛰쳐나가는 걸 보면 작은아들도 걱정이지만 서울에 간 큰아들은 더욱 걱정이 되었다.

"편진 게난 부처시냐?" 신촌집은 아무래도 마음이 놓이지 않아서 며느리를 보며 다구쳤다.

"네, 어머니! 어저께 학교 가면서 부쳤어요."

"단단히 고라사 헌다. 고향은 무신 고향, 작년 경 모진 고생을 허고 뭣 허레 이 험헌 시상을…! 방학도 얼마 안 남았는디. 집이 올 생각 마랑 그디 그냥 엎더정 이서사 헌댄, 나 말대로, 꼭 경 썼주 잉?"

"네. 어머님 말씀대로 똑 그대로 썼어요. 명심할 거예요. 방학도 반 이상 지났고, 시험도 곧 있을 거라는데요."

"기여. 잘 했져. 서른 아기덜아! 자리 보앙 발 뻗는다고, 이런 험헌 시상에 무시것 허젠 얼굴 내미느니! 시험 준비나 열심히 허주. 작년, 가이가 잽혀간 때를 생각허민 난 이제도 치가 떨린다. 가이, 그, 매 맞앙 나온 서늉을 느도 보았주 잉? 나사 가이 하나 믿엉 사는 인생인디, 가이가 어떵 되는 날이믄 난 그날로 죽은 목심이여. 느네덜이나 내 맴을 알아주카, 누게가 알아줄 것고. 경헌디, 얘야, 저건 또 무사 나상 춤추엄신디 모르키여. 지 분수를 알아사주. 배운 것도 어신 것이, 뭘 안다고. 는, 일본까지 강 공부헌 사름이난 고라보라. 대관절 이 시상이 어떵 되여 가는 것고?"

"너무 걱정 마세요. 아즈버니가 다 아셔서 처신할 텐데요."

"아니여. 이 어멍 눈은 못 속인다. 저것이, 암만해도 무신 일을 꾸밀 것 닮다."

"어머니두, 무슨 일을요?" 덕순은 시어머니를 안심시키기 위해서 일단 이렇게 말머리를 돌렸다. "사람들이 다 나서서 싸우는데 혼자 모른 척할 수도 없고요. 처신하기가 참 어려운 때예요. 하지만 아즈버닌 함부로 남 앞에 나서지 않을 거예요."

"게메, 원, 경만 해 주민 걱정가마는. 허우대만 멀쩡했주 안직 무신 철분실 아는 것가. 는, 아맹해도 배운 사름이난 잉, 느가 알앙 잘 돌아보암서사 될 거여."

"걱정 마세요. 어머니, 저어…." 덕순은 조심스럽게 시어머니의 표정을 읽으면서 다시 말을 꺼냈다. "인숙씨 말예요. 어머니도 잘 아시죠? 어렸을 땐 바로 저 기와집에 살았다지요?"

"말도 말라. 아이고, 그, 여시 같은 것이!" 신촌집은 말을 하다 말고 허억 헉, 하고 웃음을 터뜨렸다.

"왜요? 참, 싹싹하고 뗄데없는 아가씬데요" 덕순은 그저 호기심이 나서 함께 웃으며 물었다.

"가이, 거, 보통내기가 아니여. 나한티 욕도 많이 먹었주마는, 매 안 타는 고냉이것치룩 어떵사 드셌던지, 어지간헌 소나이덜은 저래 가랜 허주. 경허고, 그 집안이 어떤 집안고. 조천 지씨엔 허민, 제줏 땅에서사 누게 하나 건드릴 사름이 이시냐."

"일정 땐 독립운동을 하다가 사람도 많이 다쳤다면서요?"

"경했자, 안직사 기십이 쨍쨍허주. 가이네 그 기십을 누게가 꺾으크냐."

"성격이 참 좋은 것 같아요. 아주 싹싹하고, 경우도 바르고."

"그건 경 허다. 좀 몹실긴 해도 맴은 곧은 아이여."

"네. 저희 학교에서 야학을 하고 있거든요. 그동안 지내보니까, 좋은 점이 많아요. 아즈버니하곤 어릴 때부터 정이 들었나 봐요. 아즈버니도 싫지는 않은 것 같구요."

"느, 게난 무신 말을?"

"아녜요. 제 생각으론 두 사람이…."

"설러불라. 당치도 않은 소리. 가이네 집이 무시거 답답해영 우리겉은 사름허고 상대를 허크니? 다시부턴 그런 말 입에도 붙이지 말라." 신촌집은 단호하게 딱 잘라서 말했다.

"네. 어머님."

덕순도 현재로선 이 문제를 더 이상 거론할 필요가 없다고 보고 이쯤에서 물러서기로 했다. 하지만 세상이 달라졌지 않은가. 집안이나 학벌로 보면 누구나 그런 생각이 들 법도 하지만 둘이 다 좋다고만 한다면 그녀는 꼭 이 결혼을 성사시키고 싶었다. 기회를 보아 지 선생의 속마음을 직접 떠볼 수밖에 없는 일이었다.

30

현준은 비석거리 구멍가게에서 2홉들이 소주 세 병을 사고 새코지로 갔다. 이모는 탕관청에 나가서 없을 테고, 유철이 혼자 빈집에 남아 있을 게다. 그 친구를 생각하면 픽 웃음이 났다. 그 고집이 보통이 아니었다. 그만하면 집으로 들어갈 법도 한데 할아버지한테 항복하지 않겠다고 벌써 며칠째 버티고 있는 것이었다. 오늘은 손수 장만한 안주로 그 친구와 한 잔 하고 싶었다. 보재기 출신인 그가 그나마 그 친구에게 해줄 수 있는 건 이것뿐이었다. 그는 우선 정지 앞 처마 밑에 걸린 건어 꾸러미를 들여다보았다. 머정 갔다 올 적마다 조금씩 갖다 둔 것인데 제법 두 줄이나 주렁주렁 매달려 있었다. 우럭에 된장콩을 넣어서 졸이고, 바짝 말린 갈치꼴랭이를 숯불에다 뽀얗게 구워 놓으면 쐬주 안주론 그만일 것이었다. 말린 갈치꼴랭이는 원래 미끼로 쓰는 거지만 구워 먹어도 좋은 찬거리가 되었다.

그는 휘파람을 불며 뒤뜰로 돌아 들어갔다. 바람을 쐬러 나갔는지, 유철이가 보이지 않았다. 방에도 없고 토끼굴에도 없었다. 멀리 가지는 않았을 테니 그새 안주부터 장만할 생각으로 그는 다시 정지로 돌아갔다. 간데기에 숯불을 피우고 우럭부터 먼저 앉혔다. 우럭이란 놈은 오래 푹 끓여야 국물이 잘 우러날 것이었다. 마늘을 다져서 넣고, 콩도 몇 주먹 듬뿍 집어넣었다. 좀 짭조롬하게 간장도 몇 숟갈 낙낙히 부어넣었다. 갈치꼴랭이는 즉석에서 구워 먹어야 제맛이 날 것 같아서 깨끗이 손을 본 다음 한 접시 차곡차곡 쌓아 놓았다. 유철이네 집에선 요 며칠 동안 여간 걱정이 아니었겠지만 그에겐 참 즐거운 나날이었다. 이따가 인숙이까지 합세하게 되면 그들 삼총사가 오랜만에 옛날로 돌아가 소꿉장난을 하듯 깔깔대며 마음껏 추억에 잠길 수 있었다. 인숙의 그 경쾌한 음성이 등 뒤에서 들려오는 것 같았다. 이럴 줄 알았으면 오늘은 연극 연습을 조금 빨리 마치고 오도록 할 것을 후회가 됐다.

우럭냄비를 열어 보니 앞으로도 몇 분 더 끓이는 게 좋을 듯했다. 난간에 나가 앉아 담배나 필까 하고 밖으로 나서는데 김지우가 빠른 걸음으로 헉헉 달려오는 것이 보였다. 그는 무슨 일인가 하고 마당 한 구석에 서서 가만히 지켜보고 있었다.

"큰일 났어."

황소같이 느긋한 녀석이 어찌 된 셈인지 가쁜 숨만 몰아쉬면서 말을 잇지 못 했다.

"무슨 일인데?"

"유철이가 잽혀갔어."

"뭐, 유철이가?" 현준이 벌떡 일어나면서 큰 소리로 다구쳤다. "지금?"

"어, 지금, 비석거리서…. 지서 순경 두 놈이 수갑 채우고…."

현준은 말문이 막혀 버렸다. 막연히 느끼고 있었던 불안이 현실로 다가선 것이다.

"너도 같이 있었단 말이지?" 현준이 잠시 후 다시 물었다.

"우리집이서 점심 먹엉 나오는디, 그놈들이 갑자기 달려든 거야. 우릴 노리고 있었던 게 틀림없어."

"유철이네 집엔?"

"그 때 바로 알렸어. 유철이 어머니영 얘기허고 있는디 할아버지가 나와서 하나하나 묻더라고. 지서 순경이냐, 성내서 온 형사냐, 뭐엔 허멍 데려갔느냐, 얼마나 꼼꼼이 따지는지 혼났어. 지금쯤은 지서에 가서 알아보고 있겠지?"

이런 일들은 늘 각오하고 있었던 것이지만 막상 당하고 보니 현준은 눈앞이 캄캄하고 어리둥절했다. 지금 누가 바로 자기 목에다 칼을 대고 협박하는 것 같은 섬뜩함을 느꼈다.

"이거, 원, 어떵 되어 가는 건지…." 지우가 눈을 크게 뜨고 말했다.

"…"

현준은 선뜻 납득이 가지 않았다. 둘이 같이 있었다는데 유독 유철이만 데려간 이유가 무엇일까. 그렇다면 조직과는 무관한 것일까? 혼자 속으로 생각하고 있다가 그는 답답한 끝에 담배를 꺼냈다. 라이터를 켜는 손이 가늘게 부르르 떨고 있었다. 마치 다른 사람의 물건을 보듯이 자기의 손을 가만히 지켜보았다. 두려움보다는 일종의 분노와 같은 것이 서서히 그의 내부에서 고개를 들고 있었다.

"집에도 못 들어가고 있었는디." 지우가 불안해서 못 견디겠다는 듯 다시 입을 열었다.

"그 때문일 거야, 아마." 현준이 혼자 중얼거리듯 대답했다.

"그 날 연설한 거 말이야? 지난 번 검거 때도 그냥 넹겼는디, 지금 와서 왜 문제 삼는 거지?"

"내 말 잘 들어. 우린 지금 이러고 있을 때가 아니야." 현준이 고개를 들어 상대방을 빤히 들여다보며 말했다. "우선 피해 있는 게 좋겠어. 영진이 찾아서 빨리 잿골로 넘어가. 박정욱이가 임시 가 있을 델 알려줄 거야. 아, 그러고, 등사기는 헛간 같은 데다 잘 감춰두도록 하지. 가택 수색을 할지 모르니까."

"자넨 같이 가는 거 아니야?"

"난, 남아서 동정을 살펴봐야지. 이제부턴 지체하지 말고, 빨리빨리 움직이는 게 좋겠어. 모든 연락은 박정욱이 통해서 취하기로 해. 그게 가장 안전할 거야."

현준은 지우가 간 뒤에도 혼자 난간에 앉아 있었다. 남아 있는 동지들마저 보내고 나니 그렇게 허망할 수가 없었다. 이제야말로 완전히 외톨이 된 셈이었다.

조금 후, 익수가 달려왔다.

"큰일 났습니다. 유철이 형님이…."

"어디서 들었는데?"

"비석거리 지나당 보난 사람들이…."

"알았다. 넌 가서 지 선생 찾아봐. 지금 시간은 집에 있을지 모르겠는데, 이따 소학교로 간다고."

"네."

익수가 헐레벌떡 달려갔다. 소년의 뒷모습을 바라보는 현준의 눈시울이 촉촉이 젖어 왔다. 그는 그 길로 우석 선생을 찾아 나섰다. 이러다 훌쩍 떠나고 나면 오랫동안 만날 수 없을 것 같았다. 사모님이 나가고 안 계시는지, 언제나 난간 밑에 가지런히 놓이는 한 켤레 흰 고무신이 보이지 않았다. 그는 조심스럽게 삼방으로 걸어 들어가 방문을 열었다.

노인이 누운 채로 이쪽을 향해 고개를 조금 돌려 보이며 알은 체했다. 현준은 곁으로 가서 앉았다.

"유철이를 데려갔다구?" 노인이 힘없는 작은 목소리로 먼저 입을 떼었다.

"네. 인숙이가 다녀갔습니까?"

"아니야. 우리 집사람이 귀동냥을 하고 온 모양인데…. 지금 밖에 없는가베."

"못 뵈었습니다."

"이 사람이, 또 어딜 갔나. 차도 안 끓여 오고."

노인은 현준의 부축을 받으면서 가까스로 일어나 앉았다. 현준이 이불을 쌓아서 벽에 기대도록 했다.

"괜찮으시겠어요?"

"괜찮아." 노인은 힘이 드는지 가쁜 숨을 몰아쉬었다. 잠시 후에, 다시 말을 이어 나갔다. "여보게, 우리가 이럴려고 독립 운동을 한 건 아닌데."

"너무 염려 마십시오. 곧 나오겠죠."

"심상치가 않아. 가만 들으니까는 뭐가 잘못 되어도 크게 잘못 되고 있어. 그 아이 애비를 봐서라도 이럴 순 없지." 노인은 잠시 쉬었다가 또 입을 열었다. "우리 유철이가 시위 현장에서 연설을 한 모양인데?"

"뭐, 그렇다고 특별한 내용도 없었는데요."

"그러니까, 하는 말이지. 통일 정부 수립은 3천만 모든 인민의 염원 아닌가. 그리고, 또, 민주주의가 뭔가. 민주주의, 그거, 사상의 자유를 보장한다는 거 아닌가. 민주주의 하겠다는 사람들이 도리어 반민주적 행동을 취하고 있으니, 쯧쯧."

노인이 계속 혀를 찼다. 현준은 노인의 일그러진 표정 속에서 시대의 어두운 단면을 읽을 수 있었다. 해방이 되어 이 노인이 처음 귀국했을 때 얼마나 많은 사람이 우러러 보았던가. 병환 중인데도 인민위원회 고문으로 추대했던 것은 그만큼 이 분을 존경했기 때문이었다. 불과 3년도 못 돼서 이 분이 이렇게 고독한 신세가 되리라곤 아무도 예측할 수 없었을 것이다.

"선생님, 당분간 못 뵈올지 모르겠습니다."

"왜?"

"어딜 좀 다녀올까 해서요."

"그래?" 노인은 힘없이 감고 있던 그 쭈굴쭈굴한 눈꺼풀을 가늘게 뜨며 지금 자기 앞에 앉아 있는 불안한 한 청년을 바라보았다. 잠시 침묵하고 있다가 그가 다시 입을 열었다. "중요한 건, 어딜 가든 자네가 할 탓이지. 사람이 어떻게 사느냐는 것은 결국 자기 자신의 문제니까."

"무슨 뜻이신가요?"

"다시 말하자면," 노인은 청년의 손을 잡으며 말했다. "사람은 누구나 태어나면 죽는 거지. 그런데, 제일 중요한 것은 말이야, 어떻게 자기를 지키느냐는 거야. 즉, 어떤 상황, 어떤 불합리한 사회에 놓일지라도 마지막까지 인간적 긍지와 자부심을 잃지 않고 떳떳하게 살다 가는 것, 그것이 곧 자기를 지키는 것이야." 노인은 생각에 잠긴 듯 눈을 감고 있다가 후우-, 하고 긴 숨을 몰아쉬면서 말했다. "누구보다 자기 자신에게 책임질 수 있는 삶, 어떠한 위험 속에서도 굴하지 않고 자신에 충실하기 위해 과감히 전진하는 삶, 그것이 가장 중요한 것일세. 이상 사회의 실현이니 평화니 하는 것도 따지고 보면 다 자기 완성, 자아의 윤리적 진실을 증명하기 위한 투쟁일세."

"선생님, 감사합니다."

현준은 노인의 손을 힘있게 잡았다. 그 때, 노인의 눈이 반짝 빛났다. 그는 지금 무어라 표현할 순 없지만 분명 그의 가슴을 약동케 하는 어떤 강렬한 정신의 힘과 희열을 느낄 수 있었다.

노인이 힘없이 스르르 눈을 감는 것을 보며 현준은 조용히 방을 나섰다. 지인숙을 찾아 소학교로 가면서도 그는 계속 그 눈빛을 더듬고 있었다. 어느 순간 강렬하게 빛났던 그 눈빛이 두고두고 뇌리에서 떠나지 않았다. 그것은 영혼의 저 깊은 곳에서 타오르는 불길, 이 세상 어떤 것으로도 견줄 수 없는 강력한 폭발력을 지닌 것이었다. 아마도 그런 무엇이 있었기에 지금까지 고국을 떠나 낯선 땅에서 인고의 삶을 지탱할 수 있었으리라. 이런 생각을 하며 서둘러 걸음을 옮기고 있었는데 익수가 운동장을 가로질러 교문 쪽으로 걸어 나오고 있었다. 현준은 잠시 거기 서서 소년을 기다렸다.

"곧 나오실 겁니다. 지 선생님도 찾고 계셨나 봐요."

"그래? 저 쪽으로 가지."

현준은 소년을 데리고 운동장 한 구석에 있는 팽나무 밑으로 갔다. 나무 밑에는 돌방석이 둥글게 깔려 있었다.

"자, 앉어." 현준은 소년의 손을 꼭 잡고 있었다. 이제 보니 몇 달 동안 정이 많이 들었다. 그는 조심스럽게 소년의 얼굴을 들여다보며 말했다. "아버지가 징용 가셨다고 했나?"

"예. 살아시민 벌써 와실 건디 다 틀린 모양입니다. 형님, 우린 어떵 되는 겁니까?"

"좀 더 기다려보자."

"형님 갈 땐 나도 갈 겁니다."

"너도?"

"예."

"익수야, 내 말 잘 들어. 넌, 여기서 할 일이 많다. 학교도 다니고, 동생들도 봐주고, 그게 바로 조국을 위한 길이야."

"형님, 난 말입니다. 이 한 몸 바쳐서 나라가 선다면 무엇이든지 다 할 수 있습니다."

"..."

현준은 그 한 마디에 대답할 말을 잃고 가만히 바라보았다. 이 한 몸

바쳐서 나라가 선다면…. 이 말은 요즘 유행어가 돼 있었는데 어느새 소년의 입에서 그대로 흘러나오고 있었다. 그 때, 인숙이 건물 앞을 지나 그들이 있는 곳으로 걸어오는 것이 보였다. 소년은 꾸벅 하고 절을 한 다음 교문을 향해 빠른 걸음으로 사라져 갔다. 현준은 그 한 마디를 속으로 수없이 외우면서 소년의 뒷모습을 눈으로 쫓고 있었다.

"뭘 그렇게 보고 있어?"

"아, 글쎄, 저 녀석이 말이야. 이 한 몸 바쳐서 나라가 선다면 목숨도 내놓겠다는 거야."

"그래?"

"민심이 천심이라곤 하지만, 애들이 아주 웃겼어. 유철인 지금 지서에 있나?"

"할아버지가 알아봤는데, 본서로 곧 이송될 거래."

"본서라니?"

"그 사람들 말론, 본서의 지시라서 자기네들도 전혀 모른다는 거야. 참 이상한 일이지? 혹시 누가 밀고를 한 건 아닐까?"

"글쎄," 현준은 도무지 갈피를 잡을 수 없었다. "할아버지가 그렇게 공을 들였는데, 그 사람들 발뺌을 하는 건 아니야? 요 얼마 전에도 경찰 후원회에 거금을 내놓으셨다고 들었는데."

"그러니, 다 미친 짓이야. 메가네 그 사람 어떤 사람이지?"

"왜, 또 메가네는?"

"내일 그 사람 만나서 알아보실 모양이야."

"고양이한테 생선 맡기는 꼴이야. 그런 놈 만나서 뭘 하겠다는 거야?"

"이번 설에도 세배 왔었다는데."

"그 놈이 세배를 갔었다고? 그게 제일 문제야! 그런 놈은 아예 발도 못 들여놓게 해야 돼. 이번 연극 공연도 그놈이 노리고 있을지 몰라."

두 사람은 연북정으로 갔다. 아직 남은 해를 아쉬워하듯 갈매기 몇 마리가 끼륵끼륵 울며 포구 위로 낮게 날고 있었다. 현준은 정자 밑 담벽에 기대어 서서 두 팔로 턱을 괴고 멀리 저무는 하늘을 바라보았다. 인숙이 그의 곁으로 와서 나란히 담벽에 기대어 섰다.

"아까 나오다가 우석 선생님 뵈었어."

"좀 어때?"

"얼마 못 사실 거야. 근데, 놀라운 건 말야. 죽음 앞에서도 전혀 흐트러짐이 없이 꼿꼿하고 의연하신 거야. 내가 왜 그 분을 찾게 되는지, 인제 그 이유를 알 수 있을 것 같아."

"우리 작은할아버진 참 특이한 분이셔. 돌아가신 다음엔 화장해서 가루로 뿌려 달래. 이 바다에."

같은 형제라고는 하지만 현준이 보기에도 우석 선생은 제천영감과 사뭇 달랐다. 대를 이을 손이 없는데도 양자 입적을 마다하는 그 분의 뜻을 헤아릴 수 있을 듯했다.

"그럴 거야. 나라고 해도."

"그렇지? 나도 그렇게 생각해."

그녀의 목소리가 가늘게 떨고 있었다. 현준이 돌아다보니 그 갸름한 얼굴이 노을에 반사되어 유난히 붉게 타오르고 있었다. 그는 지금 자신을 지탱하고 있는 어떤 큰 힘이라도 확인하듯이 두 팔을 뻗어 그녀의 어깨를 힘껏 끌어안았다.

31

지유철은 전에도 몇 번 불려온 적이 있었지만 이렇게 참담하지는 않았다. 차라리 곤봉으로 실컷 얻어맞는 편이 나았다. 이 자들이 날 능멸하고 있어. 거들떠보지도 않고, 이게 바로 정신적 고문이 아니고 무어야? 그는 무료함을 달래기 위해 창밖을 보며 시간을 보내야 했다. 가끔씩 구름이 와서 빈 하늘에 걸려 있다가 사라져 갔다. 이렇게 무의미한 시간이 흐르고 있었다.

"야, 니 그 샤쓰가 그기 뭐꼬? 니도 빨갱이 물이 들었나? 안 그라도, 이 섬구석에 오믄 조심하라카든데."

"아따, 씨팔놈이 심심하니까 별 트집을 다 잡는구나. 요샌 그 아지 맹이 대접이 안 좋던가베?"

"아, 뭐라꼬, 이 문디자석이! 칵 쥑여뿔릴라."

"기집도 기집 나름이지유. 우리 충청도 사람들은…."

"야, 마 때리치아뿌라! 인자는 그노무 충청도 양반소리에 신물이 난다 아이가. 양 순경, 이거 와이라노? 니도 제주도 양반이가?"

"내가 언제 양반이라고 했나?"

"하이야, 이것 보래이. 한 수 더 뜨는구마는. 제줏놈들 입만 벌리마 누구 누구 몇 대 손이니 어느 하래비 때 귀양을 왔느니 안 그라나? 니 그 얼굴 보믄 점잖게 행세하지만서도 속은 안 그란 거 내 다 안다. 일정 때도 말이제 그래서 투쟁이 많았다 아이가? 그 노무 그 불평불만 땜시 지금도 빨갱이들이 득실거리는 기라."

지서 순경들은 자기네들끼리 농담을 하거나 일을 볼 뿐, 그의 존재마저 잊은 듯했다. 아니, 깡그리 무시하고 있는 게 분명했다. 이토록 고독감을 느껴본 것은 처음이었다. 그들이 쓰는 천박한 말투와 행동거지가 그의 외로움을 더욱 부채질했다. 응원 경찰이니 철도 경찰이니 팔도강산에서 몰려온 이 건달패들은 마치 사투리 전시장을 연상케 했다. 게다가, 하나같이 무식한 녀석들이어서 대화 내용이 상스럽기 그지없었다.

그 때, 전화가 따르릉 울렸다. 지서 주임이 수화기를 들었다.

"네, 네, …알겠습니다. …네, 지금 대기중입니다만. …네, …네."

유철은 이 전화가 자신과 관계가 있다는 것을 직감적으로 느낄 수 있었다. 그렇다면, 일이 심상치 않게 돌아가고 있는 것이다. 대기중이라니! 나를 결국 본서로 끌고 갈 작정인가! 그는 지서 주임의 일거일동을 유심히 살펴보았다. 그러나 무슨 특별한 징후는 찾아볼 수 없었다. 만일 조직의 문제라면 벌써 조원들이 불려왔을 텐데 그런 일도 없었다.

해가 질 무렵, 스리쿼터 한 대가 지서 앞에 와서 섰다. 유철은 곧 그 차로 인계되었다. 그는 호송 경관이 시키는 대로 운전대 뒤편으로 나아갔는데 거기엔 이미 죄수들 몇이 자리를 잡고 있었다. 차가 바로 출발하는 바람에 그는 순간 몸의 균형을 잃고 비틀거리다가 바닥에 털썩 주저앉고 말았다. 긴 나무의자가 차량 양쪽에 설치되어 있었으나 그것은 그가 이용할 수 있는 공간이 아니었다. 누가 그렇게 말하진 않았지만 저절로 그 자신이 인정한 셈이었다.

죄수들은 두 손이 묶인 채 모두 고개를 떨구고 있었다. 얼마 안 가서 유철은 새로운 사실을 발견하게 되었다. 바닥에 깔린 철판의 한기 때문에 그들은 오돌오돌 떨고 있었던 것이다. 그 순간, 유철은 가슴 속에서 울컥 치미는 분노를 삼켜야 했다. 총을 메고 긴 나무의자 위에 앉아 있는 두 명의 호송 경관이 그런 사실을 알면서도 오히려 즐기고 있는 게 분명했다. 그는 자신에 대해 이렇게 부끄럽게 생각해 본 적이 없었다. 그런 자신의 초라한 몰골을 감추기라도 하듯이 호송 경관을 피해 밖의 어두운 공간으로 눈을 돌려야 했다.

차는 어둠을 뚫고 계속 달렸다. 마침내 읍내 시가지로 들어서자 여기저기 불이 들어오고 딴 세상에 온 것 같았다. 유철은 추위를 이기기 위해 몸을 움직여 보았으나 하반신이 거의 마비되어 뜻대로 움직여지지가 않았다. 경찰서에 도착했을 땐 그야말로 절망 상태에 있었다. 곱은 손을 써서 나무의자를 짚고 가까스로 일어서기는 했지만 걸음을 제대로 놓지 못 했다. 호송 경관이 떠미는 바람에 겨우 겨우 긴 복도를 거쳐 어떤 조그만 방으로 들어갔다.

그는 엉거주춤한 자세로 한참동안 힘들게 서 있었다. 사복 차림의 한 사나이가 테이블에 앉아서 기이한 눈을 뜨고 그를 주시하고 있었다. 그 사나이는 말없이 턱으로 가리키며 자기 앞 의자에 앉으라고 했다. 유철은 엉금엉금 걸어가서 그가 시키는 대로 했다. 이런 긴박한 상황에서도 자신의 어중간한 자세와 행동이 몹시 못마땅하고 창피스럽게 생각되었다.

"지유철 맞지?"

"네."

"사상이 투철하고 고매하신 분으로 듣고 있는데, 당신이 그 지유철이 맞아?"

"…"

유철은 그런 엉뚱한 질문과 빈정거림에 놀라 입을 꾹 다문 채 상대방을 바라보았다.

"왜 대답이 없어? 그렇게 고매하신 분이…?"
"…"

"내 말이 말 같지 않아?"
"…"

그 사나이는 벌떡 일어나더니 유철의 멱살을 잡고 몇 번 흔들다가 힘껏 밀어 버렸다. 유철은 비틀거리다가 맥없이 무너지고 말았다. 그는 그 사나이가 뭐라고 큰 소리로 외치면서 달려드는 것까진 느꼈지만 그 다음엔 의식을 잃고 말았다. '빨갱이'라는 낱말 하나밖엔 아무것도 들리지 않았다.

32

유치장에서 맞이한 첫날 아침이었다. 유철은 눈을 뜨자 조천중학원 국어 교사인 김신득 선생을 발견했다.

"선생님!" 그는 깜짝 놀라서 소리 질렀다. "여기 계셨군요."

"우린 서로 곁에서 밤을 샜군 그래! 자넨 어쩌다가 여길 왔나?" 김신득이 제자의 손을 잡으며 물었다.

유철은 어린애처럼 울먹이면서 어제 낮에 지서로 끌려가 온갖 수모를 당하고 여기까지 오게 된 경위를 낱낱이 일러 바쳤다. 그리고, 정보과 형사들의 폭행과 무례함도 잊지 않고 지적했다.

"이거 벌써 세 번쨉니다. 여기 끌려올 때마다 번번이 똑같은 일이 되풀이되고 있는데, 결국은 저희 집안이 문젠가 봅니다. 제가 아무리 모른다고 해도, 그놈들은 제 말을 들으려고도 하지 않습니다. 그놈들은 사람이 아닙니다. 무조건 주먹을 휘두르며, '이 간나이 새끼! 빨갱이 자식!' 이런 말밖엔 할 줄 모릅니다. 제가 무슨 죄를 졌습니까? 선생님, 정말 전 무슨 죄를 졌는지 모르겠습니다."

"당연한 얘기지. 여기 들어와 있는 사람들은 아무도 자기 죄를 모른다네."

나이로 보면 서너 살밖에 차이가 나지 않았으나 김신득은 엄연히 스승의 위치에 놓여 있었다. 유철이 목이 메어 고개를 푹 숙이고 있다가 그를 바라보았다.

"선생님은 언제쯤 여길 나가시게 됩니까?"

"알 수 없지."

김신득이 어깨만 으쓱해 보였다. 유철은 눈을 들어 주위를 살펴보았다. 콘크리트 바닥에 가마니테기 같은 것을 깔고 아무렇게나 쓰러져 자던 사람들이 하나 둘 일어나 앉았다. 창고처럼 보이는 이 건물 속엔 발을 뻗고 누울 자리도 없을 만큼 사람들이 빽빽이 차 있었다. 1·22 사태로 조천 사람이 많이 와 있다고 들었는데 어찌 된 셈인지 이 방에서는 낯익은 얼굴을 한 명도 찾아볼 수 없었다. 그는 가끔씩 통증을 느끼고는 왼손으로 오른쪽 가슴을 끌어안았다. 혼자서 끙끙 참다보니 이마에 식은 땀이 배었다. 아마도 엇저녁 정보과에서 폭행을 당할 때 뭐가 잘못된 것 같았다.

김신득은 은근히 걱정이 됐다.

"좀 눕지 그래?"

"괜찮습니다."

유철은 그냥 앉아서 버티었다. 모두들 이상할 정도로 말이 없어 불쾌하기까지 했다. 오랫동안 길들여져 자신의 처지에 익숙해진 탓일까. 천연덕스럽게 앉아 있는 사람, 느릿느릿 주위를 엿보는 사람, 게다가 고단한 듯 고개를 푹 숙이고 좌우로 몸을 흔들어대는 사람도 있었다. 이토록 지독한 단조로움은 생전 처음이었다. 그는 조심스럽게 곁에 있는 사람들을 하나씩 훔쳐보았다. 그의 가슴은 미묘한 초조감에 쫓기듯 부르르 떨고 있었다. 어쩌다가, 한 명씩 불려 나갔다. 밖에서 빗장 푸는 소리가 들리고, 거기 쬐끔 열린 문틈으로 이름을 부르는 짧고 거친 목소리가 들려왔다. 그러나 대부분은 아무 하는 일 없이 종일 앉아 있을 뿐이었다. 김신득의 경우도 마찬가지였다. 몇 시간이고 말없이 앉아 있다가는 이따금 퀭한 눈을 하고 천정을 바라다보곤 했다. 모두들 넋을 잃은 몽유병자처럼 붕 떠 있는 모습이었다. 그 날 하루는 그렇게 지나갔다.

그는 시간이 흐를수록 조바심이 났다. 이틀 밤을 꼬박 새운 것이다. 가슴의 통증은 더 이상 견딜 수 없었다. 하루에 몇 번 누군가가 밖으로 나타나서 죄수들을 데리고 갔는데 그 때마다 김신득이 문 쪽으로 가서 알렸다. 환자가 발생했으니 속히 조처해 달라는 것이었다. 그러나 그들은 아랑곳하지 않았다.

유철은 3일째 되는 날 오후 늦게야 밖으로 불려 나갔다. 순경 한 명이 긴 복도를 지나 어떤 조그만 방 앞에서 문을 열더니, 들어가라고 했다. 방 안은 어둡고 칙칙했다. 30촉 짜리 전등이 길게 줄을 타고 테이블 위로 내려와 있었고, 거기 의자를 입구 쪽으로 돌려서 앉은 한 사나이가 약간 얼굴을 찡그리며 물었다. 이름은? 주소는? 가까운 친구들은? 지하운동에 참가한 시기는? 맡고 있는 직책은? 한 꾸러미의 물음이 따발총처럼 숨돌릴 사이 없이 불꽃을 튀기기 시작했다.

"정성곤 지금 어딨어?"

"전, 모릅니다. 아무것도."

"지금 어디 숨어 있냐고 했잖아?"

"모릅니다."

"좋아! 언제 만났지, 최종적으로 만난 게?"

"두어 달 됐습니다."

"야, 이 새끼가, 정확히 대지 못해?"

"아, 그러니까 1월 초순경이었습니다. 지나다가 집에 잠깐…."

"우린 다 알고 있어. 솔직하게 대답해. 정성곤하곤 어떤 관계지?"

"6촌 매형입니다."

"지정은은?"

"저의 숙붑니다."

"지기은은?"

"오촌 당숙입니다."

"지인철은?"

"재종형입니다."

"이래도 모르겠어, 이 빨갱이 자슥이?"

"…"

"김 형사! 데리고 가!"

그 때, 칸막이의 뒤에서 한 사나이가 불쑥 나타났다. 검은 가죽잠바를 입은 그 사나이는 거칠게 유철을 나꾸어채고 옆문으로 들어갔다. 그리고, 삐걱거리는 나무 층계를 밟고 내려갔다. 이 지하실은 비교적 넓은 편이었으나 너무 어두워서 어떻게 꾸며져 있는 것인지 알아볼 수 없었다. 희미한 전등이 비린 생선 눈깔처럼 여기저기 껌벅이고 있었고, 크고 작은 의자들이 아무렇게나 흩어져 있었다. 유철은 더듬거리며 가죽 잠바의 뒤를 따랐다. 가죽 잠바는 그중 큰 회전의자에 가서 앉더니, 턱으로 그 맞은편 목제 걸상을 가리켰다.

"앉어!" 그는 주머니에서 담배를 꺼내 물며 말했다. "순순히 털어놓는 게 피차 편할 거야."

유철은 고개를 떨어뜨렸다. 그리고, 속으로 이렇게 외치고 있었다. 마음대로 해 보라지. 난, 아무것도 모른다니까! 그 때, 저쪽 구석에서 끙끙거리는 신음소리가 들려왔다. 그는 깜짝 놀라서 고개를 들고 방금 신음소리가 들려온 곳으로 눈을 던졌다. 사람이 하나 쓰러져 누워서 몸을 비틀고 있는 게 어둠 속에서 어렴풋이 떠올랐다. 아니, 저럴 수가! 그는 갑자기 소름이 오싹 끼쳤다. 정신을 바짝 차려야지. 이런 줄도 모르고 있었다니! 자신이 너무 부주의한 탓이라 생각했다.

"어디서 만들었어, 이 삐라?"

가죽잠바의 그 사나이가 삐라를 흔들어 보이면서 다분히 위압적인 투로 물었다.

"저는 그런 거 모릅니다."

"모른다구?" 사나이는 쪽지를 높이 들어 흔들며 다그쳤다. "이걸 모른다구? 이걸?"

"정말입니다."

"니 방, 책 속에 꽂혀 있었는데! 이 새꺄, 〈공산주의 사상과 원리〉 누가 번역한 거야?"

"저의 당숙이 했습니다."

"그래, 지금 그 사람, 어디 가 있지?"

가죽잠바는 잠시 목소리를 낮추었다. 유철은 오히려 섬뜩한 느낌이 들었다.

"모릅니다, 전. 서울 간 후 행방불명이 됐다고만 들었을 뿐, 그 후론 어떻게 됐는지…."

"지기은씨, 나도 잘 아는 분이지. 입법의원 당선 직후에도 만났어. 그런데, 그 사람 어디 갔지?"

"그걸 제가 어떻게…?"

"이 새끼가!" 가죽잠바는 벌컥 소리를 질렀다. "이북 갔잖아? 김일성이한테! 그래도, 내 말 못 알아듣겠어, 이 한심한 새끼가!"

"…"

"박 형사, 이놈을 달아매!"

그러자, 저쪽 어두운 곳에서 그림자처럼 한 사나이가 다가왔다. 유철은 그가 하는 대로 몸을 맡겼다. 허리와 몸통을 긴 밧줄로 동여맨 다음, 천정으로 끌어 올리는 것이었다. 두 팔이 꽁꽁 묶여서 허우적거릴 수도 없었다. 그들은 그를 거꾸로 매달아 놓고, 코에다 물을 부었다. 아, 이것이 비행기고문이라는 거구나! 이렇게 생각하는 사이에, 그는 재채기가 나서 견딜 수 없었다. 그것은 고춧물이었다. 들은 얘기가 있어서 그걸 의식하는 순간, 그는 정신을 잃고 말았다.

33

　유철은 눈을 떴으나 곧 까무러치고 말았다. 한참 후에야 다시 눈을 떴다. 어머니가 보이는 것 같기도 하고, 누군가가 악악 소리를 치는 것 같기도 했다. 그렇지만 어느 하나도 분명하게 잡히지 않았다. 그는 자기의 팔과 다리가 몸에서 각각 떨어져 나가 제멋대로 놀아나고 있는 것처럼 느꼈다. 자기의 것이라고는 하나도 없었다. 안간힘을 다해서 이리저리 기억을 더듬어 보는 자기의 머릿속까지도 제 것이 아니었다. 그는 곧 질식할 것 같았지만 한 마디도 밖으로 뱉을 수가 없었다. 어머니! 그는 그런 비슷한 낱말을 막연히 쫓고 있을 뿐이었다.
　"나야, 나, 유철아!"
　누가 그를 흔들고 있었다.
　"유철아, 나 모르겠어? 배덕교, 그래, 나 배덕교란 말야! 정신 차려!"
　유철은 가까스로 입을 열었다.
　"나 좀…."
　그는 배덕교의 도움을 받고 일어나 앉았다.
　"어떻게 된 거야?"
　"글쎄, 난… 모르겠어. 그 놈들이 천정에 매달아서 고춧물을 먹인 것까진 기억이 나는데."
　유철은 잠시 눈을 감고 생각해 보았다. 그러나 그 이상은 아무것도 떠오르지 않았다.
　"됐어, 이젠 됐어. 신경 끄라고. 그깐놈들, 그래봤자 징역밖에 더 보내겠나."

"고마워, 덕교!"

유철은 눈에 눈물이 글썽이고 목이 메어서 말을 잇지 못 했다. 그것은 위기의 상황에서 느끼는 새로운 기쁨과 감사의 감정이었다. 이런 데서 사람을 만난다는 것이, 그것도 낯익은 고향 친구를 만난다는 것이 얼마나 값진 일인가를 깨닫게 되었다.

"너도 말이 아니구나."

그는 마침내 고개를 들어 배덕교의 얼굴을 들여다봤다.

"괜찮아, 난. 이러다 1, 2년 징역 갈 생각을 하고 나니, 오히려 마음이 편해. 너, 그날, 연설을 했다가 찍힌 거지?"

"모르겠어, 나는…. 아무튼, 이 시대는 하나도 분명한 게 없으니까."

알고 보니, 이 방에는 그들 둘뿐이었다. 유철은 두 평도 안 되어 보이는 좁은 방에서 이렇게 비참하게 죽어 없어져도 누구 하나 모르겠구나 싶었다. 넋을 잃은 사람처럼 퀭한 눈을 하고 덕교를 바라보고 있다가 그는 다시 바닥으로 드러눕고 말았다. 그리고, 끝없는 잠 속으로 빠져 들어갔다.

34

현준은 지유철이 끌려간 뒤부터 공허한 나날을 보내고 있었다. 남은 조원들마저 잿골로 떠나고 나니 더욱 그랬다. 이제는 어린 소년 하나가 쓸쓸히 그의 곁을 맴돌고 있을 뿐이었다. 이 날도 토끼굴에 누워 하릴없이 시간을 죽이고 있었는데 이모가 언덕 위에서 큰 소리로 불렀다.

"애야, 혼저 강 보라. 느네 성 왔댄 허는디."

"예? 우리 형이 마씸?"

"기여. 혼저 가보랜 허난."

현준은 부랴부랴 집으로 달려갔다. 편지 한 장 없이 갑자기 내려오다니. 누구보다 어머니가 신경을 곤두세우고 있을 것이었다. 걱정이 되어 그는 조심스레 집안을 둘러보았다. 형은 어찌 된 영문인지 밖거리 서재에서 한가하게 손님과 이야기를 나누고 있었고, 어머니는 보이지 않았다. 이건 정말 뜻하지 않은 일이었다. 방학도 많이 지나고 머잖아 4월 학기가 시작될 텐데 왜 인제야 뒤늦게 내려왔는지 알 수 없었다.

그 때, 형수가 조용히 다가와서 귓속말로 전해 주었다.

"그 집 친구하고 같이 왔대요. 들어가세요."

"갑자기, 무슨 일로?"

"모르겠어요. 친구 구경시켜 주러 왔다니까."

"어머닌 어디 갔어요?"

"어떡하죠, 삼촌? 물이 많이 찰 텐데, 고집을 쓰시는 바람에…."

"우리 어머니 누가 말리겠어요? 할아버지 뵙고 올께요."

현준은 포구로 내려갔다. 할아버지 혼자서 그물을 손질하고 있었다. 갑작스러운 형의 귀가가 몰고 올 파장을 걱정하면서 그는 조심스레 노인의 곁으로 다가갔다.

"하르바님, 형 왔수다."

"느 성이?"

"예. 변호사집 아들이영."

"허, 그려?"

노인이 앉은 채로 고개를 들어 올려다보더니 다시 손을 바삐 놀리기 시작했다. 현준은 맞은편으로 가서 어망 한 쪽을 거두며 차곡차곡 개어 나갔다. 평생 화물선을 타고 떠돌다가 늘그막에야 고향에 돌아와 고기잡이로 낙을 삼는 한 사나이의 모습을 엿볼 수 있었다. 바람만 없으면 비가 오나 눈이 오나 머정을 나서는 할아버지가 안쓰럽기도 하고, 한편 대견해 보이기도 했다.

"이거, 배에?"

"기여."

노인은 손을 툭툭 털고 나서 만족스러운 듯 하늘을 치어다봤다. 날이 풀릴 모양이었다. 씽긋이 웃어 보이는 그 밝은 표정이 그렇게 말해 주고 있었다. 현준은 어망을 배에 싣고 나서 서둘러 노인의 뒤를 따라 나섰다. 노인은 어느새 행장을 들고 포구 밖으로 나서고 있었다.

"내일은 풀림직헌디."

"글쎄다."

그들은 조금 걷다가 헤어졌다. 노인은 곧장 집으로 향했고, 현준은 새코지 바닷가로 갔다. 우수절 들어 봄이 문턱에 와 있다곤 하나 아직 바람 끝이 차고 매웠다. 이런 날 굳이 물질을 나서는 어머니의 고집은 아무도 꺾을 수 없었다. 10여 년 전, 그 날도 눈발이 희끗희끗 나부끼는 이런 추운 날이었다. 할아버지 회갑을 맞아 바다에 뛰어든 어머니는 잠깐 사이에 전복과 소라를 한 구덕 담아 와서 사람들을 놀라게 했다. 오늘도 예외일 순 없으리라. 자기의 생명과 같은 큰아들이 고마운 서울양반을 모시고 왔으니 이렇게 기쁜 날 어찌 그 너럭바위를 찾지 않을 수 있겠는가. 그는 초조한 마음으로 물가에서 왔다 갔다 서성이고 있다가 물위에

뜬 태왁을 발견하고는 그 쪽으로 달려갔다. 어머니가 호이호이 긴 숨을 내쉬며 뭍으로 헤엄쳐 오고 있었다.

"어머니!"

현준이 첨벙첨벙 물 속으로 뛰어 들어갔다.

"이거 무사? 정체까리 어시."

신촌집은 무거운 태왁을 끌고 물 밖으로 나가면서 아들을 나무랐다. 현준이 달려들어 태왁을 넘겨받았다. 얼마나 무거운지 두 손으로 둘러메고 끙끙거렸다. 태왁의 무게로 보아 이 날도 수확이 꽤 많을 듯했다. 길로 나서자마자 그는 그 속을 헤집고 들여다보았다. 솔박만큼 큰 전복이 예닐곱 개 됐고, 소라도 한 바구니는 넘을 듯싶었다. 그새 이렇게 많이 담아 가지고 왔으니, 도대체 그 너럭바위는 신비스러운 바위였다.

신촌집은 대충 웃옷을 걸친 다음 구덕을 들고 아들이 있는 곳으로 갔다.

"얼른 담으라." 그녀는 집에서 기다리고 있을 큰아들을 염려하고 있었다. "이거 무사, 소나이가? 구덕 지영 가젠?"

"예, 어머니."

"설러부러!"

모질게 구덕을 뺏어 짊어진 신촌집은 작은아들이 하는 짓거리가 하도 우스워서 헉헉 웃음을 내뱉으며 걸음을 재촉했다. 현준은 어쩔 수 없이 빈손으로 고집이 센 어머니의 뒤를 따라나섰다. 어머니의 검은 고무신에선 물이 차서 계속 질척거리는 소리가 들렸다.

35

  현준은 갑자기 바쁜 몸이 되었다. 서울손님이 묵을 방으로 밖거리 서재에 굴묵을 때고, 자주 드나들면서 불을 살폈다. 오래 안 쓰고 비워둔 탓인지 사방에서 연기가 피어올랐다. 서재에서 친구와 이야기를 나누던 형은 급기야 연기에 쫓겨서 안거리 난간으로 나와 앉았다.

  현준은 호야부터 닦아야 했다. 오래 손을 보지 않고 방치해 뒀기 때문에 시커멓게 그을려 있었다. 어머닌 석유를 아끼느라고 등잔보다 깍지불을 즐겨 쓰고 있었다. 그는 신문지를 구겨서 호야 속에 집어넣고 조심조심 손가락으로 돌렸다. 다시 입김을 호호 불어넣고, 또 닦았다. 차츰 때를 벗고 투명하게 빛났다. 어머니 방 등잔에 끼워 넣은 다음엔 잠시 망설이지 않을 수 없었으나 우선 삼방으로 갖고 가서 걸어 놓았다. 오늘 저녁상은 어디다 차릴 것인지, 그런 모든 건 어머니가 정할 일이지만 일단 그렇게 했다.

  밖거리 서재와 형수님 방에 있는 등잔도 모두 손질하고 가져다 걸었다. 집에 있는 등잔 세 개를 마루에다 다 켜 놓으니 집안이 한꺼번에 환히 밝아오는 것 같았다.

  형수가 전복 내장과 소라 몇 개 썬 것을 오분에 담아가지고 와서 형에게 주고 갔다.

  "자네, 오늘 최고의 대접을 받는 거야."

  "글쎄, 이렇게 싱싱한 것을!"

  "그런 뜻이 아니야. 우리 어머닌 저 바다 속에 보물을 갖고 있어. 너럭바위라고. 그 바위는 아무 때나 찾아가는 게 아니거든. 평소엔 아껴 두었다가 집안에 무슨 큰 경사가 있거나 제일 소중한 사람이 왔을 때만 찾아가는 거지. 그러면 그 바위는 언제나 큼직한 전복을 내어 주는 거야. 내가 만주서 살아 돌아왔을 때도 그랬지. 잠시 바다에 드시더니 굵직굵직한 전복을 한 바구니 따오신 거야."

"그래? 어머니께 감사의 말씀을…."

"이 사람, 급하긴! 자, 잔이나 받게." 서울손님이 일어나 가려는 것을 형이 굳이 말리면서 계속 말했다. "우리 어머니 자산 1호지. 그 바위는, 그런데 말야. 장녀에게만 상속되는 건데, 늙어서 더는 물에 못 들 때가 되어서야 소재를 알려 주는 거야."

"그러다 놓칠 수도 있겠는데?"

"그건 자네가 몰라서 하는 말이야. 저 바다 밑에도 길이 있고, 골짜기가 있고, 산과 들이 있지. 동대문이니 남대문이니 하는 서울의 명소들도 다 들어 있어. 그러니까, 어느 지역 어느 동네 어디라고만 일러 주면 누구나 다 찾아갈 수가 있어."

"신기한 얘기군. 그런데, 그 바위는 평소에 아껴 두었다가 소중한 사람이 왔을 때만 찾아간다고 했나?"

"그래."

"나는 그 대목이 아주 감동적이야. 우리 삶도 다 그래야 하는 것 같어. 소중한 사람을 위해 아껴 둔다는 거."

"그렇지? 우리 조상들이 터득한 지혜인가 봐."

"참 훌륭한 얘기야."

"그 바위는 역사가 깊지. 몇 십대를 두고 조상 대대로 유전돼 왔다니까, 얼마나 많은 얘기가 담겨 있겠어? 생각해 보게. 우리 외할머니의 외할머니, 또 그 외할머니들의 혼이 모두 그 바위 속에 살고 계실 거 아닌가?"

"며느리가 아니라 딸이 상속권을 갖게 된다는 것도 아주 특이한 일인 것 같은데."

"그렇지. 우리 사회의 일반적 관습이나 전통으로 보면 그게 참으로 특이한 현상이라고 할 수 있겠어."

"자넨, 그럼 누이가 있나?"

"없어. 우리 이모도 자식이 없고. 그러니까 지금쯤은 가까운 일가 중에서 적임자를 물색하고 있을지도 모르지."

두 사람이 대화를 나누는 동안, 현준은 제사 때나 쓰는 큰 상을 마루 천정에서 내려서 먼지를 털고 젖은 행주로 닦아 놓았다. 화로에도 불을 피우고, 걸레를 빨아다가 말끔히 단장했다. 이 화로는 어머니가 젊었을 때 함경도 청진까지 물질을 갔다가 사온 것으로 여간 아끼는 물건이 아니었다.

이 날의 저녁 식탁은 더없이 풍성했다. 전복과 소라, 날미역, 생선회 등, 싱싱한 해산물이 세 개의 큼직한 접시 위에 수북이 쌓여 있었다. 특히, 흰 사기그릇에 담긴 노오란 전복죽이 불빛에 반사되어 마치 황금을 녹여 놓은 것처럼 보였다.

"경준이가 신세를 지고 있다고, 나도 늘 소식은 듣고 있지."

노인은 쿵쿵 기침을 하면서도 고맙다는 인사를 잊지 않았다. 어머니도 형수도 고개를 조아리며 감사의 뜻을 표했다. 낯선 세계에 들어온 서울 손님은 몸 둘 바를 모른 듯 어리둥절한 표정을 하고서 몇 번이나 허리를 굽혀 보였다. 걱정했던 것과는 달리 형의 귀가는 마침내 이 집안의 어두운 분위기를 밝고 기쁨에 찬 것으로 바꾸어놓는 계기가 되었다.

36

이튿날, 현준은 일찍 일어나서 형의 사냥 준비를 도왔다.
"산굼부리 쪽으로 나갈까 하는데." 경준이 신이 나서 큰 소리로 말했다. "박 기자가 곧 차를 가지고 올 거야. 너도 빨리 준비해."
"난 못 가."
"왜?"
"할아버지하고 머정 가기로 했어."
"무슨 소리야? 넌, 그곳 지리에 익숙한데 같이 가야지."
"아니야. 형, 오늘은 친구들하고 갔다 와."
현준은 할아버지 곁으로 갔다. 노인이 처마 끝 짚새기를 올려다보며 바람의 방향을 재고 있었다.
"열사흘 물인디. 바람도 좋고 마씸."
"기여."
노인이 만족스러운 듯 밝은 얼굴로 웃었다. 현준은 방에 들어가 옷을 두둑이 입고 나왔다. 하늘이 푸르고 물빛이 맑아 머정을 나가기엔 안성맞춤이었다.
"같이 안 가세요?" 형수가 정지에서 나오며 현준에게 물었다.
"다음에 가지요."
현준은 형수가 갖다 준 대나무차롱을 메고 먼저 집 밖으로 나갔다. 형이 유나를 가슴에 안고 서서 서울 손님과 이야기를 나누고 있었다. 키가 크고 깡마른 서울 손님이 엉거주춤한 자세로 형과 마주 서 있다가 현준을 발견하고는 눈인사를 보냈다. 잠시 후, 차 소리가 나더니 지프 한 대가 집 앞으로 와 섰다. 차에서 내린 박 기자는 언제나 그랬듯이 호남아다운 걸걸한 목소리로 서울 손님에게 다가가 악수를 했다.

"잘 잤어요?"

두 사람은 어저께 도착했을 때 읍내에서 이미 만난 모양인지 오래 사귄 친구처럼 다정한 모습이었다.

"네, 덕택에. 전복 바위 얘기도 듣고."

"전복 바위?"

"아, 모르고 계셨군요. 나는 지금도 꿈을 꾸고 있는 것만 같은데."

"그래요? 가면서 듣기로 하고, 자 탑시다." 박 기자는 차가 있는 쪽으로 돌아서다가 현준을 보고 말했다. "아, 사돈도 같이 가시지?"

"아닙니다. 저는 일이 있어서."

현준은 차 옆으로 물러섰다. 경준이 달려나온 아내에게 아기를 넘겨주고 나서 차에 올랐다. 모두들 싱글벙글 즐거운 하루의 출발을 하고 있었다.

"삼촌, 그럼."

"네. 들어가세요."

형수가 집으로 들어간 뒤에도 현준은 잠시 서 있다가 뒤늦게 나온 할아버지와 함께 포구로 나갔다.

하루밤 사이에 식구들의 표정이 모두 밝아졌고, 쓸쓸했던 집안 분위기가 갑자기 확 바뀐 느낌이 들었다. 누구보다 형수의 얼굴에 생기가 돌아 보였다. 일본서 고등여학교까지 다녔다는 여자가 이런 촌구석에 시집 와서 고생하는 것이 늘 안타깝게만 생각되었는데 이 날은 완전히 형수의 날이 된 것 같았다.

37

앞서 나간 배들이 여기저기 흩어져서 이미 닻을 내려놓고 있었다.
"더 나갑니까?"
"기여. 저쪽 서녘으로."
"예."

현준은 할아버지가 좋아하는 자리를 잘 알고 있었다. 관탈섬이 가까이 내다보이는 그곳은 모래밭이 시작되고 있었는데 바로 그 언저리에 옥돔의 무리가 살고 있었다. 그는 익숙한 솜씨로 그 위치를 찾아냈다. 닻을 내리고, 이물로 나가 앉아 줄을 놓아 보았다. 수심이 제법 깊어서 삼십 발은 더 내려 보내야 했다. 줄이 닿자, 몇 번 튕겨 보고 나서 노인을 바라보았다. 노인은 줄을 잡고 있다가 두어 번 고개를 끄덕이더니 다시 줄로 눈을 주었다. 이젠 됐으니 작업을 시작하자는 신호였다.

이 날은 할아버지가 먼저 입을 열었다.
"요샌 '통신 강의' 안 보냐?"
"폐간됐수다, 그거. 검열이 심해연."
"그럴 테지. 세상이 하도 험하니까는."
"예. 하르바님."
"경해도 공부는 쉬지 말라. 서당 두어 해 다닌 걸로 기관사 자격 따는 디 9년, 나도 안 해본 게 없었다. 화장 시다로, 잡일로, 그런디 그게 다 좋은 경험이 됐구나."
"구경 많이 했주 예?"

"안 가 본 디가 이시냐. 이 나라 저 나라."

"어디가 제일 좋읍디가?"

"게메, 그게 꼭 어디엔 헐 순 없지만서도," 노인은 낚싯줄을 몇 번 튕겨본 뒤에 다시 말을 이었다. "북해도 갔을 적인디, 거기서 조선 사람을 만났구나. 좋은 사람이었는디."

"여자?"

"응."

"어떵 거기까지, 여자가?"

"징용 사는 남편을 찾아간 게지. 어린것도 하나 등에 업고."

그 때, 손끝에 와 닿는 게 있었다. 현준은 힘차게 낚아챘다. 줄을 감아올리고 있으려니까 꽤 묵직한 느낌이었는데, 아닌 게 아니라 큼직한 옥돔 한 마리가 떠올라 왔다.

"오늘은 나가 선수쳤수다."

"경 허주."

"하르바님 마씸!"

"응."

"바당이 경도 좋수꽈?"

"좋지." 노인은 쌈지에서 담배를 꺼내 종이로 말면서 말했다. "바당도 바당 나름이지. 이 물빛이영 바름이영, 어딜로 보나 고향 바당이 제일이여. 30년 떠돌이 생활에 배운 건 이것뿐이다."

이 날은 생각했던 만큼 고기가 찾아주지 않았다. 요기를 좀 하고 나서 다시 줄을 놓아 보았으나 고작 도미 너댓 마리와 잡어를 더러 줏었을 뿐이었다.

노인이 낚싯줄을 감아올리기 시작했다. 현준은 다시 노를 저어 다른 자리를 찾아 나서야 했다.

"나갔다 오카 허는디."

"어딜?"

"부산으로 서울로, 발 가는 디까지."

"너도 공부를 해야지. 빨리 성한티 가."

"난, 그런 생각 엇수다. 것보다는,"

그는 처음으로 자신의 계획을 털어놓았다. 노인은 호기심을 가지고 잠자코 듣고 있었다.

"하르바님!"

"응."

"뭐, 형처럼 공불 많이 헐 생각은 엇주만 세상 구경 해보카 해연."

"잘 생각했다. 한번 시원히 바름을 쐬고 와. 그런디, 목장을 할려면 그런 큰 돈이 어디 있냐?"

"경 거창하게 생각할 필욘 엇수다. 나가 배운 건 바당허고 산뿐이난, 산에 강 살멩 한 마리 두 마리 키우는 겁주. 몽생이도 경해연 갖다놓은 거우다. 승마용으로 쓰젠 마씸."

"승마용이라니?"

"기동성이 이서삽주. 저 넓은 들판을 다슬리젠 허민."

노인은 웃음이 나는 것을 꾹 참았다.

"허허. 는 꼭 아방을 닮았어. 느 보고 이시민 느네 아방이 보인다."

"사름덜은 경 말허주만, 난, 아부지 기억 하나도 안 나는디."

"거야 그럴 테지. 느가 네 살때니깐."

"시신도 못 거두었덴 허멍?"

"지금 그 자리는 입던 옷가지만 하나 넣고 쓴 가묘다. 그런디, 그게 무슨 대수냐. 나는, 느네 아방 자주 만난다."

"아부질 마씸?"

"흐음." 노인은 다시 낚싯줄을 던지며 말했다. "오늘 같이 물이 곱고 푸른 날은, 더구나. 느네 아방도 여길 못 떠나고, 우리영 같이 사는 모양이여."

현준은 낚싯줄을 왼 손에 잡은 채 뱃머리에 기대앉아 노인을 힐끗힐끗 훔쳐보았다. 푸른 물결에 반사되어 노인의 희끗희끗한 머리칼이 이날따라 유난히 반짝이고 있었다.

"그 조선 여자, 다신 못 보았수꽈?"

"아암!"

"이젠 해방 되시난 조선서 살암실텐디?"

"걸 누게가 알아? 그러다 말았는지."

"그러다 말다니?"

"객지서, 먹을 거 없고 병 들며는…."

그들은 쉬면서 때를 기다리고 있었다. 해질녘이 되면 우럭밭에선 그런대로 수확을 거둘 수 있었기 때문이었다.

"우럭이옌 허는 놈 말이우다. 되게 욕심도 많아 마씸. 한 번 물기만 허민 놓는 법이 어시난."

"고집이 세서 그렇지."

"하르바님! 난, 우럭 낚을 때가 제일 재미 있수다."

"어떵 해연?"

"신이 나난 마씸. 이 놈덜 얼마나 버티는지…. 탁탁 튀기는 맛도 좋고…. 하하, 이 놈 봅서. 정말 힘이 장산디."

"종일 돌쿠멍에 있당 배가 고프난 나오는구나."

그들은 열심히 끌어 올렸다. 이만하면 조그만 바구니로 하나는 족히 될 듯싶었다. 오늘 일수는 이걸로 때울 수밖에. 현준은 노를 챙겼다. 노인이 아직도 미련을 버리지 못 했는지 관탈섬 쪽을 넌지시 바라보고 있었다.

"그 서울양반, 키도 크고 준수하게 생겼지예?" 현준이 쉬지 않고 힘껏 노를 저으며 말했다.

"그 사람, 귀티가 있어."

"하르바님!"

"응."

"오늘은 아맹해도 미역국을 끓여사 되쿠다."

"경허주. 옥돔은 뭐니뭐니 해도 미역국이 제일이여."

"예. 옥돔은 미역국이 제일이우다."

어머니가 포구에 나와 기다리고 있었다. 현준은 우럭 서른다섯 마리를 세어서 조그만 바구니에 담고 어머니에게 건넸다. 그리고 옥돔과 나머지 잡어들은 집에 갖고 갈 구덕에 모두 쓸어 담았다.

"아까, 재수 와서라." 어머니가 우럭 바구니를 들고 가다가 다시 돌아와서 말했다.

"예? 재수가?"

"기여."

현준은 그 길로 박재수를 찾아 중동으로 갔다. 두 달 동안 엽서 한 장 없었던 이 친구가 도대체 어딜 가 있다가 도깨비처럼 이렇게 뜬금없이 나타난 건지, 그는 생각할수록 불안하고 초조한 마음을 떨굴 수 없었다. 이제 좀 조용히 가라앉았나 싶었는데, 자칫하다간 메가네 사건이 또 어떤 회오리바람을 몰고 올지도 모를 일이었다. 재수는 지난 가을 결혼해서 대문도 없는 조그만 초가집에 살고 있었다. 현준이 마당으로 들어서자, 그의 어린 아내가 갓난아기를 가슴에 안고 얼르다가 쪼르르 달려와서 알은 체했다. 초저녁의 희미한 어둠 속에서 그녀가 안고 있는 어린것을 잠시 들여다보고 서 있다가 그는 집 안으로 들어갔다.

그가 방문을 열고 들어서는 기척을 듣고, 재수는 어두운 방에 혼자 누워 있다가 그제서야 반쯤 몸을 일으켜 등잔을 켰다.

"못 보고 가는 줄 알았는데."

"왜, 또 어딜?"

"모슬포."

"모슬포?"

"경비대로 가는 길이야." 재수는 일본군이 쓰다 버린 낡은 국방색 룩샥을 만지작거리고 있었다. "부산서 연락 받고 왔어. 내일 오후 2시 입대라는데."

현준은 어안이 벙벙해서 멀거니 그를 바라보았다. 그동안 어딜 떠돌다 왔는지 머리는 더부룩하고 수염은 자랄 대로 자라 있었으며, 얼굴은 여러 날 씻지 않은 사람처럼 게슴츠레해 보였다. 두 사람은 한참동안 말없이 앉아 있었는데, 재수가 먼저 침묵을 깨고 말했다.

"다들 잘 있지?"

"응."

"나 때문에 고생이 많았을 거야. 흐흠! 친구 잘못 둔 죄라고 생각해라."

"고생은 니가 했지."

"흐흠, 흠!" 재수는 자기의 감정을 감추려는 듯 그 독특한 웃음을 흘리면서, "백수건달이 별 수 있나. 그래도, 세상은 넓고 좋은 것 같아."

현준은 그 웃음을 잘 알고 있었다. 그의 얼굴을 다시 한 번 쳐다보았다. 희미한 불빛 속에서도 그의 호탕한 성격은 그대로 선명하게 읽을 수 있었다. "아직 아무도 못 만났어?"

"그럴 시간 없어. 오늘 밤 성내서 잤다가, 내일 아침 일찍 버스를 타야지. 유철이도 잘 있나?"

"경찰에 들어가 있어. 벌써 여러 날 됐는데."

"그 친구, 고생 모르고 자란 놈인데." 재수는 또 룩삭을 만지작거렸다. "이번엔 무슨 일로 들어간 거야?"

"그걸 우리가 어떻게 알아?"

"그럴테지. 코에 걸면 코걸이니까. 용근이는?"

"민주부락 갔어."

"조 운영은 그러면 어떻게 해?"

"당분간 내가 대행하고 있어. 우리 조천은 간부들이 붙들려가는 바람에 조직이 위기에 처해 있어."

"그래? 메가네 그 새끼, 요즘도 들락거려?"

"응. 가끔. 며칠 전에도 왔다 갔어. 겁을 단단히 먹었던지, 요즘은 쉬쉬 하고 그림자처럼 조용히 다니는 모양이야."

"속지 말어. 그 새끼, 괜히 그러고 있는 거야."

"나도 알어. 변할 놈이 아니라는 건."

"그렇다니깐! 그런 놈은 죽지도 않어! 하지만, 나는," 재수는 계속 룩 샥을 만지면서 말했다. "나는 그 놈을 꼭 죽일려고 했던 게 아니야. 한 번 그저 본때를 보여준다고 생각했었는데."

"알아, 난."

"코뿔소! 너한테만은 이 말을 꼭 해주고 싶었어."

녀석은 룩샥을 어깨에 둘러메고 방을 나서면서 다시 한 번 그 호탕한 웃음을 터뜨렸다. 그런데, 웬 일일까. 그 웃음소리가 오히려 서글프게 들리는 것은…. 폐인이 다 된 것처럼 보이는 그 초췌한 모습처럼.

녀석이 난간에서 구두끈을 매는데 그의 아내가 아기를 안고 다가왔다. 그가 끈을 다 매고 나서 일어서자 그의 아내는 조그만 봉지에 싼 것을 그의 손에 들려주었다.

"이게 뭔데?"

"달걀 삶은 거."

"뭐, 또 이런 건 쓸데없이."

그 때, 현준이 한 마디 거들었다.

"이 애 이름은 지었어?"

"하하. 만성이! 박만성, 어때? 이 애비를 닮지 말고 천하를 거머쥐라고, 일만 만에 이룰 성자를 갖다 붙였지. 이 애, 절대로 칠삭둥이는 아니야."

녀석은 빠른 걸음으로 골목을 빠져나갔다. 현준은 녀석이 어둠 속으로 걸어가 보이지 않을 때까지 거기 서서 지켜보았다.

"어려움이 많을 텐데."

"오빠, 난 괜찮아. 애가 있으니까."

"집에선 도와 줘?"

"응. 시어머니가 집으로 들어오래."

"그래? 잘 됐다. 재수도 없는데."

"응, 오빠."

재수 처는 처녀 때나 지금이나 밝고 명랑했다. 고작 열일곱밖에 안 된 어린것이 어쩌다 애엄마가 되어서 잘 견딘다 싶었다. 현준은 외톨이 된 심정으로 어두운 골목길을 걸어 나갔다. 용근과 유철, 이제는 재수마저 떠나간 뒤의 그 빈 자리를 어떻게 메꾸어야 할지 암담한 생각이 들었다.

38

"난, 제주도가 이렇게 좋은 곳인 줄 몰랐어." 이지훈이 여전히 흥분을 감추지 못 해서 큰 소리로 말했다. "김형, 어저껜 정말 환상적이었어. 그 복수꽃, 눈 속에 노랗게 피어 있는 것이 지금도 눈에 선하게 보이는 것 같아. 겨울에도 눈이 쌓이지 않는다는 산굼부리 북쪽 바위도 그렇고, 그저 모든 게 꿈을 꾸는 것만 같아서 말야."

"정말 혼자 갈 거야?" 경준이 다시 캐물었다.

"걱정 말래두. 이런 아름다운 곳을, 조용히 음미하고 싶다니까."

"전화번호 잘 적어 두었지? 무슨 일 있으면 우리 처가로 연락해."

"알았어. 나 걱정 말고 마나님이나 잘 보살펴."

"하, 이 친구, 장가도 안 간 사람이 그런 걱정은 먼저 하고 있군."

"자네 참 복도 많아. 처남까지 잘 두었던데."

지훈이 버스에 오르면서 씩 웃었다. 경준은 차가 떠나는 것을 지켜보고 서 있다가 칠성통 동백다방으로 갔다. 이북 사투리를 쓰는 청년들이 입구 가까운 곳에 모여앉아 떠들고 있었다. 경준은 안쪽으로 깊숙이 들어가 자리를 잡았다. 옷차림이나 말씨로 보아 서북청년 단원들임을 단박에 알아볼 수 있었다. 레지가 갖다 준 신문을 들척이며 그는 시간을 보내고 있었다. 김 중령은 오지 않았다. 그들은 큰 소리로 떠들어대고 있었는데 마치 이 다방을 점령한 이국 병사들 같았다. 그중 한 명이 카운터로 가서 수화기를 들었다.

"앗다, 그 간나새끼가!… 그래서?… 아, 그래서?… 칵 쥑여뿌릴라. 이놈의 섬은 온통 빨갱이물이 들었슴메!" 사나이는 계속 흥분한 어투로 말했다. 경준은 의자에 비스듬이 앉아 두 손으로 신문을 든 채 그 거동을 훔쳐보았다. 그 사나이는 상대방을 바로 앞에 앉혀 놓고 윽박지르기라도 하듯이 한 손으론 수화기를 꽉 쥐고 또 한 손으론 카운터를 탕탕 두드리며 말했다. "거, 지금, 어디가? 우리가 곧 갈테니까는… 아, 아, 알았어. 꼼짝 말고 기다리라고! 그런 놈들은, 저저 한 칼로 베어버려야 한다니까는…."

그들이 곧 몰려 나갔다. 경준은 테이블 위로 신문을 밀어놓고 지그시 눈을 감았다. 이 섬이 온통 빨갱이물이 들었다니! 빨갱이가 뭔지 알기나 하고 떠드는 소린지 이해하기 어려웠다.

한참 후, 김 중령이 왔다.

"기다렸제? 군정청서 갑작시래 찾아갖고 마."

"축하합니다. 연대장님! 정복을 입고 나오실 줄 알았는데."

"이 친구, 와 이라노? 인자 시작인데. 안즉은 대대 병력도 안 된다. 내

자넬 얼매나 찾았는데?"

"저도 여기 오셨단 말 듣고 깜짝 놀랐습니다."

경준은 김 중령을 데리고 바닷가로 나갔다. 두 사람은 탑바리 동네에 이르자 방파제를 끼고 계속 서쪽으로 걸어갔다. 물이 빠진 바닷가에는 동글동글하게 생긴 까만 먹돌이 가득히 널려 있었다. 파도가 흰 포말을 날리며 조용히 다가와 부서지고 나면 새까만 먹돌이 물 속에서 투명하게 비쳤다. 흔히 먹돌새기라고도 불리는 이 탑바리의 해변은 참으로 아름다운 곳이었다. 그들은 방파제 위로 올라가 앉았다.

"니 장가 참 잘 들었데이. 색시가 공부도 마이 했고, 미인이라카데. 아이는 있나?"

"인제 돌 지났습니다."

"내하고 같구만. 박 기자는 종종 만나서 술도 한 잔 하지. 진짜 쾌남아야. 일본서 같이 학교 다녔다면서?"

"좋은 친구지요."

이 날은 비교적 맑은 날씨여서 멀리 관탈섬이 바다 위로 또렷이 솟아 있는 게 보였다.

"저 섬에도 사람이 사나?" 김 중령이 물었다.

"무인돕니다. 낚시를 간 적이 있었는데, 바위뿐이더군요. 파도가 센 날은 배를 댈 수도 없지요. 옛날 유배객들이 저 섬을 지날 때 상투를 벗었다고 해서 관탈섬이라는 이름이 붙었다는데."

"그래, 참 한 많은 고장이야. 김형도 조상이 유배를 왔었겠제?"

"그렇답니다."

"그래갖고 여게 주민들이 반골 기질이 강한 모양이데이. 알고 보이꺼네 모지리 양반의 피를 물려받고 있다카데. 김형은 몇 대손인기라?"

"16대라 합니다. 이조 중엽 송시열난 때 밀려 왔다니까."

"그렇나? 세상은 예나 지금이나 마찬가지인기라. 옛날이사 더 안했겠나. 한번 찍혔다카마 씨를 말리뿌리는기라. 요새 우리 9연대가 주둔하고 있는 모슬포에도 유배객들이 마이도 내려 왔었던갑던데. 얼마전에는 추사 김정희 선생이 머물렀다카는 데도 가봤구마는."

"조천 포구에 가면 연북정이라는 정자가 있습니다만, 가 보셨습니까?"

"안즉…."

"한번 가 보시지요. 제주도를 알려면 먼저 그 정자에 올라가 볼 필요가 있습니다. 나는 거기 서서 먼 바다를 바라다보고 있으면 참 많은 것을 생각하게 되었습니다."

"연북정이라캤나?"

"네. 사모할 연(戀) 자에 북녘 북(北) 자를 쓰는데요. 북은 곧 임금을 가리키는 말이지요. 그러니까, 포구로 들어온 유배객들이 제일 먼저 그 정자에 올라 임금께 예를 다한 다음에 적소로 떠났다는 뜻에서 그런 이름이 붙여진 모양입니다. 조천이란 지명도 그래서 생긴 거구요."

"그러면, 유배객들이 모두 그 포구로 들어왔던갑네."

"그렇지요. 지금 제주항은 왜놈들이 와서 만든 것이지만, 과거엔 조천 포구가 유일한 관문이었답니다. 추사 선생도 그래서 조천리와 깊은 인연을 맺게 되었습니다. 추사 선생이 이 섬으로 유배를 오시게 되자 대정현감을 지낸 바 있는 조천 지씨 한 분이 선생을 모시고 아들 4형제를 가르치게 되었는데, 훗날 그 후손들이 줄줄이 벼슬길로 나가는 바람에 이 지

방에선 최대 명문거족을 이루게 되었다지요. 그 집안에는 지금도 추사 친필이 많이 남아 있다고 하더군요."

"조천이사 특이한 마을이라카던데. 아타마노조텡이라 캐갖고 왜놈들도 함부로 못 했다면서?"

"농담 삼아, 그런 말들을 하지요. 일제 치하에서도 저항이 심했던 걸로 알고 있습니다. 특히, 조천 지씨의 활약이 컸습니다. 그 마을 동쪽에 있는 만세동산은 3·1운동 때 조천 지씨가 중심이 되어 만세를 부른 곳입니다. 그것이 계기가 되어 이 섬에서도 만세운동이 활발하게 전개됐다고 들었습니다."

"김형 있을 때, 언제 함 가봐야겠구마는. 언제 상경할낀고?"

"며칠 더 있다 갈렵니다. 내일이라도 시간을 좀 내시지요."

"글쎄, 내일은 그럴 새가 있겠나. 요즘 돌아가는 꼴이 심상치 않다니깐."

"그런가 보지요. 경찰에선 지금도 사람을 마구 잡아들이는 모양인데."

"이거, 참말로 큰일 났데이."

"우리 동네 청년도 며칠 전에 끌려갔다던데."

"와?"

"내 아우 말로는, 뭐 특별한 사유도 없다더군요. 아까 말한 지씨 집안의 청년인데, 아버지는 독립운동을 하다가 해방 직전에 옥사한 것으로 알고 있습니다. 조천중학에서 내가 직접 가르쳤기 때문에 잘 압니다만, 아버지를 닮아서 정의감이 강하고 아주 꼿꼿한 청년이지요."

"이름이 뭔데?"

"지유철이라고 합니다."

"지유철? 내 알아보꾸마."

"도울 수 있으면 도와주세요. 아까운 사람입니다."

"김형, 이건 말이제 정말 극빈데…." 김 중령은 신중한 얼굴로 경준을 쳐다보며 말했다. "이상한 정보가 있다카이. 오늘 아침에 군정청에 들렸다가 그래 늦어진 긴데, 민간인들이 야산서 훈련을 받는다는 기라."

"훈련이라니요?" 경준은 무슨 뜻인지 몰라서 반문했다. "훈련을 받고 있다면. 혹시…?"

"지금이사 뭐라꼬 말할 수가 없제. 우짜든 이상한 조짐이 보이는기라. 그카이꺼네 군정청서 정찰 활동을 강화하라 안카나. 김형은 무슨 말 못 들었는갑제?"

"금시초문인데요. 만일 그렇다면 무장 봉기를 획책하는 사람이 있다는 겁니까? 그건 말도 안 됩니다. 바다로 둘러싸인 절해고도에서 어떻게 그런 일이 있을 수 있겠습니까?"

"그라이 말이제. 그캐도, 김형! 급하믄 쥐도 고냉이한테 덤빈다 안 카더나? 요새 제주도는 디기 긴박한기 사실인기라. 이 점을 유의해야 된다 카이. 작년 3월부터 여러 차례 검거 선풍이 불었다 아이가? 유치장은 터질라카고…. 이라고 보이꺼네 지대로 정보도 못 얻겠고 다부로 반감만 사게 되는기라. 서북 청년이라카는 것도 월급 한 푼 못 받으이꺼네 민폐를 끼칠 수밖에 없는기고. 우리 정찰대의 보고를 따르마 유치장뿐만이 아이고 산간벽지에도 떠도는 청년들이 천지인기라. 이런 판국에 무슨 일이 벌어질지 우예 알끼고? 암만 치안 문제라카지만 우리 군도 가만히 앉아갖고 구경할 수만은 없다 아이가. 군데군데 정찰개들 박아놓고 좀더 치밀하게 정보 수집을 해야겠다 이 말 아이가. 기왕 왔는 김에, 김형도 날 좀 도와다고. 요새는 좌익들이 지하화하는 바람에 도통 정체를 파악

할 수가 있어야 말이제. 일본 유학생들의 활약도 큰 모양인갑던데, 내사 객지고 보이꺼네 속수무책인기라."

"그렇겠군요."

"박 기자 메칠 못 봤는데? 잘 있제?"

"이따 나올 겁니다. 저녁 같이 하지요?"

"오늘은 안 돼. 곧 연대로 돌아가야 하니깐. 아까 그 얘기, 극비 사항이니까네 조심해야 된데이."

"요즘 경찰에선 이곳 출신들을 배제하고 온통 외지인들로 갈아끼우고 있다던데."

"그런갑더라. 경찰이라카는기 완전히 까마구 눈이 됐뿌릿는기라."

"큰일이군요. 주민들이 등을 돌리고 있는데 무슨 수로 정보를 얻겠습니까? 그 사람들 고작 하는 소리가 빨갱이 타령뿐이니, 이러다간 순박한 농민들만 죄다 빨갱이로 만들까 걱정이군요."

"그라이 말이제."

두 사람은 다시 만나 회포를 풀기로 하고 이 날은 급히 헤어지고 말았다.

39

지인숙은 소학교 연습장으로 가는 길에 큰집부터 먼저 들렀다. 할아버지는 이미 읍내로 떠났고, 백모님만 혼자 빈집을 지키고 있었다.

"걱정 마세요. 할아버지가 어떤 분이신데."

"이젠 아버님 뵐 면목도 없구나. 전생에 죄를 많이 졌나 보다."

"면회도 안 된대요?"

"어저께 얼굴만 잠깐 보았다더라."

"그래요? 좀 어떻대요?"

"꼴이 꼴 아니겠지. 지금 막 현준이가 나갔는데."

"그랬어요? 걱정이 됐나 보죠. 최세진이 그 사람 만나고 있겠지요."

"글쎄다. 어디 믿을 사람이 있어야지. 그 사람, 기다리라고 한 지가 벌써 열흘이나 지났는데."

"백모님, 저녁때 또 들를께요."

인숙은 큰집에서 나와 새코지로 갔다. 현준이 뒤뜰 장독대 옆에서 항아리를 묻고 있었다. 그녀는 발소리를 죽이고 살금살금 그쪽으로 다가갔다.

현준이 놀라서 돌아다봤다.

"난 또 누구라고!"

"그거, 뭔데?"

"아, 이거, 책 넣을려고."

"책?"

"새끼들, 언제 쳐들어올지 모르지 않아. 괜히 빌미만 줄 것 같아서."

"그럴 필요 없어. 유철이 곧 나올 텐데."

"곧 나온다는 게 벌써 며칠째야?"

"기다려 봐. 우리 할아버지 오늘 읍내 가서 메가네 만나고 있어. 조금만 기다리라고 했대."

"아직 흥정이 끝나지 않은 모양이지. 아무튼, 그놈을 경계해야 돼."

"자, 나가. 우리."

"이거 마저 집어넣고."

현준은 책과 노트 등 소지품들을 항아리 속에 모두 집어넣은 다음, 뚜껑을 덮고 짚으로 칭칭 동여매고 나서 흙으로 덮었다. 자근자근 밟아서 흙을 다진 뒤에는 자갈을 몇 알 주어다가 그 위에 박아 놓았다. 파묻은 위치를 표시하는 것이리라. 생각보다 꼼꼼하고 치밀한 데가 있었다. 현준의 그 일거일동을 지켜보고 있으려니까 인숙은 픽 웃음이 났다. 겉으로 보면 억세고 남성적인 것처럼 보이지만 사실 알고 보면 대단히 신중하고 자상한 편이었다.

"어떤 녀석은 굴을 파고 있었어. 밤중에 몰래."

"굴을?"

"응. 땅굴을. 오죽 다급하면 그러겠어? 검은개들이 언제 또 쳐들어올지 모르니까 달아날 구멍을 찾고 있는 거야."

그들은 토끼굴로 갔다. 현준은 다리를 길게 뻗고선 언덕에 기대어 앉았다. 그래도 이곳은 잠시나마 세상에서 벗어날 수 있는 자유로움을 깨닫게 해 주었다.

"넌, 왜 서울서 왔지?" 현준이 인숙의 손을 꼭 붙들며 말했다.

"뭐라고?"

"왜, 서울서 왔냐구?"

"무슨 소리야, 갑자기?"

"난 말이야. 여기 이렇게 앉아 있으면 어디든 훌쩍 달아나 버리고 싶은 충동을 느껴."

"그래? 어디로?" 인숙이 호기심어린 눈으로 그를 돌아다보며 반문했다.

"어디든, 아주 멀리."

"좋아! 우리 달아나."

"정말?"

"응. 정말."

"하하하. 농담치곤 근사한데." 현준이 벌떡 일어나 앉으며 말했다. "이 깍쟁이가!"

"농담이 아니라니깐!" 인숙이 정색을 하고 말했다. "너, 언젠가 그랬지? 초원에 가서 살겠다고."

"그래. 난, 꼭 할 거야."

"그래, 넌 할 수 있어."

"배운 게 그것뿐이잖아? 땅 파고, 소 몰고…. 전에도 말했지만 난, 내가 할 수 있는 일부터 시작할 거야. 소박하게. 내 능력에 맞추어서. 그런데, 토끼, 그런 날이 오기는 오는 걸까. 지금 같아선 아주 요원한 꿈만 같은데."

"어저께 이동혁씨 왔었어."

"이동혁?"

"응. 탑바리 학습장에서 본."

"케이 동무 말이지?"

"그래. 민주부락 다녀온대. 꽤 바쁜가 봐. 시간 없어서 그냥 간다면서, 다음에 오면 널 꼭 좀 만나고 싶다더라. 무슨 긴한 얘기가 있나 봐."

"도당에서 따로 떼어내 군사부를 설치한다는 말이 있었는데."

"나도 그런 비슷한 말을 들은 적이 있어. 뭘 가지고 어떻게 싸운다는 거지?"

"글쎄, 그게…."

현준은 일어나서 멀리 물 위로 돌팔매를 쳤다. 돌은 바다에 닿지 못하고 언덕 밑으로 또르르 굴러갔다.

"근데, 넌 어떻게 생각해? 집에선 유철일 일본으로 보낼 작정인가 본데."

"당연하겠지."

"뭐, 당연하다고?"

"그래. 내가 니네 할아버지라도."

그는 이렇게 말했지만 속으론 놀라지 않을 수 없었다. 아니, 이건 정말 충격적인 일이었다. 유철이까지 달아나 버린다면 누구보다 동지들의 몰골이 너무나 초라할 것이었다.

"아직 결정이 난 건 아니지만, 아무튼 그런 얘기가 있었어. 누구보다, 본인의 태도가 중요하겠지."

"…"

"우리 할아버지 성질 고약한 거, 너도 알잖아? 마른기침만 쿵쿵 하면서 집안사람들 애간장을 다 태운단 말야. 유철이도 그래서 꽤나 힘이 들 거야. 이런 문제는, 친구로서 너도 이해해줘야 돼. 우리 할아버지 정말 딱해 죽겠어. 유철이 하나라도 지킬려고 바둥대는 걸 보면."

"경찰후원회에 가담한 것도 다 그런 계산이 들어 있는 거지 않나?"

"물론이지. 우리 할아버지 계산이 얼마나 빠른데? 자청해서, 그것도 막대한 거금을, 아무 까닭 없이 갖다바칠 것 같아? 세상이 자꾸 험악해지니까, 돈으로래두 목숨을 사겠다는 거 아니겠어?"

"그래. 조천 지씨들 잘 한다. 한 쪽은 유치장, 한 쪽은 일본으로. 이젠 좌·우로 갈려 싸울 거야? 이번 선거에 둘이나 입후보 한다면서, 그것도 한 선거구에서?"

"그 사람들 관심 없어. 일찍 우릴 떠난 사람들이니까. 일어나! 난, 지금, 가봐야겠어."

"공연 연습?"

"이젠 제법들이야. 곧 나갈 수 있을 것 같아."

"어련하실라구. 나도 내일 구경 갈께."

"머정 안 가?"

"가. 너댓 시면 돌아올 걸."

"쉬고 있어. 빨리 마치고 올 테니까."

"좋아! 꼭 올 거지?"

"응."

"기다릴께."

그들은 단숨에 언덕을 뛰어 올랐다. 그녀는 숨을 헉헉 내쉬며 대나무 숲 속으로 사라졌다. 그는 잠시 언덕 위에 서서 저무는 하늘을 바라보았다. 쪽빛 노을이 얼마나 강렬하게 타고 있는지 숨이 막힐 것 같았다.

40

현준은 아침 일찍 할아버지를 모시고 포구로 갔다. 빌레아방이 보이지 않았다. 둘이서만 조용히 바다에 떠 있는 이런 날은 주로 눈으로 말했는데, '이거'니 '저거'니 하는 서너 가지 말로 충분했다. 그런데, 오늘은 사정이 달라졌다. 노인이 먼저 입을 연 것이다.

"몽생이가 아주 영글아."

"예, 하르바님!"

"잘 헴서. 사름은 뭐니 뭐니 해도 지가 허고 싶은 일을 허고 살아야지."

노인은 언제나 현준의 편이었다. 망아지를 키워봤자 그게 뭐 돈이 되느냐고 어머니의 역정이 여간 아니었지만 할아버지가 은근히 뒤에서 도와주고 있었다. 그래서 할아버지한테는 미리 귀띔을 해 두었던 것이다. 어머니가 모든 살림을 맡고 있고 할아버지는 늘 초연한 입장을 취하고 있지만 어쩌다가 입을 열고 한 마디 하시게 되면 아무도 거스를 수 없었다. 할아버지는 그만큼 집안의 어른으로서 권위를 지니고 있었다.

현준이 할아버지를 따르는 만큼 할아버지도 그를 무척 아끼고 있었다. 내놓고 말은 안 하시지만 현준은 그러한 할아버지의 속마음을 잘 읽고 있었다. 아버지를 닮았다는 말을 가끔씩 하시는데 그 말 속에는 할아버지의 특별한 애정이 담겨 있었다.

"느도 인제는 느 갈 길을 가야지. 어디 가서 기술을 배우든가 목장을 허든가 간에, 는 느대로 살 요량을 해야 한다. 언제까지 남의 그늘에만 묻혀 있어서야 되겠냐? 이 늙은 하래비가 뭘 알겠느냐마는 세상 사는 이치가 그렇다는 게지."

"걱정 맙서. 나도 생각이 이시난."

"공부만 많이 했다고 좋은 건 아니다. 는 말이여, 저 한라산을 느 걸로 알고는 한번 해 봐. 느라고 안 될 게 뭐 있냐. 그러고, 제천영감 손지 지금도 만나고 있냐?"

"우린 그냥 친군디 마씸."

"친구는 무신 친구? 내가 좀 물어보자." 노인이 돌연 목소리를 돋구고 말했다. "느 혹시 그 집 돈 보아서 가일 만나는 거냐?"

"예?"

"게민, 그 집 가문을 보아서?"

"하르바님도 원 무신 말씀을…?"

"경허민, 왜 그 집이선 그런 거 따지는 거냐? 서로 좋으민 된 것이지."

"우린 결혼 같은 거 생각해 보지 안 했수다. 꼭 결혼을 해사만 됩니까?"

"것사 무신 말이라? 장가가고, 아들 낳고, 떳떳하게 살아야지. 나는 배운 것도 없고 평생 뱃놈으로 떠돌다 왔지만서도, 세상은 많이 변했다. 거, 뭐, 그 아이가 경 좋으민 그냥 가져부러. 한라산도 먹겠다는 놈이 그만헌 뱃장도 어시민 어떻게 살겠다는 거냐?"

이 날은 운이 좋았다. 어느새 구덕에 수북이 쌓인 생선을 건너다보며 그들은 점심을 했다. 마늘지에다 며루치볶음, 캉캉한 보리밥, 그래도 바다에 나오면 무엇이나 다 맛이 있었다. 이런 때 소주 한 잔은 보약보다 나았다.

"유철이가 여러 날 됐는디?"

"곧 나올 거우다."

"가이는 지 부친을 닮아서 순직헌 것 같더라."

"예. 참 좋은 친구우다. 고생을 많이 햄실 건디."

유철의 석방은 오늘인가 내일인가 하면서 오래 끌고 있었다. 현준은 익수를 잿골로 보내 동지들을 데려오도록 했다. 그동안의 정황으로 보아 이번 사건은 조직과 관계없는 개인적인 문제로 보였다.

오후엔 우럭밭으로 자리를 옮겼다. 미처 몇 마리 줍지도 못 했을 때였다.

"허어, 이거!"

연북정 181

노인이 고개를 들어 멀리 수평선 쪽을 응시했다. 이쪽 하늘은 멀쩡한데 수평선 너머에서 갑자기 기이한 구름이 뜨고 있었다. 이것은 큰 바람이 오고 있다는 신호였다.

현준은 얼른 낚싯줄을 거두고 노를 챙겼다. 눈 깜빡할 사이에 일어난 일이었다. 바람이 어느새 달려들어 온통 바다를 흔들어 놓고 있었다. 그는 파도와 파도 사이로 가까스로 노를 저어 나갔다. 파도의 높이에 가려서 배는 보이지 않게 되었다. 아차하면 물 밑으로 빨려 들어가 버릴 것만 같은 아슬아슬한 순간이었다.

파도에 쫓겨 겨우 겨우 포구로 들어가 보니 사람들이 많이 나와 있었다. 뭍에서도 여간 놀라지 않은 모양이다. 배가 한 척씩 눈에 띌 때마다 사람들은 발을 동동 굴리며 큰 소리로 외쳤다. 가끔씩 겪는 일이긴 하지만 오늘은 정말 아찔했다. 이런 땐 얼굴도 모르는 아버지의 모습이 보이는 것 같았다. 얼른 뭍으로 뛰어내린 현준은 밧줄을 단단히 묶어서 배를 고정시켰다. 이제야말로 살아 돌아왔다는 느낌이 들었다. 다시 배로 올라가 고기구덕을 어머니에게 넘긴 다음 대충대충 정리하고 나서 그는 다금바리 한 마리를 따로 갖고 내렸다. 얼마나 큰 놈인지 꽤 묵직해 보였다. 이거면 오늘 저녁 안주는 충분할 거다. 빨리 해가 지고, 그녀를 만나고 싶은 생각으로 곧장 새코지를 향해 걸어갔다.

아직 해가 지려면 서너 시간은 더 있어야 했다. 몸을 씻고 방에 들어가 옷을 갈아입는데 느닷없이 그녀의 음성이 들려 왔다. 그는 대충 주워 입고 밖으로 달려 나갔다.

그녀가 마당에 서서 이모와 얘기를 나누고 있었다.

"어떻게 된 거야?"

"뭐가?"

"오늘은 연습 쉬기로 했어?"

"아니야. 영자한테 부탁하고 왔어."

"그래?"

그는 정지로 들어가서 횟감부터 뜬 다음, 매운탕을 앉혔다. 다금바리는 횟감으로 일품이지만 탕을 끓여도 좋았다. 고추장을 듬뿍 쳤더니 끓일수록 맵고 얼큰한 맛이 코를 찔렀다. 어떻게 소식을 듣고 달려온 그녀가 고맙기만 했다.

"포구에 갔었어?"

"아니."

"그럼, 곧장 달려온 거야?"

"달려오다니, 누가?"

"그렇게 말하는 사람."

"이 깍쟁이가!"

"하하. 고마워서 내가 이렇게 술상을 보고 있지 않아? 나 정말 괜찮은 놈이지?"

그는 다시 정지로 들어갔다. 보글보글 끓는 매운탕에다 고추장을 한 숟갈 더 떠 넣었다. 남자니 여자니 따지지 않고, 언제나 이렇게 살고 싶었다. 친구처럼. 그는 이런 점에서 그녀가 꼭 마음에 들었다. 그들은 더 숨길 것도 없고, 드러낼 것도 없는 그런 관계였다. 밤새 술을 마셔도 남의 눈치 안 보고 즐거운 여자, 그는 그렇게 소꿉친구로 남아 있고 싶었다.

그는 상을 들고 방으로 들어갔다.

"하, 이 놈이 턱 올라오지 않아. 꽤 큰 놈이지? 그래, 맨 처음 생각한 게 뭔지 알아?"

"뭔데?"

"술."

"뭐, 고작 술이야?"

"고작이라니? 니가 다금바리회 좋아하지 않아? 나, 그래서, 오늘은 왕창 마시기로 했지. 토끼를 위해서 내가 해줄 수 있는 게, 이런 것밖에 없나 봐."

"걱정 마. 난 너무 행복하니까."

"정말?"

"응. 정말."

"됐어, 우리 공주님! 난 참 운이 좋은 놈이야. 나무꾼과 선녀 얘기, 그런 거 있지? 난 늘 그 얘기가 떠올라."

"나무꾼과 선녀? 호호, 전엔 뭐 호동이라더니?"

"아, 호동! 우리 호동 왕자가 공주님과 잘 지내고 있어. 앞으로 1년만 기다려 봐. 저 넓은 들판을 힘차게 달릴 테니."

"너, 그래, 정말로 초원에 가서 살 거야?"

"몇 번이나 말해야 알겠어?"

"좋아! 목마장과 푸른 초원, 빨리 가보고 싶어! 눈 속에도 꽃이 핀다면서?"

"그럼! 꽃이 없는 계절이 어디 있어? 지금쯤 복수초가 흰눈 속에 노랗게 피어 있을 거야."

"유철이도 좋아할 텐데."

"그 친구, 약골이긴 하지만 낭만적인 데가 있잖아? 무슨 소식 없어?"

"내 말 믿어. 곧 나올 테니까."

둘이 함께 있으면 끝없는 이야기로 시간 가는 줄 몰랐다. 첫 닭이 울고, 그들은 어두운 길을 걸어서 그녀의 집으로 갔다. 어린 시절의 악동 기질은 지금도 전혀 변함이 없었다. "작별 인사?" 하고, 그가 말하면 그녀도 이 시간만은 어김없이 키스를 해 주었다. 키스는 작별의 통과의례가 되었다.

41

김경준은 어쩐지 불안한 생각이 들었다. 아까부터 마당을 왔다 갔다 하면서 마음을 졸이다가 마침내 아우가 장작을 패고 있는 곳으로 다가갔다.

"현준아!"

"어, 형!"

현준은 도끼를 놓고 형의 표정을 살폈다.

"벌써 돌아올 때가 지났는데, 그 친구 소식이 없다. 이거, 아무래도 심상치가 않아. 처가에 가 있을 테니, 혹시 무슨 연락이 오면 니가 와 주어야겠다."

"알았어, 형! 너무 걱정 마. 호기심이 많은 분이던데, 천천히 구경 다니고 있겠지."

"아니야. 요즘 너무 어수선해서 말이야. 박 기자 말이, 여간 심각한 게 아니라더라. 특히 이 조천이 주목을 받고 있는 모양인데, 너도 조심해야겠다. 이러다 무슨 일이 터질지 모르겠다."

경준이 급히 집을 나섰다. 현준은 저으기 놀라지 않을 수 없었다. 조심하라니! 무슨 낌새를 챈 걸까. 그보다는 서울 손님 때문에 신경이 곤두선 모양이었다. 그는 다시 도끼를 들었다. 어여차차ㅡ. 장작을 패고 있노라면 자꾸만 생각이 꼬리를 물고 늘어졌다. 짜식, 메가네를 죽일려는 건 아니었다고? 그야 그렇지, 그건 내가 잘 알아. 니가 말하지 않아도 내가 그렇게 믿고 있었어. 홧김에 한번 본때를 보여 주려는 게 일이 그렇게 된 거지 않아? 재수를 생각하고 있으면 웃음부터 나왔다. 녀석이 울린 여자가 한둘이 아닐 텐데, 그걸 아주 자랑스럽게 말했다. 돈 있는 집, 지체 높은 집, 꼭 그런 집만 골라서. 그것도, 젊은 과부들을. 하여간 웃기는 놈이다. 녀석은 그런 식으로 세상을 비꼬고 있었던 거다. 그나저나 멋진 군인이 되겠지. 키가 크고 어깨가 떡 벌어졌으니 허리에 권총이라도 한 자루 차면….

그는 미친놈처럼 혼자 피식피식 웃으며 도끼를 내리쳤다. 앞으로 몇 구루마만 더 실어 나르면 이 겨울도 끝장이었다. 언제 또 추위가 닥칠지 모르니 미리 장만해 두는 게 상책이었다. 땔감은 그래야 좋은 시세를 받을 수 있었다. 어깨가 무겁고 뻣뻣해 왔으나 그는 일 욕심으로 쉬지 않고 계속 장작을 팼다. 오늘도 돌아오지 않으려나. 어느덧 해가 서쪽으로 기울고 있는데 서울손님은 여직 코빼기도 보이지 않았다. 온 식구가 우울한 하루를 보내고 있었다. 어머니는 아까부터 난간에 나와 앉아서 집 골목만 바라보고 있었고, 형수는 유나를 가슴에 안은 채 하릴없는 사람처럼 마당을 왔다 갔다 서성거리고 있었다. 이틀 동안 도내 일주를 하고 온다던 사람이 나흘째 감감 무소식이니 그럴 만도 했다. 이쯤 되면 박 기자와 양 문관도 사방으로 수소문을 하고 있을 텐데 도대체 어딜 가서 꽁꽁 숨어 버렸단 말인가. 이건 정말 변고가 아닐 수 없었다. 하도 어수선한 시절이고 보니 별별 공상과 의문이 다 드는 것이었다. 그는 잠시 쉴 겸해서 마구간을 보러 갔다. 망아지들은 오누이처럼 사이좋게 나란히 서서 먹이를 먹고 있었다. 아직 문을 해 달지 못 해서 허술해 보일 뿐 아니라 비바람이 칠까 걱정이었다. 오늘은 이만 장작을 패고 마구간을 좀 손질했으면 싶지만 공연히 어머니의 심기를 건드릴까 싶어 그냥 서 있었다. 그 때, 자동차 소리가 나면서 크락숀이 '빵빵!' 울렸다. 달려 나가보니 박 기자의 지프였다. 형이 부랴부랴 운전석에서 뛰어내리고, 서울손님은 뒷자리에 앉아 있다가 천천히 걸어서 집으로 들어갔다.

신촌집은 손님을 대하는 순간 가슴이 덜컹 내려앉았다. 한눈에 불편한 거동을 알아볼 수 있었다. 큰 키에 몸을 조금 앞으로 숙이고 절뚝절뚝 걷는 것이 아무래도 심히 고생을 하다 온 게 역력했다.

"어머니, 좋은 구경 많이 하고 갑니다. 정말 아름다운 곳이군요."

이지훈이 꺼부정한 자세로 우뚝 서서 작별 인사를 드렸다.

"고생만 헌 모양인디."

신촌집은 걱정스런 눈으로 그를 쳐다보았다.

"그 전복바위는 영원히 잊지 못할 거예요. 어머니, 부디 건강하게 오래 사세요."

"게난, 발써 가시젠? 무시거 요기라도 행 가살 건디." 신촌집은 정지에 들어 있는 며느리를 향해 큰 소리로 외쳤다. "애야, 혼저 준비허라."

"이 양반, 구경 다하니까 애인 생각이 나서 빨리 도망간답니다." 박 기자가 끼어들어 한 마디 농담을 던졌다.

경준이 그 사이에 친구의 여행 가방을 차에 싣고 돌아왔다. 그는 아내가 갖다 놓은 선물 보따리를 뒤져보더니 전복 말린 것 하나만 골라서 손에 들었다.

"어머니, 이것만 우선 보내고 나머진 나가 갈 때 가정 가쿠다."

"기여. 느가 알앙 허라."

신촌집은 아쉬운 마음이 들었으나 더 고집할 생각이 없었다.

"자, 가지. 시간이 없는데."

경준이 앞장서서 걸어 나갔다. 이지훈은 신촌집 앞으로 조심스레 나아가 목례를 드린 다음, 돌아서서 현준에게 손을 내밀었다. 그들은 모두 지프가 있는 곳으로 갔다. 핸들을 잡은 박 기자가 서둘러 시동을 걸고 떠날 준비를 했다.

"이거, 원, 점심도 못 허고, 너미 섭섭해연."

신촌집은 내내 서운한 생각을 떨칠 수 없었다. 사투리를 모르는 서울손님이 어리둥절한 표정을 짓자 경준이 어머니의 통역을 맡았다. 서울손님은 차가 멀리 사라질 때까지 몇 번이고 몸을 뒤로 돌리고 손짓을 하며 남아 있는 사람들에게 작별의 아쉬움을 전했다.

3시 40분. 출항 시간은 한 시간 남짓 남아 있었다. 차는 일주 도로로 나서자 쉬지 않고 달렸다.

"이 사람, 숨 넘어 가겠네." 경준이 박 기자를 돌아보며 큰 소리로 외쳤다.

"걱정 마. 핸들은 내가 잡고 있으니까."

차는 신촌, 삼양, 거루를 거쳐 어느새 사라봉 앞을 달리고 있었다. 지훈은 작고 동글동글한 오름들과 보리밭, 구덕을 등에 지고 걷는 아낙네, 돌담 위에 앉아 있다가 가끔씩 자리를 바꾸며 검은 날개를 파닥거리는 까마귀 떼, 이런 모든 것들이 볼수록 이색적이고 신기하기만 했다. 이렇게 평화로운 세계, 순박한 농민들이 어느 날 갑자기 봉변을 당하고 있는 것 같아 안타까웠다.

　제주읍 동문시장을 지나 부두로 향하자 가방을 든 사람들의 행렬이 길게 뻗은 개천을 따라 줄을 잇고 있었고, 부두에선 차츰 확성기의 유행가 가락이 들려오기 시작했다. '쌍고동 울어 울어 연락선은 떠난다….' 뱃고동이 '부웅! 부웅!' 두 번 연거푸 울었다. 출항 시간이 임박하고 있다는 예비 신호였다.

　"자넨, 언제 떠날 거야?" 묵묵히 뒷자리에 앉아서 바깥 구경만 하고 있던 지훈이 마침내 입을 열었다.

　"글쎄, 한 열흘쯤 있어 보구."

　"어서 오게. 여긴 너무 긴장해 있어. 난, 이참에 세상 구경을 할까 하고, 부산행을 택했지."

　"자네 심정 알겠네만, 열다섯 시간은 족히 걸릴 거야. 화물선을 개조한 거니까 롤링도 심할 테고."

　"좋은 공부야."

　지훈은 중문에서 천제연폭포를 보고 나오다가 서청 단원들과 맞닥뜨린 일, 지서에서 하룻밤을 새고 제주경찰서로 이송되던 일, 그동안 자기가 당한 온갖 수모와 린치가 악몽처럼 다시 떠올랐다.

　"전화라도 할 일이지."

　"뭐, 그럴 상황도 아니었지만, 또 그러고 싶지도 않았어. 그 자들이 어떻게 나오는지, 어디 한번 두고 보자는 심사도 좀 났구 말야."

　"여긴 지금 무법천지가 됐다니까. 시계는 그 때 뺏긴 거야?"

"좋은 공부 했으니 수강료를 내야지. 아, 박 기자님, 일하기 어렵겠는데요?"

"하루에도 몇 번씩 달아날 생각을 하지요."

부둣가 한 구석에 차를 세우고 나서 세 사람은 연락선이 있는 곳으로 갔다. 개찰구 앞은 이미 장사진을 친 승객과 전송을 나온 사람들로 일대 혼잡을 빚고 있었다. 그들은 가까스로 줄을 찾아 나섰다. 임검 경찰 두 명이 개찰구 앞에 서서 승객의 짐보따리를 낱낱이 점검하고 있었다. 이러다간 오늘 안으로 배를 탈 수 있을지 의문이었다. 사람들의 틈을 비집고 개찰구 쪽으로 간 박 기자는 어디로 사라졌는지 보이지 않았다.

"자네, 양 문관하곤 일본서 같이 공부했나?"

"학교는 다른데 늘 붙어다녔지. 내 처남하고 소학교 동창이야."

"주민들의 어려운 처지를 군정청에다 잘 말해줘야 할 텐데, 그 사람 책임이 막중하겠어."

"뭐, 양놈들이 몰라서 그러고 있나. 다 한통속인 걸. 문제는 우리 자신일세. 우리 일은 우리 스스로 해결할 수밖에 없어."

밀고 땡기는 행렬은 그런 가운데도 끝이 났다. 예정 시간인 5시를 훨씬 넘겨서 연락선은 드디어 떠날 채비를 했다. 닻이 오르고, 여기저기서 호각소리가 요란하게 울렸다. '잘 있소 잘 가소 눈물 젖은 손수건…' 확성기의 유행가가 절정을 이룬 듯 작별의 안타까운 분위기를 한층 돋구었다. 박 기자가 달려왔을 땐 지훈이 이미 승선한 뒤였다. 지훈은 가방을 든 채 선실 밖의 복도에 서 있었다. 항구를 벗어나기가 바쁘게 배는 뿌우뿌우 기적을 울리며 쏜살같이 사라져 갔다. 경준은 막막한 심정으로 우두커니 거기 서 있었다.

42

"난 처음 어디서 온 샌님인가 했더니, 여간 깐깐한 선비가 아니더군." 박 기자가 차를 몰면서 말했다.

"전형적인 서울 토박이지."

"부친은 법조인이라구 했나?"

"관계와 손을 끊고 변호사 일만 보고 있어. 그 집에 가 있으면서 많이 배우고 있지. 뭣보담도, 사는 법에 대해서."

"사는 법?"

"그래. 이런 혼란기엔 어떻게 살아야 하는 건지, 가끔씩 그런 생각을 하게 돼."

차는 산지교를 지나 서부두 방향으로 조금 가다가 섰다. 처가에서 사들인 목조2층 건물은 적산가옥이었다. 박 기자 혼자 2층을 쓰고 있어서 경준은 늘 그곳을 이용했다.

"신문사 안 들어가?"

"괜찮아. 오늘은."

박 기자는 주방으로 나가더니 술병을 찾는 모양이었다. 경준이 먼저 2층으로 올라갔다. 긴장이 풀린 탓인지 피로가 한꺼번에 밀려왔다. 이지훈을 생각하고 있으면 자기가 무슨 큰 죄를 지은 것만 같았다. 혼자서 속을 태우고 있는데 박 기자가 쿵쿵 층계를 밟고 뛰어왔다.

"어제 오늘 당하는 것도 아닌데, 뭘 그러고 있어. 자, 와서 한 잔 하라구." 박 기자가 그 특유의 너털웃음을 흘리면서, "난 말이야. 하루에도 몇 번씩 자넬 생각했어. 훌쩍 달아나 버릴까 하고. 그러면서도 왜 내가 여기 이렇게 매달려 있는지 모르겠어."

"허 선배 지금 어딨지?"

"갑자기 허 선배는?"

"작년 갈 때 인사도 못 했는데, 빨리 좀 만나봐야겠어."

"그 양반 어디 한 군데 붙어 있어야 말이지. 자, 잔이나 받게. 상경 안 할 거야?"

"가야지. 곧 시험도 있고. 김 중령 만나기로 했는데, 내일 저녁 바빠?"

"난 안 돼. 취재 가면 늦어질 거야."

"또, 그 문젠가?"

"밀항선이 요새 두 척이나 잡혔대."

"이 사람 이러다 큰일 나겠군. 단단히 벼르고 있을 텐데."

"마음대로 하라지. 개새끼들! 하, 글쎄, 그놈들이 미련을 못 버리고 있어. 도지사와 경찰청장이 파직되고 경찰 간부들이 줄줄이 밀려났는데도 말이야. 밀수 밀수 하면서 불쌍한 귀국동포들만 못살게 굴고 있어."

"군정청에서도 이런 사정 다 알고 있겠지?"

"알다 말다. 양코배기들 믿을 게 못 돼. 우릴 이용하고 있는 거야. 자유니 인권이니 민주주의니 하고 떠들 땐 탁 침을 뱉고 싶다니까."

"이 사람, 체하겠네. 천천히 마셔. 지금도 신문 검열 하나?"

"물론이지. 3·1사태 이후론 더 극성인 걸."

박 기자는 마침내 병째로 들고 마셨다. 경준이 그를 데리고 방으로 들어갔다. 꿈 많은 철학도가 고국에 와서 어느새 이렇게 무너지고 있었다. 장모님이 층계 위까지 올라와서 그 광경을 지켜보고 있었다. 경준은 얼른 제 방으로 들어갔다. 이 날 하루가 참으로 길게 느껴졌다. 그는 창가로 가서 커튼을 밀어젖히고 멀리 밤바다를 바라보았다. 고등어잡이 겐짜꾸선들이 일렬로 환히 불을 밝히고 있었다. 그에겐 어둠 속에서 명멸하는 그 불빛이 외로운 영혼들의 흐느낌같이 보였다. 지금쯤 멀미를 견디며 고통스런 기억에 시달리고 있을 그 친구를 생각하니까 울컥 분노가 치밀었다. 구경시켜 준다고 데려왔다가 오히려 상처만 입힌 셈이 되었다.

43

 이튿날 오후였다. 장모님의 연락을 받고 경준이 아래층으로 내려가 보니 김 중령으로부터 전화가 와 있었다.
 "내 군정청인데, 퍼뜩 나오소. 차 갖고 갈 거니께."
 "지금요?"
 "어, 지금 바로."
 김 중령은 지가 할 말만 하고 전화를 뚝 끊었다. 칼 같은 그 성깔은 예나 지금이나 변함이 없었다. 경준은 피식 웃음이 났다. 그래도 밉지가 않았다. 주섬주섬 옷을 찾아 입고 산지교 앞으로 걸어 나가자, 김 중령이 어느새 지프를 타고 쏜살같이 달려오고 있었다. 경준은 영문도 모르고 차에 올랐다.
 "조천 가자. 아, 그라고, 지유철이라고 했제? 그 사람 오늘 석방한다 카던데."
 "그래요?"
 "드루스 대위가 경찰청에 갔다가 직접 말했나 보더라. 내 엊그제 단디

일러뒀더니만."

"드루스라고 했습니까?"

"아암! 기자 출신인데, 말이 좀 통하제. 그 친구가 내를 마이 도와주고 있구마."

"고맙습니다. 무슨 큰 잘못이라도 저질렀던가요?"

"잘못은 뭔 잘못을, 거 뭐 뻔한 긴데. 김형 말이다. 요즘 그런 청년들 참말로 많데이."

차는 먼지를 풀풀 날리며 일주도로를 따라 동쪽으로 줄곧 달렸다. 김 중령이 오늘은 정복 차림으로 앞자리에 앉아 있었다. 지난 날 학병 시절이 생각나서 경준은 그의 뒷모습을 찬찬히 살피고 있었다. 그래도 고향에 내려와서 보람 있는 일을 한 가지는 한 셈이었다.

"서울서 같이 내려온 친구가 부두에서 떠날 때에야 고백하더군요. 지서에 끌려가 하룻밤 신세를 지고 시계를 벗어 줬답니다."

"김형도 참 답답하데이. 벌건 대낮에 사람 잡는 세상 아이가. 그깐놈의 시계가 뭐라꼬. 우리 정찰대의 보고를 따르마 유치장뿐만이 아이고 산간벽지에도 떠도는 청년이 천지인 기라. 빨갱이 빨갱이 하는데, 참말로 빨갱이가 여게 그래 많은가 모르겠구마."

"사람 잡는 데야 그보다 더 좋은 무기가 있습니까?"

"그라제. 빨갱이라카면 다 통하는 거이니께. 박 기자 오늘 안 보이던데?"

"성산포 갔을 겁니다. 밀항선 비리가 지금도 끊이지 않은가 보지요? 미군 장교들까지 경찰과 짜고 물건을 빼돌린다는 말이 있었는데."

"그런 일이 좀 있었던갑더라. 군정청에서도 그래서 몇 사람 문책을 당했제."

김 중령이 수첩을 꺼내서 뭔가 열심히 끄적이기 시작했다. 조금 후엔 지도를 펴고 여기저기 찾아 읽는 눈치였다. 뒷좌석에 자리를 잡고 앉은 경준은 무료한 마음으로 창밖을 내다보고 있었다. 차는 신촌을 지나 조천으로 향하고 있었다. 길 왼편의 바닷가 빈 공간에서 찬바람이 세차게 달려들었다.

"여게 아이가?"

"다 왔습니다."

"여게서 중산간지대로 빠지는 길이 있제?"

"네. 저기, 정자목 있는 데서 우회전 하면 남쪽으로 곧장 오르게 돼 있지요."

"그라믄, 함덕은?"

"이 다음 마을이지요."

"백사장 있는 데?"

"그렇지요. 잘 아시는군요."

경준은 운전병에게 말해서 마을 안 큰길로 차를 돌렸다. 비석거리 조금 못 미친 곳에서 세우게 한 다음, 그는 소슬대문이 있는 어떤 큰 기와집으로 급히 뛰어 들어갔다. 마침 유철이 모친이 마당에서 빨래를 걷고 있었다.

"안녕하셨습니까? 현준이 형입니다만."

경준이 공손히 인사를 드렸다.

"방학을 했구나."

유철이 모친은 옛날 남편의 동경유학 시절을 떠올리고는 물끄러미 젊은이를 바라보았다.

"고생이 많으시지요? 오늘 아드님이 석방된다는 말을 듣고 왔습니다."

"우리 유철이가? 오늘?"

"저는 밖에 손님이 있어서…. 그럼, 또 뵙겠습니다."

경준은 다시 차가 있는 곳으로 갔다. 유철이 모친이 엉겁결에 대문 밖까지 따라나오며 몇 번이나 고개를 주억거렸다.

"아이고, 이런 고마움이…."

차는 계속해서 연북정 방향으로 나아갔다. 경준이 돌아다보니 유철이 모친은 그 자리에 그대로 서서 하염없이 바라보고 있었다.

"그 청년 모친인데, 연대장님 말씀은 안 드렸습니다."

"잘 했다."

차는 곧 포구 앞에 섰다. 두 사람은 가파른 돌층계를 올라 정자로 갔다. 김 중령은 네모진 담벽에 기대어 서서 멀리 수평선을 바라보았다. 조선시대 유배객의 외롭고 참담한 심정을 조금은 이해할 수 있을 듯했다. 연북이라. 현판의 글씨는 누구의 것인지 모르겠으나 여기 와서 보니 그 말뜻을 실감할 수 있었다. 절해고도에 첫 발을 내딛는 자의 한스러움이 물씬 묻어났다.

"김형, 여게 중학교가 있제? 학생은 모다 몇 명이나 되노?"

"글쎄요. 한 300명가량 될 겁니다."

"교사는?"

"10여 명 되었지요."

"열기가 대단했던 모양인데."

"그렇지요. 학생들도 그랬지만, 교사들의 열의가 대단했습니다. 월급도 반납하고, 봉사 정신으로 임했지요. 모두들 25세 전후의 청년들이었는데, 때로는 학생보다 더 젊었지요."

"그래? 주로 어떤 사람들이 입학했는데?"

"학생층의 분포가 다양했습니다. 막 소학교를 졸업한 열세 살 코흘리개로부터 면서기, 경찰관, 서당훈장, 가정주부에 이르기까지, 참 볼만 했습니다. 고경수라고 생물 담당이었는데, 그 부인도 학생이었지요. 고 선생 장모가 손을 잡고 나와서 딸을 입학시켰다는 말이 있었습니다. 해방이 가져다준 선물이라고 할까요. 아무튼, 그 학교는 이 고장의 명물이 되었습니다."

"교사들 거개가 수배 리스트에 올라 있을 낀데."

"그럴 겁니다. 나도 3.1발포사건 직후에 이 학교를 그만두고 서울로 갔지요."

"박 기자 말이, 고생 마이 했다던데."

"그 땐, 다 그랬으니까요. 혹시, 이덕구씨라고 아실지 모르겠습니다만."

"알지."

"중학원에서 같이 근무했지요. 그 양반 그때 끌려가서 고막을 다쳤는데, 한쪽 귀가 안 들린다는 말이 있었습니다."

"가자." 김 중령은 층계로 나서면서 말했다. "여게 와서 몇 번 만났는데, 요샌 통 안 보이더라."

"아마, 피신중이지 않겠습니까?"

"그럴 꺼로."

그들은 지프가 있는 곳으로 갔다.

포구는 텅 비어 있고, 그동안 한 사람도 보이지 않았다. 한 줄로 나란히 매어 있는 조그만 고깃배들이 파도에 밀려 가볍게 흔들리고 있었다.

44

나무에 물이 오르고 이제 막 봄으로 가는가 싶었더니 겨울의 한 끝이 아직 남아 있었다. 겨울소나기는 꼭이 심술궂은 할망구마냥 변덕이 심하다. 햇볕이 쨍 내려쬐다가도 마른하늘에 번개를 치며 내달릴 때면 홀연히 스산한 바람이 일고, 장대같이 굵은 빗줄기가 마당을 두드렸다. 현준은 하는 수 없이 머정을 쉬고, 장작을 패기로 했다. 지난 가을 삼판에서 실어다 논 나무토막이 여태 헛간에 높이 쌓여 있었다. 이 겨울이 가기 전에 몇 구루마는 더 내다팔아야 했다.

아침부터 벌써 서너 차례나 소나기가 지나갔다. 비를 피해 난간에서 쉬고 있는데 형수가 조막만한 솔박에다가 볶은 콩을 소북이 담아 왔다. 이런 날 그 고소한 맛은 더구나 별미였다. 설탕을 뿌려 몇 알씩 엉긴 걸 골라 먹는 것도 빠뜨릴 수 없는 재미였다. 유나가 깨어 응얼응얼 우는 소리가 들렸다. 형수는 쪼르르 밖거리로 달려가더니 어린것을 가슴에 품고 다시 정지로 갔다. 콩을 한 줌 쥐고 바득바득 깨물고 있으려니까 어느새 해가 들고, 푸른 하늘이 검은 구름의 틈새로 맑게 틔어 왔다. 그는 섬돌을 밟고 마당으로 내려서다가 제천영감이 골목 안으로 들어서는 걸 보고 깜짝 놀랐다. 눈을 비비고 다시 보아도 영락없이 그 영감이었다.

현준은 넋을 잃고 멍하니 서서 상대방을 바라보고 있었다.

"자네 형님 좀 불러 주게." 노인이 우뚝 선 채로 힘겹게 말을 뱉고 나선 "으음, 음!" 하고 목을 다듬었다.

"우리 형 말입니까? 지금 성내 가고 집에 없습니다만."

"아침에 나갔는가?"

"아닙니다. 여러 날 됐습니다만, 혹시 무슨…?"

"아아, 자넨 알 것 없고, 오는 대로 우리 집으로 보내게."

노인은 할 말을 다 했다는 듯 급히 돌아서서 떠나갔다. 현준이 영문을 몰라 눈으로 그 뒤를 쫓고 있는데 어머니가 화닥닥 앞방문을 밀며 달려 나왔다. 아마도 문틈으로 엿보고 있었던 모양이었다.

"무신 일고, 저 영감이?"

"게메 마씸."

"이거 암만 해도 그냥 일은 아니여. 혼저 성한티 가보라."

"…"

"혼저 가보랜 허난! 저 영감이 무사 그냥 일로사 우리집이 오크니?"

신촌집은 걱정이 앞섰다. 큰아들이 어디서 무슨 큰 실수를 했는진 모르지만, 제천영감이 여까지 직접 걸음을 할 적에는 예삿일이 아닌 게 분명했다.

"일은 무신 일, 기다려봅주."

그는 마당으로 가서 다시 도끼를 들었다. 어머니한테는 그렇게 말했지만 그 역시 마음이 놓이지 않기는 마찬가지였다. 형수가 정지 밖에 서서 지켜보고 있다가 걸어 왔다.

"제가 다녀올까요?"

"기여. 혼저 갔다 오라. 암만 해도 그냥 일은 아니여."

"예, 어머니."

형수는 어머니에게 아기를 맡기고는 옷도 갈아입지 않은 채 뛰어 나갔다. 이건 정말 알 수 없는 일이었다. 콧대 높은 그 영감님이, 그것도 다른 사람을 시키지 않고 몸소 여기까지 걸음을 놓다니 아무리 생각해봐도 예삿일은 아니었다. 그는 도끼를 놓고 다시 난간으로 돌아갔다. 죄 없는 담배연기만 푸푸 내뿜고 있는데 이번에는 인숙이 비속을 뚫고 달려왔다.

"무슨 일 있어?" 현준이 그녀의 표정을 살피며 조심스럽게 물어보았다.

"…"

인숙은 가쁜 숨을 몰아쉬며 말없이 앉아 있었다. 어쩐지 그녀의 표정이 밝아 보이지 않았다.

"이거 좀."

그가 콩이 든 솔박을 그녀 앞으로 밀어 놓았다.

"유철이가 왔어." 그녀는 콩을 한 줌 집으며 떨리는 목소리로 말했다.

"언제? 오늘?"

"어저께 밤에 왔대. 어떡하지, 걔?" 그녀는 계속 가쁜 숨을 몰아쉬면서 말했다. "병원에 가서 606호를 맞았는데, 잘못 됐나 봐. 온몸에 검은 반점이 생기고, 손을 잘 못 써."

"손이?"

"응. 손이 이상해. 수저 같은 가벼운 걸 들 땐 수전증 환자처럼 부들부들 떠는 거야. 저러다 병신 되는 거 아닌지 모르겠어."

"지금 가서 볼 수 없을까?"

"아니야. 나중에 만나. 내일이나 모레쯤. 걔가 통 말을 않고, 사람을 기피하고 있어."

"그래? 할아버지가 아까 다녀가셨는데."

"우리 할아버지?"

"응."

"우리 할아버지가 무슨 일로?"

"글쎄, 무슨 일로 오셨는지, 나도 그게 영 찜찜해."

"알았어. 내가 가서 알아볼께."

인숙이 곧 돌아갔다. 현준은 일이 손에 잡히지 않아 난간에서 콩을 먹으며 시간을 보냈다. 그녀의 말대로, 유철이가 손을 쓰지 못 한다면 이건 여간 심각한 일이 아니었다. 생각 같아선 당장 달려가 자기의 눈으로 확인하고 싶지만 그 친구가 사람들을 피하고 있다니 그럴 수도 없는 노릇이었다.

"게난, 가이도 모르켄 햄시냐? 그 영감이 느네 성을 찾을 일이 어신디, 이거 원 답답헌 일 아니가?" 어머니가 앞방 창호지문을 배시시 열고 근심어린 눈으로 밖을 내다보며 말했다.

어떻게 돌아가는 판국인지, 현준은 영문을 모른 채 불안한 심정으로 앉아 있었다. 조금 후, 인숙이가 유철이 어머니를 모시고 다시 찾아 왔다. 놀라운 일이 아닐 수 없었다. 유철이하곤 어려서부터 그림자처럼 붙어다니는 사이이지만 유철이 어머니가 이 집에 몸소 들른 것은 이것이 처음이었기 때문이다. 현준은 일어서서 유철이 어머니를 깍듯이 모셨다.

"어멍, 안에 이시냐?" 유철이 어머니가 난간에 와 앉으면서 현준에게 물었다.

"예."

현준이 방으로 가서 어머니에게 알렸다. 신촌집은 안에 숨어서 엿듣고 있다가 그제서야 하는 수 없이 밖으로 나섰다. 무슨 큰 죄를 지은 사람의 심정이었다.

"이섰구나. 큰아덜은 어디 간?" 유철이 어머니가 뜻밖에도 웃으며 신촌집에게 다정스럽게 말을 걸어 왔다.

"요샌 산지 강 이신디 마씸."

신촌집은 상대방이 부드럽게 나오자 오히려 몸 둘 바를 모르고 고개를 떨어뜨렸다.

"무신 말부터 허민 좋고. 우리 아덜 살려 주언 잉?"

"예?"

"큰아덜 어서부난 못 들었구나. 어저께 우리집이 들려선게마는."

"우리 경준이가 마씸?"

"어떤 군인이영 차 탕 와선게마는, 그냥 성내로 간 모양이구나. 유철이가 나왐댄 해연 하르바님 모시곡 달려간 보난 서늉이 서늉이라사 말이주. 병원 들령 주사 맞고 밤중이사 오지 안 해신가. 고마운 말 이제사 완 햄서. 나 꼭 이 은공은 갚으크라."

"..."

신촌집은 무슨 말인지 선뜻 알아들을 수가 없어서 고개를 들고 상대방을 말없이 바라보았다. 유철이 어머니가 신촌집의 손을 잡고 몇 번이나 고개를 조아렸다.

"나 또 오크라. 유철이가 안직은 마음을 놓지 못 해부난 잉?"

"게난, 많이 아프우꽈?"

"집이 와시난 이젠 괜찮을테주마는 안직은 걱정이 되연 잉, 나 혼저 가보아사 허크라. 아덜 오민 고맙댄 잘 말해 주어 잉."

유철이 모친은 인숙이를 데리고 돌아갔다. 신촌집은 어떻게 된 영문인지 몰라 어리둥절했다. 생전에 한번 걸음도 안 해본 사람들이 찾아와서 고맙다고 하니 도무지 이 일을 어떻게 받아들여야 할 것인지 감을 잡을 수 없었다.

"애야, 이거 어떵 된 것고? 이래 앉앙 고라보라." 신촌집은 작은아들을 자기 곁으로 불러 앉히면서 물었다.

"형님이 경찰에서 유철일 뽑아준 모양이우다."

"느네 성이 말가?"

"예."

"게민, 아까 그 영감이…." 신촌집은 비로소 마음을 놓았다는 듯 큰 소리로 말했다. "미친놈의 영감! 천냥 빚도 말 한 마디로 갚넨 허는디, 그때 와실 때 솔직허게 고랑 가사주! 헛기침만 쿵쿵 허면서, 에끼 못된 영감테기! 이거, 사름 너미 무시허는 거 아니가?"

신촌집은 갑자기 우쭐한 마음이 들었다. 지까짓 것들이 아무리 양반이노라 해도 우리 큰아덜만큼이야 하겠느냐 싶었다. 그녀는 드디어 제 세상이 온 것 같았고, 이제부터는 누구 앞에서도 당당하게 살리라 다짐했다.

"어머니, 들어 걸읍서. 저녁 먹어사주."

"느나 강 먹으라."

신촌집은 방으로 들어갈 생각도 못 하고, 혼자 난간에 남아 있었다. 속히 며느리가 돌아와야 모든 내막을 속시원히 알 수 있을 것 같았다.

45

제천영감은 생각할수록 속이 끓고 견딜 수 없었다. 지금까지 메가네한테 갖다 바친 돈도 만만치 않지만 능욕을 당한 것이 제일 분했다. 내 그놈을…. 노인은 장죽을 빨며 몇 번이나 마당을 왔다 갔다 서성이고 있었다. 며느리가 대문으로 들어오는 걸 보는 순간 그는 제 자신이 너무나 초라하고, 가족을 대할 체면이 없었다.

"아버님, 다녀왔습니다."

"알았다. 들어가거라."

노인은 다 쫓아내고 혼자 있고 싶었다. 인숙은 할아버지 심기가 워낙 불편하신 것 같아서 백모님을 모시고 얼른 방으로 들어갔다.

"인숙아!"

"예."

"하르바님이 결심을 굳히신 모양이다."

"꼭 일본으로 가야 해요?"

"하르바님이 한번 정하시면 우리야 따라야지."

"백모님, 그래도…."

"이번만은 너도 도와주어야겠다. 하르바님 뜻이 정히 그러시다면 어떡하겠니? 두 말 말고, 유철이 마음을 돌려놓도록 해라. 하르바님도 다 생각하시는 바가 계셔서 그러시는 걸께다."

"유철이 가 볼께요."

"그래라. 오늘은 아무 말 하지 말고."

"예."

인숙은 마당에 우두커니 서 있는 할아버지의 눈을 피해 조심스럽게 모커리로 건너갔다. 유철이가 일어나 앉아서 담배를 피우고 있었다. 얼굴이 파삭 마르고 창백해서 오래 중병을 앓은 사람 같았다. 그새 많이 시달린 자취가 역력했다. 할아버지가 오죽하면 그런 결정을 내렸을까 싶기도 했다. 핏줄이라곤 하나 남은 것을 지키고자 하는 노인의 의지를 읽을 수 있을 듯했다.

"집에 오니까 괜찮지?"

"뭐가?"

유철이 퉁명스럽게 받았다.

"인젠 마음 편하게 가져."

유철이 고개를 들고 인숙의 얼굴을 뚫어지게 쏘아보았다.

"뭐, 편하게? 그래, 말 잘했다. 나 혼자 편하게 잘 살겠다, 이거지?"

유철은 차츰 안정을 되찾고 있었으나 그동안 받은 정신적 충격에서 벗어나지 못 하고 있었다.

"자학하진 말어."

"뭐, 자학? 하하하. 난, 자학이 아니라 매일 매일 자멸하고 있어." 유철이 갑자기 고개를 치켜들더니 넋을 잃은 사람처럼 껄껄 웃었다. "지금 난 말야. 머릴 빡빡 깎고 중노릇이나 했으면 싶어. 팔도강산 유람 삼아 이 집 저 집 기웃거리며 목탁을 두드리고… 이것, 참, 기발한 착상이 아니야?"

그는 점점 신경이 곤두서서 큰 소리로 외쳤다. 종일 입을 꾹 다물고 있더니 마침내 폭발적인 감정을 주체하지 못했다.

"고정해. 할아버지 들으시겠어." 인숙이 소리를 죽여서 낮게 말했다.

"들으라지! 겁낼 거 없어, 다들 와서 들으라지! 난 이런 놈이라고! 본색이 다 드러났지 않나? 친구들만 죄 영창에 보내 놓고 나 혼자 잘 살겠다고, 이게 뭐야, 이게? 니가 정말 피를 같이한 내 누이라면 말해 봐! 좀 더 솔직하게! 내가 이 이상 뭘 더 보여줘야 속이 시원하겠어?"

"너, 무슨 오해를 하고 있는 모양인데."

"뭐, 오해?"

"이번 석방은 할아버지가 아니고…."

"시끄러!"

"내 말 잘 들어. 현준이 형님이 도와준 거란 말이야."

유철은 그녀가 붙잡는데도 뿌리치고 비틀비틀 일어나 툇마루로 나갔다. 다시는 돌아보려고도 하지 않았다. 인숙은 하는 수 없이 그를 남겨 두고 조용히 방에서 나갔다. 신발을 신으면서 보니까, 백모님이 처마 밑에 서서 몰래 옷고름으로 눈물을 닦고 있었다.

46

서울댁은 조반을 일찍 차려 먹고 큰집으로 나섰다. 인숙도 같이 가서 유철의 동정을 살피고 싶었다.

"일본으로 보낼려나 봐요."

"그런가 보다."

"엄마도 그렇게 생각하세요?"

"그럼, 어떡하니? 하르바님 뜻이신데."

"유철이가 들을 것 같아요?"

"넌 제발 가만 있어. 나서지 말고." 서울댁은 길을 걷다 말고 서서 딸을 흘겨보았다. "무슨 애가 어른들 하시는 일에 참견이니?"

"알았어요. 가요."

인숙이 앞장서서 걸어갔다. 서울댁은 은근히 걱정이 되었다. 이대로 두었다간 저 년이 아무래도 시아버지 비위를 건드려 놓을 것만 같았다. 인제는 다 컸다고 제 주장을 펴는 딸이 어쩐지 부담스럽기만 했다.

이 날은 시아버지가 마당 한쪽의 양지바른 곳에다 의자를 갖다 놓고 앉아선 긴 장죽을 빨며 시간을 보내고 있었다. 오랜만에 집안에 평화가 찾아온 느낌이었다.

"오늘은 많이 풀렸어요."

서울댁이 모처럼 가벼운 마음으로 문안 인사를 드렸다.

"그렇구나."

노인이 고개를 들어 하늘을 올려다봤다. 그 표정이 여느 때보다 밝고 따사해 보였다. 서울댁은 잠시 서 있다가 안거리 큰동서의 방으로 갔다.

"유철이 어디 갔어요?"

인숙이가 할아버지 곁으로 다가섰다.

"아까, 현준이하고 나갔다."

"그래도 다행이예요. 재판을 받지 않고, 바로 나와서."

"다행이다마다. 그러니 조심들 해야지. 이게 어디 사람 살 세상이냐."

"좋은 경험이 되었을 거예요. 할아버지! 소 천 마리쯤 기르려면 초지가 얼마나 필요하죠?"

"무엇이, 천 마리?"

"네. 천 마리요. 놓아 기르려면 초지가 넓어야 되겠지요? 할아버지, 얼마나 있으면 되죠?"

"허허, 이년이, 그런 건 알아서 뭣 할려고!"

"꼭 필요해서 그래요. 얼마나 있어야 되죠?"

"다리송당 놈이라도 하나 잡았냐?"

"십만 평이나 이십만 평쯤 있으면 되겠지요? 할아버지, 나 이십만 평만 잘라 주세요."

"허, 이거 여장부 났구나. 애야, 인숙이 하는 말 보아라."

서울댁은 동서와 모커리로 가다가 시아버지가 부르는 바람에 발을 멈추고, 그 쪽으로 바라보았다.

"아니, 얘가 초지 이십만 평 달라는구나. 소를 기르겠다고. 우리집에 여장부 났지 않았느냐?"

노인은 손녀의 말을 단순한 농담으로 알고 껄껄 웃었다.

"아버님, 얘가 그렇다니까요. 매일 무슨 엉뚱한 공상만 하고 있어요. 내일은 구름 타고 하늘나라 간다고 할지 모르겠어요."

서울댁은 딸을 보며 눈총을 주고 나서 얼른 자리를 떴다. 행여나 현준이 애길 꺼내서 없는 일을 만들지나 않을까 걱정이었다.

"할아버지!"

"오냐."

"조선사람도 인제는 관심을 바꾸어야 하지 않겠어요?"

"무슨 관심?"

"목축업은 앞으로 장래가 촉망되는 사업인데요. 사람들이 그걸 모르고 있어요. 한라산엔 그런 좋은 자원이 있는데도."

"그게 어디 아무나 할 수 있는 일인 줄 아느냐? 그만한 자본과 능력을 갖추어야 하지."

"할아버지, 전 할 수 있어요. 믿어 주세요."

그 때, 어머니가 불렀다. 인숙은 이쯤 운을 떼어 두는 걸로 하고, 밖거리로 갔다.

허, 그년이! 노인은 우스워서 손녀의 뒷모습을 넌지시 바라보았다.

47

유철은 하루하루가 지겹고 갑갑했다. 종일 방에 누워서 시간을 보내고 있노라면 어머니가 그림자처럼 조용히 드나들었다.

"애야! 하르바님이 아까부터 널 기다리고 계신다. 어서 들어가 뵈어라"

"또, 그 얘긴가요? 어머니, 제발 그것만은…."

"뭘 꾸물대는 거냐? 어서 들어가 뵈오래두!"

이 날은 어머니도 아들에게 질세라 완강히 맞섰다. 고집스런 할아버지 밑에서 고생하는 어머니의 입장을 생각하면 그 역시 이해가 가지 않는 것은 아니었다. 생각다 못해 그는 쫓기듯 할아버지 방으로 갔다. 할아버지는 무슨 긴한 말씀을 하시려면 늘 그랬듯이 장죽에 담배를 담고 나서 상대방을 빤히 쳐다보았다. 그리고, 천천히 말을 꺼내기 시작했다.

"기회는 자주 있는 법이 아니다. 속히 떠날 채비를 하도록 해라."

"네?"

"배편은 다 알아봐 두었다. 너도 인젠 이만큼 컸으니 일본으로 건너가 공부를 해야 되지 않겠느냐?"

"그것만은 안 되겠습니다."

"뭐라꼬?"

"할아버지, 정말 그것만은 안 되겠습니다. 조금만 더 기다려 주십시요."

"닥쳐라! 이눔이 어쩌고 어째! 지금은 이러고 있을 때가 아니라니까는," 노인은 갑자기 언성을 높이더니, 말없이 담뱃대만 빨다가 다시 타이르기 시작했다. "이 늙은 것도, 다 뜻하는 배가 있어서 그러는 거여! 이 할애비 말을 잘 듣거라. 서울이나 부산 등지로 간다면 니 에미를 딸려 보낼 수도 있겠으나, 조선 천지는 어딜 가나 다 시끄러운 판국이여. 그러니, 안심하고 가 있을 곳은 일본밖에 없어. 학비는 그쪽으로 연락해서 다 맞추어 놨으니, 그리 알고." 노인은 크응큼 마른기침을 하고 나서, "인철이 그눔이 나오면 널 데리고 가도록 할 참이었는디, 그눔은 인저 틀린 놈이여. 벌써 한 달이 지났지 않느냐? 옛날하고도 달라서, 요사이는 여간 엄중히 다루는 게 아닌 모양인디, 이런 때일수룩 매사에 신중허고 잘 처신해야 쓰는 법이여."

"하지만, 지금은 갈 수가 없습니다."

유철은 어떤 불벼락이 내리더라도 어쩔 수 없는 일이라 생각하고, 자못 단호한 어조로 말했다.

"무엇이 어째?" 노인도 지지 않겠다는 듯이 벌컥 소리를 질렀다. "니 아비를 생각해보면 알 일이지. 허울 좋은 독립운동, 그래서 이 꼴 이 모양이냐? 지 몸 하나만 날렸지, 누가 지금 알아주기나 한다구! 이거, 원, 이렇게도 답답한 놈이…!" 노인은 오랫동안 해소병을 앓고 있어서 조금만 심기가 불편해도 가래가 끓어올랐다. 상반신을 굽힌 채 한참동안 기침을 콜록거리고 나서는 다시금 자세를 고쳐 잡은 다음, 마침내 애원하는 어조가 되어서 간곡하게 말했다. "난들 얼매나 살겠느냐? 다아, 너를 생각해서 허는 말이다. 너두 인저는 스물이 지났으니, 세상 사는 이치를 알아야지. 숨어서 허는 일이, 무어 잘 되겠느냐? 나는, 두번 다시, 그런 어리석은 짓은 못 헌다! 내 말, 알아듣겠느냐?"

"…"

"당분간은 어디 나다니지 말고, 집에서 근신하도록 해라."

노인은 자기가 할 말을 다 했으니 나가라는 듯이 긴 담뱃대만 툭툭 털었다. 유철은 속이 끓었지만 일단 그 방에서 조용히 물러 나왔다. 할아버지의 고집은 아무도 꺾을 사람이 없었다. 이대로 달아나 버릴까? 유철은 마당을 돌아 모커리의 자기 방으로 갔다.

"얘야!" 어머니가 방으로 따라 들어왔다. "하르바님이 어떤 분이시냐? 다 그만한 뜻이 계셔서 하시는 말씀이시다."

"그럴 순 없습니다. 어머니, 전 정말!"

유철이 단호한 태도로 맞섰다.

"큰일 났구나! 하르바님 성화에, 이 어미가 어떻게 살라고! 느가 맴을 고쳐 먹어야지, 이 어민 그냥 죽지 살아남지는 못 헐 거다. 생각을 해 봐라. 느가 암만 고집을 부린다고 이대로 지나갈 일 같으냐? 하르바님이 경찰 후원회에 들어 가셔서 기부금을 제일 많이 내시고, 쌀이다 부식비다 요구하는 대로 척척 갖다바치는 것도 다 느 장래를 생각해서 그러는 것 아니냐? 느가 그 마음을 몰라주민, 누게가 알코, 잉?"

"전, 그게 싫습니다."

"그게 싫다니?"

"어머니, 전 그렇게 살고 싶지 않습니다. 그건, 정말, 비굴한 짓입니다." 유철은 잠시 말을 끊고선 벽에 걸린 부친의 초상화를 바라다보고 있다가 다시 입을 열었다. "할아버지나, 혼자서, 그놈들 뒷바라지하면서 편안히 그렇게 잘 지내라고 하십시요. 차라리 죽으면 죽었지, 전, 그런

짓 못 합니다."

"그러니까, 일본으로 가 있으라는 것 아니냐?"

"지금은 그럴 수 없습니다. 어머니도 생각이 계신 분이라면," 그는 다시 부친의 초상화를 쳐다보면서 말했다. "물론, 저도, 할아버지의 속마음을 전혀 모르는 건 아닙니다. 공부를 시키면 아버지처럼 된다고, 저를 이 시골 바닥에 가두어 놓았지요. 이젠 세상이 달라졌으니까, 가서 공부나 하고 있으라는 거지요? 그런데, 무엇이 달라졌습니까? 일본놈들 가고, 미국놈들이 들어 왔습니다. 미국놈 심부름이나 하라는 겁니까? '해방, 해방' 하지만 하나도 달라진 것은 없습니다."

"애야," 어머니는 갑자기 설움이 북받쳐서 옷고름으로 눈물을 닦으며 애원하듯이 말했다. "느가 경 고집을 쓰면, 난 누굴 믿고 살란 말이냐?"

"어머니, 용서하십시요. 전, 이젠 어린 아이가 아닙니다. 세상을 보게 됐습니다. 엊그제까지만 해도, 철없는 부잣집 아이로 빈둥거리고 다녔지만, 이젠 세상을 똑바로 보게 됐습니다."

"안다. 느가 요 몇 해 동안 아주 딴 사람이 되었구나. 책을 읽고 예절을 갖추니, 어른이 다 되어서, 우린 얼매나 기쁜지 모른다. 누게보다도, 하르바님이 제일 기뻐하고 계실 거다. 하지만, 시국이 너무 험악해서 그러는 게 아니냐?"

"어머니!" 그는 어머니의 손을 꼬옥 잡았다. "너무 염려 마십시요. 머지않아, 밝은 세상이 올 겁니다. 절 믿으세요."

48

현준은 울컥한 심정으로 집을 나섰다. 이대로 두었다간 지유철이 그냥 일본으로 밀려가는 게 아닌가 싶기도 했다. 짜식! 그럴 순 없지. 가면 간다, 안 간다, 말을 해야 될 거 아냐? 그는 한편 유철이가 원망스러웠다. 재수도 용근이도 다 제 곁을 떠나고 인제 속을 트고 살 친구라곤 지 하나 남았는데 그럴 순 없다고 고개를 저었다. 연북정 앞을 지나 비석거리로 나서는데 외딴 놈들이 만세집으로 들어가는 것이 보였다. 섬찟 놀라 걸음을 멈추고 서서 지켜보았다. 그중 한 놈은 분명 백두진이었다. 녀석이 또 무슨 꿍꿍이속으로 찾아왔는지 의아한 일이었다. 어떻게 할까 망설이다가 그는 짐짓 그 가게로 갔다.

가게 안은 찬물을 끼얹은 듯 냉랭했다. 놈들은 출입문 가까운 곳에 자리를 잡고 있었는데, 이곳 청년들 7, 8명이 그보단 좀 안쪽에 모여 앉아서 그들의 일거일동을 주시하고 있었다. 부영진도 거기 있었다. 현준은 영진의 곁으로 가서 앉았다.

"빌어먹을!" 영진이 잔을 건네며 현준을 바라보았다. "냉수 먹고 속 차리라고."

현준은 묵묵히 술을 받아 마셨다. 조금 후에 또 한 놈이 오더니 가게에 있던 패거리들을 모두 데리고 나갔다. 일행은 네 명이었다.

"저 놈들 소학교 간 거 아냐?" 영진이 현준을 보며 다급하게 말했다. "이럴 때가 아니라구. 빨리 가 봐야지."

현준은 자신과 관련된 문제이고 보니 이런 경우 어떻게 처신해야 좋을지 몰랐다. 그는 말없이 생각에 잠겨 있었다.

"영진이 말이 맞아. 소학교 가실 거라. 저 놈들 기어코 무신 짓을 저지를지 몰르겠는디." 현준의 곁에 앉은 한 청년이 말했다. 그러자, 나머지 청년들도 이구동성으로 한 마디씩 했다.

"저런, 저, 깡패 새끼들!"

"자, 가자고!"

"저것들이, 우리 조천을 뭘로 보는 거여."

청년들이 우르르 몰려 나갔다. 부영진도 잠시 서서 현준을 보고 있다가 그들을 따라 나섰다. 현준은 누구보다 사정을 잘 알고 있는 영진을 대하기가 민망스러웠다. 그는 먹다 남은 병을 들어서 잔을 채웠다. 이런 땔수록 침착하게 대응해야 한다고 몇 번이나 속으로 다짐했다. 창밖으로 사라져 가는 청년들의 모습을 바라보고 있는데 가게 주인이 2홉들이 술 한 병을 들고 와서 그의 곁에 앉았다.

"자, 이거! 한 잔 더 받아. 엊그제도, 아까 그 세비루 양복 입은 청년이 영 둘이 왔다 갔는디, 지 선생을 찾는 모양이라. 암만 해도, 이거 심상치가 안 허여."

"…"

주인아저씨는 현준의 앞에 놓인 빈 잔에다 술을 따르고 나서 자기도 함께 마셨다. 그는 이 마을의 안테나와 같은 존재여서 현준의 속마음까지 다 짚고 있었다.

"그 때도 보난, 그 새비루 입은 사름은 이디서 기둘리고, 한 사름이 찾앙 댕기는 모양이었는디. 지 선생 오늘 못 보아신가?"

"네."

가게 주인은 몹시 염려스러운 듯 현준의 표정을 살폈다.

"이거, 원, 그냥 일은 아니라. 백주에 저치룩 웨영 뎅기는 걸 보민 말이주. 이보게, 암만해도 질이 안 좋은 것덜이라. 조심해여. 영허당 무신 몽니사 부릴 건지."

현준은 그 가게에서 나와 연북정으로 갔다. 층계를 오르는데 계속 그놈이 뒤통수에 따라붙었다. 그놈은 전에도 몇 번 찾아온 적이 있다. 그 때마다 꼭 부하들을 데리고 왔다. 부친이 병원을 해서 돈을 잘 번다느니, 학교는 가지도 않고 무슨 청년회 사무실을 차렸다느니, 군졸이 수십 명 된다느니, 별의별 소문이 나돌았다. 어떻든, 요즘 읍내서 고개를 들고 있는 백색 테러집단의 한 무리임이 분명하다. 이러다 연극공연이 제대로 될 수 있을지 의문이었다. 메가네만 경계하다 보니 엉뚱한 복병이 나타난 것이었다. 세비루 양복에다 번쩍거리는 금단추를 달고 올백으로 길게 머리를 빗어 넘긴 그 놈의 형상만 보아도 가히 짐작할 만했다. 운동선수처럼 머리를 짧게 깎은 나머지 세 놈하곤 달리 그 놈은 그야말로 빤드르하게 멋을 부렸다. 이런 건달패들을 보고 있으면 세상이 또 어떻게 흘러갈 건지 모를 일이었다.

현준은 정자 위에 올라서서 하염없이 바다를 보고 있었다. 낮술이 꽤 화끈화끈 달아올랐다. 오늘은 마을 청년들이 따라갔으니 별 탈 없겠지만 앞으로가 문제다. 계속 귀찮게 굴 텐데, 그놈이 요 근간에 더욱 날을 세우고 바짝 달라붙는 이유가 궁금했다. 빌어먹을 자식! 자기와 직접 관련이 없는 일이라면 당장 달려가서 멱살을 잡고 싶었다. 인숙이 그 성깔에 팔딱팔딱 뛰고 있을 걸 생각하면 더 견디기 어려웠다.

49

"그만 일어나거라. 하르바님이 아까부터 찾고 계시는데 뭘 꾸물대고 있는 거냐? 자, 빨리!"

유철은 종일 누워 있다가 어머니의 성화에 못 이겨 일어났다. 어머니의 손에 이끌려 그는 안채의 할아버지 방으로 갔다. 어머니도 죄인처럼 고개를 푹 숙이고 방 한 구석으로 가서 앉았다.

"거듭 말하거니와, 제 앞은 제가 쓸 줄 알아야 한다. 줏대가 있어야 허지. 언제까지 남의 부양만 받고 살겠느냐? 이젠 너도 그만한 것쯤은 다 알 나이가 됐다. 내 말, 명심하렸다. 그러고," 할아버지는 베개 밑에서 만환짜리 한 뭉치를 꺼내고 나서, 신중한 어조로 말했다. "이 돈은 함부로 쓰지 말고, 항시 비상금으로 간직허도록 해라. 어딜 가나, 돈이 없으면 죽은 목숨이나 매한가지다."

"…"

어머니가 뒤에서 슬그머니 등을 떠밀며 다그쳤다. 유철은 더없이 당혹스러웠지만 할 말을 잃고 고개를 숙인 채 그대로 묵묵히 앉아 있었다.

"오냐. 이 할애비가 부를 때까지는 돌아올 생각을랑 하지 말고, 오로지 학업에만 충실해야 된다."

"…"

유철은 어머니와 함께 그 방에서 나와 모커리의 자기 방으로 갔다.

"애야, 일찍 자 두어라. 할아버지 더 걱정시키지 말고."

어머니의 말에 따르면, 이튿날 성산포로 가서 밀항선을 타게 되어 있었다. 물론 어머니도 그 포구까지 동행하는 것이었다.

"어머니!" 유철은 목이 메어서 울부짖었다. "제발 저를 좀 놓아 주세요. 이런 식으로 살다가는, 전, 할아버지 그늘에서 말라죽고 말 거예요."

"지금도 또, 그 고집을 쓰려는 거냐?"

"제발 부탁이예요. 인제야 저도 제 자신의 눈을 뜨게 됐어요. 사람답게 살고 싶어요. 할아버지 말씀대로, 몇 년쯤 옥살이를 하는 한이 있더라도, 남 앞에 떳떳하게 살 수 있어야 하지 않겠어요?"

"이젠 다 끝난 얘기다. 편안한 마음으로 가도록 해라."

"전, 이대로 떠날 수 없습니다. 어머니! 조금만 기다려 주십시오. 세상이 곧 바로잡힐 겁니다."

"그만 자거라. 아무 걱정 말고. 하르바님이 그동안 일본까지 다 연락해서 단도리를 잘 해 두셨단다."

어머니는 긴 말을 하지 않겠다는 듯 자기 방으로 돌아가 버렸다. 벌떡 일어나 벽에 걸린 부친의 초상화를 바라보고 있던 유철은 이제 더 이상 자신을 지탱할 수가 없다고 판단하고, 모두들 깊이 잠든 새벽을 틈타 집을 떠나기로 결심했다. 이렇게 결심하고 나니 오히려 마음이 홀가분했다. 부친의 초상화를 앞으론 떳떳하게 바라볼 수 있을 것 같았다. 가련한 어머니를 위해 마지막 편지를 남기고 갈까 하다가 그것도 그만두기로 했다. 아니, 차분히 앉아서 편지를 쓸 기분이 전혀 아니었다. 밤골에 가면 가까운 일가들이 살고 있으므로 인편으로 소식을 전하는 것이 오히려 낫겠다고 생각했다.

50

현준은 물때를 맞추느라고 한낮이 되어서야 포구로 나갔다. 이 날은 좀 멀리 나가서 큰 고기를 노리고 싶었는데, 성급한 이들은 어느새 배를 떼어 놓고 있었다. 이런 땐 할아버지가 늘 자랑스러웠다. 노인은 별로 서두는 기색도 없이 하나하나 도구를 챙기고 있었다.

"니껍은 이만하면 충분할 거우다."

"기여."

그들은 더 말하지 않아도 뜻이 통했다. 멀리 관탈섬이 한 눈에 들어올 정도로 맑은 날씨였다.

밧줄을 풀고 막 출발하려는데,

"애야!"

할아버지가 저쪽 건너편으로 눈을 주면서 큰 소리로 불렀다. 아니나 다를까, 인숙이가 숨가쁘게 뛰어오고 있었다. 현준은 가슴이 철렁 내려앉았다. 어제 학교로 같이 가볼 것을, 백두진이 무슨 행패를 부린 게 아닌지 걱정되었다. 그는 도로 밧줄을 묶고 배에서 뛰어 내렸다.

"어저께 학교 있었어?"

"응."

"백두진이 그 자가 혹시…?"

"아니야. 부녀회에서 일 좀 보고 갔더니 떠났대. 있었으면 혼내줄 걸."

"조심해. 그치들 질이 안 좋은 모양이던데."

"걱정 마. 내가 누군데. 이 지인숙이를 뭘로 보고 그러는지 모르겠어. 다시 내 눈앞에 나타나기만 하면 가만 안 둘 거야. 그건 그렇고, 유철이

가 떠났어."

"벌써? 어디서 타는데?" 그는 한마디 말도 없이 밀항선을 타고 떠나는 친구가 몹시 못마땅해 통명스럽게 말했다.

"집을 나갔다니까."

"집을?"

"오늘 새벽에 떠난 모양이야. 밤골서 지금 사람이 내려왔는데, 중산간 민주부락으로 올랐대."

"어디 간다는 말도 않고?"

"응. 니가 나서서 찾아봐야겠어. 걔, 그냥 놔두면 병 나."

"그래, 알았어. 시간이 필요할 거야. 그 친구, 참 많이 고민했을 텐데. 우선 집안 어른들이나 안심시키고 있어. 내가 꼭 찾아줄 테니까."

"우리 백모님이 널 기다리고 있어. 같이 가 주지 않을래?"

"아니야. 시간이 필요해, 그 친구." 현준은 다시 배로 돌아가서 밧줄을 풀었다. "오늘은 멀리 나가니까 늦어질 거야. 가서 전해, 내가 꼭 찾아 준다고."

그는 손을 흔들었다. 마음속으론 유철이가 아주 대견해 보였다. 지체 높은 집안의 아들로 태어나서 세상 물정 모르고 자란 그 친구가 이 날은 더욱 가까운 느낌이 들었다. 그렇지, 그 친구도…. 다시 만나면 꼭 한번 배를 같이 타고 먼 바다로 나가보고 싶었다.

51

이튿날, 현준은 소학교로 가는 길에 중학원부터 먼저 들렀다. 변원배 건도 그렇고, 학생들의 동향이 궁금했다. 여느 때와 마찬가지로 2학년 A반 교실에는 여럿이 모여앉아 이야기꽃을 피우고 있었다. 문을 열고 들어서자 콩 볶는 냄새가 구수했다. 그는 신문을 읽고 있는 한 학생의 곁으로 가 앉아서 스토브 위 양철 냄비에 담긴 콩을 한 줌 쥐었다. 그리고는 그 학생이 읽고 있는 제주일보 기사 내용을 어깨 너머로 훑어보았다.

"오등은 1947년 5월 이후에 모략분자의 감언이설과 기만적 행동으로 남로당에 가입하였던 바 금번 방화, 살인, 관공서 습격, 전선 단선, 공무 집행 방해, 시위행렬 및 불온삐라 살포 등 제반 음모 계획의 유한 것을 각지하고 민족적 양심으로 판단함과 동시에 지서와 마을 유지, 대중의 감격에 넘친 설유 밑에 자신을 반성하며 시국을 재인식하고 본일을 기하여 남로당 탈당을 맹세하고 금후로는 민족진영인 대동청년단에 정식 가입하여 백절불굴의 정신으로 건국대업에 공헌함을 연명하고 성명하나이다."

요즘 신문 지상에 매일 발표되고 있는 남로당 탈퇴 성명서였다. 광고란에 실리는 이 성명서는 고정된 틀을 갖고 있어서 한 글자도 바뀌는 일이 없었다. 그는 그 말미에 꼬리표처럼 달고 있는 명단과 출신 지역만을 더듬어봤다. 성산면 관내 청년들의 이름이 마을별로 죽 나열되어 있었다. 이전엔 개인 명의로 발표됐었는데 사팔이 사건(1948. 2. 8. 총파업) 이후부터는 일정 지역 주민들의 집단 명의로 나오고 있었다.

"현준이, 그 신문 읽어 봐. 어떵 된 세상인지." 그중 제일 나이가 많은 이문선이 볼멘소리로 말했다.

현준은 곁에 앉은 학생으로부터 신문을 받아 들었으나 기사 내용은 읽지 않고 그 말미에 나열되어 있는 명단의 이름만 다시 살피고 있었다.

알고 보니, 여기 온 사람은 누구나 돌려가며 한 번씩 그 신문 기사를 읽고 있는 중이었다.

"게난, 진 어떵 생각되엄서?" 이문선이 현준의 의중을 물었다.

"왜요?"

"잡혀가기만 하면 다 남로당원이요, 빨갱이요, 반민족적 패륜아가 되는 것이니, 언제부터 이 제주섬에 남로당이 이렇게 많았느냔 말이여?"

"…"

현준은 말없이 웃어보였다.

"남로당은 아무나 되는 건가?"

"그거야, 갖다 붙이면 다 남로당이 되는 건데."

"그래도 그렇지, 무슨 기준이 있어야 할 거 아냐?"

"지금 그런 거 따지게 됐어? 엿장수 마음인데."

학생들이 너나도나 한 마디씩 던지기 시작했다. 그랬다. 남로당을 탈퇴하고 우익 단체인 대동청년단에 가입한다는 것 자체가 국민 정서에 어긋나는 일이었다.

"하하, 이 사람들! 무신 소릴 하고 있는 거라? 남로당은 어디까지나 합법 정당이라고! 내 말 알아듣겠어? 미 군정청이 엊그제까지만 해도 공공연히 인정해 왔고, 또 그래서 당당하게 간판을 걸고 존속해 온 것인데, 이제 와서 새삼스럽게 죄인시하다니 이게 말이 되는 거냐구?" 나이가 많은 이문선이 마치 어린 동생을 대하듯 거기 모인 후배들을 둘러보며 말했다. "이러쿵저러쿵 떠들어봤자 다 소용없는 일이여. 총 든 놈만 제일이니깐."

"그나저나, 큰 일 났습니다. 애월서도 백주에 싹 쓸어 갔다는데." 한 학생이 말했다.

"애월서?" 이문선이 반문했다.

"트럭을 대놓고, 닥치는 대로 잡아갔답니다. 우리 조천이라고 그냥 놔둘 것 같습니까?"

그들 내부에 도사리고 있는 막연한 불안 심리가 오히려 분노와 야유의 표현으로 나타났다. 가끔씩 콩이 타다닥, 하고 소리를 내며 총알처럼 튀었다. 그들은 뜨거운 콩을 한 줌씩 쥐고 손바닥에 굴리면서 한 알 두 알 집어먹었다. 이맘때쯤 한가한 농촌에선 아주 좋은 별미였다. 만세집과도 달리 이 학교 교실은 청년들이 군것질을 하며 마음 놓고 토론할 수 있는 자유로운 공간이 되었다.

그 때, 한 학생이 다급하게 뛰어 들어왔다.

"변원배가, 저기, 정거장에서 버스를 기다리고 있습니다."

"그 새끼!"

이문선이 벌떡 일어났다.

"그걸 그냥 놔둬?"

"우리 조천의 수치야!"

다른 학생들도 주먹을 쥐고 일제히 일어났다.

"아니여. 다덜 앉아!" 이문선이 뜻밖에도 조용한 목소리로 타일렀다. "그 놈 하나 패 죽인다고 뭐가 달라져? 우리만 덜미를 잡힐 뿐이지!"

분위기는 다시 바뀌고, 학생들의 성토가 시작되었다. 현준은 슬그머니 빠져나가 마을 서쪽 어귀에 있는 소학교로 갔다. 버스가 이미 지나간 뒤여서 정거장에는 사람이 하나도 서 있지 않았다.

방과 후의 빈 교정은 고적한 느낌을 주었다. 초저녁의 어슬어슬한 운동장을 가로질러 그는 건물이 있는 곳으로 다가갔다. 갑자기 우우-, 하는 소리가 들려오자 무슨 일인가 하고 잠시 서 있다가 다시 그 쪽으로 걸어갔다. 곧 이어 깔깔대는 웃음과 농짓거리, 신나게 박수치는 소리가 그 쪽 건물에서 또 들려왔다. 발소리를 죽이고 도둑고양이처럼 화단으로 몰래 들어가 몸을 숨긴 다음, 유리창을 통해 교실 안의 분위기를 살펴보았다.

"생각해 봐. 얼마나 가엾은 존재인지. 출가외인이라 친정에서 받아줄 리도 만무하고, 자립할 능력도 없으니까, 시집에서 쫓겨나는 날이면 그야말로 알거지가 되는 거야. 그러니, 죽으나 사나 내쫓지만 말아달라고 사정을 할 수밖에."

인숙은 무대 위에 올려다 놓은 평상 한 모퉁이에 걸터앉아 일장 연설을 하고 있었다. 그 주위에 앉거나 둘러서서 그녀의 말을 듣고 있는 단원들은 대부분 분장을 하고 있었기 때문에 누가 누군지 구분할 수 없었다. 넋을 잃은 사람처럼 그들은 오직 그녀를 향하고 있었는데 그들 중에는 악마와 천사, 농부, 양복쟁이 신사, 시골 여자 등, 온갖 몰골이 고루 섞여 있어서 좋은 볼거리를 제공하고 있었다.

"흔히들, 소박맞는다는 말을 쓰는데, 잘 생각해 봐. 시앗을 보았다고 질투를 해도 안 되고, 나쁜 병이 생겨도 안 되지. 아들을 못 낳으면 시부모에게 미움을 받고 쫓겨나는 거야. 노예처럼 부림을 당하고도 혹시나 버림받을까 봐 꼼짝 못하는 여성들, 이게 바로 이 땅 여성들이야. 억울하지도 않아? 죽어도 이 집 귀신이니 제발 쫓아내지만 말아달라고, 시키는 대로 다 하겠다고, 이게 무슨 짓거리지? 그럴 바엔 지가 먼저 박차고 나올 순 없을까?"

자기의 말에 제가 도취한 듯 인숙은 몽롱한 상태로 우두커니 서 있다 간 곧 이 사람 저 사람에게 질문을 던지기 시작했다. 때로는 몇이 일어나 뭐라고 대답하는 게 보였다. 그러나 그들의 말소리는 너무 작아서 알아들을 수가 없었다. 가끔씩 여기저기서 까르르 웃는 소리가 들리는가 하면, 다시금 진지한 자세로 목을 꼿꼿이 치켜들고 열심히 귀를 기울이고 있는 단원들의 모습도 보였다.

"잘 지적해 줬어. 독립심을 길러야 해. 아무리 노력해도 안 되겠다 싶으면 용감하게 박차고 나올 수도 있지. 혼자 살면 왜 안 돼? 좋은 사람 있으면 재혼도 하고. 이런 자신만만한 여성들이 있어야 남성들도 각성을 하게 될 거고, 집에 있는 여자들이 인간적인 대접을 받을 수 있을 거야. 내가 이런 말을 하는 건, 다름이 아니고, 연극도 삶의 한 부분이야. 그러니까, 여러분 자신이 변해야 해. 시대가 변화를 요구하고 있어. 이런 변화를 자각하고 있을 때에만 무대 위에서 자신있게 외칠 수 있을 거야. 힘을 내."

그녀는 계속해서 웅변조로 말했다. 다시 박수갈채가 터졌다. 말을 중단하고 잠시 우뚝 서 있던 그녀는, 이윽고 장내가 조용해지자, 한 소녀를 손짓으로 불러 세웠다.

"됐어. 그럼, 다시 시작하지."

그러자, 까만 원피스에 흰 머플러를 한 묘령의 아가씨가 무대 한복판으로 나서서 독백조로 말했다.

"그래요. 전, 여자예요. 연약한 여자이기 때문에 오히려 용감하게 싸울 거예요. 나를 찾고 싶어요. 내 본 모습을요."

어디선가 먼 곳에서 점점 가까이, 밝고 경쾌한 음악이 울려 퍼지면서 무대는 활기를 띠기 시작했다. 현준은 화단에서 나와 건물 끝으로 걸어 갔다. 소나무 두 그루가 서 있었는데, 그는 거기 나무 밑 바위에 걸터앉아서 기다리기로 했다.

인숙은 주장이 분명하고 매사에 자신이 있었다. 그런 확고한 태도와 신념이 그녀의 행동을 자유롭게 해 주었다. 해방 조국에서 이만한 것도 못 보여 준단 말야? 두려울 것 없어. 정의의 힘은 강하고, 악은 반드시 응징을 받고 말 거야. 난, 그걸 믿어. 이번 순회공연에 대해 걱정스런 말을 하면 그녀는 딱 잘라서 말했다. 그럴 때마다 그는 그저 이 공연이 무사히 끝나기만을 빌고 싶었다. 교실 안에는 아직 불이 켜 있었고, 이따금 사람들의 말소리가 텅 빈 교정으로 흘러 나왔다. 멀어서 알아들을 순 없지만 그 대사들은 어떤 은밀한 속삭임과도 같은 분위기를 자아내고 있었다. 이렇게 혼자 앉아서 기다리고 있노라면 그도 또한 무대 위에 등장한 소년처럼 별난 세상을 꿈꾸게 되었다.

사람들이 우르르 몰려나오는 소리를 듣고, 현준은 서둘러 교무실 쪽으로 걸어갔다. 인숙이 교무실 앞 현관에 서 있다가 그를 데리고 들어갔다.

"오늘은 마무리를 하느라고 늦어졌어. 앉아. 박 선생님 책상인데." 그녀는 서랍을 열고 이것저것 소지품을 챙기면서 말했다. "박 선생님 참 좋은 분이야. 내 〈빈곤자〉 번역도 꼬박꼬박 읽어 줬어."

"우리 형수도 읽었어?"

"그럼! 아주 재밌대! 근데, 어떡하지? 난, 빨리 부녀회로 가얄텐데."

"지금?"

"회원들이 기다리고들 있어. 가면서 얘기해."

두 사람은 곧장 운동장을 가로질러 교문 쪽으로 나란히 걸어갔다. 교실엔 여전히 불이 켜 있었다. 몇 사람이 남아서 책걸상과 교단을 정리하는 소리가 쿵쿵, 요란하게 들려 왔다.

"첫 공연은 예정대로 궤뜨르서 할 거야?"

"그래. 일이 잘 풀리면 밤골서 피날레를 장식할까 해. 개학하면 한번 멋지게 선을 보이고 싶었는데, 우리 학콘 아무래도 문 닫게 되겠지?"

"그럴 테지. 내일 냉골 가면 떠나는 것도 못 보겠어."

"냉골은, 왜 갑자기?"

"1학년 코흘리갠데, 장가를 간대. 내일 또 거기서 청년회 모임도 있고."

"원, 비린내 나는 것들이! 몇 살이나 먹은 애야?"

"열다섯쯤."

"뭐, 열다섯? 기가 막혀서. 걔들, 학교에서 뭘 배웠지?"

"그러지 마. 누가 장가를 가고 싶어서 가나. 붙들려 가는 거지. 세상이 하도 불안하니까 요즘 농촌에선 손이 끊길까 봐 조혼을 시키고 있어."

"그래도 그렇지. 자아가 있어야 하지 않아?"

"아, 참, 용근이 만나면 말야. 꼭 좀 전해 줘. 변원배가 전향했다고."

"변원배라고 했어?"

"넌 잘 모를 거야. 중학원 학생인데, 소학콘 우리보다 4, 5년 선배가 돼. 용근이하고 같이 일했었거든. 유철이든 용근이든, 보이는 대로 전해 줘. 나도 내일 냉골서 일 보는 대로 잿골 나가 찾아볼 거야."

"알았어."

"구경 갈께. 잘 해. 아, 잠깐! 작별 인사 해야지."

"또, 또, 어디서? 사람들 본단 말야."

"잠깐만!"

그는 다가서서 그녀의 볼에 살짝 뽀뽀했다.

"이 깍쟁이."

"잘 가."

어두운 길에 혼자 서서 그는 그녀가 사라져 가는 모습을 지켜보았다. 어딘가 먼 곳으로 떠나보내는 것 같은 미묘한 느낌이 들었다.

52

나무에 물이 오르고 새소리도 여느 때보다 밝고 청아했다. 어느덧 봄이 문밖에 다가오고 있었다. 현준은 아침부터 바쁘게 움직였다. 뜨락에 나가 돌을 줍고, 흙을 파고, 고랑을 냈다. 제가 없더라도 언제든지 씨를 뿌리고 채소를 가꿀 수 있도록 미리 손을 보아 두었다. 차일피일 미루어 오다가 이 날은 헛간도 말끔히 정리하고, 마구간도 구석구석 살펴보았다. 그동안 틈틈이 쪼개어 둔 장작이 세 구루마는 너끈해 보였다. 이번 나갔다 오면 이것부터 읍내에 내다 팔아야 할 것이다. 집 주위를 돌면서 그밖에도 뭘 해 두어야 할 것인지 꼼꼼히 챙기고 있었다. 언제 붙들려 갈지, 어떤 꼴로 집을 나가 중산간 부락을 떠돌게 될지, 앞으로 올 시간에 대해선 아무것도 예측할 수 없었다. 붙들려 갈 때 가더라도 형이 서울로 떠난 다음이면 좋겠지만 그것도 마음대로 될 것 같지가 않았다. 자신이 할 수 있는 일은 극히 한정되어 있었으며, 그는 그 범위 안에서 대비할 수밖에 없었다.

오후 늦게 버스를 타고 냉골로 건너갔다. 잔치집은 바닷가에서 멀지 않은 가름 안에 있었다. 해가 기울고 있으나 손님들이 이 방 저 방 가득히 모여앉아 있었다. 이 고장에선 제법 구색을 갖추어 사는 집안인데다 삼대독자의 씨를 심는 날이고 보니 큰 경사가 아닐 수 없었다. 그는 이곳 젊은이들의 안내를 받으며 모커리로 들어갔다.

"어서 오게."

먼저 와서 기다리고 있던 홍윤식이 뛰어나오며 반갑게 맞았다.

"그 벙거지, 아직도 건재하군."

"하하. 이건 내 상표나 다름없는 걸!"

두 사람은 오랜만에 악수를 나누었다. 현준은 윤식이 이끄는 대로 방 안쪽으로 들어가 자리를 잡았다.

"온다는 얘긴 들었어. 이따, 참석할 거지?"

"7시 반이라면서?"

"그래. 난, 벌써 세 시간이나 앉아 있었어. 잔 받아."

탑바리 합숙장에서 만난 후 오늘이 두 번째지만 홍윤식은 오래 사귄 친구 같았다. 어딜 가나 이런 동지들이 있다는 건 마음 든든한 일이었다. 현준은 더 이상 깊은 얘기를 나눌 수 없으나 홍 동무의 표정으로 보아 이 마을이 잘 돌아가고 있다는 느낌을 받았다. 신랑 손님을 위해 특별히 마련된 방이었다. 대부분 중학원 학생이어서 낯이 익은 편이었고, 교양을 주러 다닐 때 만난 얼굴들도 더러 보였다. 잠시 후에 신랑이 왔다. 현준이 일어나 손을 잡고 축하해 주었다. 쪽도리를 쓴 소년의 앳된 손이 너무나 가냘프게 느껴졌다.

"이건 말입니다. 신랑 직시로 특별히 가져 온 겁니다."

한 청년이 넓고 둥그런 목제 쟁반에다가 접시 만큼씩이나 큼직큼직하게 썬 삶은 돼지고기를 가득히 담고 와서는 이거 보라는 듯 큰 소리로 외쳤다.

"오늘은 신랑 불알만 꽉 쥐고 있으면 돼." 홍윤식이 우스갯소리로 한마디 했다.

"신랑이 제일이지. 오늘은." 현준도 한 마디 거들었다.

말은 이렇게 했지만 그는 어쩐지 신랑을 대하기가 멋쩍었다. 며칠 전에 찾아와서 눈물을 글썽이며 몹시 괴로워하던 이 소년의 모습이 먼저 떠올랐기 때문이다. 수염도 채 나지 않은 이런 어린 소년이 낡은 관습의 제물로 제공되는 것만 같아서 불쾌하기까지 했다. 결혼이니 회갑이니 하는 것을 일종의 공식적인 경사로 여기고 축하하는 낡은 관습이야말로 그날 하루를 적당히 얼버무리고 넘기려는 불순한 동기에서 나온 것이 분명했다. 겉으론 모두들 기쁨에 넘쳐 있는데 혼자 별난 생각을 하는 것 같아 그는 짐짓 입을 다물고 있었다. 청년들이 하나둘 빠져나가기 시작했다. 회의 시간은 아직 30분가량 남아 있었으나 현준은 시간이 흐를수록 이 자리가 점점 더 짜증스럽고 답답하게 생각되어 윤식과 함께 선창가로 나갔다.

어느덧 노을이 지고, 고무풍선처럼 똥그랗게 부풀어오른 보름달이 바다 위로 높이 떠 있었다. 현준은 거기 물가에 아무렇게나 놓여 있는 조그만 바위 하나를 찾아 앉았다.

"홍 동무, 생각해 봐. 한 번 농사 잘못하면 1년 망치지만 한 번 결혼 잘못하면 평생 망치는 거지 않아?"

"그러기 말야."

"사랑이 뭔지도 모르는 어린것들을 붙잡고, 이거 도대체 어떡하자는 건지…."

"세상이 그만큼 불안해진 거야. 요 며칠 전에도 우리 동네 아이 하나가 식을 올렸는데."

"다시 조선시대로 돌아가는 거 아니야?"

"김 동무, 우리 조선 사람은 말이야. 결혼에 대한 감각마저 마비되어 버렸나 봐. 결혼이라는 게 한낱 단순한 행사로 치러지고 있으니 말일세."

"그렇지. 그냥 일과적인 행사! 더 좋을 것도 나쁠 것도 없는."

"더욱 한심한 건 말이야. 우리 모두가, 아무 기대도 두려움도 없이 그냥 받아들이는 데 익숙해 버렸다는 거야."

집회는 바닷가 동네에서 있었다. 이 집은 마당이 꽤 넓은 편이어서 사람이 많이 모일 수 있었다. 신작로에서 멀리 떨어진 한적한 곳이라 경찰의 눈을 피하는 데도 좋았다. 작년 3·1 발포사건 전까지만 해도 지서주임이 꼬박꼬박 찾아와 축사를 읽곤 했는데, 지금은 사정이 달라서 모든 청년활동이 금지되어 있었다. 현준은 주최측의 안내를 받으며 홍윤식과 함께 맨 앞줄로 나갔다. 이 마을 청년회장으로 있는 박경석이 특별히 제 곁에 자리를 마련해 준 것이다. 나이는 몇 살 위지만 교양을 주러 다니다 보니 어느새 친구가 되었다.

"이상한 말이 들리던디?" 박 회장이 현준에게 물었다.

"무슨…?"

"변원배옌 허던가, 조천중학생 한 명이 경찰학교 간댄 허멍?"

"아, 네에."

"어물전 망신은 골뚜기가 시킨댄 행게마는, 조천도 이젠 다 틀려서."

회의는 8시께부터 시작되었다. 박 회장이 나가서 인사말을 하는 동안 현준은 주위를 둘러보았다. 참석자는 어림잡아 200명 가까이 되어 보였다. 여성들도 많이 나와 있었다. 달이 밝아 사람들의 표정과 눈짓까지도 낱낱이 알아볼 수 있었다. 학습에서 만난 이들도 군데군데 끼어 앉아 있었다. 마당 가득히 고인 달빛이 물처럼 투명해서 그들 얼굴 하나하나가 더없이 영롱하게 빛났다.

청년회장의 인사말이 끝날 무렵, 집 앞 길에서 소란한 소리가 들려 왔다. 곧 이어, 청년 한 명이 뛰어 와서 박 회장에게 알렸다. 마을 입구의 신작로에서 망을 보던 소년부원 한 명이 경찰에 붙들렸다는 것이다. 집회장은 갑자기 술렁거리고, 일부 청년들이 슬슬 뒷걸음치기 시작했다. 그 때, 사회를 맡고 있던 총무부장 이순영이 앞으로 나서더니,

"여러분! 우린 잘못한 일 없습니다. 왜 도망칩니까? 도망치는 사람은 우리 스스로 죄인이 되는 겁니다."

그는 우렁찬 목소리로 쐐기를 박으며 어수선한 분위기를 잡아맸다. 꽤나 등치가 크고 성격이 괄괄한 사내였다.

얼마 후, 순경 셋이 열두어 살쯤 되어 보이는 어린 소년을 앞세우고 왔다. 혈기왕성한 청년들이 뛰어나가 항의를 하다가 몸싸움이 붙었다. 숫적으로 열세인 순경들은 이리 밀리고 저리 밀리고 하다가 마침내 폭행을 당하기 시작했다. 그 중 한 명이 급한 김에 바다로 뛰어들자, 이순영은 어디서 집어들었는지 해초를 긁어모으는 갈고리 달린 장대로 그 순경의 제복 옆구리를 걸고 잡아당겼다. 순경들은 이윽고 실신 상태에 빠져서 달아날 수도 없게 되었다. 그들은 자신이 갖고 있는 포승줄에 묶이고 말았다.

이 날 모임은 시작도 못 해보고 허망하게 끝나 버렸다. 하지만 이제부

터가 문제였다. 우발적으로 벌어진 일이긴 하나 후유증이 크리라는 건 누구나 짐작할 수 있는 것이었다. 청년회 간부들은 겁을 집어먹고 대책을 논의했으나 뾰족한 수가 없었다. 현준은 지금까지 많이 보아 와서 잘 알고 있다. 더러는 마을을 떠나 중산간지대로 숨어 들어가거나 멀리 부산 등지로 도망칠 것이다. 혹은, 경찰에 붙들려 재판을 받게 될 것이다. 그는 쓸쓸한 기분으로 윤식과 함께 신작로로 나섰다. 마차가 한 대 그들 곁을 지나갔다. 순경들이 짐칸에 실려 가고 있었는데, 모두들 하나같이 녹초가 되어 있었다. 두 명은 아주 바닥에 드러누웠고, 한 명은 고개를 푹 숙인 채 간신히 앉아 있었다.

"저 분들은 누구야?"

"이장 어른하고 동넷 사람들인데, 함덕 지서로 가는 모양이야."

"갔다간 오히려 보복을 당할 텐데?"

"엎질러진 물인 걸! 가서 사정을 할 수밖엔."

마차는 신작로로 나서자 서쪽으로 머리를 틀었다. 그들은 달빛 속으로 멀어져 가는 마차의 그림자를 쫓아 바삐 걸어갔다.

"자, 들어가지. 우리 외가집이야."

윤식이 집 안으로 사라졌다. 현준은 혼자 마당에 남아서 기다려야 했다. 달빛 속으로 사라진 그 마차의 그림자가 영영 뇌리에서 떠나지 않았다. 잠시 후, 윤식이 나와선 대문 옆 헛간으로 그를 데리고 갔다. 그들은 짚을 가져다 깔고 잠자리를 마련했다.

"이게 제일 안전할 거야."

"좋아."

현준은 주머니 속을 더듬어봤다. 두 쪽으로 된 원고가 그대로 남아 있었다. 이 날 집회에서 낭독하려고 준비한 것이었는데, 찢어버릴까 하다가 그냥 두었다.

"검은개들이 달려들겠지?"

"곧 올 거야."

윤식이 짚더미 속에서 씩 웃었다. 달이 밝아 그의 표정이 또렷이 빛났다.

53

예상했던 대로, 경찰은 이 날도 어김없이 찾아 왔다. 간헐적으로 총소리가 나고, 고요했던 마을이 불시에 흔들리기 시작했다. 윤식이 밖으로 뛰어 나가더니 곧 돌아왔다.

"틀림없어. 바닷쪽이야."

"대부분 튀었을 텐데."

"그래도, 남은 사람이 더 많겠지."

한 시간쯤 지나자 마을은 다시 정적 속에 잠겼다. 깊은 밤의 침입자처럼 덜컹거리며 마을 안쪽에서 신작로로 올라온 트럭이 집 앞을 지나 서쪽으로 달려갔다. 제주경찰서에서 파견된 기동대임을 직감적으로 알 수 있었다. 그들은 그 때에야 비로소 안심하고 방에 들어가 잤다.

아침 일찍 마실 나갔던 노인이 창백한 얼굴로 돌아왔다. 노인의 말을 빌면, 민청 가입의 연령이 지난 40대 남자와 부녀자들, 심지어 어저께 장가 간 그 꼬마 신랑까지도 모두 붙들려갔다고 했다. 이런 일은 종종 있었고, 자기가 아는 사람들만 해도 그동안 수없이 끌려가 고생을 하고 있지만, 이렇게 현장에서 직접 겪고 보니 현준은 더욱 실감이 갔다. 술에 취해서 비틀거리고 있던 그 꼬마 신랑이 무슨 죄를 졌을까, 하고 그는 속으로 생각해보지 않을 수 없었다.

54

현준은 잿골로 가서 지용근의 행방을 알아볼 참이었다. 인숙이 가 있는 곳도 거기서 그리 멀지 않았다. 잠을 설친 탓인지 머리가 좀 무겁긴 했으나 여기서 더 지체할 필요는 없었다.
"난 지금 가야겠는데."
"바로 조천으로 건너갈 거야?"
"아니, 잿골로."
"잘 됐어. 같이 가."
윤식이 조그만 배낭을 지고 서둘러 집을 나섰다. 두 사람은 곶을 따라 중산간 지대로 올랐다. 이 곳은 냉골에서 잿골까지 길게 뻗어 있었다. 윤식은 어릴 때부터 나무를 하러 자주 다닌 곳이어서 이곳 지리에 익숙했다. 그들은 곶을 가로질러 반대편으로 빠져나갔다. 점심때가 되자 조그만 야산으로 오를 수 있었는데, 잿골의 한 모퉁이가 멀리 검은오름 밑으로 아득하게 보였다.
"자네, 당분간 조천 가서 나하고 있는 게 어때?"
"아니야. 난 아무래도 차낭골 가 있으면서 낌새를 봐야겠어. 일이 빨리 풀릴 것 같지도 않은데."

"거기 누구 친척이라도 있나?"

"뭐 그런 건 아니지만, 친구가 하나 있어."

"친구?"

"응. 믿을만한 놈이야."

둘은 악수를 하고 헤어졌다. 현준은 곶을 끼고 계속 남쪽으로 걸어 올라갔다. 바닷가 마을과는 달리, 이곳 중산간 일대는 겨울의 한 모서리가 그대로 남아 있었다. 여기 저기 숲속과 보리밭 돌담 밑 외진 곳에는 흰눈이 조금씩 쌓여 있었고, 으스스한 바람과 함께 싸늘한 감촉이 옷깃으로 파고들었다. 그는 주머니에 손을 넣은 채 목을 움추리고 마을을 향해 곧장 걸어 들어갔다. 산발치의 이 마을은 분지처럼 패인 곳에 자리 잡고 있었다. 울창한 숲이 사방으로 빙 둘러서서 바람을 막아주고 있었기 때문에 마을 안으로 들어서자 제법 포근한 느낌이 들었다. 마른 햇살이 잎 진 나뭇가지를 스쳐서 하얗게 쏟아졌다. 눈부신 햇살을 받으며 옹기종기 모여 앉은 초가지붕이 마치 잘 마른 버섯처럼 선명한 무늬를 띠고 있었다.

이사무소 건물로 보이는 세 칸짜리 조그만 기와집 앞에는 몇 그루 팽나무가 서 있었는데 그중 제일 크고 길 가까이에 나앉아 있는 것이 정자나무로 사용되고 있었다. 한 아름이 넘는 굵은 등걸을 중심으로 둥그렇게 쌓아올린 현무암의 검은 돌방석 위에는 노인들 몇이 앉아서 쉬고 있었다. 그중 한 노인이 돋보기 너머로 쪽지 한 장을 멀리 비추어보며 떠듬떠듬 읽고 있었고, 다른 노인들은 가끔씩 고개를 끄덕이며 듣고 있는 눈치였다. 삐라를 주워서 읽고 있는 것임을 직감적으로 알 수 있었다. 이만하면 이 마을에선 선전 활동이 잘 되고 있는 모양이었다. 그는 정자나무를 지나 4, 50보 걸음을 떼어놓다가 아랫쪽으로 난 좁고 긴 골목길로 들어섰다. 조천중학원에 적을 두고 있는 박정욱이 이 마을 청년회 선전책을 맡고 있었다.

"여긴 좀 어때? 동백숲 문제로 고생한다고 들었는데."

"말도 말어. 여간 시끄러운 게 아니야."

"검은개들도 자주 오나?"

"물론이지. 검은개들만 아니면 그깐 놈들이 무슨 힘 있어? 부삼환이라고, 기억 나?"

"1학년 A반 땅딸보 말이지?"

"어, 그래! 그놈 형제들이 검은개만 보면 원님 모시듯 받들고 다니는데, 정말 눈 뜨고 못 보겠어."

이 마을에서는 계속 암투가 벌어지고 있었다. 공교롭게도 그것은 동백숲에서 비롯되었다. 일제 말기에 구장을 지낸 부 아무개가 30만평의 동백숲을 불하받은 일이 있었는데, 해방이 되자 주민들이 도로 찾을 움직임을 보였다. 숯을 구워 파는 마을 사람들에게는 생계를 좌우하는 중요한 일이기도 했다. 그러자, 권력의 위세를 알고 있는 부씨 일가는 곧 서청을 불러들였다. 이 마을은 대대로 부씨와 안씨가 주축을 이루어 왔는데, 급기야 싸움은 성씨의 대결로 나타났다. 부씨와 안씨, 서청과 마을 청년의 대립과 갈등은 점점 확대되어 관의 개입을 가져오게 된 것이다. 부씨측이 경찰에 고발하게 됐고, 경찰이 출동하자 안씨 쪽에서는 위기를 느낀 나머지 산야로 피해 다니게 되었다. 동구 밖의 높은 동산에서 소년들이 깃대를 세우고 지켜섰다가 그 깃대를 눕히면 젊은이들은 경찰이 오는 줄 알고 급히 몸을 숨겨야 했다. 특히 주모자로 찍힌 몇몇 젊은이들은 아예 먼 곳으로 달아나 혈거 생활을 하는 중이었다.

"그렇잖아도 피신자가 계속 몰려든다고 들었는데?"

"요즘 부쩍 더 늘었어. 냉골, 신흥, 함덕, 조천, 빗개, 심지언 세화까지, 사팔이사건 후론 냉골 청년이 제일 많아. 저녁때 내려와서 보리밥 한 술 얻어먹고는 곶으로 가서 숨는 거야."

"곶에는 굴이 몇 개나 돼?"

"정확한 숫자는 우리도 잘 몰라. 한 스무나문 개 된다고들 하는데, 어떤 건 덤불에 묻혀서 눈에 띄지도 않아. 서로 엉키고 구멍이 펑펑 뚫려 있으니까 어느 게 어느 굴 입군지 구분하기도 어려워. 피신자들이 숨어 지내기엔 아주 안성맞춤이지."

"요즘 용근이 못 봤어?"

"가끔 들려. 며칠 전에도 유철이하고 왔었는데."

"그 친구들 곶으로 갔을까?"

"건 모르지."

"변원배라고 알지 모르겠어. 소학곤 우리보다 2년 선밴데, 작년에 중학원 입학했었지. 용근이하고 조장으로 같이 뛰다가 검거되는 바람에 이번에 전향하고 경찰학교 간대."

"그래?"

"용근이한테 빨리 전해 줘. 검은개들이 노리고 있을 거야. 건강도 좋지 않은데, 그 친구 붙들리는 날이면 정말 큰일이야."

"알았어. 빨리 찾아볼께."

"동백꽃 사단으로, 앞으론 여기도 꽤나 시끄럽겠군."

"이대로 가면 마을 전체가 박살이 나고 말 거야. 경찰 스리쿼터가 며칠걸이로 달려드는데, 청년들도 벼르고 있어. 한 번 큰 사단이 나고야

말 거야."

그 때, 갑자기 총성이 들려왔다. 깜짝 놀라 숨을 죽이고 있으려니까 하늘을 찢는 듯한 그 굉음이 다시 연거푸 두 번이나 울려왔다. 이건 분명 중대한 사태였다. 그들은 후닥닥 일어나 뒷뜰로 나갔다. 보리밭 세 개만 건너면 곶으로 나갈 수 있었으므로 밭담을 끼고 달리기 시작했다. 총소리는 잠시 멎어 있었으나 사람들은 겁을 집어먹고 숲으로 달아나고 있었다. 나무 밑에 몸을 숨기고 서서 동정을 살피고 있는데 한 소년이 달려왔다.

"형님, 저 아랫동넵니다. 검은개덜이…."

"넌, 이 손님 모시고 쇠맹이굴로 가." 정욱은 소년을 돌아다보며 다급한 목소리로 말했다.

"자넨?" 현준이 물었다.

"먼저 가 있어."

정욱이 짧게 대답하고 숲 속으로 사라졌다. 현준은 소년을 따라 곶 안으로 깊숙이 들어갔다. 곶은 동백나무가 주종을 이루고 있었지만 종가시나무, 조롱나무, 구실잣밤나무, 생달나무 등 잡목림이 사이사이로 침식해서 발 디딜 데가 없을 만큼 빽빽하게 얽혀 있었다. 꽉 들어찬 잡목림 사이에는 가시덩굴이 우거져서 어디가 어딘지 분간하기 어려웠다. 소년은 이 정글의 내부를 속속들이 파악하고 있는 듯 가시덤불을 요리조리 피하며 숲 속을 헤쳐 나갔다. 마을은 완전히 포위된 것일까. 여러 방향에서 총성이 들려 왔으므로 현준은 잠시 거기 서서 그 소리의 방향을 짚어보고 있었다.

"어림도 없습니다. 저것들, 들어오기만 허민 못 빠져 나갈 건디."

소년은 혼자 중얼거리며 정글 속으로 깊숙이 찾아 들어갔다. 조그만 언덕을 넘어 움푹 패인 굴헝으로 내려서자 동굴의 입구가 나왔다. 바위 밑에서 못 견디게 삐져나온 동백나무의 길고 가느다란 줄기가 그 위를 덮고 있어서 눈에 잘 띄지 않았다. 그렇지만, 자세히 보면 그것은 마치 흉측한 괴물이 땅속에서 아가리를 벌리고 있는 것 같았다. 소년은 그 속으로 성큼성큼 걸어 들어갔다. 현준은 갑자기 시야가 흐려져 앞이 보이지 않는데다 바닥이 몹시 험해서 함부로 발을 내디딜 수가 없었다. 그는 소년의 안내를 받으며 겨우겨우 어둠의 한복판으로 빨려 들어갔다.

우마를 찾아 나섰다가 궤를 이용한 적은 더러 있었지만 이렇게 긴 동굴에 들어가 보긴 처음이었다. 이젠 끝인가 했더니 한두 명이 겨우 기어다닐 만한 조그만 구멍이 뚫려 있었다. 그 구멍을 벗어나면 또 넓은 공간이 나왔다. 암흑의 거대한 세계가 그 비밀을 감추기 위해 이리저리 용틀임을 하고 있는 듯했다. 이런 과정을 두 차례나 겪고 나가자, 희끗희끗한 물체들이 조금씩 움직이는 것을 감지할 수 있었다. 어두워서 그 정체를 확인할 길은 없었지만 웅성거리는 소리로 보아 이미 많은 사람이 와 있음을 알 수 있었다. 그는 누구보다 소년이 곁에 있어줘서 위안이 됐다. 소년은 그의 곁으로 바싹 다가앉아서 귓속말로 이것저것 재미있는 얘기를 들려주었다.

가인, 지금, 수리냥 우에 앉앙 망을 보암실 거우다. 참, 웃기는 놈이우다. 가이 못 보았주 예? 아까, 나가, 생이소리로 신호를 보냈지 안 허우꽈? 오늘은 그 녀석이, 그 낭 우이 숨엉, 망 보는 날이라마씸. 그 낭 우이 올라강 이시민 아무도 찾지 못 합니다. 아주 신기한 낭이우다. 가지가 칭칭 감아졍 방석처럼 똥그랗게 뭉쳐 있수다. 심심허민, 우린 거기

앉앙 새를 홀립니다. 멍청한 새덜이 깜빡 속앙 날아올 때도 있수다…

얼마나 시간이 흘렀을까. 그것은 숫자로 계산될 수 없는 또 다른 세계였다. 시간이 이미 정지되어 버렸으므로 길고 긴 침묵의 앙금만이 어둠 속에 뿌옇게 쌓여 있었다. 그 때, 누군가가 쿵쿵거리며 굴속으로 달려 들어왔다. 그 소리로 보아, 여럿이 떼를 지어서 오고 있음을 알 수 있었다. 모두들 숨을 죽이고 기다렸다. 그들은 이윽고 어둠 속에 서서 외치기 시작했다. 검은개들이 사람을 잡고 있다. 두 사람이나 총 맞고 쓰러졌다. 이사무소 앞으로 모여라. 이사무소 앞으로 빨리…. 격분한 주민들이 이사무소 앞으로 집결하고 있으니 빨리 나오라는 것이다. 여기저기서 고함이 터지고 횃불이 솟아올랐다. 암흑의 세계는 돌연 생명을 되찾은 듯 분주하게 움직이기 시작했다. 현준은 엉겁결에 사람들의 틈에 끼어 밖으로 뛰어나갔다. 소년이 보이지 않았다. 많은 사람이 어느새 저만큼 앞질러서 달려가고 있었다. 그는 그 뒤를 쫓아 열심히 뛰었다. 세상은 눈이 부실 정도로 찬란하게 빛나고 있었으며, 모든 사물이 미지의 어떤 거대한 힘에 의해 이끌려 약동하고 있는 것같이 보였다.

곶을 끼고 마을로 돌아서 가는 소릿길을 얼마쯤 나아가자 이상한 광경이 눈에 띄었다. 이사무소 앞에는 무수한 사람이 모여 웅성거리고 있었는데, 그들은 무슨 물건을 높이 치켜들거나 휘두르며 와와, 소리를 내지르고 있었다. 그 광경이 마치 폭동을 연상케 했다. 일행은 더욱 속력을 내어서 뛰기 시작했다. 가까이 갈수록 원색적인 야유와 고함과 절규와 통곡이 거침없이 쏟아져 나왔다. 현준은 군중 속으로 파고들어 갔다. 야, 야아, 그 새끼들, 죽여라! 죽여라! 저, 저, 날강도들! 저마다 손에 들고 있는 농기구들이 발밑에서 서로 부딪쳐 쨍그렁대고 있었다. 이토록 부자연한 소리, 고함소리, 비명, 이 가는 소리, 통곡과 구타와 욕지거리를 그는 여태까지 들어본 적이 없었다. 이렇게 잔인하고 야수적인 광란은 일찍이 상상해본 적이 없었다.

가까스로 맨 앞줄까지 나가서 보니 검은 제복의 경찰관 두 명이 쓰러져 나뒹굴고 있었다. 옷은 갈기갈기 찢기고, 얼굴은 일그러져서 피와 흙으로 얼룩져 있었다. 밟힐 대로 밟히고 아무렇게나 땅바닥에 내던져진 그들은 인간이라기보다 한낱 흉측한 물체에 지나지 않았다. 앞에 나가 선 청년 하나가 어깨에 멨던 카빈총을 치켜들고 그중 한 경찰관을 겨누었다. 참으로 아슬아슬한 순간이었다. 그때, 백발이 성성한 노파가 앞으로 달려나가더니 총을 든 그 청년을 막아섰다.

"무슨 짓이여?"

그 청년은 잠시 노파를 노려보며 서 있다가 하늘을 향해 방아쇠를 당겼다. 두 발의 총성이 카앙 캉, 하늘을 가르며 날아갔고, 겁에 질린 군중은 넋을 잃은 듯 침묵을 지킬 뿐이었다. 다만 그 노파가 큰 소리로 외치면서 사람들을 끌어냈다. 마차가 오고, 경찰 두 명이 그 위에 실렸다. 그들은 그 때에야 끙끙, 앓는 소리를 내며 몸을 비틀었다. 마차는 서둘러 그곳을 떠나고, 비교적 나이 많은 노인들 몇이 그 뒤를 따라 나섰다. 마차가 동구 밖으로 사라져 가는 것을 지켜보면서 사람들은 비로소 자각하기 시작한 듯 혀를 쩍쩍 차거나 욕설을 내뱉기도 했고, 목이 메어 울먹였다.

넋을 잃은 사람들은 해가 지고 땅거미가 어둑어둑 깔리는데도 집으로 돌아갈 생각을 못 하고 정자나무 밑에 모여 서서 이야기를 나누고 있었다. 정욱이 거기 서 있다가 현준을 발견하고 뛰어 갔다.

"어떻게 된 거야?"

현준은 그를 데리고 조용한 곳으로 갔다.

"그게 말이야, 그러니까, 참 엉뚱한 데서 터졌어." 정욱은 담배를 몇 모금 빨고 나서는 가까스로 숨을 고루며 말했다.

그의 표현을 빌면 이 사건은 아주 우발적으로 발생했다. 마침 포스타를 붙이고 있던 소년들은 경찰 스리쿼터가 동구 밖에서 달려오자 겁을 집어먹고 도망쳤다. 한 명은 마을 안으로 달아나고, 또 한 명은 보리밭을 가로질러 곳으로 뛰어 갔다. 차가 달려와 급정거를 하자마자 3명의 경찰이 두 패로 나뉘어서 소년들을 쫓았다. 이런 줄도 모르고 청년들은 총소리를 듣고 부랴부랴 집에서 뛰쳐나갔다. 동백숲 사단 이후 경찰 리스트에 올라 있는 그들은 자기네들을 잡으러 온 것으로 믿은 것이다.

길을 가던 노인이 돌연히 총에 맞아 쓰러지고 말았다. 그 광경을 지켜본 마을 처녀가 너무나 놀란 나머지 학교로 달려가서 종을 치기 시작했다. 그 종소리는 참으로 무서운 힘을 발휘했다. 이건 정말 놀라운 일이었다. 도망치던 사람들이 하나 둘 모여들고, 와아와아- 소리를 질러댔다. 삽시간에 몰려든 군중은 돌팔매를 치며 경찰을 포위하게 됐다. 사람들의 손에는 이미 곡괭이와 삽, 쇠시랑 등, 집에서 쓰는 농기구가 하나씩 들려 있었다. 처음에 공포를 쏘며 소년을 쫓아 마을 안으로 뛰어든 자는 차를 몰고 일찍 달아나 버렸지만, 곳으로 간 두 명의 경찰이 마침내 주민들의 포위망에 걸려들고 만 것이다.

"부상당한 노인은 어떻게 됐어?"

"병원에 갔지만 죽었을 거야. 처음부터 의식이 없었다니까."

"마차로?"

"응."

"큰일이군. 문제는 이제부터야."

현준은 지난 밤 냉골에서 있었던 일들을 간단히 요약해 주고 나서, 속히 대책을 세우도록 했다.

"곧 달려들겠지?"

"물론이지. 빨리 회의를 소집해. 검은개들이 오늘 밤 바로 달려들지도 모르니까 서둘러야 할 거야. 아, 참, 여기선 모레 공연을 하기로 되어 있지 않아?"

"낮에 그 소년들이 붙이던 포스타도 바로 그거였어."

"그래? 내 생각 같아선 말야." 현준이 조심스럽게 정욱을 보며 말했다. "공연은 일단 취소하는 게 좋겠어. 그보다 급한 일은, 사람들을 속히 내보내는 거야. 어디 가까운 야산에라도 가서 쉴 곳을 마련하도록 하지."

"알았어."

"그럼, 난 갈께."

"조심해서 가."

현준은 중산간 도로에서 서쪽으로 조금 나아가다가 해변으로 내려가는 사잇길을 택했다. 공연단은 거기서 멀지 않은 곳에 와 있었다. 걸어서 한 시간이면 되는 가까운 거리인데도 지인숙을 못 보고 가는 것이 아쉬웠다. 그는 고개를 들어 하늘을 바라보았다. 크고 둥근 달이 사나운 짐승처럼 식식거리며 구름 속으로 달리고 있었다. 순간, 피묻은 얼굴과 아우성과 통곡과 절규가, 그리고 동굴 속의 어둡고 으스스했던 분위기, 괭이와 삽, 비명, 야유, 분노,… 이런 모든 것이 한데 어우러져 그의 가슴 속에 들끓기 시작했다.

그는 있는 힘을 다해서 걸음을 옮겼다. 빨리 조천으로 돌아가야 한다는 오직 이 한 가지 생각만을 하면서 배고픔도 잊고 계속 어둠 속으로 걸어갔다.

55

그날 밤, 그는 아지트에 도착하자마자 보고서를 작성했다. 순서를 바꾸어서 잿골 사태부터 먼저 처리하고 싶었는데 모든 게 뒤죽박죽이 되어 그의 내부에서 요동치기 시작했다. 보고 들은 대로 간결하게 써 나가자고 몇 번이나 속으로 다짐해 보았으나 허사였다. 일어나 창문을 열고 담배를 꺼냈다. 라이터의 불꽃이 바람을 타고 하늘거리다가 꺼져 버렸다. 왼손으로 가려서 겨우 불을 붙였다. 멀리 밤바다의 불빛이 여기저기 흩어져서 깜빡이고 있었다. 그는 숨을 죽이고 서서 그 불빛들을 하나씩 더듬어 보았다. 어느 날 머정 갔을 때 할아버지가 하신 말씀이 문득 떠올랐다. 그렇지, 큰 바람이 와서 흔들어놔야 고기가 물린다고! 바로 그거야! 새로운 발견이라도 한 듯 그는 그 말뜻을 곰곰 되새겨보며 현재 자신이 처한 상황을 돌이켜봤다. 혁명이니 투쟁이니 하는 것도 바로 그런 게 아닐까 하고. 그 순간, 탑바리에서 만난 동지들이 보이고, 무장화니 세대교체니 하는 말들도 새롭게 들리는 것 같았다.

그는 다시 앉아서 써 나갔다. 마을 청년들이 경찰을 붙잡아 혼내주었다느니, 지서를 습격했다느니, 그래서 줄줄이 잡혀가 징역을 살고 있다느니 하는 얘기는 지금까지 자주 들어서 알고 있었지만 이번에 그가 직접 목격한 두 마을의 사건은 근본적으로 다른 점이 있었다. 그게 무엇일까. 그는 이 대목에 주목하고 싶었다. 분노와 통곡, 고함 소리, 발밑에서 쨍그렁대던 삽과 곡괭이의 마찰음들, 그것은 한 마디로 말해 인민의 성난 얼굴이라고 부를 수 있을 것 같았다.

잿골 사태에 이어 냉골에서 있었던 일까지 모두 기록하고 나니 새벽 3시가 지났다. 그는 그 자리에 아무렇게나 고꾸라져 잤다. 얼마나 깊이 잠이 들었던지, 이튿날 누가 와서 흔들어 깨울 때에야 겨우 눈을 떴다.

"이 사람, 일어나라구. 톱 뉴스를 갖고 왔다니까."

"…"

"어서 일어나라니까." 부영진이 소리소리 지르며 닦달했다. "이번 공연 대성공이야. 어저께 서아름 가서 인숙이를 만났는데, 대단했어."

"아, 그래?"

"자네, 이런 노래 들어봤어? 개야 개야 검은개야 곤밥 먹고 검은 똥 싸니."

"뭐, 곤밥 먹고…?"

"하하하!" 영진은 우스워 죽겠다고 허리를 비틀며 말했다. "인숙이가 아이들 모아놓고 가르쳐 준 모양인데, 얼마나 신이 났던지 아이들이 동네방네 뛰어다니면서 종일 이 노래만 부르고 있는 거야. 이건 정말 히트야 히트! 개야 개야 검은개야…. 내가 불러봐도 이렇게 신나는데 아이들이야 오죽하겠어? 아까 오다 보니까 여기 아이들도 이 노랠 부르고 있더라구. 그새 어떻게 여기까지 퍼졌는지 모르겠어."

영진은 몹시 흥분해 있었다. 그러나 현준이 보기에는 그다지 기뻐할 일이 아니었다. 이게 사실이라면 경찰이 그냥 보고만 있을 리 만무했다.

그는 적이 걱정이 되어 일어나 앉았다.

"다음 공연은 어디서?"

"어저께 서아름 마치고 오늘 동아름으로 간댔어."

"이거 아무래도 생각해봐야겠는 걸."

"그렇다니까. 주민들 호응이 대단해."

"그게 아니고…."

"오늘 같은 날 그냥 있을 수 있어? 한 잔 해야지."

영진이 뛰어나가 지우를 불러 들였다. 지우는 일을 하다 말고 손을 비비면서 방으로 들어왔다.

"이 집엔 술도 없나?"

"대낮부터 웬 술타령이야?"

"이런! 덩치만 컸지 술도 못 하는 사람이! 이런 날 우리도 축배를 들어야지, 안 그래?"

지우가 가서 제주 쓰다 남은 것을 가져오자, 영진이 술잔을 높이 들고 소리쳤다.

"자, 부라보!"

"지금 그런 때가 아니래두!" 현준은 머리맡에 두었던 보고서를 영진에게 건네며 말했다. "이건 간단히 사건의 윤곽만 요약해서 기록해 놓은 것이지만… 아주 심각해. 서아름 갔을 때 무슨 얘기 못 들었나?"

"뭐, 그런 일이 어디 한두 번이야? 난, 연극 끝나니까 곧 내려왔어." 영진이 급히 보고서를 들치며 말했다. "근데, 이거, 어떻게 된 거지? 쑥밭이 됐군."

"그래서 하는 얘기지. 공연을 다닐 때가 아니야. 빨리 가서 인숙이부터 만나야겠어." 현준이 말했다.

"인숙이가 말을 들을 것 같어?"

"그래도 할 수 없지. 시기를 잘못 택한 거야. 내일로 예정된 잿골 공연은 취소하도록 박정욱이한테 말을 해놓긴 했는데 아무튼 이 문제는 다시 생각해 보기로 하고, 익수 못 봤어? 그 문건부터 속히 발송해야겠는데."

"내가 갖다 놓고 오지."

지우가 보고서를 옷 속에 깊숙이 감추고 나서 밖으로 나갔다. 현준은 우울한 심정으로 일어나 창을 열고 바다를 보고 있었다. 말은 그렇게 했지만 인숙이의 마음을 돌려놓는다는 것이 결코 쉬운 일은 아니었다. 느닷없이 공연을 취소하라면 고집이 센 그녀의 성격으로 보아서 펄펄 뛸 것이 분명했다. 그렇다고 그대로 둘 수는 없는 일, 그는 지금이라도 당장 쫓아가서 그녀를 데리고 와야 하리라 생각했다. 이런 때 제일 필요한 사람은 지유철이었다. 지유철만 찾을 수 있으면 둘이서 무슨 수를 써서라도 그녀의 고집을 꺾고 싶었다.

"유철이는 안 보여?"

"그저께 퀘뜨르 들렀대. 용근이하고."

"그래? 어느 쪽으로 나갔는지 몰라?"

"글쎄, 인숙이 말이 잘 지내고 있나 봐. 무슨 걱정 있겠어? 용근이가 알아서 척척 잘 챙겨주고 있을 텐데. 할아버지 밑에서 숨도 못 쉬다가 인제 자유를 찾은 거 아냐?"

"그렇지, 그 친구."

"그런 때도 있어야 해. 집 나가면 고생이겠지만, 콧대만 높았지 뭘 아나. 이제부터라도 세상 공부 좀 해야지."

"또, 시작이군. 넌, 그 녀석이 그렇게도 못마땅해?"

"그게 아니고, 짜식 괜히 얄밉게 굴지 않아? 아, 참, 근데 말야. 백두진이 그놈이 거기까지 찾아갔어. 그놈 정말 놀랄 노짜야. 졸병 하나 데리고, 공회당 마당에 떡 버티고 서서 구경하고 있더라구. 하, 짜식! 하도 기가 막혀서, 난 연극 보다 말고 그놈 구경했다니까. 너, 정신 차려! 이대로 있다간 큰일 날 걸!"

"…"

"열 번 찍어서 안 넘어갈 나무 없다는데, 생각해 봐. 내가 여자라도 그렇지, 그렇게까지 적극적으로 덤벼드는데 안 넘어가고 배겨?"

"시끄럽다. 그 잔이나 돌려!"

"내 말 명심하라니까. 근데, 이 친구 양조장 차렸나. 함흥차사구만. 학교 가서 종을 쳤다는 그 비바리 대단한데, 어떻게 그런 생각을 다 했지?"

"놀라운 일이야. 종소리의 위력이 그렇게 큰 것인 줄은 몰랐어. 아무튼, 나는, 이번 사건을 통해서 민중의 힘이 얼마나 무서운 것인가를 똑똑히 보게 됐어."

"무슨, 소설 같은 얘기야. 그 할머니도 참 대단하고."

"아, 정말! 그 할머니 덕분에 일이 그만큼이라도 수습된 거야. 그렇다고 해서 이 사건이 순순히 넘어갈 리는 없겠지만."

그 때, 지우가 달려 들어왔다.

"큰일 났어! 공연단이…."

"뭐, 공연단?"

"어, 공연단이 급습을 당했대. 동아름 못미처 개미동산이라는데, 경찰차가 달려들자 단원들이 모두 사방으로 튄 모양이야." 지우가 몹시 당황한 듯 빠른 속도로 말했다.

"그럼, 피신한 사람도 있구?"

"건 모르지. 어떤 아지망이 차낭골 갔다간 들었다니까."

현준은 일어나 나갈 채비를 했다.

"혹시 구속자 명단 같은 거 갖고 있는지, 자넨 지금 가서 양 순경 만나. 그리고, 영진이는 만세집에 가 있으면서 정보를 수집하도록 하지. 나 곧 댕겨올 테니까."

"어딜?" 지우가 다급하게 물었다.

"우선 밤골 가서 알아보고 여의치 않으면 차낭골 갔다 올께."

현준은 서둘러 아지트를 나섰다.

56

아직 해가 남아 있는데도 하늘이 어둡고 먹구름이 잔뜩 끼어 있었다. 현준은 곧장 밤골로 올랐다. 지용욱을 만나면 보다 확실한 정보를 얻을 수 있을 테고, 또 만에 하나 피신했다면 인숙이 그쪽으로 찾아들 가능성이 높았다. 얼마 못 가서 비가 내리기 시작했다. 늘 다니는 곳이어서 낯익은 편이지만 궂은 날씨에 해가 지고 보니 앞을 가늠하기도 어려웠다.

현준은 계속 비 속으로 달렸다. 마을에 도착했을 땐 빗방울이 점점 굵어져 온몸으로 젖어 들었다. 지용욱이 주로 이용하고 있는 밖거리는 불이 이미 꺼졌으나 안거리엔 희미한 깍지불이 어렴풋이 창호지문에 비취고 있었다. 그는 그 앞으로 다가가서 인기척을 보냈다. 지 동무의 누이

동생이 배시시 문을 열고 그 틈새로 내다보았다.

"접니다. 조천서 온."

"아, 예, 오빠 아까 나갑데다. 저녁 먹고."

"멀리 가시진 않았군요. 속히 찾아봐 주십시오."

"급한 일이우꽈?"

"네, 부탁합니다."

"어디사 가신지, 알아보긴 허쿠다만."

그녀는 짚으로 엮은 우장을 뒤집어쓰고 서둘러 집을 나섰다. 현준은 비를 피해 밖거리 난간으로 갔다. 지금쯤 제주서에 끌려가 문초를 받고 있을 지인숙을 생각하면 가슴이 뛰고 숨이 찼다. 그 성깔에 오죽하랴 싶기도 하고, 그녀가 한없이 가엾어 보였다. 그러나 그에게는 그녀를 위해 해 줄 수 있는 일이 아무것도 없었다. 그러한 자신이 부끄럽고 미울 뿐이었다. 그는 몇 번이나 일어나 어둠 속에 묻힌 골목길을 눈으로 더듬다가 도로 주저앉았다.

빗줄기가 점점 굵어지더니 마침내 이 산간 마을의 정적을 통째로 삼켜 버렸다. 한 순간 모든 게 정지해 버린 느낌이었다. 가끔씩 개 짖는 소리가 들리고, 마을 앞 큰길을 지나는 마차소리가 고요한 정적 속에서 가냘픈 여음을 남기며 멀어져 갔다. 어쩌면 공연단의 행방을 찾는 사람들인지도 모른다. 그러나 그들 또한 무슨 뾰족한 수가 있을 리 만무하다. 현준은 자신에 대해 이토록 분노를 느껴본 적이 없었다. 이 적막감. 그는 그저 그렇게 하염없이 앉아 있었다.

한참 후, 강아지가 꼬리를 치며 골목 밖으로 달려갔다. 곧 이어, 개를 얼르는 소리가 났다. 지용욱이었다. 그는 벌떡 일어나 그쪽으로 뛰어 갔다.

"기다렸지? 들어가."

용욱이 앞장서서 자기 방으로 갔다.

"어떻게 됐습니까, 인숙이는?"

"글쎄, 인제 좀 정신을 차렸네마는."

"정신을 차리다뇨? 그럼, 여기 있는 겁니까?"

"자네니까 말하는 거네만, 앞으로가 문젤세."

"왜요?"

"그대로 두겠나? 계속 탐문을 하고, 달겨들 텐데."

"네에. 그래도 다행이군요. 잡혀간 줄만 알았는데." 현준은 그녀가 여기 있다는 것이 꿈만 같아서 믿기 어려웠다. "형님!" 그는 조심스럽게 물어 보았다. "지금 좀 가볼 수 없을까요?"

"그냥 놔 둬. 인제 막 정신을 가다듬고 있는데."

"많이 다쳤군요."

"그런 건 아니지만, 정신적으로 상처가 커. 자네도 생각해 보게. 오죽했겠나. 혼자 천리터에 누워서 해가 질 때까지 기다렸다니." 용욱은 안타까운 듯 입을 쩍쩍 다셨다. "그 와중에도, 그래도 천리터를 보고 뛰어 들긴 했는데, 그 때 아주 까무라친 모양이야. 눈을 떠보니 사방은 캄캄하고, 그 때에야 무서워서 바들바들 떨면서 기어 나왔다더군. 인숙이니까 견뎠지, 그게 어디 상상이나 할 수 있는 일인가?"

"…"

"아마, 그 때 허릴 삔 모양이지. 오늘밤 고생깨나 할 텐데, 자네, 담배 가졌나?"

"네."

현준은 주머니에서 담배를 꺼냈다.

"그만하길 다행이지. 하마트면 부녀가 같이 영창 신세를 질 뻔했어."

"그자들이 노린 건 바로 인숙이였을 텐데요?"

"그러니까 하는 말이지, 앞으로 얼마나 버틸 수 있을지, 그게 제일 큰 문제야."

"그래도 여기가 가장 안전하지 않을까요?"

"글쎄," 용욱은 푸푸 담배 연기를 뿜고 나서 말했다. "여긴 우리 집안 사람들만 살고 있으니까 그만큼 잇점이 있긴 하겠지만, 그래서 더 표적이 될지도 모르지. 그건 그렇고, 자넨 오늘 어떻게 할 텐가?"

"그럼, 저는 이만…."

현준이 일어날려고 하자,

"이 빗속에 어딜 갈려고? 오늘은 나하고 있게. 내일쯤, 경황을 보고 만날 수 있을지 모르겠으나."

용욱이 만류했다.

"감사합니다. 혹시 백두진이라고 들어보셨는지요?" 현준이 도로 내려 앉으며 조심스럽게 물었다.

"백두진?"

"네. 농중에 다닌답니다. 이동혁씨하고 같은 반이라던데…."

"아, 난 또 누구라고, 그런 사람 있지. 왜?"

"인숙이 찾아서 공연장까지 갔었답니다. 그 사람이, 혹시, 심술이 나서 일을 꾸민 건 아닙니까?"

"건달패로 놀긴 하지만, 그 사람 그렇게 옹졸하진 않을 거야. 그보단 메가네가 의심스러워. 이번 일도 그자가 저지른 것 같은데."

57

이튿날 오후, 현준은 지용욱의 안내를 받아 그녀가 있는 곳으로 갔다. 그녀는 며칠 사이에 아주 딴 사람이 되어 있었다. 입술은 부르트고, 뺨과 이마는 가시에 긁힌 상처가 군데군데 나 있었다. 얼굴 전체가 부어올라 가냘픈 선과 윤곽이 고통으로 일그러져 있었다. 여기 저기 옥도징끼를 바른 부위가 이른 봄 오후의 엷은 햇살에 비쳐 더욱 붉고 선명하게 드러나 보였다. 그는 무슨 말을 어떻게 해야 좋을지 몰라 묵묵히 서서 그녀를 바라보고 있었다.

"아, 갑갑해. 바람 좀 쐤으면."

"괜찮겠어?"

"응. 여기, 조금만 나가."

현준은 그녀를 부축하고 숲으로 갔다. 그녀는 절뚝거리며 힘겹게 걸음을 옮겨 놓았다. 잠시 후, 그들은 조그만 바위를 찾아서 깔고 앉았다. 비 온 뒤의 맑은 하늘이 나무 사이로 투명하게 비춰고 있었다.

"망아지 잘 있어?"

"응."

"보고 싶은데."

"언제 봐서 데리고 나올께."

"밝은 은회색이어서 크면 참 예쁘겠지?"

"그래. 참 예쁠 거야."

"이름은 지었어?"

"글쎄, 공주가 어때?"

"호동과 낙랑, 너무 슬프지 않겠어?"

"그 녀석, 아무리 봐도 공주과야. 낙랑은 빼고 그냥 공주라고 하지?"

그들은 계속 숲 속으로 걸어 들어갔다. 갓 피어난 나뭇잎이 햇살을 받아 싱그럽게 나부끼고, 맑게 씻긴 새소리가 머리 위에서 더없이 청아하게 울려오고 있었다. 그는 들꽃 한 송이를 꺾어서 그녀에게 주었다. 아주 작고 예쁜 보랏빛 꽃이었다.

"내 꼴이 우습지?"

"그래도 다행이야."

"뭐, 다행?" 그녀는 벌컥 화를 내면서 말했다. "그러니까, 나 혼자 붙들려가지 않았단 말이지? 나 혼자?"

"..."

"기가 막혀서. 도대체 이 나라는 누가 주인이야? 사람을 이렇게 함부로 주물러도 되는 거야?"

그녀는 분을 못 이겨 소리쳤다. 그 목소리가 어느새 울음으로 바뀌고 말았다. 그는 당황한 끝에 그녀의 손을 꼬옥 그러잡았다. 어디선가 까마귀 울음소리가 왁자하게 떼를 지어 몰려오고 있었다. 고개를 들어 바라보았다. 바람까마귀 떼가 시커멓게 하늘을 덮고 날아가는 것이 나뭇잎 사이로 언뜻언뜻 보였다. 바람이 가까이 다가오고 있다는 신호였다. 그는 두 팔로 그녀를 힘주어 끌어안았다. 그녀의 가쁜 숨결과 함께 따스한 체온을 느끼면서.

58

 올해는 꽃샘추위가 예년보다 일찍 찾아왔다. 거센 바람을 타고 희끗희끗 진눈깨비가 나부끼는 짓궂은 날씨가 사흘째 계속되고 있었다. 현준은 이런 날씨가 제일 고약했다. 눈이 올 테면 제대로 올 일이지 이것도 저것도 아닌 이런 날씨는 마음만 칩고 썰렁하게 만들었다. 이제는 찾아가서 자기의 답답한 심정을 마음놓고 털어놀 만한 그런 친구도 없었다. 박재수가 가고 지용근이 떠났을 때도 그랬지만 지유철마저 훌쩍 집을 나간 뒤로는 그야말로 텅 빈 느낌이었다. 그는 하릴없이 난간에 서 있다가 담배에 불을 붙이고 마구간으로 갔다. 호동과 공주가 쌍둥이처럼 사이좋게 나란히 서서 마른풀을 먹고 있었다. 그새 키가 몇 치는 더 자란 듯싶었다. 녀석들을 보고 있으면 공연히 마음이 설레었다. 하루 속히 자라서 넓은 초원을 달릴 수 있으면 좋겠는데 지금 세상 돌아가는 꼴을 보고 있으면 그게 어쩐지 꿈만 같고 안타까운 생각이 들었다.
 그는 마차를 챙기고 집을 나섰다. 제법 쌀쌀한 날씨였다. 숨을 들이킬 때마다 찬 공기가 찌르는 듯 폐로 흘러 들어와 코끝이 사뭇 찌릿찌릿했다. 신작로 빵집에 들러 보리빵 스무 개와 상외떡 열 개를 싸달라고 했다. 밤골로 가는 날이면 으레 이 가게를 거쳤기 때문에 주인 아지망이 그를 알아보고 한 개씩 더 넣어 주었다. 길은 젖고 질었다. 눈비가 그치고 바람이 구름을 몰고 가자 햇빛이 들기 시작했다. 멀리 눈 덮인 산과 계곡이 하얗게 빛나고 있었다. 바닷가 마을들과는 달리 고지대에서는 눈이 많이 내리고 있을 거였다. 이번 추위가 지나면 인숙이와 산굼부리 쪽으로 해서 녹산장까지 넓은 초원을 한 바퀴 빙 돌아보고 싶었다. 얼마 못 가서 구름이 다시 해를 가려 먼 산도 들판도 보이지 않게 되었다. 그래도 눈비가 그치고 바람이 잦아들어 다행이었다. 그는 특별히 서둘 일도 없는데 괜히 마음이 바빠 말고삐를 바짝 잡아당겼다. 또다시 해가 얼굴을 내놓았다. 나지막한 언덕길을 오르자 밤골 마을의 풍경이 한눈에 들어왔다. 길 양쪽으로 비교적 넓은 평지를 이루면서 빼곡히 들어선 푸른 보리밭 너머로는 비에 젖은 초가집들과 잎 진 겨울나무의 검은 숲이 또렷이 보였다. 그는 줄곧 말을 몰았다.

지인숙이 이 마을로 숨어 들어온 지도 벌써 2주가 지났다. 그 동안 얼굴의 상처가 많이 아물었지만 허리의 통증은 여전해서 걸을 땐 늘 불편을 느끼고 있었다. 숲 속으로 나가면 가끔씩 그가 부축해 주곤 했다. 그녀는 참 용한 데가 있었다. 그토록 오래 준비한 공연이 겨우 이틀 동안 선을 보이고는 곧 중단되어 버렸지만 그딴 것 깨끗이 미련을 버리고 새 일을 시작하고 있었다. 이런 결단과 용기가 놀랍기만 했다. 그날그날 신문을 들고 숲으로 들어가서 읽고, 저녁에는 집에 돌아와 사람들을 만나고 있었다. 무슨 일을 하고 있는지 그런 건 서로 묻지 않기로 돼 있었지만 그녀가 만나는 사람들을 보면 주로 부녀회 간부들로 뭔가 중요한 역할을 맡고 있는 게 분명했다. 그는 그 집 앞에 마차를 세우고 나서 안으로 들어갔다. 인숙이 모커리 난간에 앉아 채소를 다듬고 있었다. 갖고 간 보리빵과 상외떡을 건네자 그녀는 씽긋 웃어 보이며 정지로 들고 갔다.

"이 추운디, 잘 먹윽크라."

당숙모가 정지에서 나와 반갑다는 인사를 했다.

"이거, 와이료 쓰는 거예요. 속지 마세요." 인숙이 말했다.

"와이료엔 허난?"

"남의 집 처녀 훔쳐가려니까 괜히 선심을 쓰는 거죠."

두 사람이 농담을 주고받는 사이에 현준은 웃으며 마차가 있는 곳으로 돌아가서 말을 이끌고 숲으로 들어갔다. 밤나무 등걸에 말을 매고 있는데 그녀가 신문지에 싼 보리빵을 몇 개 들고 왔다. 그들은 나무 사이로 조심스럽게 걸어갔다. 그녀는 목이 긴 장화에 두둑한 쉐타를 걸치고, 끝이 둥근 나무 지팡이를 짚고 있었다. 길이 질어 자칫하면 넘어지기 십상이었다. 신문지에 싼 보리빵은 그가 받아서 들고, 빵을 한 개씩 나누어 가졌다. 따끈따끈했던 빵이 그 사이 좀 식었으나 그리 차지는 않았다.

다람쥐 한 마리가 쪼르르 나무 위로 기어오르는 것이 보였다. 그녀는 빵을 조금 뜯어 나무 밑에 놓아 주었다.

"정길이라고 그 소년단원 말야, 어찌게 풀려 나왔던데."

"그래. 용욱이한테 들었어. 걔 만났어?"

"어, 잠깐. 그 녀석 참 웃기는 놈이야. 생김새부터가."

"그래. 꼽추소년 역을 맡았는데, 제법이었어."

"좀 마르긴 했지만, 별로 다친 덴 없는 것 같았어."

"영자가 걱정이야. 내 몫까지 도맡아서 고생하고 있을 텐데."

"그럴 거야. 영자 성격으로 봐서 호락호락 넘어가진 않을 테니까 더 힘들겠지. 그나저나, 이거 어떻게 되는 거야? 이대로 가면 우리 청년회 조직도 완전히 바닥을 드러내게 됐어."

"왜?"

"사람이 있어야 무슨 일을 하지. 형무소다, 도망이다, 이래저래 떠나고 나니 이젠 같이 뛸 사람들이 있어야 말이지. 조천뿐 아니라 어느 중산간 부락에 가 봐도 사정은 똑같애. 일을 할 만한 청년들은 다 빠져나가고 늙은이들만 남아 있으니 이건 뭐 사람 사는 곳이 아니고 무덤 속 같애."

"세상이 곧 무너진다 해도 오늘 나는 능금나무를 심는다는 말이 있잖아? 기다려 봐. 이런 어려운 때일수록 새로운 변화의 계기가 마련될 수도 있을 거야."

"새로운 변화?"

"그래."

"간부들이 모두 끌려들어 갔으니 도당은 그렇다 치고, 청년회는 지금 뭘 하고 있는 건지 모르겠어. 이런 땐 청년회가 도당을 대신해서 적극적으로 밀고 나갈 수도 있을 텐데."

그들은 아기무덤이 있는 곳으로 갔다. 낮고 조그만 언덕이지만 여기서 있으면 멀리 마을이 보이고, 컹컹— 개 짖는 소리가 바람결에 어렴풋이 들려왔다. 현준은 나란히 서서 걸으며 그녀의 손을 잡았다. 그리고, 고개를 돌려 그녀의 옆얼굴을 바라보았다. 사람이 그리울 땐 이 언덕에 서서 바깥세상을 보며 시간을 때운다는 그녀의 말이 어쩐지 예사롭지 않게 생각되었다.

"난 요즘 우리 오야를 생각하게 됐어. 서울 가서 휘문고보 다니다가 만세운동에 뛰어든 후 30년, 줄곧 감옥만 찾아 다녔으니까, 그 삶이 어떤 것이었을까 하고." 인숙은 잠시 고개를 떨구고 있다가, 또 이렇게 말했다. "근데 말이야, 갇혀 있는 자가 단 하루라도 울지 않는 날이 있다면 그 날은 기쁘거나 즐거워서가 아니고 마음이 굳어 버렸기 때문일 거야."

현준은 조그만 돌멩이를 집어 힘껏 던졌다. 길게 포물선을 그으며 언덕 밑으로 떨어져 구르는 소리가 들렸다. 그녀도 곧 따라 했다. 어린 시절 둘이서 자주 했던 장난이다. 과거엔 주로 바다 위로 돌팔매를 치곤했는데 이 날은 엉뚱하게도 언덕 위에 서서 아무렇게나 던지고 있었다. 그래도 그 추억 속의 시간은 언제나 즐거웠고, 아주 먼 세계로 두 사람을 인도해 주고 있었다.

제3장

59

"이동혁씨 만났어?"

"응. 그 사람, 어떻게 알게 된 거야?"

현준은 걸음을 멈추고 나무에 기대어 섰다. 앞에서 걷고 있던 인숙이 돌아서서 그를 바라보았다.

"왜, 갑자기?"

"그날 밤 꼬박 밤을 샜어. 나한테 너무 많은 걸 얘기하고 갔거든. 탑바리에서 그 때 잠깐 본 것밖에 없는데."

"걱정 마. 믿을 수 있는 사람이니까." 인숙이 유리 조각을 주워 밤나무의 검은 둥걸을 긁으면서 말했다. "지혜로운 농부는 나무에 귀를 대고 봄이 오는 소리를 듣는다지 않아? 올해도 봄은 어김없이 오겠지. 난, 지금 그 봄이 어디쯤 와 있는지, 걸 알고 싶을 뿐이야. 그래, 그 사람이 무슨 말을 하고 갔는데?"

"…"

"나한텐 해도 돼. 그 사람 내가 보낸 거야."

"니가?"

"그 사람도 꼭 너와 같은 말을 했었어. 정 회장한테 들었다면서, 나를 찾아와선 그러는 거야. 정말 믿어도 되느냐고."

"정 회장 지금 여기 있어?"

"그건 나도 몰라. 때가 되면 그쪽에서 연락하겠지."

"이동혁씨가, 그러니까, 나를 찾기 전에 먼저 정 회장과 의논했단 말이지?"

"물론이지. 안 그러면, 어떻게 널 찾아갈 수 있었겠어?"

"그렇다면 이해가 가."

현준은 적이 마음을 놓고 다시 걸음을 떼어 놓았다. 숲은 깊고 고요하지만 그 속에선 뭔가 은밀한 작업들이 진행되고 있는 것처럼 생각되었다. 그러나 그것뿐이었다. 그 이상은 그가 알 수도 없고, 알아서도 안 되는 것이었다.

그들은 계속 숲 속으로 걸어 들어갔다. 현준이 마침내 침묵을 깨고 말했다.

"그 사람, 대단히 주도면밀한 사람이야."

"그렇지? 나도 그렇게 알고 있어."

"우리 마을 출신 중에서, 주로 산간벽지에 나가 있는 청년들을 중심으로, 하나하나 체크하고 갔어. 교우관계, 성분, 가족 상황, 기호, 취미, 건강 상태까지, 아주 구체적으로. 그 날 탑바리 갔을 땐 그런 얘기가 있었지. 군사부의 독립이니, 무장 투쟁이니…."

"그런 것까진 알 수 없지만, 요즘 어떤 변화가 일고 있는 것만은 분명해. 그 사람 지금쯤 용근이를 만나고 있을 텐데."

"용근이를?"

"이쪽 민주부락 사정은 용근이가 잘 알고 있지 않아? 다음에 또 연락이 가면 도와 줘. 그 사람 믿어도 좋을 거야."

"이젠 알 것 같애. 명단이 아주 치밀하고 정확하게 작성돼 있었는데, 용근이가 제공한 모양이야. 그 친구 만날 수 있을까?"

"곧 들를 거야. 내가 전해 줄께."

"그 친구, 건강은 좀 어떤지 모르겠어. 새코지 가서 쉬는 게 좋을 텐데."

"용근이 지금 그럴 시간 없어. 이동혁씨 말이, 상당히 중요한 임무를 맡고 있나 봐."

"뭐, 중요한 임무?"

"그래."

"무슨 일 좀 있었으면 좋겠어. 이대로 가면 숨이 막힐 것 같어."

"요즘도 CIC 요원들이 자주 들러?"

"그렇지 뭐. 우린 지금 독 안에 든 쥐나 다름없어. 뭔가 획기적인 계기가 마련되지 않는 한 우리 청년회 조직은 스스로 자멸하고 말 거야."

"그렇게 심각해?"

"이미 공백 상태에 빠져 있어. 생각해 봐. 청년들은 하나둘 빠져나가고 노약자들만 남아 있으니 어디 말을 붙여볼 데가 있어야지. 이런 상태에서 우리가 무슨 일을 도모할 수가 있겠어?"

"여기 좀 쉬었다 가." 인숙이 몹시 고통스러운 듯 나무에 기대어 섰다.

"아퍼?"

"아, 조금."

"오늘 너무 무리한 거 아냐?"

"글쎄, 좀 쉬면 괜찮을 거야. 허린 많이 나은 것 같은데 다리가 찌릿찌릿해."

"침을 맞는 게 좋은데."

"많이 나았어. 이쪽 방향으로 10분만 더 걸어 나가면 무덤이 하나 있어. 아주 오래 된 건가 본데, 비문의 작은 글자들은 이끼가 끼고 삭아서 거의 알아볼 수 없을 정도야. 난, 그 무덤이 왜 그렇게 좋은지 모르겠어. 오늘도 아침에 갔다가 조금 전에 돌아왔어."

"그래?"

"무덤을 베고 뉘서 하늘을 보고 있으면 그렇게 마음이 편안할 수가 없어."

"너 요즘 도 닦는 모양이지?"

"흐흠!" 그녀는 그의 부축을 받으며 다시 걸음을 떼어 놓았다. "서울에선 하늘이 높고 푸르기만 했는데 여기 와서 보니까 아주 인간적이야. 낮게 뜬 구름들이 참 아름다워."

"무리하지 말어."

"그래. 오늘은 안 되겠어. 다음에 같이 가."

그들은 방향을 바꾸어서 마을로 돌아갔다. 인숙은 시종 현준의 어깨에 매달려서 엉금엉금 걸었다. 그녀의 가냘픈 숨소리를 들으며 그는 가급적 천천히 걸어갔다.

숲은 어느덧 어둠이 깔리고 있었으나 밖에는 아직 해가 조금 남아 있었다.

"잘 있어."

"잘 가."

현준은 서둘러 마차를 몰고 조천으로 향했다. 마차가 희미한 어둠 속으로 사라져 갈 때까지 인숙은 그 자리에 그대로 서서 지켜보고 있었다. 이곳 숲 속에서 일어나고 있는 일들을 그에게 속시원히 말해 줄 수 없다는 사실이 내내 그녀를 우울하게 만들고 말았다.

으랴- 으랴-.

현준이 채찍을 높이 들자 말은 놀란 듯 뛰기 시작했다. 평화로운 저녁이다. 들판은 어느새 푸르러 오고, 물먹은 보리밭이 하루가 다르게 성큼성큼 치솟고 있었다. 그는 휘파람을 불며 넓은 들판으로 나섰다. 개야 개야 검은개야 곤밥 먹고 검은 똥 싸니. 속으로 외고 있으려니까 저절로 웃음이 났다. 동네방네 뛰어다니며 이 노래를 부르고 있을 아이들의 모습도 그려 보았다. 지금 그녀는 유치장에 들어가 있는 부친을 대신해서 싸우는 꼴이 되었다. 그저 예쁘고 선량하게만 보이는 그녀의 한 구석엔 그런 강인한 면이 있었다.

그녀에겐 친척집 방 한 칸이 세상으로 열려 있는 유일한 창구였다. 낮에는 숲 속으로 들어가 시간을 보내다가 밤엔 몰래 사람들과 만나고 있었다. 그런 답답한 생활을 하면서도 희망을 잃지 않고 잘 견디고 있었다. 무엇이 그녀를 지탱하고 있는 것일까. 그녀와 함께 있으면 뭔지 모르지만 속에서부터 우러나오는 어떤 뜨거운 정신의 힘과 같은 것을 느낄 수 있었다.

상두거리를 지나 신작로로 나서자, 국방색 미군 지프 한 대가 뽀얗게 먼지를 일으키며 맞은편에서 달려오고 있었다. 제기랄! 그는 길섶으로 비켜서서 차가 지나가기를 기다렸다. 운전병과 나란히 앉아 껌을 찍찍 씹고 있는 흑인 병사의 흰 이빨이 유난히 하얗게 빛났다. 돌아서서 차가 먼지 속으로 달아나는 것을 지켜본 뒤에 다시 말을 몰았다. 오만한 점령군의 한 단면이었다. 으랴! 으랴! 그는 채찍을 높이 들고 서둘러 집으로 돌아갔다. 번번이 겪는 일이지만 밤이나 낮이나 불을 켜고 요란하게 달리는 군용 차량을 보고 있으면 괜히 심사가 뒤틀렸다.

"형님 못 보셨어요? 방금 나갔는데."

"그래요?"

"아니, 이 이가!"

형수가 아기를 안고 골목밖에 서 있다가 쪼르르 안으로 뛰어 들어갔다. 오랜만에 집에 돌아온 형이 다시 외출을 한 모양이었다. 영문을 몰라 우두커니 그 자리에 서서 그녀의 뒷모습을 바라보고 있던 그는 이윽고 말을 이끌고 마구간으로 갔다. 망아지 두 마리가 나란히 서서 고개를 숙이고 있었다. 이제는 제법 주인을 알아본다는 반가운 표정이었다. 가까이 다가서서 콧등을 쓰다듬어 주었다. 해가 져서 어둑어둑한 시간인데도 공주의 은회색 밝은 빛깔이 유독 눈에 띄었다. 말은 세 살이면 성년이라는데 앞으로 자신이 해야 될 일이 참 많이 있을 것 같았다. 그는 흐뭇한 마음으로 어둠 속에 서서 녀석들을 보고 또 보았다. 녀석들은 어느새 그의 희망이며 기쁨이 되어 있었다.

60

이튿날 점심때쯤 해서야 형은 부스스한 얼굴로 돌아왔다. 현준은 그의 행방이 궁금하지 않을 수 없었다. 읍내로 나간 게 아니라면 또 어디서 누굴 만나고 온 걸까. 그가 알만한 사람은 다 잡혀 들어갔거나 마을을 뜨고 없을 텐데, 어디 가 무얼 하다 왔는지 짚이는 데가 없었다.

집에 들어오자마자 형은 몹시 쫓기는 사람처럼 허둥대며 형수와 어린 조카까지 다 데리고 읍내 처가로 가 버렸다.

61

형이 없는 집은 조금때 물이 빠진 뒤의 바닷가와 같이 적막했다. 현준은 난간에 걸터앉아 담배를 꺼내 물었다. 그 때, 최세진이 골목 안으로 들어서는 게 보였다. 아니, 메가네가? 또, 무슨 트집을 잡을려고? 가슴이 철렁 내려앉는 듯했으나 현준은 곧 자세를 고쳐잡고 정면으로 바라보았다. 저런 못된 놈에게 나약한 면을 보이는 것은 괜히 미끼를 제공하는 거나 다름이 없었다.

놈은 뻔뻔스럽게도 겅중겅중 걸어 들어와 그의 곁에 앉았다. 그는 상대방이 먼저 말을 걸어올 때까지 가만히 놔두었다.

"삼촌님 안 계신가?"

"네."

"벌써부터 인사를 올리고 했는데, 자네도 알다시피 내가 너무 바빠서 말야. 삼촌님 얼마나 기쁘실까, 아들 두 형제만 바라보고 사셨는데."

"…"

이전 같으면 먼저 알은 체하고 한두 마디 빈 말이라도 건넸겠지만 이 날은 못 본 듯이 놔두었다. 이 작자도 좀 계면쩍었든지 검은 색안경을 자주 올려 쓰며 코인사를 붙여 왔다.
"경준인 지금 책을 보고 있나?"
"방금 나갔는데요."
"방금?" 최세진은 의아한 눈으로 현준을 돌아다봤다. "아까 비석거리서 이리로 오는 걸 보고 왔는데."
"형수님하고 지금 막 나갔습니다. 못 봤군요."
현준은 짐짓 안 됐다는 듯 말꼬리를 바짝 끌어올리며 능청스럽게 대답했다. 최세진은 검은 색안경을 연신 만지작거리면서 이 말 저 말 쓸데없는 소리만 늘어놓았다. 먹이를 놓친 셰퍼드처럼 코를 벌름거리며 구석구석 냄새를 맡는 모양이다. 도무지 그 속내를 알 길이 없었다. 그렇잖아도 양정기 건으로 여간 신경이 쓰이지 않았는데 그 일에 대해서도 일끔 말이 없었다.
그 때, 어머니가 마실에서 돌아왔다.
"아이고, 이거 최 주임 아니우꽈? 어떵 좀 한가헙데가?"
신촌집은 몇 번이나 허리를 굽혀가며 불필요한 친절을 보였다. 닭 쫓던 개 지붕만 쳐다본다는 격으로 허탈하게 앉아 있던 최세진이 끝내 가면을 쓰고 덤벼들었다.
"경준인 꼭 해낼 거우다. 고등문관 시험만 합격하면 삼촌님도 그날부터 팔자를 고치는 겁주. 그동안 참말 고생도 많이 하셨는데."
"고맙수다. 이치룩덜 생각해 주난, 양. 이 은공을 어떵 갚으코 마씸?"
신촌집은 마음에도 없는 말을 줄곧 늘어놓기 시작했다. 은근히 부아가 났던지 밖거리만 연방 들여다보고 있던 최세진이 급기야 꽁무니를 빼고 말았다.

"저승 체시는 무시것사 햄신디사, 원. 쯧쯧. 저건 게난 어떵핸 와시니? 육짓것도 하나 올래에 선 이선게마는, 느네 성이 무신 책잽힐 일이나 행 댕기는 건 아니가?" 신촌집은 갑자기 표정을 바꾸고 혀를 쩍쩍 찼다.

"어머니도, 원! 형님이 어린 아이우꽈?"

현준은 어머니의 이중적인 태도에 또 한번 놀랐다. 작년 3월 형이 경찰서에 끌려갔을 때도 똑 그랬었다. 그 땐 참으로 다급한 상황이었고, 또 메가네가 수사계 주임으로 끝발을 날리던 시절이긴 했지만, 그래도 그렇지, 아들 같은 놈에게 두 손을 싹싹 비비며 한번만 봐달라고 애걸복걸하다가 돌아서자마자 침을 퉤퉤 뱉었던 것이다. 이것은 지금까지 자신이 알지 못했던 어머니의 어떤 부분이기도 했다.

"애야!" 신촌집이 마침내 풀이 죽은 목소리로 아들을 불렀다.

"예, 어머니!"

"이거, 원, 시상이 너미 어지럽구나. 무사덜, 경, 빈 주먹으로 나상 싸우젠만 허는 것고?"

"인민을 위해섭주."

"인민이옌 허난?"

"우리가 다 인민인 걸 마씸."

"경허민, 그, 인민을 허던 사름덜 말가?"

"그 분들도 인민을 위해 싸우고 있는 겁니다."

"큰일이여. 그 분네덜은 지금 유치장에 들어가 있질 안 허냐?" 신촌집은 잠시 생각에 잠긴 듯 말을 끊고 있다가 아들을 보며 다시 물었다. "느도 그 인민을 허고 있는 게냐?"

그녀는 답답한 생각이 들었다. 공부를 많이 한 큰아들은 몰라도 시골

구석에 쳐박혀 있는 이 작은아들까지 인민을 하고 있다면 이거야말로 심각한 일이었다. 그렇잖아도 중학원이 박살이 났다고 떠들고들 있는 판국인데 요 작은아들이라고 멀쩡할 리가 있으랴 싶었다.

"뭐, 꼭, 그런 건 아니우다만."

현준은 어머니가 묻는 말에 얼른 대답을 찾지 못하고 적당히 얼버무리려고 했다.

"이 에미한틴 솔직허게 말해 보라. 그 분네덜처름, 느도 게난 그 인민을 허고 싶은 게지?"

"…"

신촌집이 눈을 똥그랗게 뜨고서 정면으로 다구치는 바람에 현준은 아무 말도 못 하고 묵묵히 앉아 있었다.

"인민이 좋댄 허는 건, 나도 맨날 들언 알암져. 경 허주마는, 애야! 인민을 허는 사름덜을 봐라. 그 사름덜, 독립운동 허다가 망허고, 인민 허다가 망해시녜. 시상이 또 바뀐 거여."

신촌집은 인민위원회 시절을 무척 동경하고 있었다. 해방이 되고 그 사람들이 일을 보던 시절은 배급도 공정했고, 우선 말썽이 없어서 마을 안의 일들이 다 순조로왔다. 그렇지만, 그것은 이미 지나간 과거의 일이라는 것을 아들에게 말해 주고 싶었던 것이다.

"어머니! 곧 새 세상이 올 거우다."

"내 말을 명심해라. 인민을 허는 사름덜은 다 잽혀 갔다. 느 성도, 그, 인민을 헐까 두렵구나." 신촌집은 마루를 거쳐 챗방으로 나가면서 혼잣말처럼 푸념조로 뇌까렸다. "그 분네덜도 못 허는 인민을, 그러니, 누가 헌단 말이냐?"

현준은 이렇게 나약하고 소심한 어머니를 본 적이 없었다. 그가 기억하고 있는 어머니는 무식하지만 당당하고, 목소리가 크고, 부지런하며, 제 것은 꼭 제 손으로 찾아먹고야 마는 그런 억센 여자였다.

그는 방으로 들어갈까 하다가 그냥 난간에 앉아 있었다.

"느네 형순 어디 가시냐?" 어머니가 저쪽 챗방에서 목청을 돋구어 큰 소리로 물었다.

"아까, 형이 다 데령 가신디."

"아기영 다 데령?"

"예. 산지 간 모양이우다."

신촌집은 갑자기 온 몸에서 힘이 쭉 빠지는 것 같았다. 만나기만 허민 한 바탕 야단을 쳐서라도 서울로 몰아낼 건디 이젠 코빼기도 안 보일 작정인가. 그녀는 챗방 한 구석에 우두커니 서 있다가 정지로 나갔다. 돗자리를 깐 다음, 조그만 밥상에다가 냉수를 한 대접 떠놓고 촛불을 켰다. 그리고는 세 번 네 번 연거푸 절을 하고 나서 자신의 소망과 고충을 마음속으로 고하기 시작했다. 이제 그녀가 할 수 있는 일은 조왕 할마님께 비는 것뿐이었다. 조왕 할마님! 할마님이 준 자식, 할마님이 살펴 줍서. 할마님만 믿엄수다. 나가 어떵 키운 건디, 할마님이 알앙 달래 줍서. 시상 분시 모른 거, 이 고비만 잘 넘게 해 줍서. 할마님만 믿엄수다. 두 손을 비비며 조왕신께 통정한 다음, 다시 일어나 절을 하고, 또 했다. 이렇게 간절할 땐 몇 번이고 힘이 다할 때까지 절을 거푸 했다.

어머니의 기원이 평소와 다르다는 걸 단박에 느낄 수 있었다. 작년 형이 끌려갔을 때 입은 상처가 다시 도진 건지 모른다. 메가네를 찾아가 두 손 싹싹 비비며 한 번만 봐달라고 애원하던 모습이 불쑥 떠올랐다.

그 땐 정말이지 처참할 정도로 비굴했다. 고집이 세고 당당하던 어머니의 자존심이 한꺼번에 무너져 버린 것이다. 자식을 위해서라면 어떤 궂은일도 마다하지 않는 분이지만 그 날은 그게 무슨 꼴인가. 비굴하다 못해 아주 치사할 정도였다.

그는 먼발치에 서서 어머니의 일거일동을 지켜보고 있다가 불현듯 집을 나섰다. 아침에 함덕으로 간 부영진이 돌아올 시간이었다. 박정욱이 검거되었으니 앞으로 잿골 사태는 어떻게 처리해야 될 것인지 막막했다. 잿골은 차낭골과 함께 민주부락 중에서 가장 큰 비중을 차지하는 곳인데 만일 이 마을을 방치해 둔다면 그 일대에 미치는 영향이 아주 클 것이었다.

마당에 서서 기다리고 있던 영진이 현준을 보자 곧바로 방으로 데리고 들어갔다.

"어젯밤 제주서로 넘어갔대."

"모두?"

"별 볼 일 없는 여편네들 몇만 남겨 놓고, 다."

"명단은?"

"김 순경이 갑자기 본서로 불려갔다는 거야. 말은 전근이라고 하지만 어떻게 된 내막인지 알 수 없어. 지서 세포까지 없어졌으니 이젠 더 알아볼 데가 있어야지. 아무튼, 그 친구들 재판을 받아야겠지?"

"그럴 테지."

"웃기는 세상이야. 조선말도 모르는 양코배기들이 뭘 안다고 1년이다, 2년이다, 형을 때리고 있는지 모르겠어."

"그래봤자 콩밥 좀 먹고 오면 되겠지만, 앞으로가 문제야. 청년회를 재조직하려면 우선 명단부터 확보해야 돼."

"우리가?"

"그럼, 누가 해? 지금 조천도 이 모양인데, 거기라고 다를 게 있나. 직접 현지에 가서 사정을 알아보는 수밖에 없을 것 같아."

"기가 찰 노릇이군. 근데 말야," 영진이 돌연 심각한 표정으로 현준을 보며 말했다. "이상한 소릴 들었어. 바닷가 동네 그 집에 가서 잠깐 쉬고 있었는데, 어떤 사람들이 그러더라고. 유격대라고. 난 처음에 무심코 들었는데 퍼뜩 정신이 드는 거야. 가만히 귀를 기울이고 있었더니, 그 사람들 건넌방에 와 있다가 곧 나가 버렸어. 쫓아가서 물어볼 수도 없고, 나 혼자 끙끙 앓다가 왔지. 쥐도 새도 모르게 저 산 속에서 군사 훈련을 하고 있다면 이건 정말 대단한 얘기야. 버스를 타고 오는데 한라산이 새롭게 보이더라고."

"그래?"

"자넨 무슨 말 들은 거 없어?"

"글쎄, 난 금시초문인데."

"분명 그랬어. '우리 유격대'라고."

"이 사람! 반도에선 지금 유격대 활동이 활발하게 전개되고 있으니까 신문 같은 걸 보고 하는 소린지도 몰라."

"건 아니야. 만일 그렇다면 두 사람만 방에 몰래 들어와서 귓속말로 쉬쉬- 하다가 갈 필요가 없지 않아? 그 사람들 하는 거동으로 봐서 이건 분명 다른 얘기야."

"…"

"그러고 보니까, 아무래도 이상한 느낌이 들어. 며칠 전엔 말야. 중동에 사는 김정구하고, 새코지 박진철이가 밤중에 산으로 오르는 걸 봤어.

그 땐 그런 생각 전혀 못했는데 그게 아무래도 묘해."

"뭐가?"

"그 친구들, 어쩐지 거동이 이상했어. 인사도 받는 둥 마는 둥 부랴부랴 떠나 버렸거든."

"그렇게 보니까 그런 거지."

"아니야. 잘 생각해 봐."

영진이 계속 호기심을 가지고 덤벼들었다.

"이건 아주 중대한 문제야. 자네, 조심하라구. 사실이든 아니든 그게 문제가 아니고, 잘못 뜬소문이 나게 되면 여러 사람 다치게 될 거야."

현준은 짚이는 데가 좀 있었지만 모른 척하고 이쯤에서 물러서고 싶었다.

"우린 언제까지 이러고 있을 거야? 떳떳하게 나가서 싸울 일이지, 이런 식으로 피를 말리고 있어봤자 누구 하나 알아주는 사람도 없을 텐데." 영진이 엉뚱한 말을 꺼내고 있었다.

"부 동무, 지금 무슨 소릴 하고 있는 거야? 우리는 당과 조직이 결정할 뿐이야. 우리의 생존까지도. 당에 충실하는 것만이 우리가 사는 길임을 잊었나?" 현준이 정색을 하고 말했다.

"그렇지만, 지금 우리는…."

"이 사람, 이건 없는 얘기로 해. 때가 되면 저절로 알게 될 테니, 우린 그저 눈을 뜨고 바라볼 뿐이야. 낮이나 밤이나, 보고 또 보고, 기록하고, 상부에 보고하는 것, 이것이 우리에게 주어진 임무야. 만일 그럴 필요가 있으면 그 때 가서 다시 논의하기로 하고, 지금은 오로지 상부의 지시만을 기다리기로 하지. 내 말 알겠나?"

"알아."

현준은 부 동무를 남겨둔 채 혼자 아지트를 나섰다. 무언가 긴박하게 목을 조여 오는 것 같은 미묘한 느낌이 들었다. 이대로 가면 청년회 조직도 머지않아 거덜이 날 게 분명했다. 그는 불안한 심정으로 무작정 길을 걷고 있었다. 이런 때 흉금을 털어놓고 이야기할 수 있는 친구가 없다는 것이 가장 슬픈 일이었다. 하루 속히 지용근을 만나 이런 모든 사안들을 점검해 보고 싶었다. 부영진에겐 그렇게 말했지만 만일 유격대가 활동하고 있다면 그 역시 그쪽으로 달려가고 싶은 심정이었다.

62

비석거리를 지나 중동으로 오르는데 뜻밖에도 송용구가 만세집에서 뛰어나오며 그를 불렀다.

"김형!"

"오랜만입니다."

"잘 됐군요. 댁에 갔다가 못 뵙고, 하는 수 없이 저 가게에서 기다리고 있는 참이었는데."

"아, 그랬군요. 들어갑시다."

현준은 반가운 마음에 술을 살 생각이었다.

"아닙니다. 조용히 말씀드릴 게 있어서…."

"그럼, 좀 걸을까요?"

"네, 그게 좋겠군요."

현준은 다시 광콧으로 발길을 돌렸다. 궁금한 점이 한두 가지가 아니었으나 그는 상대방이 먼저 말을 꺼낼 때까지 묵묵히 기다리기로 했다. 그가 제일 궁금하게 여기는 것은 이동혁이 지금 어디 있고 지용근을 만나 무슨 계획을 세우고 있는 것인가 하는 점이었다.

송용구는 좀체 본론으로 들어가지 않았다. 한다는 소리가 고작해야 이 동네 참 조용하군요, 이 길로 곧장 나가면 신촌을 거쳐 왼당봉으로 오를 수 있습니까, 뭐 이런 거였다. 현준은 그래도 꾹 참고 기다렸다. 한참 후에야 송용구가 엉뚱한 소리를 하나 꺼냈다. 인숙이가 통 보이지 않는다는 것이다. 현준은 의아한 눈으로 그를 넌지시 바라보았다. 순간, 송 동무가 인숙이네 집으로 사람을 넣어 청혼을 했다고 한 형수의 말이 퍼뜩 떠올랐다.

"인숙씨 지금 어디로 가면 뵐 수 있을까요?"

"글쎄, 저도… 찾고 있는 중입니다만."

"혹시 무슨 일 있는 건 아니겠지요?"

"무슨 일?"

"그 날, 그러니까, 연행 과정에서 뭐 잘못된 건 아닌가, 하고."

"그럴 리야 있겠습니까?"

"이건 하도 답답하니까 저 혼자 생각해 본 겁니다만, 그 날 경찰이 덮쳤을 때 여러 사람 다쳤다는 말도 있고 해서."

"그랬다면 지금까지 그냥 있겠습니까? 벌써 무슨 소문이 돌았겠지요."

현준은 픽 웃음이 나오는 걸 꾹 눌렀다. 순진한 친구, 그렇지만 지금 나로선 거짓말을 할 수밖에 없지 않은가. 그는 이렇게 자위하면서 묵묵히 걸음을 옮겨 놓았다.

"알 수 없는 일이군요. 찾을 만한 곳은 다 찾아봤는데."

송용구가 여전히 진지하고 심각한 얼굴로 말했다.

"그래요?"

현준은 갈수록 호기심과 함께 장난기가 발동해서 그의 얼굴을 훔쳐보았다.

"무근성에 고모님이 사신다고 해서 거기도 가보고, 밤골에 가서 지용욱 선배도 만났는데, 아무도 본 사람이 없다는군요. 인숙씨 어머니도 여간 걱정이 아닌가 봅니다. 인숙씨 설마 무슨 일 없겠지요?"

"용욱이 형 잘 아십니까?"

"농중 2년 선배입니다. 같은 면이고, 원예과 실습실에서 자주 만나다 보니까 이젠 형제처럼 지내게 되었지요."

"그러시군요. 그 양반이 모른다면 밤골엔 없는 게 분명하고, 어디 가서 꽁꽁 숨었는지 도무지 알 수가 없군요." 현준은 청혼한 사실을 물어보고 싶었지만 차마 말이 떨어지지 않았다. "인숙이 어머니는, 그래도 좀 짚이는 데가 없답니까?"

"사방으로 다 알아보신 모양인데, 전혀 찾을 길이 없답니다. 이거, 참 큰일이군요."

"…"

현준은 한편 찔리는 데가 있어서 묵묵히 걷고 있었다. 눈이 많이 나쁜 모양인지 두둑한 뿔테안경을 쓰고 앞으로 몸을 숙여 어기적어기적 걷는 이 콤뮤니스트 청년은 백두진과 근본적으로 달랐다. 군졸들을 거느리고 와서 이 집 저 집 쑤시고 다니는 그런 건달패하고는 비교할 수도 없을 만큼 사뭇 정중하고 순진한 구석이 있어 보였다.

"김형, 부탁입니다. 혹 어디서 연락이 있으면…."

"알겠습니다. 가서 한 잔 하고 가시지요?"

"아닙니다. 오늘은 긴한 약속이 있어서 빨리 성내로 넘어가야 합니다. 또 뵙지요."

송용구가 바삐 신작로 방향으로 걸어갔다. 현준은 웃음이 나오는 것을 참고 그의 뒷모습을 지켜보고 있다가 이문선을 찾아 나섰다. 지금쯤 숲을 걷거나 무덤에 누워 혼자 쓸쓸히 시간을 보내고 있을 지인숙을 생각하면 한시라도 빨리 달려가서 만나고 싶었다. 밤골은 걸어서 사오십 분 거리지만 말을 타고 가면 불과 10분도 안 걸리는 가까운 곳이었다.

"이 사람, 어떵 해연?"

이문선이 난간에 걸터앉아 담배를 피우고 있다가 호기심어린 얼굴로 그를 바라보았다.

"말 좀 빌려줍서."

"갑재기 말은? 무신 바쁜 일이라도 생겨신가?"

"예. 급히 가볼 디가 이선 마씸. 두어 시간이민 될 거우다."

"것사 어려운 일 아니주만, 담판은 잘 해신가?"

"예? 무신 담판을?"

"아까 만세집에서 보난 송용구영 같이 감선게, 무신 말덜을 해서?"

"원, 형님도!"

"소문은 다 듣고 있어. 그 사람, 지 선생한티 중신 놓았댄 허멍?"

"난, 그런 거 모릅니다."

"거, 무신 말이라? 여자를 사귈 테면 화끈하게 해야지, 경 해도 되는 거라?"

"형님, 오햅니다."

"오해라니?"

"우린 그냥 친구…."

"에끼, 이 사람! 하늘이 웃고 땅이 웃을 일이여." 이문선은 상대방의 말을 끊고 단도직입적으로 말했다. "매사에 분명허고 확실헌 사람이, 여자 문제는 왜 그래? 자네, 그렇게도 자신이 없나?"

"…."

"지 선생이 암만 똑똑허고 잘난 사람이옌 해도 여자는 여잘세. 자네 하기 탓이야." 이문선이 말을 데리고 나와 안장을 챙기며 말했다. "자네, 화났나?"

"화는 무신."

"좋아! 갔다 오게. 경 안 해도 자네허고 얘기 좀 허고 싶었던 참인디."

"고맙수다."

"올 가을 경마대회 나가젠 허는 거난, 이 말 조심허게. 이땅 한 잔 허주." 이문선이 따라나오며 신신 당부했다.

"예. 이땅 봅주."

현준은 조심스럽게 말을 이끌고 골목에서 나가자 얼른 뛰어 올랐다. 키가 작고 왜소한 편이었으나 조랑말치곤 제법 야무지고 씩씩해 보였다. 속도를 더할수록 딸랑딸랑 방울소리도 경쾌했다. 천군만마를 얻은 용사처럼 그는 있는 힘을 다해 달렸다.

갑자기 힘이 솟고 온몸이 충만해 오는 것을 느낄 수 있었다. 이것은 아직까지 한번도 경험하지 못 했던 어떤 새로운 기쁨이고 감격이기도 했다. 이 날만은 그녀를 만나면 무언가 꼭 하고 싶은 말이 참 많을 것 같았다.

63

그는 그 집 앞에 말을 세우고 곧장 안으로 들어갔다.

"지 선생 나갔습니까?"

"아침에 나가신디."

"아, 네. 찾아보겠습니다."

"무신 일이라?"

당고모가 당황해서 따라 나왔다.

"별 일 아닙니다."

그는 다시 말을 타고 숲으로 달려 들어갔다. 굵은 밤나무가 빽빽이 들어서 있었으나 말을 모는 덴 별로 지장이 없었다. 그는 말을 추스르며 계속 나무 사이로 돌아 들어갔다. 이런 깊은 숲 속에서 매일 혼자 시간을 보내고 있을 그녀를 생각하면 가슴이 미어지는 것 같았다.

"야호!"

한시라도 빨리 만나고 싶은 심정으로 두 손을 모으고 힘껏 소리를 질렀다. 분명 그쪽이었을 텐데 아무 반응이 없었다. 그는 계속 '야호!'를 부르며 말을 몰았다. 숲은 생각했던 것보다 훨씬 넓은 편이었다. 말에서 내려 주위를 살펴보았으나 어디로 가야 할지 방향을 잃고 말았다. 잠시 서서 두리번거리고 있는데 멀리 나무등걸 사이로 이상한 징후가 발견되었다. 그는 말을 두고 다짜고짜로 그 쪽으로 나아갔다. 인숙이 숨어 있다가 "악!" 하고 뛰어 나왔다.

"이 깍쟁이가!"

그는 달려들어 그녀를 부둥켜안고 키스했다. 그리고 두 팔로 끌어안은 채 바닥으로 떼굴떼굴 굴렀다. 순식간에 일어난 일이었다. 그는 자신이 어떻게 하고 있는지 아무것도 의식하지 못 했다. 그녀가 무어라고 외치고 있었지만 그런 얘기가 그에게 들릴 리 없었다. 그는 그저 그녀의 가슴을 풀어헤치고 자기의 것으로 만들고 싶다는 오직 한 가지 집념에 불타고 있었다.

그 때였다.

"죽어 버릴 거야."

이 한 마디가 그의 뇌리를 쳤다. 그는 숨이 차서 헉헉거리며 옆으로 쓰러졌다. 아무것도 생각할 수 없었다. 딱 한번만이라도 좋으니까 자기의 사랑을 확인받고 싶다는 이상야릇한 충동으로 몸을 떨고 있었다. 벌렁 드러눠 있다가, 그는 곧 일어나 앉아서 그녀를 쏘아봤다.

"너, 왜 그래? 미쳤어?"

눈물에 젖은 목소리로 그녀가 말했다.

"미칠 것 같어."

"마음대로 해. 난, 그러면 죽어버릴 테니까."

"뭐, 죽어?"

"그래! 난, 죽어 버릴 거야. 이런 식으로 인생을 시작하고 싶지는 않아." 그녀가 앞가슴의 단추를 매고 나서는 힘겹게 두 손으로 땅을 짚으며 일어나 앉았다. "박 선생님 무슨 말씀 안 해?"

"무슨 말?"

"우리 결혼 문제. 얼마나 진지하게 말씀하시는지 깜짝 놀랐어. 그렇게까지 신경을 쓰고 계실 줄은 몰랐는데."

"...?"

"시간을 달라고 했어. 건, 우리 오야가 풀려 나오면 내가 해결할 테니 기다려달라는 뜻이었는데, 어떻게 들으셨는지 모르겠어. 여태까지 아무 말씀 안 계셨단 말이지?"

"응."

"글쎄, 무슨 오해가 있었는지 모르지만 중요한 건 우리 자신이지 않아?"

"신경 꺼. 난 꼭 결혼이라든가…."

"넌 가만히 있어. 우리 집 문제는 내가 알아서 처리할 테니까." 인숙은 손으로 현준의 입을 틀어막으며, "난, 이미 네꺼야. 너밖엔 생각해 본 적이 없어. 이젠 내 마음 알겠지?"

"알아."

"그럼, 됐어."

인숙이 그의 손을 잡고 일어섰다. 그들은 아무 일도 없었다는 듯 깔깔대며 말이 있는 곳으로 돌아갔다.

64

최세진은 김경준의 행방이 아무래도 궁금했다. 그는 자기의 촉감을 믿고 있었기 때문에 그 길로 뒤를 밟고 싶었지만 뭐 그렇게까지 서둘 필요는 없을 듯했다. 이 날은 이 정도로 접어두기로 하고 조천 지서로 발길을 돌렸다. 그런데, 여편네까지 대동하고 갔다면 거긴 필시 그만한 사연이 있을 게 분명했다. 내일이라도 성내로 넘어가면 곧 그놈의 정체와 대인 관계를 낱낱이 알아보리라 생각했다.

"양 순경은 나갔소?" 세진은 서청 단원 박문길을 대동하고 지서 안으로 들어서자마자 마치 제 집에 온 사람처럼 당직 순경을 향해 큰 소리로 외쳤다.

"곧 올 거유. 우리 주임님 모시고 우동 한 그릇 한다고 나갔는디유." 주눅이 든 당직 순경은 상대방의 눈치를 보아 가며 충청도 사투리로 어물어물 대답했다.

"그래?"

세진은 지서 주임의 책상으로 가 앉으며 이것저것 잔소리를 늘어놓기 시작했다. 지금 이 마을은 빨갱이들이 득실거리고 있는데 그동안 무슨 단서라도 잡았느냐, 지난 번 시위를 주동한 중학원 학생들은 다 잡아들였느냐, 이러고서야 치안 업무를 담당할 수 있겠느냐는 둥.

잠시 후, 지서 주임 이기형이 양 순경과 함께 돌아왔다. 그는 세진이 자기 책상에 떡 버티고 앉아 씨부렁거리고 있는 꼴을 보자 은근히 부아가 치밀었다. 늘 당하는 일이지만 세진의 저 오만방자한 태도를 대할 때마다 언제까지 이렇게 묵인해야 할 것인지 암담한 생각이 들었기 때문이다. 그렇지만 낯선 땅에 와서 근무하게 된 자기의 처지로서는 어떻든 참고 견디는 수밖엔 별 도리가 없었다.

"제주서 정보과장! 어, 어, 그러면 정보계장을…." 세진은 보란듯이 수화기를 들고 교환에게 큰 소리로 말했다. "나 최세진이요… 아암, 그렇지. 걱정 말래두, 이번 기회에 싹 쓸어버릴 작정이라니까… 아암, 암, 그렇지. 진 과장 오면 전하시오. 자세한 얘기는 내일 만나서 하겠지만, 꿈만 잘 꾸라구. 대어를 낚을 테니깐. 김 계장, 너무 걱정 마시오. 나 최세진이가, 이래뵈도, 이 바닥에서 늙은 놈 아니오?" 그는 수화기를 집어

던지듯이 쾅, 하고 내려놓았다. 그리고 나서, 지서 주임을 향해 협박조로 말했다. "이거, 참, 큰일이오. 주민들의 성향부터 빨리 파악해야 될 텐데, 양 순경을 빼면 모두 타지 출신들이니 물론 어려움이야 많겠지만…."

이것은 충분히 계산된 발언이었다. 지서주임은 마음껏 떠들도록 놔두었다. 오기만 하면 수화기를 들고 정보과장을 들먹거리며 허세를 부리는 것이 버릇이 돼 있었다.

지서에서 나온 세진은 박문길과 함께 차낭골로 향했다. 그는 어딜 가든 서청 단원을 한두 명씩 데리고 다녔는데 이것은 여러 모로 쓸모가 있었기 때문이었다. 요즘은 여기저기서 테러가 자주 일어나고 있었으므로 신변 안전을 위해서도 필요했지만 그보다 대민 활동에 있어 자기가 직접 나서기 곤란한 대목에는 대신 다른 사람을 들여보내는 게 편리했다. 그리고, 이북에서 내려온 이 삼팔따라지들은 먹고 살기에 급급한 터라 때로는 엉뚱한 짓을 저질러서 빈축을 사기도 했지만 그로서는 시키는 대로 고분고분 말을 잘 들어 주니까 고맙기도 했다.

"그 간나새끼가 환장을 한 모양인데, 손 좀 봐줘야 쓰겠구만."

"박형, 그게 무슨 소리요? 다 때가 있는 법인데."

세진은 문길의 속셈을 빤히 들여다보고 있었다. 송 구장이 요새 대접을 소홀히 하는 바람에 용돈이 궁했던 것이다. 이번에 가면 쌀값이라도 받아줘야겠다고 생각했다.

"보자 보자 하니까, 그 간나새끼가 우릴 갖고 노는 게 아니오?"

"송 구장의 입장도 고려해 줘야지, 너무 무리하게 떠밀어 놓으면 되레 역효과를 낼 수도 있어. 시작이 반이라는 말도 있지 않소? 송 구장과 김철호를 앞세우면 단원 구성은 시간문제요. 그러니까, 우리가 처신을 잘 해야 돼. 송 구장한테만은 항상 공손하게 대하는 게 좋겠소." 그는 문길을 돌아다보며 조용히 타일렀다.

"알갔소이다. 그런데, 최 선상이 송 구장만 보면 꼼박 죽는 이유가 뭐요?"

"어허, 이게 다 작전상 필요한 것이래두! 잔말 말고 내가 시키는 대로만 하시오. 곧 알게 될 테니까."

세진은 이 기회에 아주 못을 박아두고 싶었다. 그래서 그는 자못 단호한 태도로 말했다. 물론 여기에는 그만한 계산이 따르고 있었다. 문길이 그걸 알 턱이 없겠지만 그도 또한 말해줄 성질의 것이 못 되었다. 어떻든, 송 구장한테만은 당분간 좋은 인상을 심어두는 게 이롭다고 보고, 늘 그렇게 처신해 왔던 것이다.

밤골과 양대못을 차례로 지나 차낭골에 이르자 해는 뉘엿뉘엿 지고 있었다. 산촌의 봄은 노을에 어리어 복사꽃처럼 붉게 물들고 있었다. 두 사람은 그동안의 정황을 알아보기 위해 먼저 김철호를 찾아갔다. 철호는 그들을 보자 당황하지 않을 수 없었다. 대동청년단 단장이라는 거창한 감투를 쓰긴 했지만 감히 마을 청년들 앞에 나서서 제 주장을 펼 처지가 못 되었다. 이 사실을 어떻게 변명해야 될지 암담했다. 이런 땐 그저 허리가 휘도록 굽실거리며 미련을 파는 수밖엔 별 도리가 없었다.

그는 우선 두 사람을 방으로 안내했다. 그리고, 아내에게 달려가 술상을 보아오도록 했다.

"일은 잘 되어가고 있겠지? 몇이나 포섭했어?" 세진이 물었다.

"우선 두 명을 입단시켰습니다만."

철호의 대답이 시원치 않았다. 세진은 꾹 참고 딴청을 부렸다.

"잘 했어. 어떤 청년들인데?"

세진은 그가 건네준 명단을 더듬어봤다. 예측했던 대로, 2명의 신입 단원은 소학교도 못 다닌 걸로 보아 별볼일없는 조무래기들임을 알 수 있었다.

"이 사람들 내일 아침에 이리로 오도록 하지."

세진은 활동비조로 봉투 한 장을 놓고 나왔다. 앞으로의 일은 문길과 상의해서 처리하라는 뜻이었다. 철호의 변명은 더 이상 듣고 싶지도 않았다. 매번 같은 얘기만 되풀이하고 있다. 이곳 중산간 마을에서는 어딜 가나 좌익계의 선전 활동이 활발해서 청년들을 우익으로 끌어들이기가 어렵다는 그런 얘기라면 이젠 진절머리가 나서 앉아 있을 수가 없었다. 그런데도, 철호는 부득부득 따라와서 할 말이 있다고 했다. 세진은 달갑지 않았으나 마지 못해 다시 방으로 들어갔다. 철호의 아내가 술상을 들고 들어왔다. 그는 그 술상도 쳐다보지 않고 다짜고짜로 물었다.

"뭔데, 왜 그렇게 꾸물거리고 있어?"

"네. 이건 제가 직접 본 것은 아닙니다만 …." 철호는 지레 겁을 집어먹고 떠듬떠듬 말했다. "조천 청년 한 명이 밤늦게 들어왔다가 오늘 새벽에 나갔다는 정보를 입수했습니다. 교양을 주러 다니는 것 같습니다."

"뭐, 교양? 그건 그 자들이 쓰는 용언데 몇 번이나 말해야 알아듣겠어? 앞으론 반드시 선전 선동이라고 해. 그, 조천 청년 이름이 뭔데?"

"지용근이랍니다."

"뭣이, 지용근이라고? 그 놈 지금 어디 갔어? 아, 그 쥐새끼같은 놈이, 그래, 여기 왔었단 말이지?"

"네. 오늘 새벽에 떠났답니다."

"그 놈을 붙잡아! 지정은이 손주뻘 되는 놈인데, 아주 새빨간 놈이란 말야. 자넨, 만사 제쳐 놓고 빨리 그 놈만 잡아 와!"

"종종 오는 모양입디다만."

"됐어! 이거, 잘 하면 대어를 낚겠는데!" 세진은 문길에게 돌아앉으며 말했다. "박형, 같이 나가서 그 녀석의 정체를 알아 봐. 언제 누구하고 어느 쪽으로 나갔는지? 나는 한 바퀴 둘러보고 올 테니까."

세진은 그 집에서 나와 가게로 갔다. 구석지에 혼자 앉아 꾸벅꾸벅 졸고 있던 정례가 그를 보자 깜짝 놀라 반색을 하며 눈을 크게 뜨고 바라보았다. 그러나 곧 토라져서 입을 삐죽거린다. 계집의 그런 태도엔 아랑곳없다는 듯 그는 곧장 방으로 들어갔다.

"질은 잘 찾안 댕겸신게 마씸."

정례는 가게문을 닫고 들어가더니 원망조로 맞섰다.

"미안해. 요즘은 눈코 뜰 새도 없었어. 자, 이거." 세진은 주머니에서 꺼낸 돈봉투를 한 장 건네 주었다. "담배하고 소금 배급은 자네가 맡게 될 거야."

"정말?"

그녀는 귀가 솔깃해서 그의 곁으로 바싹 다가앉았다.

"내가 언제 헛소리 했나? 전매청에서 곧 연락이 올 거야. 빠르면 이 달 안으로."

그는 그녀의 어깨를 잡고 가까이 끌어댕겼다. 조금 전까지만 해도 뾰로통했던 그녀의 표정이 밝아지고 웃음이 온 얼굴에 가득했다. 여자란 참 묘한 것이다. 여러 해 동안 독수공방을 지켜온 이 여편네가 이제야 뒤늦게 남자의 맛을 알게 됐는지 며칠만 못 보면 이렇게 안달인 것이다. 그는 소래기가 병아리를 품고 날아오르듯이 계집을 얼른 끌어안더니 맘껏 주무르기 시작했다. 갓 서른을 넘긴 이 젊은 과부야 말로 그의 욕정을 태우는 덴 안성맞춤이었다. 배운 것도 없고 뭐 특별히 예쁠 것도 없는 평범한 시골 촌닭이긴 하지만 그래도 간간이 만나 이렇게 살을 섞고 보면 내로라하는 콧대 높은 여자들보다 오히려 깊은 맛이 있었다. 그는 마치 분풀이를 하듯이 정례를 안고 방 안 네 구석을 빙글빙글 돌았다. 욕정에 몸이 닳아 여자가 흑흑 고함을 지르는 걸 보지 않고는 못 배기는 성미였다.

정례는 새벽에 일찍 일어나 부엌으로 나갔다. 그는 나가 보지 않아도 알 수 있었다. 계집이 삶아 온 백숙 한 마리를 게걸스럽게 뜯어먹고 나면 다시 하루의 생활이 시작되는 것이다. 혼자 방에 누워서 이 생각 저 생각으로 머리를 굴리고 있었다. 이번에 다시 복직이 되기만 하면 한 번 멋지게 뛸 각오가 돼 있었다. 그럴려면 어떻든 점수를 따 놓아야만 했다. 대청 결성은 그에게 주어진 좋은 기회이기도 했다. 정보과장이 아낌없이 그의 손에 돈봉투를 쥐어 주는 걸 보아도 대청 결성이 얼마나 중요한 사업인가를 쉬이 짐작할 수 있었다. 그런데, 송 구장이 여간 능구렁이가 아니었다. 지한테만 맡겨 놓으면 다 잘 처리해 주마고 하면서 여태 발벗고 앞장서지는 않는 것이다. 생각 같아선 벌써 혼줄을 내줬겠지만 며느리 부옥숙이를 봐서 지금까지 용케 참아오고 있는 터였다. 그는 생각할수록 화가 치밀었다. 부옥숙이가 뭔데 그깐년 앞에선 절절 기어야 하는 건지, 이건 정말 알고도 모를 일이었다. 박문길이 어저께 자기를 공격했던 것도 결코 무리가 아니었다. 하여간, 이 영감테기가 이번에도 트릿하게 놀면 부옥숙이고 뭐고 간에 그만두지 않으리라 다짐해 보았다.

그의 입장에서 보면 송 구장이야 말로 정말 은혜를 모르는 노인네였다. 외아들이 죽게 됐다고 손이 발이 되도록 빌기에 서울로 빼돌려 줬더니 이젠 꽁무니를 빼고 있는 게 아닌가. 복직이 되는 날이면 당장 그놈의 영감테기부터 때려잡고 그 콧대 높은 계집도 내 품에 넣고 말리라. 목이 껄껄하도록 담배 연기만 푸푸 내뱉으며 그는 속으로 이렇게 외치고 있었다.

65

김경준은 서재로 갔다. 책장 앞에 서서 이 책 저 책 더듬고 있는데 중학교 다니는 어린 처제가 따라 들어왔다.
"언닌 언제 가?"
"곧 가야지."
"나도 갈래, 서울."
"그래. 서울 가서 공부해야지. 너, 인젠 우리말 잘 하는구나."
"정말?"
"아, 정말이고 말고."
"우리 반 아이들이 자꾸 놀리는 걸."
"진순아, 그건 니가 우리말 못 했으니까 괜히 그런 거야. 자신을 가져도 돼. 우리말 하는 거 보니까 참 기쁘구나. 인제 우리 조선 사람으로 다시 태어난 것 같다."
경준은 응석받이 어린 처제를 다독거려 주었다. 받침이 있는 낱말은 지금도 발음이 좀 어색했지만 학교 다니는 덴 별 지장이 없을 듯했다.

기모노를 입고 살던 오사카의 한 이국 소녀가 어느새 외광목 흰 저고리와 검정 치마로 갈아입고 있는 것이다. 그는 책 두 권을 손에 들고 서재에서 나가 다시 응접실로 돌아갔다.

"오빠 신문사 그만두면 안 돼?"

"왜, 그런 말을?"

경준은 갑작스런 질문에 놀라 처제의 얼굴을 유심히 바라보았다.

"매일 술만 마시고. 오빠가 너무 불쌍해."

"그건 니가 몰라서 하는 말이야. 오빤 지금 사명감을 가지고 열심히 일하고 있는데."

"기사도 마음대로 못 쓰면서."

"누가 그래?"

"나도 다 알고 있어."

"지금은 과도기니까, 기다려야지."

"그럼, 우린 언제까지 기다리고 있어야 하는 거야?"

"글쎄다. 우리 정부가 설 때까지. 그 땐, 우리 스스로 선택하고, 결정하고, 추진할 수 있게 되겠지."

"형부는 단독 정부 찬성하는 거야?"

"그런 뜻이 아니고, 우리 통일 정부 말이야. 학생들도 관심이 많은 모양이지?"

"매일 그 얘긴데 뭐. 통일 정부 수립하고, 삼팔선 철폐해야 된대. 그래야 우리가 참된 해방을 쟁취하는 거라고."

"그래. 꼭 통일 정부 수립해야 돼. 진순이도, 오빠도, 나도, 그게 우리들 꿈이니까."

"형부!"

"응."

"나, 서울 갈 거야."

"그래. 언니 올 때 같이 오렴."

경준은 방에 가서 옷을 갈아입고 나갈 준비를 했다. 그 때, 장모님과 장을 보러 나간 아내가 돌아왔다.

"나가실려고요?" 덕순이 걱정스러운 눈으로 남편을 보며 물었다.

"김 중령 만나기로 했어. 오늘은 좀 늦어질지 몰라."

"당신, 서울 언제 갈 거예요?"

"가야지. 곧."

경준은 서둘러 집을 나섰다. 아내의 마음을 모르는 바 아니지만 그렇다고 후딱 상경할 수도 없는 처지였다. 북신작로를 거쳐 칠성통으로 나가는 동안 그는 미묘한 갈등을 겪고 있었다. 빨리 가서 시험 준비부터 해야 될 텐데 하루 이틀 미루다 보니 벌써 한 달이나 시간을 낭비하고 있었다. 그는 이런 자신이 밉고 원망스러웠다. 그렇지만 옛 동지들을 뿌리치고 혼자 달아날 수도 없는 상황에 처해 있었다.

김 중령이 먼저 다방에 나와 기다리고 있었다. 어쩐지 안색이 밝아 보이지 않았다.

"무슨 일 있었습니까?" 경준이 그의 표정을 살피며 조심스럽게 물었다.

"뭘, 그렇제. 박 기자 군정청 나가던데."

"만나셨군요?"

"아이다. 차 몰고 가는 걸 봤다."

"아, 네에, 이따 4시에 나올 겁니다."

"좋다. 오랜만에 한 잔 해야제. 그란데 말이다." 김 중령은 기분이 조금 돌아온 듯 유쾌한 목소리로 말했다. "재력이 튼튼한 모양이제? 차 몰고 댕기는 거 보모."

"뭐, 꼭 그런 건 아니지만, 열정이지요. 물려받은 밭을 하나 팔아서 샀다는데, 요즘은 그 열정도 지탱하기가 어려운 모양입니다."

"그럴끼다. 그 심정 충분히 이해하겠다. 기사를 마음대로 쓸 수 있나, 취재를 마음대로 할 수 있나, 기자로서 한계를 느끼고 있겠지."

"그런가 봅니다."

"이런 땐 니가 제일 부럽다. 딴 생각 품지 말고, 오직 한 마음 한 뜻으로 성공하그라."

"글쎄요."

"와?"

"서울에선 오직 시험이라는 한 가지 생각으로 살았는데, 여기 와서 보니까 그게 아니군요."

"그건 또 무슨 소리고? 뚱딴지같이."

"글쎄, 지금, 내가 어디서 뭘 하고 있는 건지 자책감이 들기도 하고."

"자책감?"

"작년에 처음 떠날 때만 해도 그랬지요. 경찰에서 하도 성가시게 구니까 부랴부랴 도망을 친 셈인데, 이제 와서 보니 친구들 대하기가 민망스럽군요."

"야, 니 안 되겠다. 후딱 올라가그라. 이거저거 생각할 때 아이다."

"나도 그렇게 생각하고 있습니다만, 좀체 발이 떼이지 않는군요. 어쩐지, 시대를 역행하고, 친구들을 배반하는 것만 같아서."

"알긋다, 그 심정. 그래도, 우리가 오늘 살고 내일 죽는 거 아인기라. 대국적으로 봐야제. 니 같은 학구파가 빨리 합격하고, 판검사로 나서고, 사회 질서를 바로잡아야 쓰지 않겠나? 자, 시간 됐데이. 가서 이야기하자."

두 사람은 칠성통 뒷골목을 빠져나가 산지교 옆 서울미락으로 갔다. 김 중령이 가끔 왼쪽 허리께를 더듬었다.

"권총인가요?"

"하모. 이거라도 있으니까는 견디제 어디 마음 놓고 다닐 수가 있나. 참 세상 험해졌데이."

마담의 안내를 받으며 그들은 이층 방으로 올라갔다.

"요즘 많이 바쁘셨나 보죠?" 마담이 서울 말씨로 상냥하게 인사치레를 했다.

"마, 좋게 봐 주이소. 우리가 첫 손님인가 본데."

"조용한 방으로 드릴께요. 김 선생님 아직 안 가셨군요."

"하야, 미남은 어딜 가나 알아보는구나. 마담, 내 이 친구 땜시 얼매나 손해보고 사는 줄 아나? 제주까지 와서 또 손해 보게 됐다, 이거 아이가?"

"두 분 다 미남이신데요."

"하야, 말이라도 고맙구만. 시뻘건 거짓말인 줄은 알지만서두. 그란데, 김형, 빨리 올라가소. 뵈기 싫으니까는. 박 기잔 뭐라카는데?"

"같은 얘기지요."

"거 보소."

조금 후, 아가씨가 쓰께다시로 생선 조림과 회 조금, 그리고 밑반찬 몇 가지를 가져 왔다.

"술은 뭘로 할까요?" 경준이 물었다.

"옛날 생각나는데. 우리 소주 어떻노?"

"좋지요, 그거."

"그렇제?" 김 중령은 갑자기 무슨 생각이 들었는지 눈을 가늘게 뜨고 그 특유의 엷은 웃음을 웃어 보였다. "그래도, 해방이 되긴 됐나? 우리가 이기 조국 땅서 만나 회포를 풀고 있으니께."

그랬다. 살아 있다는 것은 참으로 소중한 것이었다. 학병으로 끌려가 고생하던 때를 생각하면 이건 정말 엄청난 변화였다. 그런데, 이 사회는 그 기쁨도 소중함도 벌써 잊은 듯 휘청거리고 있었다.

"그 권총, 감이 다를 텐데요?"

"그라지. 이거, 미제 32구경 권총이라는 거 아이가?" 김 중령은 오른손으로 권총을 빼어들자 찰각, 하고 장전하는 시늉을 해 보였다. "이래 비도, 이게 내 가장 믿는 친구가 됐데이."

"진짜 총알이 들긴 들었어요?"

"뭐, 그럼, 까다로 차고 다니는 줄 아나? 이거 하나 믿고 댕긴다니까."

"그렇게 험한가요?"

"말론 다 몬 한다. 언제 테러를 당할지, 무시무시하데이. 사는 게 사는 기 아인기라. 이기도 잘 보그라. 정보망이 쫙 깔렸을텐께."

그 때, 나무층계를 밟고 바삐 2층으로 사람들이 뛰어 올라오는 소리가 났다. 박 기자와 양 문관이었다.

"여어, 벌써들 시작했군."

박 기자가 방문을 열어젖히며 반갑다는 인사를 했다.

"잘 왔소. 안 그라도 출출한 참이었는데."

김 중령이 먼저 박 기자에게 술잔을 건넸다.

"연대장님, 요즘 워낙 바빠서 얼굴 뵙기 어렵던데요?"

"그래 됐십니더. 우리 양 문관하곤 청에서 자주 만나는데, 내 지금 어떤 꼬라진지 제일 잘 알지예." 김 중령은 고개를 돌려서 그의 곁에 앉은 양 문관을 보며 말했다. "잘 봐주소."

"연대장님이 저를 도와 주셔야지요?" 양 문관이 반색을 하며 김 중령을 바라보았다.

"와 이라노. 지금은 통역정치 시대 아입니꺼?" 김 중령이 반문했다.

"그거 말 되네." 박 기자가 끼어들었다. "통역정치 시대라. 그렇지, 통역정치 시대!"

"와, 내 말 틀렸십니꺼?" 김 중령은 목청을 돋구고 한껏 힘주어 말했다.

"아주 정곡을 찔렀습니다. 한때는 일본말이 판을 치더니, 요즘은 꼬부랑말이 판을 치고 있지요. 그런데, 그 꼬부랑말 좀 응큼하지 않습니까?" 박 기자가 갑자기 목소리를 낮추고 속삭이듯 말했다.

"와요?"

"겉으론 조선 사람을 내세우고, 뒤에서만 그림자처럼 숨어 다니면서 쇼쇼쇼쇼 하고 있으니까요."

"그라지. 원래 혀가 꼬부라져서."

"하하하."

"하하하."

그들은 모두 유쾌하게 웃었다. 굳이 나이로 따지면 김 중령이 나머지 세 사람보다 서너 살 위였지만 그런 건 전혀 개의치 않는 듯 허물없이 대했다.

"무근성에 숙소를 정했다고 들었는데."

"하야, 기자님들은 역시 다르구만. 그건 또 우째 알았소?"

"그러니까, 개코라고 하지 않습니까?"

"개코라, 개코, 하하하. 기자님들은." 김 중령은 잔을 비우고 나서 박 기자에게 권하면서 말했다. "뭐, 별뜻은 없고. 맨날 왔다 갔다 하니까는 번거로워서 임시 거처를 하나 둔 거지예."

"이 사람 빨리 올려 보내야겠는데요."

"하모. 내도 말하던 참인데. 김형 빨리 가소. 시험 준비도 얼마 안 남았다카던데."

"가야지요."

"김형, 이런 노래 있지 않소? 가마귀 우는 골에 백로야 가지 마라 성난 가마귀 흰 빛을 새오나니 창파에 조이 씻은 몸 더러일까 하노라."

김 중령이 느닷없이 시조창을 한 가락 뽑았다. 깜짝 놀란 경준이 일어나 박수를 쳤다.

"야, 이거, 아마추어는 아닌데. 언제 이런 건 다 배워 두었습니까?"

"자네 몰랐었군. 우리 청에선 이미 정평이 나 있는데." 양 문관도 한 마디 거들었다.

"뭘, 또…. 세상 그렇다는 기지. 박 기자, 안 그렇소?" 김 중령이 박 기자를 건너다보며 동의를 구했다.

"연대장님, 잘 보셨습니다. 여긴 지금 발을 붙이고 살 데가 못 됩니다."

"김형, 어서 가래이. 내 참 부럽구만. 내도 친구가 있긴 좀 있는데, 이래 따뜻한 정은 못 느껴봤구만."

"그래서 탈이지요. 아직도 철부지들처럼 소년적 감상에서 못 벗어나고 있으니."

박 기자가 김 중령을 보며 씩 웃었다. 투박한 경상도 사투리가 들을수록 구수하고 힘이 있었다.

66

이틀 동안 친정에 가 있던 덕순이 혼자서 유나를 안고 돌아왔다.
"아이그, 내 새끼야. 이거, 원, 석석했구나."
신촌집은 달려들어 며느리가 안고 있는 어린것의 얼굴을 손바닥으로 쓸며 반가와했다. 굳이 아들의 행방은 묻지 않았다. 물어봐야 아무 소득이 없는 일이라는 걸 며느리의 표정에서 읽고 있었다.
"어머니, 걱정이예요."
"게난, 가인 무시거엔 햄시니?"
"그럴 겨를이 있어야지요. 통 집에 붙어 있지도 않고, 밖으로만 나도니까요. 어머니, 정말 걱정이예요. 작년에도 그런 일을 당했는데."
"…"
"어머님이 말씀해 주셔야겠어요."
"고집이 쇠고집이니!"
"그래도, 어머님밖엔 말씀해 주실 분이 안 계신데요."
"어디, 얼굴이라도 내밀어사 말을 붙여 보주. 이거, 원! 어서 강 아기나 재우라."
신촌집은 심사가 뒤틀려서 견딜 수 없었다. 며느리가 마당을 건너 밖거리로 들어가는 걸 유심히 바라보고 있다가 안타까운 마음에 혀를 쩍쩍 찼다. 말이 무거운 애가 저럴 때에야 오죽 답답했으랴. 그나저나, 이 놈을 만나야만 닦달을 헐텐디…. 난간에 잠시 앉아 있다가 정지로 나가 상을 차렸다. 이제 그녀가 의지할 곳은 조왕 할마님뿐이었다.

마루에 서서 묵묵히 지켜보고 있던 현준은 울적한 심정으로 밖을 나섰다. 포구 조금 못 미쳐서였다. 사람들이 떼를 지어 몰려가고 있었는데 대부분 아이들이었고, 맨 앞에는 남자 둘이 걷고 있었다. 무슨 일인가 하고 급히 따라가다가 그는 포구 앞에서 걸음을 멈추었다. 놀랍게도 그 두 사람은 배덕교와 그의 형 덕진이었다. 덩치가 큰 배덕교가 혼자 중얼거리며 비틀비틀 걷고 있었고, 덕진은 아우의 허리에 동여맨 끈을 붙들고 있었다.

그들은 해안선을 따라 광콧으로 빠져 나갔다. 현준은 우두커니 서서 그들이 보이지 않을 때까지 계속 지켜보고 있었다. 그는 덕교를 통해 자신의 한 부분을 보는 것 같았다. 그리고, 지유철의 고뇌를 이해할 수 있을 것 같았다. 지금 많은 젊은이들이 유치장에 가 있는데 이렇게 모두 망가지고 있는 게 아닌가 싶었다. 허탈한 심정으로 연북정에 오르는데 박승휴가 층계 밑에서 휘파람으로 알렸다. 그는 기다리고 있다가 함께 올라갔다.

"덕교 소식 들었어?"

"응. 그 친구 참 안 됐어. 정신이 좀 이상한가 봐."

"좀이 아니야. 지금 막 이 앞을 지나가는 걸 봤는데, 아주 중증이더군."

"황소 같은 녀석이, 어쩌다가 그렇게까지 됐는지 믿기지가 않아."

"이대로 가면 이 나라는 절단이 나고 말 거야. 답답한데 좀 걸을까?"

"그러지."

현준은 승휴를 데리고 새코지로 갔다. 어쩌다 운명을 같이하게 됐는지 모르지만 마지막 남은 조장이라는 점에서 그는 박 동무에 대해 특별한 관심을 갖게 되었다.

먼저 이모한테 인사를 시킨 다음, 뒤뜰로 돌아 들어갔다.

"좋은데, 이 대숲!"

"그렇지? 복잡할 땐 여기 와서 쉬고 있어."

현준은 툇마루에 잠시 앉아 있다가 토끼굴로 나섰다.

"조심해, 여기."

그는 몸을 구부리고 천천히 언덕을 타고 내려갔다.

"이런 데가 있었나. 뚝 떨어진 섬처럼, 파도소리밖에 안 들리는데."

"조용한 곳이지? 난, 여기 있으면 모든 게 분명해져. 우리의 투쟁도, 운명도."

"뭐, 운명이라고 했나?"

"그래, 운명!"

"이 사람, 이렇게 나약해서야."

"아까 배덕교를 보는 순간 내 모든 것이 한꺼번에 무너지는 것 같았어. 지금 유치장에 들어가 있는 동지들의 신음소리가 들리는 것 같기도 하고."

"김 동무, 이 세상엔 공짜가 없어. 해방이 되었다고 너도나도 태극기를 들고 거리로 뛰어나가던 그 때를 생각해봤어? 우린 너무 단순했던 거야. 지금 그 대가를 치르고 있는지도 몰라."

"건, 니 말이 옳아."

"난, 어떤 고통이나 위기도 피하고 싶지 않아. 고통에 처하면 처할수록 그 속으로 뛰어 들어가야 할 거야. 그 고통은 곧 우리에게 주어진 좋은 기회가 될 테니까." 승휴는 일어나 주위를 둘러보았다. "이거 아주 명당이군. 경찰이 왔다가도 휘이 둘러보고는 그냥 돌아가 버리겠어."

"이 언덕배기까지 의심할 사람은 없을 거야. 위에서 보면 아무것도 안 보이거든."

현준은 길게 다리를 뻗고 언덕에 기대어 누웠다. 그 때, 그는 지금까지 미처 생각하지 못 했던 새로운 사실을 발견하게 되었다. 당장 밤골로 달려가 지인숙을 데려오고 싶었다. 이런 생각에 들떠 있을 때 승휴가 느닷없이 그의 의식을 흔들어 놓았다.

"최세진이 말야. 그 놈부터 당장 해치워야겠어."

"요새 또 무슨 일을 꾸몄나?"

"그 새끼가 늘 문제야." 승휴는 일어나 앉으면서, "난 오래전부터 이 문제로 고민해 왔는데, 오늘 그게 분명해졌어. 그 놈을 하루 속히 처단해야 돼."

"..."

"그놈은 진짜 흉악한 놈이야. 그놈이 지금 모아놓은 밭문서만 해도 책 한 권 두께는 될 거야. 이 집 저 집 찾아다니면서 협박하고, 빼앗고, 불쌍한 사람들 피를 말리고 있어. 그 자식이 요즘은 면사무소 직원과 짜서 몽땅 지껄로 이전하고 있다구."

"면에 누군데?"

"기다려. 곧 밝혀질 테니까." 승휴는 확신을 가지고 말했다. "버러지같은 놈, 그런 놈을 하나 없애서 많은 사람을 구할 수만 있다면 우린 어느 쪽을 선택해야 되겠어? 결론은 이미 나 있는 거야, 그렇지 않아?"

"조심해야 돼. 원체 약바른 놈이 돼서, 무슨 술수로 덤벼들지 몰라."

"걱정 마. 다신 빠져나갈 수 없도록 단단히 그물을 쳐 놓을 테니까. 박재수 지금 어딨지?"

"그 친구, 모슬포 경비대로 갔어."

"그래?" 승휴는 주머니에서 담배를 꺼내 라이터로 불을 붙이면서 말했다. "그 때, 바로 해치웠어야 하는 건데."

"자네도 알고 있었군."

"난 처음부터 알고 있었어. 재수 누님이 불쌍해. 백주에, 것도 집에서, 겁탈을 당하다니. 내가 재수라도 그런 놈은 살려두지 않겠어."

"그 친군 꼭 죽일려고 했던 게 아니야. 결국 그렇게 되고 말았지만."

"난, 해내고 말 거야."

승휴는 아주 완강했다.

67

그 다음날 오후, 현준은 마차를 몰고 밤골로 올랐다. 멀리서 보면 이 마을은 한 폭의 그림과 같았다. 울창한 숲을 등지고 옹기종기 모여앉아 있는 노란 초가집들이 석양을 받아 더욱 은밀하게 빛나고 있었다. 머지않아 해가 지고, 하늘이 붉게 물들 것이다. 그는 그 노을 속의 어딘가 향기로운 나라를 찾아가고 있다는 느낌이 들었다.

다행히 인숙이 집에 들어 있었다. 그들은 숲으로 갔다. 전에는 이 집 뒤뜰을 거쳐 숲으로 들어갔는데, 이 날은 왠지 이웃집을 이용했다.

"어디서 오는 길이야?"

"집에서. 너 데리러."

"뭐라고?"

"너 데리러 왔다니까. 빨리 준비하고 나와!"

그는 자기의 계획을 털어 놓았다.

"고맙지만, 난 안 돼."

"언제까지 여기 처박혀 있을 거야? 어저께 토끼굴 갔다가 생각한 건데, 새코지 가 있으면 여러 가지로 편할 거야."

"난, 여길 떠날 수 없다니까."

"왜 그래? 그런 무슨 사정이라도…?"

"차차 알게 될 거야."

그녀는 안타까운 눈으로 그를 돌아다봤다. 그러나 아무 말도 할 수 없었다.

숲 속에서는 어둠이 일찍 찾아왔다. 그들은 나무와 나무 사이로 깊숙이 걸어 들어갔다. 숲은 꽤 넓고 멀리 뻗어 있었다. 가끔씩 다람쥐가 기웃거리다가 나무 위로 기어오르는 것이 눈에 띄었다. 현준은 문득 동백숲에 갔던 일을 떠올리고는 씽긋 웃으면서 조그만 자갈 하나를 집어 돌팔매를 쳤다. 나무 위에 앉아 있던 까마귀들이 갑자기 놀란 듯 푸드득 날아갔다. 까악 까아악. 그 울음소리가 점점 멀리 사라져 갔다.

숲이 다하는 곳에 이르자 그들은 작고 나지막한 언덕으로 올랐다. 어두운 숲 속과 달리 밖은 아직 희미한 빛이 남아 있었다. 멀리 마을에서는 저녁연기가 솟아오르고, 컹컹 개 짖는 소리가 가냘프게 들려왔다.

"나, 가끔씩 여기 왔었어. 이건 아기 무덤인가 봐."

"그래. 꽤 오래 됐나 본데."

"나도 처음엔 무덤인 줄 몰랐어. 누가 이 깊은 골짜기까지 아기를 안고 와서 묻었을까. 하루는 그런 생각을 하고 있으니까, 갑자기 서글퍼지는 거 있지? 내가 하는 일, 내가 꿈꾸는 모든 것들이 과연 무슨 의미를 지니고 있는지 다시 한번 돌이켜보고 싶기도 하고…." 그녀는 아기 무덤을 지나 언덕 위로 계속 오르면서 말했다. "그동안 여기 숨어 있으면서, 참 많은 생각 했어. 준아! 난, 비 오는 날 이렇게 고적한 곳에서 혼자 쓸쓸하게 죽을 거야. 빗소리를 들으며."

그들은 나란히 언덕 위에 서서 저무는 하늘을 바라보았다. 현준이 팔을 뻗어 그녀의 어깨에 손을 얹으며 말했다.

"허린 좀 어때?"

"괜찮아. 많이 나았어. 조천 가서 장 영감 침을 맞았으면 효험이 있었을 텐데."

"조금만 기다려. 단원들을 다 내보내는 걸로 보면, 너도 곧 자유로울 수 있을 거야."

"아, 우리 아버지 나오셨어."

"언제?"

"그저께. 모두 풀어준 모양이야."

"알 수 없는 일이군. 하필이면 이렇게 어수선할 때, 왜 풀어준 거지?"

"선거를 앞두고 선심을 쓰는 거겠지. 선거 무마용으로."

"그래? 그런 계산이 있는 거야?"

"뻔한 거 아냐? 어떻든 선거는 치러야 하고, 민심은 돌려놔야 할 테니까."

"그렇다고, 민심을 돌릴 수 있겠나."

"그건, 그 사람들 생각이니까. 아무튼, 이번 선거 볼만할 거야. 우린 무조건 보이콧해야 되는데, 저쪽에선 기를 쓰고 달려들겠지."

"내용이야 어찌 됐건, 겉으론 선거를 치르고 대표를 뽑았다는 명분을 내세우기 위해선 말야."

"그럴 테지."

그들은 다시 마을로 돌아갔다. 헤어져야 할 시간이 온 것이다. 현준은 자신의 쓸쓸함을 감추려는 듯 짐짓 큰 소리로 말했다.

"작별 인사?"

"이 깍쟁이! 사람들이 본단 말이야!"

그녀가 급히 달려들어 그의 뺨에다 살짝 뽀뽀를 해 주었다.

"선생님 지금 집에서 쉬고 계셔?"

"그 양반 그렇게 한가하게 있을 사람이야? 지금쯤, 더 깊은 곳으로 들어가서 동지들과 만나고 있겠지. 시장할 텐데, 잠깐만!"

"난 괜찮아."

"범벅 좀 갖다줄께."

그녀가 집으로 뛰어 들어간 사이에 현준은 말을 끌고 와서 마차에 매고, 떠날 준비를 했다. 어느덧 해가 지고, 산촌은 어둠 속에 조용히 묻히고 있었다. 그는 마차 위에 올라가 앉아서 기다렸다.

그녀는 한참 후에야 당고모라는 분과 함께 왔다.

"같이 가."

그녀의 목소리가 울음에 가까웠다. 그는 영문을 몰라 바라보았으나 어두워서 표정을 읽을 순 없었다. 마차에서 내려 그녀를 그 자리에 앉히고, 자신은 고삐를 잡아 천천히 말을 몰았다.

"조심허라. 여간 시끄럽지 안 해실 텐디."

"예, 고모님!"

"게난, 영자네 집이 강 이실 것가?"

"예."

"기여. 그 집이 조용헐 거여. 이딘 걱정 말고, 조심해영 댕겨!"

당고모가 마차를 따라오면서 계속 걱정하는 말을 했다. 그 분은 큰길까지 나와 서서 그들이 떠나는 것을 지켜보았다.

어느덧 해가 지고, 길은 이미 껌껌해 있었다. 현준은 조심해서 천천히 말을 몰았다. 바퀴가 자갈 위로 구를 때면 마차가 덜컹거리고, 인숙이 몹시 고통스러운 듯 끙끙, 하고 앓는 소리를 냈다. 그는 가끔씩 마차를 세우고, 그녀가 진정하기를 기다렸다. 허리병이 다시 도지는 게 아닌지 염려스러웠다.

"용근이가…."

인숙이 말을 잇지 못 하고 꺽꺽 느껴 울었다.

"용근이가, 왜?"

"…"

"무슨 일인데?"

"용근이가 죽었어."

"뭐, 용근이가? 누가 그래?"

"지서에서 죽어서 사흘이나 됐대."

그녀는 목을 놓아 엉엉 울고 있었다. 그는 마차를 세우고 말없이 서 있었다. 용근이가 죽다니! 도무지 믿기지 않는 일이었다. 그는 이윽고 그녀의 곁으로 가서 나란히 앉았다. 그러고, 팔을 뻗어 그녀의 어깨를 감싸 안았다. 그녀가 흐느끼며 그의 가슴께로 얼굴을 묻었다. 그는 한 쪽 팔로 그녀를 꼬옥 끌어안고, 또 한 쪽 팔로는 말을 몰았다. 아무리 천천히 말을 몰아도 마차는 자갈을 밟고 덜그덕거리고, 바퀴가 흔들릴 적마다 그녀는 몹시 허리의 통증을 느껴야 했다. 40분이면 다닐 수 있는 가까운 거리인데도 한 시간 이상 걸렸다. 그만큼 마차를 자주 세우고 쉰 것이다.

지서 앞에는 사람들이 몰려와서 웅성거리고 있었다. 아마도 항의 시위에 들어갈 참인가 보였다. 그는 마차에서 내려 아까보다는 좀더 빨리 말을 몰고 나갔다. 어두워서 누가 누군지 구분하기는 쉽지 않겠으나 그래도 경계를 늦출 수는 없었다.

"수건으로 얼굴을 가려!" 한껏 목소리를 낮추어서 그가 조용히 속삭이듯 말했다.

"마음대로 하라지! 제깐놈들이!" 그녀는 마치 반항하는 아이처럼 큰 소리로 외쳤다.

신작로를 따라 곧장 나아가다가 그는 면사무소 건너편 지 면장댁 앞에서 멈추어 섰다. 그녀는 그의 부축을 받으며 마차에서 내려 대문 안으로 엉금엉금 걸어 들어갔다. 거동이 자유롭지 못 했다. 그는 그녀가 넓은 마당을 가로질러 안거리로 가는 걸 지켜보고 있다가 서둘러 집으로 돌아갔다. 말을 끌고 마당으로 들어서는데 할아버지가 외양간에서 인기척을 듣고 돌아다봤다.

"용근이가 죽었댄 햄쪄."

"예."

"요샌 통 볼 수가 없었는디, 어디 먼 디 간 있다가 잽혀온 거냐?"
"그런 모양이우다."
"조심해여. 이런 세상엔, 조심이 제일이니까는."
"예, 하르바님."

마구간에 가서 말을 둔 다음, 그는 곧바로 집을 나섰다. 연북정을 지나 비석거리 쪽으로 걸어 올라가자 사람들이 정자나무 밑에 모여 서서 이러쿵저러쿵 떠드는 소리가 멀리까지 들려왔다. 모두들 몹시 흥분한 상태였다. 그는 박승휴를 데리고 그 건너편 만세집으로 갔다.

"3일이나 됐다니 무슨 소리야?"
"감추고 있었던 거지."
"시신을?"
"감쪽같이 암매장을 할 작정이었나 봐. 그렇지 않고서야 취조실에 그대로 방치해 둘 까닭이 없지 않아? 그러고 말야," 승휴는 더는 참을 수 없다는 듯 라이터를 거칠게 켜고 담배에 불을 붙이면서, "죽일 놈들! 그런 새빨간 거짓말이 어딨어? 취조 중에 손도 대지 않았는데 갑자기 억, 하고 쓰러졌다니 그게 어디 말이나 돼? 시신을 보고 나온 사람들 얘기가, 온몸에 피멍이 많이 들어 있었대. 특히, 얼굴과 턱에."
"이럴 순 없어! 반드시 진상을 밝혀야 해!"
"그래! 꼭 밝혀야 해! 지금 지서 앞으로 모이고들 있는데, 곧 시위로 들어갈 거야. 용근이네 집에서도, 사실 규명이 될 때까지는 절대로 장례를 치르지 않는다고 했어."
"당연한 얘기야."
"이건 한 집안의 문제가 아니고 우리 조천 사람 전체의 문제야. 지금 그런 공감대가 형성되고 있어. 만일 이 사태를 이대로 덮어둔다면 우리 조천 사람 모두가 당하는 거나 다름없어."

"난, 지금 가서 작업을 해야겠어. 조천리뿐 아니라 우리 조천면 관내 모든 부락에 골고루 삐라를 뿌릴 테니까, 자넨 조직부만 잘 관리해 줘."

"알았어. 이따, 상가에서 만나."

현준은 박승휴와 헤어져 아지트로 갔다. 모두들 지서 앞으로 나갔는지 아무도 없었다. 혼자 앉아서 가리방을 긁기 시작했다. 손이 부들부들 떨렸다. 숨이 차고 가슴이 꽉 조여 와 일이 손에 잡히지 않았다. 창가로 가서 바다를 보고 있다가 다시 내려앉아 가리방을 긁었다. 억울하고 분한 마음을 달래기 위해 몇 번이나 일어나 바다를 바라다보곤 했다. 그럴 때마다 그는 입술을 깨물고 작업을 계속했다. 모진 고문을 받으며 혼자 외롭게 죽어 간 그 친구의 모습이 자꾸만 눈앞에 어른거렸다. 이럴 순 없어. 반드시 진상을 밝혀내야 해. 그는 구호와 전단을 작성하고 나서 프린트기를 걸었다. 프린트기가 덜컥거리며 돌아갈 때마다 그는 옛 기억으로 고통당하고 있었다. 농담을 좋아하는 그 친구가 동지들과 밤을 새우며 한 마디씩 던지던 우스개소리가 이제는 추억이 되고 말았다.

부영진이 허겁지겁 달려왔다. 현준은 돌아서서 그를 바라보았다.

"어떻게들 하고 있어?"

"지서 앞에 모여서 시위에 들어갔어."

"하루 이틀에 끝날 일이 아니야. 진상이 밝혀질 때까지 우린 계속 싸워야 해. 지우는?"

"오고 있어."

"오늘밤 안에 각 부락으로 띄어야 할 텐데."

"내가 가서 부녀회원들을 만나지."

"아니야. 내가 나가볼께. 자넨, 지우하고 이걸 빨리 마치도록 하지."

현준은 먼저 상가로 찾아갔다. 그 집 옆 보리밭 한 구석에 천막을 치고, 청년들이 꽤 많이 모여 있었다. 그동안 보이지 않던 얼굴들도 속속 돌아오고 있었다. 그러나 지유철은 거기 없었다. 상가라기보다는 성토장이 되어 있었는데, 대부분 술에 취해 있었고, 묵묵히 앉아서 연신 담배를 피우는 사람이 있는가 하면 어떤 친구는 울분에 못 이겨 고함을 지르기도 했다. 현준은 승휴를 데리고 조용히 그곳에서 빠져나갔다. 신작로로 나서자 시위 군중의 함성이 들려왔다. 지서 앞에 모인 마을 청년들이 구호를 외치며 지용근의 죽음에 대해 항의하고 있었고, 지서 건물 위 높이 솟은 망루에서는 순경 한 명이 따발총을 내걸고 이리저리 총구의 방향을 옮기고 있었다. 언제든지 무력으로 대응할 수 있다는 경찰측의 말 없는 협박이었다.

사람들이 계속 몰려오고, 시위 군중의 수는 점점 증가하고 있었다. 조천리뿐 아니라 인근 부락에서도 참가하고 있었다. 중학원 여학생들은 어느새 흰 미녕치마로 갈아입고 머리에도 흰 수건을 두르고 있었다. 현준은 망연히 서서 그 광경을 지켜보고 있다가 지서 건너편에 있는 그 할머니네 가게로 갔다. 뜻밖에도, 지유철이 거기서 기다리고 있었다. 그는 유철과 함께 부녀회원들을 찾아 나섰다.

68

김경준은 신학기가 다가올수록 불안하고 초조한 나날을 보내고 있었다. 옛 동지들을 대할 때마다 제 자신을 보게 되었기 때문이었다. 그 때는 워낙 다급한 상황이라 아무 생각 없이 이곳을 탈출하고 말았지만 지금 돌이켜보면 그것은 동지들을 배반하고 개인적 안일을 찾아간 것밖엔 되지 않았다. 그는 2층 응접실에서 이것저것 신문을 뒤지다가 벌떡 일어나 창가로 갔다. 산지천을 따라 가방을 든 사람들이 줄을 잇고 부두로 나서고 있었다. 목포 연락선이 뜰 시간이었다. 그는 기적소리를 들으며 분주히 걸음을 옮기고 있는 행인들을 창밖으로 내려다보고 있다가 집을 나섰다. 갈 때 가더라도 허윤석 선배만은 만나서 인사를 하고 가는 게 도리라고 생각되었다. 작년에도 말없이 떠나고 이번까지 그렇게 된다면 다시는 영영 허 선배를 대할 면목이 없을 것 같았다.
　경준은 길을 가면서도 계속 이런 복잡한 상념에 쫓기고 있었다. 누구보다 처남인 박 기자가 안달이지만 그렇다고 훌쩍 서울로 가버릴 수도 없는 처지였다. 이곳 사정을 제 눈으로 빤히 보면서 혼자 살겠다고 달아나는 것만 같아서 도저히 발을 뗄 수가 없었다.
　동문시장 앞 길가에는 장을 보러 나온 여인들로 붐비고 있었다. 옷과 신발과 걸음걸이까지 각양각색이었다. 게다를 찍찍 끌면서 나온 멋쟁이 아가씨가 있는가 하면 짚신에 흰 버선을 신은 시골 할머니들도 있었다. 제주도와 오사카가 한데 뒤섞여 있는 듯한 느낌이었다. 경준은 미묘한 흥분 속에서 그 광경을 지켜보며 버스 타는 곳으로 갔다. 차가 언제 올 것인지 예측할 수 없었으므로 그는 하릴없는 사람처럼 정류소에 우두커니 서 있다가 어떤 가게로 들어갔다. 미제 물건을 팔고 있는 이 가게에는 아이들이 좋아하는 껌과 양과자로부터 치즈, 버터, 분유, 야전잠바,

플래시, 군화 등 갖가지 잡다한 물건이 진열되어 있었다. 장난삼아 권총을 한 자루 구할 수 있느냐고 했더니 주인 남자는 한참 그의 얼굴을 쳐다보고 있다가 고개를 저었다.

버스가 도착하자 사람들이 우르르 몰려들었다. 40대 초반으로 보이는 한 여인이 아기를 등에 업은 채 무거운 짐 때문에 쩔쩔매고 있었다. 경준은 그 여인을 도와 가까스로 차에 오를 수 있었다. 차가 출발한 뒤에도 그 여인은 몇 번이나 고맙다는 말을 했다. 옷차림과 말씨만 보아도 일본서 온 귀환동포임을 알 수 있었다. 대나무구덕 속에는 구리무, 비누, 손수건 등 여성용품과 함께 다리미와 같은 값비싼 물건들도 들어 있었다. 중고품이지만 다리미는 신혼 여성들의 소중한 혼수품이 되고 있었다. 시골로 찾아다니며 행상을 하는 이런 여인들은 그래도 나은 편이었다. 어떤 사람은 마지막 집에 남아 있던 미싱까지 팔아먹고 나니 보리쌀 한 줌 구할 길이 없다고도 했다. 10년 이상 20년씩 일본에 가서 공장 생활을 하다가 온 노동자들은 배가 고파도 어디 가서 일할 곳이 없었다. 그들은 이미 농민이 아니었고, 농사를 지을 땅도 집도 없었다. 대부분 제주읍으로 몰려들고 있었는데 인구 3만의 이 조그만 소읍은 갑자기 3배 가까이 증가하는 바람에 터질 지경이 되고 말았다. 셋집을 얻기도 어려워서 보통 한 집에 2, 3세대가 살고 있었다. 물가는 천정부지로 뛰어오르고 생필품이 턱없이 부족했다. 어떤 물건들은 돈을 주고도 구할 길이 없었다. 이런 형편이고 보니 밀수업이 성행할 수밖에 없었고, 밀수꾼들은 연일 붙들려 영창 신세를 져야 했다. 압수된 물품은 일체 비밀리에 반도로 빠져나가고 있었는데 이 때부터 항간에서는 모리배라는 말이 유행하기 시작했다. 이 말 속엔 악덕 미군 장교와 경찰 간부들에 대한 주민들의 원망과 반감이 깔려 있었다.

　조천에서 차를 내린 경준은 곧바로 밤골로 향했다. 차일피일 하다가 이렇게 늦어지고 말았는데 오늘은 무슨 일이 있어도 꼭 허 선배를 만나고 싶었다. 며칠 다녀갈 예정으로 내려온 것이기는 하지만 벌써 한 달이 지나도록 얼굴 한번 대하지 못 한 것은 뭐니뭐니 해도 자기의 불찰이 아닐 수 없었다. 사람은 무엇으로 사는 것일까. 꿈, 이상, 돈, 명예, 지위…. 그는 이런 생각을 하고 있으면 아주 먼 길을 돌아서 이제 다시 고향으로 돌아온 셈이었다. 허 선배는 바로 그 고향의 한가운데에 있는 사람처럼 보였다. 대판 시절, 꿈과 희망으로 부풀어 있었던 그 때가 엊그제 같은데 어느새 많은 세월이 흐르고 둘 사이도 소원해지고 말았다.

　그는 박 기자가 말해 준 대로 이 마을 서남쪽에 있는 어떤 붉은 양철집으로 들어갔다. 깨끗하게 늙은 초로의 여인이 창호지문을 조금 열고 조심스럽게 내다보고 있었다. 그는 먼저 자기의 이름을 밝히고 나서 허윤석의 대학 후배라고 했다. 여인은 그제서야 안심한 듯 기다리라고 한 다음, 조용히 문을 닫았다.

　잠시 후, 윤석이 마루로 나와 그를 맞았다.

　"어쩐 일이요, 여기까지?"

　"벌써부터 찾아 뵐 생각이었습니다만," 경준은 그러나 변명을 늘어놓고 싶지는 않았다. "선배님, 제가 너무 무심했습니다. 고생하신다는 얘기는 늘 듣고 있으면서도…."

　"원, 무슨, 그런 말을! 한 사람이라도 빨리 제 갈 길을 찾아 가야지. 고시 준비를 하고 있다고?"

　"하지만, 그게 다 부질없는 일 같군요."

"이 사람, 지금 무슨 소릴 하고 있소? 자네와 같은 사람들이 하루 속히 제 자리를 잡아 주어야 우리 사회가 안정을 회복하지 않겠나. 지금이야말로 능력 있고 양심적인 인재를 찾고 있는 땔세. 우리 제주도는 더욱이나. 자네도 알다시피, 믿을 만한 사람들이 있어야지. 나는 이렇게 농촌에 묻혀서 허송세월을 하고 있지마는…."

아까 본 그 초로의 여인이 찻잔을 들고 방으로 들어왔다.

"우리 이모님일세. 하는 일 없이 떠돌다가, 이렇게 찾아와서 폐만 끼치고 있다네."

경준은 일어서서 정중히 인사를 드렸다. 여인은 차를 놓고 나서 곧 나갔다. 시골서는 드물게 보는 깔끔한 옷차림과 세련된 품위를 엿볼 수 있었다.

"혹시 남헌 선생 사모님 아니십니까?" 경준이 귓속말로 조용히 물었다.

"아, 그러네. 야체이카 사건으로 이모부님은 일찍 옥사하셨지. 해방도 못 보고."

"대판서 한 번 뵈었는데요."

"아하, 그렇지, 우리 자취방에 오셨을 때가, 그러니까 그게 43년 5월이었던가."

"그렇습니다. 제가 학병으로 끌려가기 직전이었으니까."

"그래. 참, 세월이 많이 흘렀지?"

허 선배의 표정이 어쩐지 밝지 않았다. 경준은 가만히 살피고 있다가 조심스럽게 물었다.

"선배님, 혹시 무슨 걱정이라도?"

"아아, 아닐세. 어저께 좀 무리를 해서 땅을 일구었더니…."

윤석은 자기의 감정을 숨기고 딴전을 피웠다. 경준이 보기엔 아무래도 심상치 않았다. 그는 박 기자한테 들은 말이 있어서 한 마디 건네보았다.

"조천 지서에서 청년이 죽었다고 들었는데요. 그건 또 어떻게 된 일입니까? 마을 사람들이 그대로 보고만 있진 않을 것 같은데."

아니나 다를까, 윤석이 반색을 하고 나섰다.

"자넨, 어디서 들었나?"

"어젯밤, 박 기자가 그러더군요. 경찰에선 이번에도 어영구영 넘어갈려고 하는 모양이지요?"

"글쎄," 윤석이 침울한 표정으로 말했다. "엿장수 맘대로 그렇게 될까. 아무튼, 일이 묘하게 꼬였네. 경찰서장이 이북 출신 아닌가. 그런데다가, 수사과장과 조천지서장도 다 이북 출신들일세. 이 자들이 짜서 주민들의 눈을 속이려 하고 있어. 이게 어디 될 법이나 한 일이야? 조금 전에 들으니까, 부검을 했다는군. 장공천 의원이 집도한 모양인데, 제대로 진상이 밝혀질 것 같지가 않네."

"왜요?"

"뻔한 일이지. 그 놈들이 그냥 보고만 있겠나. 도 보건국장이라는 자도 똑같은 이북 출신인데, 의사 자격증을 갖고 있다는군. 수사과장이 그 자를 데리고 와서 이러쿵저러쿵 트집을 잡으면서, 장 의원의 집도를 방해했다는 말이 있어. 장 의원 그 사람도 여간 깐깐한 이가 아니지만 원체 상황이 그러니 고민하고 있을 것 같네. 달려가서 장 의원을 만나고 싶지만, 나는 지금 피신중이라 나들이가 시원칠 않으니…."

"제가 만나지요."

"자네가?"

"이러고 있을 때가 아닌 것 같군요. 속히 장 선배님 뵙고, 이 문제를 신중히 검토해봐야 하겠습니다."

"하지만, 자네가 이 일을?"

"걱정 마십시요. 장 선배님 만나면 무슨 말씀이 계시겠지요."

"고맙네, 김군! 이건 우리 자존심이 걸린 문젤세. 하지만 저쪽에서도 완강히 버틸려고 할 테니, 일이 그렇게 쉽게 풀릴 것 같지는 않으이. 지금쯤은 장 의원도 사방에서 압력을 받고 있을 터인데, 이런저런 점들을 고려해서 조심스럽게 접근해 보게."

"너무 걱정 마십시요."

경준은 서둘러 일어났다.

"아, 이거, 어떡하지. 오랜만에 만났는데."

윤석도 따라 일어섰다.

"다시 뵙지요."

경준은 급히 골목을 빠져나가 큰길로 나섰다. 뜻밖에도 거기서 이덕구를 만났다. 이렇게 우연히 만나고 보니 반가움과 함께 한편으로는 미안하고 쑥스러운 마음이 들기도 했다.

"이 사람, 언제 왔는가?"

"며칠 됐습니다."

"서울에 가 있다고, 소, 소식은 듣고 있었네만."

"그 때는 경황 중에 찾아뵙지도 못 하고 훌쩍 떠나고 말았습니다. 별고 없으셨지요?"

"더, 덕택에."

이덕구는 언제나 그랬듯이 소탈하게 웃었다. 두둑한 야전잠바에다 단

까쯔봉을 군화 위로 바짝 말아올려서 입고 있었는데, 그 모습은 어딘가 높은 산을 정복하고 방금 내려온 알피니스트 같은 느낌을 주었다.

"가기 전에 뵙고 싶습니다만."

"그러세. 허군하곤 종종 연락이 되니까."

그들은 악수를 하고 헤어졌다. 경준은 한시라도 빨리 장 의원을 만나기 위해 서둘러 조천으로 내려갔다. 그러나 1년 전과 지금의 자신은 상당히 다르다는 사실을 깨닫게 되었다. 그 때만 해도 동지들과 당당히 손을 잡고 나아갈 수 있었는데 지금 그는 대열에서 분리되어 먼 곳에 혼자 뚝 떨어져 있는 것 같은 느낌이 들었다. 어쩌면 그 때가 자기 존재를 가장 분명하게 확인할 수 있었던 게 아닌가 싶기도 했다. 조천중학원에서 같이 근무할 때만 해도 이덕구는 형이야 아우야 하는 각별한 사이였는데 그새 많이 틈이 벌어졌다는 생각을 떨칠 수 없었다.

69

이덕구는 걱정이 되어 부랴부랴 허윤석을 찾았다.

"저 사람이 무, 무슨 일로?"

"아무것도 아니야. 나를 보러 왔다가, 조천 사건 듣고 장 의원 만나러 갔어."

"장 의원을?"

"응. 오늘 부검 결과가 궁금해서."

"글쎄, 그 친구 갑자기 보니까, 이거 또 무슨 일인가 했잖아."

"경준인 내가 믿어."

"나도 그런 줄은 알지만, 하, 하도 세상이 어수선해서 말이야. 그, 그래, 어떻게 되고 있어?"

"오늘 새벽, 결정을 보았어. 의거로."

"그래?" 덕구는 놀랍기도 하고 한편 긴장이 되어 상대방을 가만히 지켜보고 있다가, 다시 말을 이었다. "참 어려운 결정을 했군. 노장들이 어떻게 돌아섰지?"

"다른 방도가 없으니까, 생각다 못해 이 길을 택했을 거야."

윤석이 그동안의 진행과정을 간단히 요약해 주었다.

"으흠!"

덕구는 점점 마음이 무거웠다. 장장 10일간의 격론 끝에 얻은 결론이라 하지만 앞으로의 투쟁도 그만큼 어려움이 따를 수밖에 없었다. 제주도와 같은 도서지방에서 빨치산 활동을 한다는 것 자체가 처음부터 의문이었다. 그러나 지금은 그런 걸 따질 때가 아니었다. 하루 속히 전투태세를 갖추고, 군비 문제를 해결해야 했다. 그리고, 게릴라전의 이점을 살리기 위해선 무엇보다 철저한 전략전술이 필요했다.

"오늘밤 간부회의 거치면 곧바로 군사부 조직개편부터 들어갈 텐데, 앞으론 자네 역할이 제일 커."

"김달삼씨하곤 그저께 다시 만나서 대충 얘기를 끝냈어. 오늘 오는 거지?"

"연락했어. 오늘은 도당뿐 아니라 청년회 간부들까지 모두 참석할 거야. 군사 작전의 면에선 자네만큼 잘 아는 사람이 없지 않나? 더구나, 자넨 여기서 장교생활까지 했는데. 오늘 회의 때, 자네가 앞으로의 전략에 대해 브리핑해 주었으면 해. 막상 의거로 결정이 나고 보니 모두들 긴장된 분위기야."

"알았어. 거사일은?"

"구체적으로 모든 점검을 하고 난 뒤에 최종 결정을 내려야 되겠지만, 현재로선 일단 4월 3일로 예정하고 있나 봐."

"그러면, 3주밖에 준비할 시간이 없는데."

"그래, 딱 3주야. 그 날이 입후보 등록 마감일이거든."

"그, 그건 좋아. 상징적인 의미가 있으니까. 봉화를 올리기 전에 먼저 도당 아지트부터 옮겨야겠어."

"어디 좋은 자리를 물색해 놨나?"

"북촌곶이 어떨까 싶어. 정글이 깊어 은신하기도 좋지만, 곶이 길게 뻗어 있으니까 산속 어디로든 이동하는 데도 편리할 거고. 아무튼, 노장들이 걱정인데."

"왜?"

"산생활이 그리 쉬운 건 아니잖아?"

"괜찮아. 나이는 들었지만, 평생 감옥과 망명으로 다져진 사람들인데, 그거 못 버틸라고?"

"그래도 그렇지, 하루 이틀이 아닌데. 노장들을 위해선 몇 군데 고정 아지트를 정해 두는 것도 좋겠어."

"좋은 생각이야. 내일부터 당장 실전준비로 들어가야 할 텐데, 자네가 제일 바쁘겠어."

"노장들 아직 그 집에 있나?"

"어젯밤 토의에 참석한 분들은 그대로 가지 않고 다 있을 거야. 그 밖

의 간부들도 오늘 밤 간부회의엔 모두 나오게 돼 있어. 노장들 걱정하지
마. 죽음을 각오한 사람들은 아무것도 두려울 게 없어."
"그건 그래. 죽음을 각오할 수만 있다면."
"자, 나가지. 기다리고들 있어."
윤석이 앞장섰다. 그들은 숲을 거쳐 지정은이 머물고 있는 그 집으로
갔다. 무언가 분명하진 않지만 거역할 수 없는 어떤 강력한 힘이 두 젊
은이를 이끌고 있었다.

70

조천 지서 앞에는 많은 사람이 모여 웅성거리고 있었다. 경준은 지서
에서 조금 떨어진 곳에 서서 계속 버스를 기다렸다. 잠시 후, 청년들이
일제히 소리를 지르기 시작했다. 살인자는 누구냐, 떳떳이 나서서 진상
을 밝히라는 것이었다. 군중의 성난 목소리가 불시에 밀어닥친 회오리바
람처럼 소용돌이쳤다. 돌발적인 시위 광경에 눈을 팔고 있다가 그는 버
스가 도착하자 정신없이 뛰어올랐다. 버스는 시위대를 피하느라고 정류
소로부터 몇 집 건너서 섰다가 곧 출발했다. 3시 50분. 고장이 나지만 않
는다면 다섯 시까지는 도착할 수 있을 듯했다. 사람이 많아 안으로 들어
설 수 없었기 때문에 그는 승강구에 가까스로 몸을 붙이고 서서 눈을 감
았다. 3·1발포 사건 때 경찰에 끌려갔던 일, 그리고 그 당시 자기가 가
르치고 있었던 학생들의 얼굴도 떠올랐다. 순간, 섬뜩한 느낌이 들었다.
저 시위 군중 속엔 그 학생들이 끼어 있을 것이라 생각하니 자책감이 들

기도 했다.

조천중학원은 문을 열자마자 이 고장의 자랑거리가 되었다. 구름처럼 몰려든 학생들도 그렇지만, 교사들의 열정이 대단했다. 그러나 그 꿈은 허망하게 무너지고 말았다. 마침내 교사들이 끌려다니고, 도망치고, 사방으로 흩어지는 그런 불상사가 일어나지 않았다면 그 중학원은 이 지방 명문사학으로 서울에 가도 손색이 없는 훌륭한 학교가 되었을 것이다. 지금 문제가 되고 있는 고문치사 사건도 바로 그 꿈의 연장선상에서 이해될 수 있을 것 같았다.

버스는 다행히 예정 시간 안에 닿았다. 관덕정 제주차부까지 갈 필요가 없으므로 경준은 동문 시장 앞에서 내렸다. 장 의원은 거기서 그리 멀지 않은 곳에서 개업하고 있었다. 이전에 자주 들른 일이 있어서 간호원은 그를 곧 알아보고 원장실로 안내했다. 손님이 한 분 와 있었으나 장 의원이 그를 보자 반갑게 맞아들였다.

"이 사람, 왔다는 말은 들었는데."

"며칠 됐습니다만." 경준은 먼저 와 있는 손님을 의식하면서 장 의원이 권하는 자리로 가 앉았다. "바쁘신데, 제가…."

"아, 아니야. 서울 생활 어때?"

"그저 그렇죠. 어딜 가나."

반가운 인사를 나누고 있는 동안 소파에 앉아서 두 사람을 지켜보고 있던 손님은 이윽고 어설픈 표정으로 일어났다. 장 의원이 잠깐 배웅하러 나갔다가 곧 들어왔다.

"잘 왔어. 따분한 시간인데, 자네가 와서 구해 준 거야."

"말씀 중이신데, 제가 돌연히…?"

"아, 아니야. 내 오촌 당숙인데 아까부터 괜한 일로 고집을 세우는 바람에 시달리고 있었지. 이거, 원, 고향이라는 게 말이야, 좋기도 하지만 이래저래 불필요한 신경을 쓸 때도 참 많아. 그래, 자넨 언제 또 상경할 건데?"

"곧 가야지요. 며칠 있다가."

"오늘은, 내가 좀 복잡한 일이 있어서 그렇고, 가기 전에 한 잔 해야지. 내일이나 모레쯤."

"그러지요. 지금 막 조천서 오는 길입니다만," 경준이 어렵게 말을 꺼냈다. 그러자, 장 의원은 갑자기 표정이 굳어지면서 아무 말도 하지 않고 그를 유심히 바라보기 시작했다. 경준도 말없이 그를 쳐다보았다. "허윤석 선배님이 걱정하고 계시더군요. 그래서 제가 대신 왔습니다. 아시고 계시겠지만, 허 선배님은 지금 운신을 자유롭게 할 수 없는 처지여서."

"무슨 얘긴지 알겠네." 장 의원은 몹시 괴로운 듯 길게 한숨을 쉬고 나서 다시 천천히 말을 이어 나갔다. "나는 지금 사면초가야. 아까 그 양반도 그래서 왔던 거야. 경찰서장이라는 작자가, 이 사람 저 사람 시켜서 전화질을 하고, 사람을 들이밀어 넣고, 이거 뭐 무법천지가 됐어. 의사인 내 입장은 손톱만치도 생각하지 않는 거야. 김형, 여기서라도 간단히 한 잔 할까?"

"네. 좋습니다."

장 의원은 테이블 서랍에서 위스키 한 병을 꺼냈다. 그리고 나서, 컵과 비스킷 등 간단한 안주를 가져왔다.

"자, 김형!"

"네."

"오랜만에 왔는데, 내가 이런 꼴을 보여서."

"무슨 말씀이십니까, 제가 오히려…."

"아니, 그런 게 아니야. 이건, 누구보다 나 자신의 문제야." 장 의원은 단숨에 컵을 비우고 나서 숨을 헐떡이며 말했다. "어떻게 살아야 할까, 난 오늘도 종일 이 문제와 씨름하고 있었어. 환자를 보면서도 내 정신이 아니었던 것 같아. 이런 경우, 어떻게 살아야 할까, 정말 어떻게 살아야 할까, 난 몇 번이나 나 자신에게 묻고 있었는지 몰라."

"그러시겠지요. 선배님 그 심정 충분히 이해할 수 있을 것 같습니다."

"내가 왜 이렇게 나약한 인간이 돼 버렸지? 생각할수록 분통이 터질 지경이야." 장 의원은 경준을 쳐다보고 있다가 또 말했다. "혼자 끙끙 앓고 있는데, 자네가 와 주었어. 자네가."

"…"

"난, 지금 시험대에 올라 있어. 어느 쪽을 선택하든 결국은 후회하게 되겠지만, 이것만은 분명해. 당장에 쉽고 편한 길을 택한다고 해도 결코 행복할 수 없다는 것. 의사로서의 자긍심과 양심을 저버린 자가 무슨 수로 살아남을 수 있겠어." 장 의원은 컵에 반쯤 남아 있는 술을 단숨에 들이켰다. 그리고, 신음하듯이 길게 숨을 쉬고 나서 말했다. "오늘 낮에 부검을 하긴 했지만 그건 인정할 수 없어. 그건 있을 수 없는 일이야. 그런데, 내가 왜 이렇게 됐지?"

"그게 어디 선배님 탓입니까?"

"아니지. 누구보담도 나 자신이 문제야. 나는 나 자신을 이번처럼 분명하게 느낀 적이 없어. 내가 그토록 겁을 집어먹고 나약하게 된 것은," 장 의원은 다시 컵에 술을 따르면서 혼잣말처럼 뇌까렸다. "내가 집도를 하면서, 왜 내가 다른 사람의 간섭을 받아야 하는 것인지, 그렇다면 그런 부검이 왜 필요한 것인지, 의사로서 내 직분과 양식이 의심스럽고 그저 부끄러울 뿐이야."

그 때, 전화벨이 울렸다. 장 의원은 벌떡 일어나더니 간호원을 부른 다음, 자기를 찾는 사람이면 누구든지 없다고 말하도록 했다.

"이런 때, 고통을 덜어 드리기는커녕 오히려 무겁게 해 드려서…."

"아니야. 이건 나 자신의 문제라니까."

"그럼, 저는."

"그래. 모레쯤, 꼭 연락 주게."

"네."

경준이 자리에서 일어났다. 장 의원은 의자에 앉은 채로 손을 들어 보였다. 평소와는 달리, 그의 단아한 표정이 많이 흐트러져 있었다. 연약한 한 개인이 사회의 무게를 견디어 나간다는 것이 얼마나 어려운 일인가를 깨닫게 했다.

경준은 가까운 다방에 가서 군정청으로 전화를 걸었다. 양 문관이 자리에 없었다. 전화를 받는 아가씨에게 부탁하고, 그는 그 다방에서 기다리기로 했다. 구내에 있는데도 전화를 받을 수 없는 상황이라면 무슨 급한 용무가 있는 게 분명했다.

양 문관은 거의 한 시간이나 지난 뒤에 왔다.

"미안해. 갑자기 일이 생겨서. 아직 저녁 안 했지?"

"응."

"가지."

그들은 곧 다방에서 나와 바닷가의 한적한 주막으로 갔다.

"나 지금 장 의원 만나고 오는 길인데."

"장 의원?"

"응."

"뭐라고 하든?"

"고민하고 있었어. 몹시."

"그럴 테지."

"군정청은 지금 어떻게 돌아가고 있나?"

"글쎄, 그게… 제보자가 하나 나타나긴 했는데."

"그래?"

"퇴근하려는데, 페롤 대위가 급히 찾는다는 거야. 가 보니까 한 청년이 와 있었어. 지용근이라고. 죽은 사람과 이름이 똑같더군. 글자는 물론 다르지만, 발음이. 가까운 친척이고, 학교도 같이 다녔대."

"나도 가르친 학생일 텐데."

"그럴 테지. 작은 용근이라고 불렀다더군. 그 청년이 직접 현장을 목격했다는 거야. 그런데, 참 딱한 일이 생겼어. 막상 오긴 했지만 경찰의 보복이 두려워서 말을 꺼내지 못 하고 있는 거야."

"그래서?"

"그래서, 먼저, 페롤 대위로부터 약속을 받아냈지. 그 청년이 방문한 사실을 일체 비밀로 하고, 만일 무슨 일이 생기더라도 군정청이 전적으로 책임을 지고 신변을 보장해 주기로."

"잘 했어. 정말 잘 했어. 그러니까, 그 청년이 입을 열었나?"

"응." 양 문관은 담배에 불을 붙이고 나서 다시 말을 계속했다. "식량영단 일을 맡고 지서에 쌀과 부식을 공급하고 있었기 때문에 출입이 어느 정도 자유로왔던 모양인데, 그날 마침 지서에 갔다가 직접 자기 눈으로 봤다는 거야. 창 너머로. 한 청년이 거꾸로 매달려서 곤봉으로 맞고 있는 것을. 그 청년의 말을 빌면, 차마 눈뜨고 볼 수 없는 비참한 광경이었대. 얼마 후 쿵, 하는 소리가 났는데 그게 마지막이었나 봐. 매달려 있던 사람이 바닥으로 떨어진 모양이지. 그 때, 그자들이, 죽었다고 서로 수군대는 소리도 들었다고 했어."

"짜식들, 사람을 죽여 놓고 당황했겠지."

"페롤 대위가 아주 세밀하게 묻더군. 어디를 때렸느냐, 1분에 몇 대 정도 때리는 것 같았느냐는 둥. 아무튼, 이번 사건은 그냥 넘어갈 수 없을 거야. 경찰에선 어떻게 해서든 적당히 얼버무리려 하겠지만, 검찰과 CIC에서 재수사를 착수할 수밖에 없게 됐어."

"당연하지. 주민들 여론이 분분한데, 어떻게 그냥 넘어갈 수 있겠어?"

"아마, 내일은 재검을 하게 될 거야."

"오늘 부검에선 보건국장이라는 자가 수사과장과 함께 가서 방해를 하는 바람에 정확한 사인 규명을 못한 모양이던데."

"군정청에서도 대강 짐작은 하고 있어. 나도 내일 따라가서 통역을 맡게 될 텐데, 이젠 그런 공작과 술수가 통하지 않을 거야."

71

아까부터 유철이 넋을 잃은 사람처럼 꼼짝도 않고 툇마루에 앉아 있었다. 현준은 그를 데리고 토끼굴로 갔다.

"그 친구, 요즘도 기침 많이 했어?"

"아니야. 기침도 줄고, 괜찮았어. 이젠 겨울 다 갔는데."

"혼자서 모든 비밀을 안고 간 거야. 끝까지 우릴 지킬려고."

"…."

"우린 지금부터 그 친구가 못 다한 삶을 대신해서 사는 거야. 이동혁 동지 만나고 있었다면서?"

"그 날도 그래서 나갔던 거야. 난, 그 날 오후 차낭골서 만나기로 했는데, 아무리 기다려도 오지 않아. 하는 수 없이 다시 양대못으로 내려갔지. 근데, 그 집에선 분명 나갔다는 거야. 한 번도 이런 일이 없었는데 어쩐지 이상한 예감이 들더군. 난 다시 차낭골로 가서 하루 종일 기다렸지. 이렇게 된 줄은 꿈에도 생각 못 하고…."

유철은 말을 잇지 못하고 울음을 터뜨렸다. 그 울음은 많은 것을 생각하게 했다. 단순히 동지애라는 차원을 떠나서 그 이상의 무엇을 함축하고 있었다. 어려서부터 두 사람의 관계를 지켜본 현준으로서는 유철이 굳이 말하지 않아도 그의 상실감을 이해하기에 충분했다.

"가세."

현준은 유철을 데리고 방으로 돌아갔다. 이대로 두었다가는 줄초상을 면할 수 없을 것 같았다. 그는 정지로 가서 바짝 말린 우럭 두 마리를 구워 왔다. 이런 땐 술의 힘을 빌어서라도 이 친구의 아픔을 들어주고 위로해 줄 필요가 있었다.

"어딜 갔다가도 꼬박꼬박 돌아와서 나를 챙겨줬어. 새끼! 내가 뭐 어린앤 줄 아나 봐."

"그랬을 거야. 그 친구, 워낙 꼼꼼하고 자상하니까. 자네 이젠 나하고 여기서 같이 지내는 게 어때?"

"난 지금이 제일 좋아. 지금처럼 자유를 느껴본 적이 없었어."

"그럼, 가끔씩 내려와서 쉬었다 가기로 해."

"알았어. 그렇게 할께. 용근이하고 민주부락 돌면서, 난 처음으로 내 인생을 찾았다고 생각했지."

"온 김에, 할아버지 잠깐 뵙고 가는 게 어때?"

"아직 일러. 기회를 봐서 나도 집에 들어갈 생각이니까, 너무 걱정 마."

"그래. 잘 생각했어. 어머니를 뵐 때마다 내가 꼭 죄를 짓는 것만 같았어. 아까, 상가에서 나오다가 뵈었는데, 내 손을 잡고는 놓지 못하셨어."

"무슨 얘길 했는데?"

"맨날 하시는 말씀이지. 얼굴이 많이 상했는데 병이 난 것 같진 않으냐, 용근이까지 저렇게 됐으니 앞으론 어떻게 지낼려는지 모르겠다, 용돈이 떨어진 건 아닌지 잘 살펴보아라, 뭐 이런 말씀이셨지. 길에서 만날 때마다 내 손을 놓지 못하셔."

"생각하면 참 불쌍한 분이시지. 할아버지도 그렇고. 용근이하곤 그런 얘기 많이 했었는데."

유철은 또 울먹이고 있었다. 현준이 그래서 화제를 바꾸었다.

"이동혁 동지하곤 주로 어떤 일을 했었나?"

"피신자들을 찾고 있었어. 용근이가 명단을 주면 체크하고, 그중에서 골라 몇 사람씩 데려가곤 했는데, 어디 가서 뭘 하고 있진 모르겠어. 우리도 그 이상은 묻지 않았지만 이 동지도 거기 대해선 일체 언급이 없었으니까."

"나도 대충은 짐작하고 있었어. 그 사람이 나한테 갖고 오는 명단을 보면 누군가 도와주고 있다는 생각이 들었어. 인숙이 말이 용근이를 만나고 있다니까, 아마 그럴 거라고 믿고 있었지. 이건 중대한 문젠데, 너만 알고 있어. 사람들이 산에 모여서 군사 훈련을 받고 있다는 거야. 혹시 무슨 얘기 못 들었어?"

"뭐, 확실한 건 아니지만, 그런 비슷한 얘기가 있긴 있었어. 목마장 안쪽 녹산장 근처에서 훈련하는 걸 본 사람이 있다고도 하고."

"맞았어. 틀림없을 거야."

"그게 사실이라면, 지금 산간에서 떠도는 사람들이 죄다 달려갈 텐데?"

"그렇지. 선이 닿기만 하면."

"무슨 그런 일이라도 좀 있었으면 좋겠어. 이거, 너무 숨이 막힐 것 같은데."

"기다려. 중대한 변화가 있을 거야."

"그런 정보가 있나?"

"꼭이 그렇다고 말할 순 없지만, 그런 느낌이 들어."

"이대론 안 돼. 뭔가 획기적인 전기를 마련해야지."

"그래. 이대론 더 지탱할 수 없을 거야."

이야기를 하다 말고 유철은 벽에 기대어 앉은 채로 꾸벅꾸벅 졸고 있었다. 몹시 고달픈 모양이었다. 바싹 마른 얼굴이 오늘따라 더욱 창백해 보였다. 현준이 일어나 이불을 펴고 먼저 눕도록 했다. 키만 컸지 아직 소년의 티를 벗지 못한 이 친구야말로 최후의 로맨티스트가 아닐까 싶었다. 이 친구를 보고 있으면 그는 늘 지인숙을 떠올리게 되었는데, 그것은 그들 사촌 오누이가 그만큼 닮은 점이 많기 때문일 것이었다.

72

인숙은 영자가 마련해 준 마차를 타고 다시 밤골로 올랐다. 당숙모가 혼자 정지에서 저녁상을 보고 있었다.
"그딘 어떵 햄시니?"
"아직 모르겠어요. 진상이 밝혀질 때까진 장례를 치르지 않는대요."
"건 경 허주만, 죽은 사름 두 번 죽익키여. 얼음이라도 사당 놓암신디사."
"걱정 마세요. 청년들이 매일 성내 가서 얼음을 실어오고 있대요. 그거, 저 주세요."
인숙은 갓 씻은 수저를 받아서 마른행주로 닦고 오분에 담았다. 이 날은 수저가 열여섯 벌이나 되었다. 보통 5, 6명씩 모이고 있었는데 이렇게 많은 인원이 참석하고 있다면 확대 간부회의를 소집한 것일까? 비밀은 철저히 지켜졌으며, 여기 오는 이들은 모두 숲을 통해 집 뒤쪽으로 드나들었기 때문에 누가 왔다 가는지 밖에서는 아무도 알 길이 없었다. 꼭 무슨 필요한 일이 있을 땐 아버지가 직접 나와서 알렸다. 그리고, 모든 외부 연락은 용욱이가 맡았다. 아침저녁으로 용욱이가 찾아와서 잔심부름을 했으며, 급할 때는 인숙이가 가서 그를 불러다주곤 했다. 그러면 아버지는 그를 데리고 옆방으로 갔다. 회의가 열리고 있는 그 방은 참석자 외에 아무도 들어갈 수 없게 되어 있었다.
아버지의 지시로 가끔씩 그 옆방에 가서 가리방을 긁어준 적이 있지만 인숙은 일을 마치면 곧장 밖으로 튀어나왔다. 그 방 앞에는 얼씬도 할 수 없었다. 밤이 오면 당숙모와 모커리에서 자거나 아예 친척집에 갔다가 이튿날 아침에야 돌아왔다.

당숙모는 여간 깔끔한 성미가 아니었다. 그녀는 간단한 채소 하나도 정성을 들여서 아주 정갈하게 무쳤다. 이런 산간 마을에서 특별한 반찬이 있을 리 없겠지만 그녀의 손에 들면 무우말랭이 하나도 아주 고소한 맛이 났다. 제사 때나 쓰는 큰 밥상이 회의용으로 항상 그 방에 놓여 있었기 때문에 두 사람은 음식을 장만하고 나면 오분에 담아서 안거리 마루 안으로 밀어 넣었다. 그러면 그 방에서는 손만 내밀고 음식을 가져갔다. 그만큼 철저히 비밀리에 회의가 진행되고 있었다.

이 날 밤은 어쩐 일인지 고함소리가 몇 번 들렸다. 그녀는 깜짝 놀라서 귀를 기울였다. 그러나 그것뿐, 그 방은 다시 잠잠해졌고, 여전히 불이 켜 있었다. 그녀는 자다 말고 몇 번이나 일어나 앉아서 멀리로 그 불빛을 훔쳐보곤 했다. 무언가 진지한 토의가 며칠째 계속되고 있었다.

잠을 설친 그녀는 일찍 일어나 정지로 갔다. 웬일인지 용욱이가 꼭두새벽부터 찾아왔다. "새끼고모!" 두 살 위인 그가 그녀 가까이로 다가와서 귓속말로 속삭였다. 인숙이 고개를 들고 빙긋이 웃어 보였다. 새끼고모. 이 한마디 속엔 같은 피붙이로서 그들만이 오랫동안 주고받아 온 따뜻한 정이 담겨 있었다. 순간, 그녀는 용근이를 떠올렸다. 바짝 마른 얼굴에 눈을 가늘게 뜨고 장난삼아 자기를 그렇게 부르던 용근이의 모습이 새삼 쓸쓸하게 만져지는 것 같았다.

용욱이가 안거리 난간 앞으로 가서 쿵쿵 기침소리를 두어 번 내자 아버지가 얼른 나와서 그를 데리고 옆방으로 들어갔다. 인숙은 마당에서 나물을 다듬으며 가만히 그들의 동태를 지켜보았다. 잠시 후, 용욱이가 인사도 없이 바삐 떠났다. 뭔가 긴박한 상황이었다. 아버지는 말없이 난간에 서서 그가 서둘러 떠나는 것을 확인한 뒤에 다시 그 방으로 들어가 버렸다.

아침 식사엔 수저가 아홉 벌밖에 안 되었다. 그렇다면 밤사이에 7명이 떠났다는 얘기다. 인숙은 다시 조천으로 내려가기 위해 일찍부터 서둘렀다. 설거지를 한 다음, 이것저것 채소도 다듬고 국거리도 장만했다. 당숙모와 함께 있으면 모든 게 제자리에 놓여 있는 듯한 평온함을 느낄 수 있었다. 열 사람이 모이든 스무 사람이 모이든 군말 없이 척척 해내는 당숙모가 그저 존경스러울 뿐이었다.

"이제 갈 것가?"

"예."

"간 김에 침을 맞지."

"그렇게 할께요. 영자한테 부탁하면 장 영감이 와서 놓아 줄 거예요."

"게난, 어떵 걸엉 갈 거라?"

"어저께 그 분이 마차를 가지고 다시 온댔어요."

인숙은 허술한 갈중이로 갈아입고 나서 집을 나섰다. 머리에 흰 무명 수건까지 쓰고 나니 누가 보아도 영락없는 시골촌부의 차림이었다. 지서에서는 용근이 사건으로 다른 신경을 쓸 겨를이 없겠지만 그래도 만일을 위해 변장을 하고 각별히 주의를 기울이지 않으면 안 되었다.

73

장 의원은 경찰 지프에 실려 조천으로 갔다. 제주서 정보과장과 형사 2명도 같이 타고 있었다.

마을 앞 신작로에는 사람들이 길게 늘어서 있었는데, 부녀자들이 대부분이었다. 그들은 장을 보러 나왔다가 어디서 무슨 정보를 입수했는지 검시단을 기다리고 있는 모양이었다. 차가 가까이 다가가자 여인들이 일제히 소리를 지르기 시작했다. 아마도 '사인 규명을 똑바로 하라'는 주문인 것 같았다. 어제 첫 검시 때와는 달리 이 날은 몹시 험악한 분위기였고, 어떤 사람들은 길을 막아서서 큰 소리로 외쳤다. 사인을 제대로 밝히지 않는다면 그냥 두지 않겠다는 것인데, 그 위세가 보통이 아니었다.
　지프는 겨우 인파를 헤치고 마을 안으로 들어섰다. 초상집은 신작로에서 그리 멀지 않은 곳에 있었다. 군정청의 국방색 지프가 먼저 골목밖에 와서 기다리고 있었고, 그 집 주변에는 죽은 청년 또래의 젊은이들이 빽빽이 모여서서 웅성거리고 있었기 때문에 여차하면 소동이 날 것 같은 위기감이 감돌고 있었다.
　장 의원은 검찰관의 뒤를 따라 조심스럽게 그 집으로 들어갔다. 미 CIC 요원과 검찰관, 유족, 조천중학원 교사 등이 입회한 가운데 두 번째 부검이 시작되었다. 머리 쪽을 보니까 아니나 다를까 피가 엉겨 있었다. 결정적인 사인은 머리에 입은 타박상에 의한 것으로 판단이 섰다.
　"이 부분이 문제입니다."
　마침내 장 의원이 입을 열었다. 통역을 맡은 양 문관이 CIC 요원과 몇 마디 나눈 다음, 그에게로 와서 말했다.
　"이번에는 아무런 간섭도 받지 말고 정확히 사인을 규명해 달라고 합니다."
　"고맙소. 진실은 반드시 밝혀지게 마련이니까."
　부검이 끝나자, 장 의원은 차가 있는 곳으로 갔다. 청년들이 여전히 그 집 주변에 모여 서서 웅성거리고 있었다.
 "수고했습니다."
 채 검사가 와서 악수를 청했다.
 "감사합니다. 끝까지 지켜봐 주셔서."
 장 의원은 아까 제주읍에서 출발하기 전에 먼저 사무실에 들러 약속받은 사실을 또 한번 환기시켜 둘 필요가 있다고 생각하고, 그의 손을 힘있게 잡으며 바라보았다.
 "제 임무니까요."
 채 검사가 의미 있는 미소를 지었다.
 "저도 제 임무를 다했을 뿐입니다."
 장 의원은 물론 채 검사를 신뢰하고 싶었다. 그렇지만 상황은 그렇게 간단하지 않았다. 경찰이 극성을 부리고 있어서 때론 검찰측에서도 손을 대지 못 하는 일이 과거엔 얼마든지 있었다. 그래도 그가 기댈 곳은 검찰측뿐이었기 때문에 일단은 고맙게 여길 수밖에 없었다. 그는 채 검사와 함께 차에 올랐다. 주사위는 이미 던져진 셈이었다. 누가 뭐라고 하든 진실은 밝혀질 수밖에 없을 것이고, 그 다음에 일어나는 일들은 그때 가서 생각하기로 결심했다.
 이튿날, 장 의원은 일찍 병원으로 출근했다. 환자가 벌써 둘이나 기다리고 있었다. 그는 박 간호원을 원장실로 데리고 들어갔다.
 "오늘은 더 이상 환자를 받지 않도록 해요. 어딜 좀 다녀와야겠는데, 내가 없는 동안 박 간호원이 알아서 잘 처리해 주기 바라오." 장 의원은 양복 주머니에서 봉투 두 개를 꺼내 박 간호원에게 건네면서 말했다. "내일 아침 출근 후에 뜯어봐요. 내 조그만 성의니까, 그리 알고. 그러고, 김 간호원 지금…."

겉으론 짐짓 담담한 표정을 지으려 했으나 장 의원은 그럴수록 마음이 무겁고 산란했다. 미리 준비해 둔 편지봉투 속에는 약간의 위로금과 부탁의 말을 적어 두었다. 만일의 경우, 자기가 돌아오지 못한 상태에서 병원 문을 닫게 될 경우에 대비해서 모든 중요한 문제는 사촌형 장영달의 지시를 받도록 했다. 개업한지 1년밖에 안 됐는데 이렇게 갑자기 문을 닫는 것은 여러 가지로 무리가 따르는 일이었으나 현재로선 다른 방도를 찾을 수 없었다. 그는 어떻든 위기의 상황에서 벗어나고 싶었.

김 간호원이 원장실로 들어왔다.

"어서 와요. 김 간호원!" 그는 몇 겹으로 접은 메모지를 건네며 말했다. "장 계장님 알지? 읍사무소 서무과로 가서 이걸 드리고 와. 남 안 보는 데서 조용히, 알았지?"

"네."

"그럼, 빨리!"

그는 환자를 보고 나서 서둘러 왕진 가방을 챙겼다. 청진기와 간단한 의료 도구들은 빠뜨리지 않고 집어넣었다. 어딜 가나 청진기가 있어야만 자신이 의사임을 자각할 수 있을 것 같았다. 그렇지, 난 의사니까. 의사로서의 직분을 다했을 뿐이니까. 누구 앞에서나 떳떳하고 싶었다. 그게 문제가 되는 사회라면 떠날 수밖에 없는 일, 그 이상 아무것도 생각하고 싶지 않았다. 아니, 생각해봐야 복잡한 머리만 더 어지럽게 할 뿐, 아무 해답도 찾을 수 없을 터였다.

벽시계를 보았다. 아까부터 계속 9시 46분에 머물고 있다. 뒤늦게 고장임을 깨닫고 팔목시계를 걷어 보았다. 아닌 게 아니라, 11시 19분을 가리키고 있었다. 그러고 보면 이 병원에서는 이미 자기의 시간이 정지되어 버린 것이나 다름이 없었다. 김 간호원을 기다릴 것 없이 먼저 그 다방으로 나가 있는 게 좋을 것 같아 얼른 가방을 들고 원장실을 나섰다. 이 날 따라 박 간호원이 현관까지 나와서 배웅했다. 무슨 낌새를 챈 것일까. 그러나 그는 한 마디도 해줄 수 없었다. 속히 이곳에서 벗어나야 한다는 강박관념 때문에 쫓길 뿐이었다. 그래, 빨리 떠나자. 빨리! 지금 당장! 지금 떠나지 않으면 영영 기회를 놓치고 말 것이다. 경찰이 그대로 보고만 있을 리 만무하다. 얼마 안 되는 이 짧은 시간이야말로 내게 허락된 최대의 기회다. 아마 이 몇 시간이 내겐 긴 시간인지도 모르지만…. 그는 다시 팔목시계를 보았다. 그에겐 지금 이 시간이 얼마나 소중한 건지 모르겠으나 한편 초조한 마음에 비추어보면 또 그렇게 느릴 수가 없었다. 일 분 일 분이 도살장으로 끌려가는 소의 걸음과 같이 무겁기만 했다.

　어제 조천서 돌아오자 그는 제일 먼저 군정청에 들러 신변 안전 보장을 요구한 다음, 소견서를 제출했다. 그 소견서에는 '타박으로 인한 뇌출혈이 치명적인 사인으로 인정된다'고 적혀 있었다. 양 문관의 통역을 듣고 나서, 페롤 대위가 악수를 청했다. 유난히 얼굴이 길고 눈이 푸른 그 미군 장교는 힘 있게 손을 잡으며 말했다. 군정청에서 책임을 지고 신변을 보호할 것이니, 아무 걱정 말라고. 그렇지만, 그 말을 누가 믿을 수 있겠는가. 경찰에 끌려 들어가는 날이면 반병신이 되고 말텐데. 바보 같은 자식! 어떻게 그 말을 믿어? 군정청의 지시를 받게 돼 있으나 지금 경찰은 지가 하고 싶은 대로 날뛰고 있지 않은가?

　그는 아무리 생각해봐도 하루 속히 배를 타고 달아나는 길밖엔 없었다. 뭐, 신변 보장? 당치 않은 소리. 검찰의 말도 듣지 않는 놈들인데, 그 놈들을 누가 다스려? 얼마 전엔 검사 한 명이 끌려가서 초죽음을 당하지 않았나? 이제 와서 새삼스럽게 검찰의 기능을 강화하고 치안을 바로잡는다고는 하지만 그런 얘기는 하나도 믿을 게 못 되었다. 이런 판국에, 내가 누굴 믿고 버틴단 말인가? 이런저런 사정을 다 알고 있으면서도 어저께 검시 현장에서 차장 검사에게 고맙다는 인사치레를 한 것은 다 그만한 뜻이 있었던 것이다. 경찰서장이 같은 이북 출신인 송 보건국장을 검시의로 추천했지만, 차장 검사가 공정성을 기한다는 이유로 끝까지 그를 고집하고 다시 재부검을 맡게 해준 데 대한 일종의 답례이기도 했다.

그는 검은 가죽가방을 들고 어디 잠깐 왕진이라도 나가듯 병원 문을 나섰다. 지금 가면 언제 돌아오게 될지 모른다는 의구심이 들자 그는 돌아서서 현관 쪽을 보고 있다가 곧 걸음을 떼어 놓았다.

칠성교 서측 네거리에 있는 미리내 다방은 비교적 한적한 편이었다. 동문 시장의 잡상인들이 더러 들락거렸으나 자기하고 직접 안면이 있는 사람은 별로 없었다. 그는 차를 시키고 앉아서 계속 시계를 들여다봤다. 어쩌면 지금쯤 그의 부검 결과가 경찰에 통보되고 있을지도 모른다는 생각이 들었기 때문이다.

사촌형 장영달은 정확하게 두 시에 다방으로 들어섰다. 그는 우선 자기가 현재 처하고 있는 상황과 지난 3일간의 경과를 대충 설명해 주었다.

"이번 가면 언제 돌아오게 될지 모르겠습니다. 늦어질 것 같으면 다시 연락을 취하겠습니다만, 형님이 아셔서 모두 처리해 주십시오. 집기와 약품은 저의 집으로 옮겨 주시고, 은행에서 돈도 찾아 주세요. 통장과 인감은 여기 있습니다. 그리고, 두 간호원에게는 이 달 봉급을 그대로 지급해 주시구요. 전화로 말씀드릴까도 생각했습니다만, 지금쯤은 아마도 도청하고 있을 겁니다. 아, 참, 무근성 아저씨께는 형님이 제 입장을 잘 말씀드려 주십시오. 경찰서장의 부탁이라고 어저께도 들르고, 오늘 아침 또 전화를 하셨더군요."

"그런 거 다 무시하고, 편안한 마음으로 가게. 부산 가면 어디 있을려는가?"

"가 봐야 알겠습니다. 가급적이면 인편으로 연락을 취하겠습니다만, 거기서도 여의치 않으면 서울로 갈까 합니다."

"잘 생각했어. 모든 연락은 인편으로 하도록 하게."

"가서 일 보시죠. 전, 여기서 뱃시간을 기다리다가 30분전에 나갈렵니다."

"이 사람아. 자네가 배를 타는 걸 봐야지, 불안해서 어디 살겠나. 여기 걱정은 말고, 어딜 가나 몸조심 하게나. 일전에도 들으니 부산까지 가서 사람을 잡아들였다던데, 당분간 고향 친지들하곤 일끔 접촉을 삼가는 게 좋겠네."

"저도 그렇게 생각하고 있습니다."

"그나저나, 자네 노모님이 걱정이라."

"아직 아무 말씀도 못 드렸습니다. 무슨 급한 사정이 생겨서 나갔다고, 형님이 적당히 둘러대 주십시오."

뱃시간은 앞으로도 두 시간이나 남아 있었다. 장 의원은 다시 커피를 시켰다. 목이 말랐다. 다방 문을 열고 누가 들어오기만 해도 덜컥 겁을 먹게 되는 이런 긴박한 상황에서는 한시라도 빨리 몸을 피하는 도리밖에 없었다. 그러나 그는 조금도 후회하지 않았다. 의사로서 마땅히 해야 할 본분을 다했을 뿐이었다.

74

유철은 이 날도 깊은 잠에 빠져 있었다. 아침을 먹고 나면 자고 또 잤다. 때로는 점심도 잊어 버렸다. 그동안의 삶이 그만큼 고달픈 것이기도 했겠지만 지용근의 죽음이 그에게 더할 수 없이 큰 충격을 주고 있었다. 현준은 곁에 앉아서 지켜보고 있다가 집을 나섰다. 참관인 자격으로 부검 현장에 가 있었던 고경수 선생을 만나면 무슨 정보를 얻을 수 있을까 해서였다. 연북정을 지나 비석거리로 나가다 보니 사람들이 떼를 지어 만세집으로 들어가고 있었다. 요즘 이 가게는 젊은이들의 성토장이 되었다. 그는 가게 앞에서 잠시 머뭇거리다가 곧 그곳을 떠났다.

"어서 오게."

고 선생은 앞방 창호지문을 조금 열고선 그 사이로 내다보았다. 방안에는 식물 표본이 가득히 널려 있었다. 고 선생이 일어나 대충대충 밀어놓더니 빈 자리를 가리키며 앉으라고 했다. 현준은 그가 권하는 데로 가서 앉았으나 어쩐지 잘못 찾아온 느낌이 들었다. 온 마을이 발칵 뒤집히고 학생들이 모두 들고 일어나 항의 시위를 벌이고 있는 판국에 고 선생만 유독 이렇게 한가한 시간을 보내고 있다니 이해하기 힘든 일이었다.

"어떻게 돌아가고 있나?"

"…"

현준은 더 할 말이 없었다. 자기가 묻고 싶은 말을, 상대편에서 먼저 하고 있었다. 그는 막막한 심정으로 고 선생을 바라보았다. 고 선생 또한 멋쩍은 생각이 들어 제자를 쳐다봤다. 제자라고는 하나 서너 살 아래 고향 후배에 지나지 않았다.

"선생님은 참관인 자격으로 현장에 가 계셨지 않습니까? 그 사람들 뭐라고 하던가요?" 현준이 마침내 침묵을 깨고 입을 열었다.

"그 사람들이라니?"

"군정청에서 나온 양코배기들 말입니다."

"글쎄," 고 선생은 현준의 초조한 낯빛을 살피면서 조심스럽게 입을 떼었다. "그 사람들도 인정하는 것 같긴 했는데, 기다려봐야지. 칼자루는 그 쪽에서 쥐고 있으니까."

"영어를 아시니까 그 사람들 얘기를 들으셨을 텐데요?"

"뭐, 별로 특별한 얘긴 없었네만, 기다려 보게. 이번 2차 검시는 이전보다 더 진지한 태도로 임한 것 같네."

"답답해서 미칠 것 같습니다. 용근이의 죽음을 이렇게 허망하게 묻어버릴 순 없습니다."

"으음!" 하고, 고 선생은 신음하듯이 목을 다듬으며 창호지문을 열고 밖을 내다보기 시작했다. 마당에는 이른 봄의 햇살이 노오랗게 내려앉고 있었다. 그늘에 가려 그의 얼굴이 핼쑥해 보였다.

"군정청에선 이런 식으로 적당히 넘어가려는 것 아닙니까?"

"그럴 순 없지. 절대로. 그들도 이 점을 유의하고 있을 거야. 어제 보니까, 통역을 맡은 양지철씨가 페롤 대위에게 누누이 강조하고 있었네."

고 선생은 이야기를 하는 중에도 버릇처럼 식물 표본을 만지작거리고 있었다. 현준은 답답한 심정으로 그 집을 나섰다. 아까까지만 해도 청년들로 붐비고 있었는데 만세집은 어느새 텅 비어 있었다. 그는 창가로 가서 앉았다. 밖에는 여전히 사람들이 지나다니고 있고, 아무것도 달라진 것은 없었다. 머지않아 해가 지고, 이렇게 하루가 지나가게 되어 있었다. 용근이의 죽음은 소문처럼 무성했다가 쓸쓸히 사라져 버릴 운명에 처해 있었다. 죽은 지 1주일이 지났으나 땅에 묻히지 못하고 있는 용근이나 매일 잠만 자고 있는 유철이나 딱하긴 매일반이었다.

"소식 못 들어신가?"

주인아저씨가 시키지도 않은 술을 곱부에 가득 담아 가지고 왔다. 따끈따끈한 정종 히라스께였다.

"네?"

"이 사람, 몰람꾸나. 순경덜 다 잡아갔댄 허는디."

"누가 그러든가요?"

"아까덜 경핸 상가로 뛰어갔어."

"…"

그 말을 듣는 순간 현준은 오히려 맥이 풀리고 말았다. 빨리 가서 지유철을 깨우고 상가로 가봐야겠다는 생각이 들었지만 그는 자리에서 일어날 힘이 없었다.

"자, 들어! 죽은 사름만 억울허주. 자네허곤 어릴 때부터 절친헌 친군 줄 아는디."

현준은 갑자기 눈물이 쏟아졌다. 비로소 그 친구가 죽었다는 사실을 깨닫게 되었다. 그는 거기 그렇게 한참동안 앉아 있다가 상가로 갔다.

사람들이 장례 준비로 분주하게 움직이고 있었다. 마당엔 어느새 천막이 걸려 있었고, 여인들이 쉬지 않고 술과 김치와 국수를 나르고 있었다. 현준은 천막 한 구석에 앉아 있는 지유철을 발견하고 그 쪽으로 갔다. 오랫동안 못 보던 얼굴들도 많이 찾아와 있었다. 한 사람의 죽음이 이토록 많은 사람을 해방시켜 주었다. 그들은 곧 떠나겠지만 짧은 시간이나마 자유롭게 고향으로 돌아와 지용근의 죽음을 애도하고 있었다.

그 때, 안거리 쪽에서 가족들의 곡소리가 들려 왔다. 현준에게는 그 곡소리가 지용근의 죽음을 다시 한번 확인시켜 주는 것같이 생각되었다.

조금 후, 지영자가 와서 그를 불러냈다. 인숙이 그 뒷집에서 기다리고 있었다. 골목이 다르지만 상가와 그 뒷집은 담을 터놓아서 거침없이 드나들 수 있었다. 어느새 흰 상복치마로 갈아입은 인숙이 돌담에 손을 짚고 서 있었다.

"허린 좀 어때?"

"괜찮아." 인숙은 현준이 손에 들고 있는 담배를 얼른 낚아챘다. "왜? 여잔 담배 피면 안 되는 거야?"

현준은 어이가 없어서 그녀를 바라보았다. 컥컥 기침을 하면서도 그녀는 고집스럽게 담배를 빨고 있었다. 긴 손가락 사이에 꽂고서 푸우푸우 연기를 내뿜는 폼이 어디서 많이 해본 사람 같았다.

"멋있어, 언니! 영화에서 본 것 같은데."

영자가 신기한 듯 그녀를 보며 씩 웃었다.

"용근이가 담배 좋아했잖아? 한 보루 갖고 가서 묻어줘야겠어. 거긴 가면 기침도 없을 텐데."

인숙은 지나가던 사람들이 걸음을 멈추고 서서 쳐다보고 있는데도 아랑곳없다는 듯 담배를 계속 피웠다.

"내일 장례 끝나면 어떻게 할 거야?"

"유철이하고 같이 오르기로 했어."

"밤골로?"

"응."

"스파이들이 쫙 깔렸을 텐데, 주의해! 당분간 다른 집에 가 있는 게 어떻겠어?"

"생각중이야."

인숙이 그 집으로 들어가고, 현준은 다시 상가로 돌아갔다. 천막 한 쪽에서는 사람들이 열심히 만사를 쓰고 있는가 하면 구경꾼들이 주위에 빙 둘러서 있었다. 현준은 잠시 서서 그 곁에 길게 걸어 놓은 형형색색의 만사지를 몇 장 걷어본 다음 유철이 있는 곳으로 갔다. 밤이 깊었으나 청년들 일부는 돌아가지 않고 자리를 지키고 있었다. 화투를 치며 밤을 새우는 것이 오랜 관습으로 되어 있었다.

덩치만 컸지 술을 못 하는 지우는 벌써 드러눠 코를 골고 있었다. 현준이 잠바를 벗어서 그 위에 덮어 주었다. 친구들은 하나둘 집으로 돌아가거나 거기 누워서 잤다. 현준과 유철과 영진이 그래도 마지막까지 남아서 술을 들었다. 시간이 흐를수록 상가는 점점 적막 속에 잠기고, 이따금 들려오는 말소리가 오히려 고요한 적막의 깊이를 더해 주었다. 마침내 유철과 영진마저 쓰러져 잠이 들자 현준은 화투판으로 가서 구경을 하며 시간을 보냈다. 한 사람의 영혼을 떠나보내는 데는 이런 많은 절차가 있어야 했다.

다음 날 아침, 안거리에서 곡소리가 들려오자 천막 밑 여기저기에 쓰러져 자고 있던 젊은이들이 하나 둘 일어나 앉았다. 밤을 꼬박 샌 화투

패들도 눈을 비비며 장례 준비로 들어갔다. 발인은 7시로 되어 있었다. 현준은 친구들과 가서 운구에 참여했다. 용근이 죽고, 자신이 지금 운구를 하고 있다는 사실이 그에겐 그저 놀랍고도 기이하게 느껴졌다. 운구를 하고 나가 보니 주민들이 어느새 몰려와 집 앞 골목과 큰길을 메우고 있었다. 부녀자와 아이들은 물론이고 걸음을 걷지 못 하는 노인들까지 지팡이를 짚고 모두 나와 있었다. 유족의 뜻을 받아들여 조용히 치르기로 했으나 이 장례는 사실상 온 마을의 행사가 되어 있었다.

이문선과 박승휴가 골목 입구에 서 있다가 청년들이 도착하는 대로 만삿대를 한 개씩 건네주고 있었다. 만사꾼이 적어도 100명은 너끈히 되어 보였다. 한 청년의 고독한 죽음이 줄을 잇고 길게 뻗어나가고 있는 형형색색의 만사지를 통해 찬란하게 장식되고 있었다. 운구 행렬은 맨 앞에 대형 태극기가 서고 이어 영정과 만사꾼, '애국 학생 고 지용근 열사 민족민주 투쟁의 영원한 선봉'이라고 적은 만장, 상여와 유족, 학생, 주민의 순으로 이어졌다. 학교 앞에 다다르자 상여를 내려놓고 노제를 지냈다. 여기저기서 울음소리가 들리고 잠시 소음이 이는 듯했으나 곧 진정되었다. 대부분 이 학교에 다니는 여학생들이었는데, 그들은 격한 감정을 억제하지 못 해서 엉엉 소리 내어 울거나 눈물을 닦고 있었다. 학교와 지서는 길 하나를 사이에 두고 서로 대각선으로 마주 보는 가까운 거리에 있었지만 이 날만은 아무런 긴장과 적대감도 느낄 수 없었다. 넓은 신작로를 가득 메운 무수한 사람과 소음과 통곡에 휩싸여서 지서의 존재는 이미 잊혀진 거나 다름없었다. 이제 누구도 경찰이니 따발총이니 하는 걸 생각할 필요가 없게 되었다.

현준은 인파를 헤치고 앞으로 나아갔다. 인숙이 절뚝거리며 유족과 함께 상여의 뒤를 따르고 있었다. 그는 조금 떨어져서 그 뒤를 따라갔다. 행렬은 신작로를 따라 동쪽으로 조금 나가다가 곧 남쪽으로 머리를 틀었다. 고인이 중산간 지구로 오를 때면 늘 이용했던 길이다. 그는 이 길을 따라서 달아났고, 이 길로 잡혀 왔다. 그리고, 지금 이 길을 통해 마지막 저 세상으로 떠나고 있었다.

허- 허- 허허- 허야
어날이넘자 허야
가네 가네 우리님이 떠나네
임을 버리고서 영영 떠난다

소리꾼이 선창을 하면 사람들은 일제히 '어허야'로 받았다. 유족들의 흐느낌과 탄식마저 구슬픈 노래 속에 묻혀버렸다. 한 사람의 죽음이 이렇게 큰 파장과 분노를 가져오게 되리라고는 아무도 생각하지 못했을 것이다. 현준은 길옆에 비켜서서 행렬의 흐름을 지켜보고 있었다. 오래 못 보던 얼굴들이 가끔씩 그에게 손을 들어 보이며 지나갔다. 그 중엔 고인과 피신 생활을 같이 했던 친구들도 있을 것이었다.

행렬은 계속 앞으로 앞으로 나아갔다. 현준은 고개를 들어 멀리 한라산을 바라보았다. 무수한 봉우리가 긴 능선을 타고 바다로 힘차게 달리고 있었다. 순간, 무언의 함성과도 같은 것이 그의 가슴 속에서 고동치고 있었다. 용근아! 그는 온몸에서 부르르 떨고 있는 어떤 진동과 같은 것을 참고 견디기 위해 허리를 반쯤 굽히고 밭담 쪽으로 돌아섰다. 까마귀 한 마리가 까악 까악 울면서 보리밭 위로 날아갔다. 어딘가 쓸쓸히 헤매고 있을 망자의 혼을 좇듯이 그는 그 까마귀가 보이지 않을 때까지 멀리 하늘을 더듬고 있었다.

75

하관 시간이 지나자 사람들은 하나둘 마을로 내려가기 시작했다. 현준은 친구들과 남아서 봉분에 쓸 띠를 날랐다. 빈 가마니를 끌며 띠가 있는 곳으로 갔더니 인숙이 기다리고 있었다.

"난 갈께."

"유철이는?"

"저기서 기다리고 있어." 그녀는 건너편 골짜기로 눈을 주며 말했다. "이따 네 시에 영자네 집으로 가 봐. 이동혁씨 온댔어."

"무슨 일로?"

"가 보면 알게 될 거야. 그 사람 믿을 수 있으니까 도와 줘."

"알았어."

인숙이 곧 떠났다.

현준은 띠를 둘러메고 무덤이 있는 곳으로 갔다. 지우와 영진이 봉분 위로 올라가 흙을 다지고 있었다. 현준은 다시 띠를 메러 갔다가 그녀가 떠난 곳을 바라보았다. 두 사람이 조그만 언덕을 끼고 샛길로 빠지고 있었다. 멀리 사라져 가는 그녀의 흰 광목치마가 유난히 쓸쓸하게 보였다. 그는 넋을 잃은 사람처럼 우두커니 그 자리에 서 있다가 다시 띠를 메고 걸어갔다. 산 자와 죽은 자는 분명히 다른 것이었다. 산 자에겐 여전히 가야 할 길이 남아 있었다. 그림자처럼 매일 붙어 다니다가 이제 한 쪽을 땅속에 묻어두고 떠나는 지유철의 심정이 오죽하랴 싶었다.

76

낮부터 하늘이 갑자기 어두워지더니 마침내 비가 내렸다. 3시 20분. 사람들이 천막을 걷어서 마차에 싣고 떠날 채비를 했다. 현준은 빠른 걸음으로 해변을 향하여 달려 내려갔다. 그가 조천에 도착했을 때는 비가 억수같이 퍼부었으므로 온몸이 흠뻑 젖고 말았다. 그는 급한 마음으로 삐그덕 소리를 내면서 대문을 밀고 들어갔다. 지영자가 안거리 난간에 앉아 있다가 그를 데리고 모커리로 갔다.

이동혁이 방에서 혼자 기다리고 있었다.

"나는 마침 일이 있어서 발인 시간에 잠깐 들렀다가 곧 갔습니다. 장지는 여기서 멀지 않은 곳이라면서요?"

"밤골 조금 못 미쳐 소래기동산입니다. 그 친구가 자주 다니던 곳이지요."

"그렇군요."

"죽어서도 그 길을 떠나지 못 하는 모양입니다."

"난 지금도 지 동무만 생각하면 가슴이 뜁니다. 그 날, 우리는 만나기로 되어 있었거든요. 내가 몇 분만 더 빨리 갔더라도 일이 어떻게 되었는지 모를 텐데…."

"불가항력이지요. 서청 단원들에게 붙들렸다면서요?"

"그놈들 아주 의도적이었습니다. 차까지 대기시키고 있었다니까."

"난, 그보다도 지 동무의 최후에 주목하고 싶습니다. 그런 끔찍한 고문을 받으면서도 끝까지 함구하고, 모든 비밀을 혼자 안고 떠났다는 점입니다."

"그렇습니다. 우린 그 정신을 영원히 잊어선 안 될 겁니다."

"죽음보다 더 무서운 것은 고독입니다. 지서에서 혼자 구타를 당하며 신음하고 있었을 그 친구를 생각하면…."

현준은 목이 메어서 말을 잇지 못 했다. 동혁도 할 말을 잃고 묵묵히 바라보고 있었다. 거기엔 단순한 동지애를 넘어서 인간적인 고뇌와 슬픔이 담겨 있었다. 이런 경우, 그가 할 수 있는 일이란 아무것도 없었다. 그저 바라다보며 상대방이 진정될 때까지 기다리는 것밖엔 그 이상 아무런 위로의 말도 찾을 수 없었다.

한참동안 고개를 떨어트린 채 어깨를 들썩이고 있던 현준은 마침내 주머니를 뒤져 담배를 꺼냈다. 그러나 비에 젖어 못쓰게 되어 있었다. 동혁이 얼른 담배를 찾아서 권했다. 현준은 넋을 잃은 사람처럼 퀭한 눈으로 고개를 들어 천정을 바라보며 푸우푸우 연기를 내뿜고 있었다. 갑자기 지용근의 기침소리가 쿨럭쿨럭 들리는 것 같았다. 그가 처음 조천을 떠날 때 연북정에서 들은 그 기침소리가 한동안 잠잠하는가 했더니 그의 죽음을 계기로 다시 따라다니기 시작했다.

"대정 소식 들었습니까?"

"아직 나는…."

"비슷한 사건이 또 발생했더군요. 하마터면 암매장을 할 뻔했답니다. 소식을 들은 형제들이 달려가 보니 시신이 대정지서 뒷마당에 방치되어 있었는데, 그 옆에는 구덩이가 파여 있었다고 합니다. 검시 결과, 고환이 터져서 급사한 것으로 판명이 났습니다."

"고환이, 왜요?"

"사람을 천정에 매달아 놓고 송곳으로 찌르면서 고문을 하다가 그렇게 된 거지요."

"죽일 놈들! 그래도 이번에는 군정청에서 손을 빨리 쓴 모양이지요?"

"조천지서 사건이 많이 교훈이 되었을 겁니다."

"이럴 수가 있습니까? 어떻게 사람의 탈을 쓰고서야…."

"이젠 갈 데까지 간 거지요. 어제는 저능리에서 테러가 있었습니다. 마침 그 마을에서 선박 진수식이 있었는데, 술에 취한 청년 한 명이 대청 단원들과 사상 논쟁을 하다가 '민족을 팔아먹는 민족반역자'라고 외친 겁니다. 그게 바로 화근이었습니다. 서청 경찰대에 붙잡힌 그 청년은 곤봉과 돌로 찍혀 초주검이 된 상태에서 끌려가다가 도중에 총살을 당했다는군요. 이것이 우리의 현실입니다. 사람 하나 죽이는 것쯤은 아무렇지도 않게 되었습니다. 아까 오면서 들으니까, 제주일보 기자도 한 명 끌려갔다는데."

"왜요?"

"대정지서 사건을 취재한 모양입니다."

"혹시 박인덕 기잔가요?"

"네. 그렇게 들었습니다만."

"그 사건은, 군정청에서 조사하고 검시 결과까지 나왔다면서요?"

"요즘 경찰이라는 것들이 그런 거 생각이나 합니까? 제멋대로 날뛰는 판국인데."

그 때, 청년 두 명이 영자의 안내를 받고 방으로 들어왔다. 낯선 사람을 보자 그들은 다소 주저하는 눈치였으나 동혁이 서로 인사를 시킨 뒤부터는 편안하게 대하게 되었다.

"소득이 좀…?" 동혁이 그중 키 큰 청년에게 물었다.

"네. 조금."

"그래요? 소총도?"

"아닙니다. 총은 없고, 탄환 한 상자와 단도 몇 자루만 구했습니다. 잠수부들이 어로작업을 하다가 발견한 거랍니다."

"해녀들이 주은 것도 있을 텐데."

"다시 조용히 알아봐야 하겠습니다. 여간 눈치를 보이는 일이 아니여서."

"그럴 겁니다. 불법소지자는 엄중 처벌을 받게 돼 있으니까."

"그렇지만, 아직 경찰에 신고한 주민은 한 명도 없는 것 같습니다." 또 한 명의 키 작은 청년이 말했다.

"김 동무, 앞으로 두 분과 상의하면서 이 문제를 신속히 처리해 주십시오. 지금 우리는 단도 하나 총알 하나도 여간 소중한 것이 아닙니다. 한림면에선 해녀를 시켜서 99식 소총과 탄환 상자를 좀 건져냈습니다만 그걸론 턱없이 모자랍니다. 관동군 8만 명이 버리고 간 것들이 바다 밑에서 녹슬고 있다는데, 그걸 얼마나 손에 쥘 수 있느냐는 것이 우리의 성패를 좌우하게 될 겁니다."

"알겠습니다. 좀더 은밀히 수소문을 해봐야겠군요."

"김 동무! 그럴 시간 없습니다. 서둘러 주십시오."

"네."

"그럼, 난 이만."

동혁이 급히 떠났다. 현준은 남은 두 청년을 통해 정보를 얻고, 앞으로의 계획을 짜기로 했다. 이제 모든 것이 분명히 다가오고 있었다. 그것이 어떤 것이든 그런 건 아예 묻지 않기로 했다. 그에겐 오직 과감한 행동만이 기다리고 있었다. 성공이니 실패니 하는 세속적인 관심보다 더 소중한 것은 자기 자신의 문제였다.